拨云开雾，
　　一睹四大汗国的盛衰荣辱
观照史实，
　　且看汗位更替的跌宕起伏

蒙古四大汗国之

同源黄金血脉的不同治世
助推欧亚交流的蒙古风暴

察合台汗国

包丽英/著

内蒙古人民出版社

图书在版编目（ＣＩＰ）数据

蒙古四大汗国之察合台汗国 / 包丽英著 .—呼和浩特：
内蒙古人民出版社 ,2017.10（2023.3 重印）

ISBN 978-7-204-15050-2

Ⅰ.①蒙…Ⅱ.①包…Ⅲ.①长篇历史小说—中国—
当代Ⅳ.① I247.5

中国版本图书馆 CIP 数据核字 (2017) 第 262348 号

蒙古四大汗国之察合台汗国

作　　者	包丽英
责任编辑	于汇洋
装帧设计	宋双成
封面绘图	海日瀚
出版发行	内蒙古人民出版社
地　　址	呼和浩特市新城区中山东路 8 号波士名人国际 B 座 5 楼
印　　刷	内蒙古爱信达教育印务有限责任公司
开　　本	710mm×1000mm　1/16
印　　张	18.25
字　　数	290 千
版　　次	2018 年 6 月第 1 版
印　　次	2023 年 3 月第 2 次印刷
印　　数	3001—5000 册
书　　号	ISBN 978-7-204-15050-2
定　　价	36.00 元

图书营销部联系电话 :（0471）3946298　3946267
如发现印装质量问题，请与我社联系，联系电话 :（0471）3946120

内容导读

在四大汗国中，察合台汗国是第一个真正创立的汗国，它的创立者，是成吉思汗的次子察合台。

也许是因缘际会，历史上终将出现四大汗国。

抑或，是那个时代，呼唤着那个时代的大剧。

在已经开始和正在开始的辉煌与苦难中，察合台与许多人一样，都将成为一个漫长的故事里不可缺少的人物。

经历了父亲的统一战争，经历了征金、征夏与西征，战士的经历给了察合台勇敢、刚强、智慧、忠诚、执着与坦率。执着和坦率的极端是性烈如火，容易冲动是他给人最初的印象。可换个角度看，他是孝顺的儿子，爱父亲，对父亲的事业忠心耿耿；他又是宽厚的兄长，爱弟弟妹妹，对他们悄悄关心，真诚相待；他还是慈爱的父亲，爱长子，这种感情终其一生不曾改变。

他唯一容不下的人，只有兄长术赤。

没有人明白为什么，甚至连他自己也不懂。

他与术赤的矛盾是父亲最大的心病，然而在西征前，为储君的确立，他与术赤发生的那场冲突，却有几分像两人合演的一出戏。

那是第一次，他隐隐明白一件事：他与术赤，是最不能容忍彼此的兄弟，同时也是世间最了解彼此的人。

在西征中攻克玉龙杰赤，因私分库藏，察合台受到父亲的严厉斥责。这桩风波过去后，他的性情趋于成熟。

第一次西征结束，成吉思汗将原属西辽的领地赐封给次子。其疆域东至吐鲁番、罗布泊，西及阿姆河，北到塔尔巴哈台山，南越兴都库什山，包括阿尔泰至河中地区的广大领土。

成吉思汗殁于征服西夏的战场，窝阔台继承父位，成为蒙古帝国第二任大汗。有拥立大功、地位类于副汗的察合台，肩负着坐镇西域、拱卫汗廷的使命。他回到封地，建立汗国，日渐表现出成熟君主的风范。事实上，轻徭薄赋与严刑峻法的结合，也收到辖境大治的奇效。

察合台在世时，汗国繁荣稳定。某天，汗国发生了一起案件，案件的起因，与一个老套的故事有关。而一个女子的选择，令老套的故事有了完全不同的结局。

原来，一切因果，皆有天定。

时光不会留驻，越过不变的山川，携来帝国的风、汗国的雨。随着窝阔台和察合台的病逝，随着蒙古第四任大汗蒙哥的离去，陷入内争或动乱的帝国和汗国，注定要经历一场场疾风、一场场骤雨。

中央帝国，汗位争夺战如火如荼。

察合台汗国，阿鲁忽用出人意料的决定，粉碎了阿里不哥的阴谋。

当忽必烈终于战胜阿里不哥，成为蒙古第五任大汗，建立了版图辽阔的元朝之后，他才看清自己的面前，昔日的统一早已支离破碎。

持续了五任大汗（包括兀鲁忽乃摄政）的强盛，到了转折的拐点。陷入内战中的察合台汗国，不可避免地走上衰落之路。一个又一个君主登上汗国舞台，扮演着独一无二的角色：庸懦无能的木八剌沙，生不逢时的八剌合，意气用事的聂古伯，桀骜不驯的不花帖木儿，蛰伏待机的都哇，无论愿意与否，他们的存在都要经历相同的时代：窝阔台汗国真正的创立者——海都的崛起。

当海都的时代结束，是另一群人的登场，另一幕剧情的开始。

有福无福的宽阇，野心勃勃的塔里忽，无事生非的也先不花，都算不上真正的主角，光彩夺目的主角，出场稍晚一些。

尽管稍晚一些，长生天对汗国的恩赐，已莫过于此。

任何绚烂，终将寂灭。

从兴盛到动乱再到兴盛再到动乱，汗国在这个轮回中一分为二：短短的二三十年，西察合台汗国成为帖木儿建立帝国的基础，东察合台汗国则于一再肢解中持续着后三百多年的国家命脉。

立国四百余年（1229—1680）的察合台汗国仍亡于蒙古人之手。只是无人知道，察合台汗国是否真的已经灭亡。那在莫卧儿帝国的天空游走的灵魂，隐约还能看到察合台汗国的影子。

而灵魂，永远比肉体顽强。

察合台汗国世系表

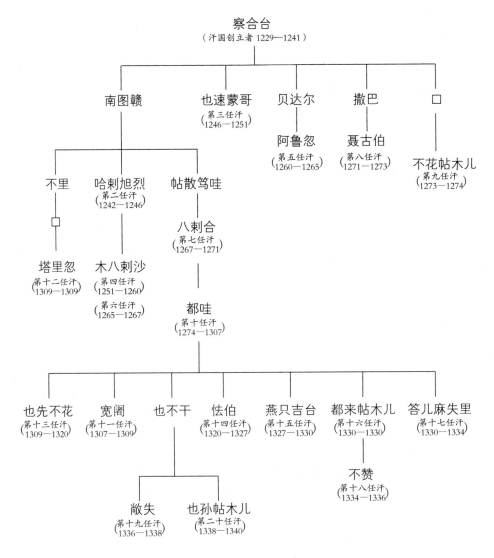

注：答儿麻失里被杀后，汗国由治而乱，1334年至1346年间，先后更换六任汗。其中，第二十一任汗是窝阔台后裔阿里算端，阿里算端为军事贵族所杀，宽阇汗之子穆罕默德短暂为汗，第二十三任汗为不里后王合赞。以合赞之死为界点，察合台汗国分裂为东察合台汗国和西察合台汗国。

察合台汗国人物表

术赤：成吉思汗嫡长子

察合台：成吉思汗嫡次子，察合台汗国创立者，1229—1241 年在位

窝阔台：成吉思汗嫡三子，蒙古帝国第二任大汗，窝阔台汗国创立者，1229—1241 年在位

拖雷：成吉思汗嫡幼子

贵由：窝阔台长子，蒙古帝国第三任大汗，1246—1248 年在位

蒙哥：拖雷嫡长子，蒙古帝国第四任大汗，1251—1259 年在位

忽必烈：拖雷四子，嫡次子，元帝国创立者，庙号世祖，1260—1294 年在位

铁穆耳：忽必烈之孙，庙号成宗，1295—1307 年在位

海山：铁穆耳次兄答剌麻八剌之子，庙号武宗，1308—1311 年在位

爱育黎拔力八达：海山之弟，庙号仁宗，1312—1320 年在位

硕德八剌：爱育黎拔力八达之子，庙号英宗，1321—1323 年在位

哈剌旭烈：察合台之孙，南图赣次子，察合台汗国第二任汗，1242—1246 年在位

也速蒙哥：察合台之子，察合台汗国第三任汗，1246—1251 年在位

木八剌沙：哈剌旭烈之子，察合台汗国第四任汗和第六任汗。1251—

1260 年在位时年幼，由母亲兀鲁忽乃王妃摄政；1265—1267 年亲政

阿鲁忽：察合台之孙，贝达尔之子，察合台汗国第五任汗，强国之主，1260—1265 年在位

八剌合：南图赣之孙，帖散笃哇之子，察合台汗国第七任汗，1267—1271 年在位

聂古伯：察合台四子撒巴之子，察合台汗国第八任汗，1271—1273 年在位

不花帖木儿：察合台之孙，察合台汗国第九任汗，1273—1274 年在位

都哇：第七任汗八剌合之子，察合台汗国第十任汗，中兴之主，在复建汗国前，一直充当窝阔台汗海都的傀儡，1274—1307 年在位

宽阇：都哇三子，察合台汗国第十一任汗，1307—1309 年在位

塔里忽：南图赣长子不里之孙，察合台汗国第十二任汗，1309—1309 年在位

也先不花：都哇次子，察合台汗国第十三任汗，1309—1320 年在位

怯伯：都哇五子，察合台汗国第十四任汗，强国之主，1320—1327 年在位

燕只吉台：怯伯之弟，察合台汗国第十五任汗，1327—1330 年在位

都来帖木儿：怯伯之弟，察合台汗国第十六任汗，在位几个月

答儿麻失里：怯伯之弟，察合台汗国第十七任汗，1330—1334 年在位。答儿麻失里为都来帖木儿之子不赞杀害，汗国由治而乱。不赞在位两年，为都哇之孙杀害。1336—1343 年，第十九任汗至第二十二任汗匆匆登场，又一个个死于非命。1343—1346 年，是第二十三任汗合赞在位时期（此汗与伊儿汗国最伟大的君主同名），这是察合台汗国最凶残的大汗，以合赞之死为分界，察合台汗国分裂为西察合台汗国和东察合台汗国。1370 年，西察合台汗国为帖木儿帝国创立者帖木儿所灭

图格鲁：东察合台汗国强盛之主，曾一度出兵统一东西察合台汗国，1346—1365 年在位

黑的儿火者：图格鲁幼子，后继承父位。黑的儿火者在位时，其政权被称作别失八里政权，其曾孙威思系该政权第六位君主，威思之子羽奴思是叶儿羌汗国创立者赛德的祖父及莫卧儿帝国创立者巴布尔的外祖父

阿剌海：成吉思汗之女，监国公主

帖木格：成吉思汗幼弟，成吉思汗西征期间，坐镇蒙古本土

也遂：成吉思汗的爱妃

巴尔术：畏兀儿国王，成吉思汗的驸马

斡尔多：术赤长子，白帐汗国创立者

拔都：术赤次子，金帐汗国创立者

南图赣：成吉思汗爱孙，察合台长子，殁于第一次西征的战场。后来，察合台将汗位约定在南图赣一系

珠日查：成吉思汗庶长子

阔列坚：成吉思汗庶幼子

贝达尔：察合台之子，名将，在第二次西征中，指挥著名的里格尼志战役，征服波兰

阔出：窝阔台三子，嫡子，储君，殁于南征战场

不里：南图赣长子，第二次西征时担任察合台从征军统帅

玉奈：又名兀鲁忽乃，察合台二任汗哈剌旭烈之妻，第四任汗及第六任汗木八剌沙之母，汗国女摄政，后改嫁第五任汗阿鲁忽

朝鲁：察合台的驸马

失烈门：窝阔台嫡子阔出之子，阔出逝后，他成为帝国储君，但汗位为贵由夺取

乃马真：窝阔台六皇后，贵由生母，为窝阔台生育五子，窝阔台去世后，由乃马真摄政

苏如：拖雷正妻，蒙哥、忽必烈、旭烈兀、阿里不哥均为苏如所出

昔班：术赤五子，蓝帐汗国创立者

海迷失：贵由皇后，贵由去世后，一度摄政

忽察：贵由长子

脑忽：贵由次子

别儿哥：拔都之弟，金帐汗国第四任汗

阔端：窝阔台次子，坐镇甘青之地，一手促成吐蕃和平归附蒙古

合丹：窝阔台之子，贵由胞弟，名将，后辅佐蒙哥及忽必烈

阿里不哥：拖雷嫡幼子，曾与忽必烈争夺汗位，失败后投降

阿只吉：南图赣之孙，不里之子，忽必烈的追随者

吉雅：第二任汗哈剌旭烈与玉奈之女

石抹阿轶：纠军万户札达之子，后娶吉雅

海都：窝阔台之孙，合失之子，窝阔台汗国的真正创立者

合失：窝阔台之子，因酗酒早亡

旭烈兀：拖雷嫡三子，伊儿汗国创立者

安格莉亚：木八剌沙之妻，玉奈的儿媳

忙哥帖木儿：拔都之孙，金帐汗国第三任汗乌剌黑赤之子，第五任汗

别儿哥察儿：术赤四子，金帐军统帅

阿八哈：旭烈兀之子，伊儿汗国第二任汗

阿合马：南图赣之孙

甘麻剌：忽必烈之孙，真金长子，晋王

察八儿：海都长子，窝阔台汗国第四任汗，后归附元朝，受封汝宁王

阳吉察儿：海都次子，窝阔台汗国末代汗，归朝时，被元帝海山派人毒杀

不赛因：伊儿汗国第九任汗，伊儿汗国最后一位强主

牙撒忽儿：不里之孙，不赛因之父完者都执政时期，叛归伊儿汗国

帖木儿：东察合台君主图格鲁的驸马，帖木儿帝国创立者，1370—1402
年在位

伊利亚斯：图格鲁长子，太子，被篡位者哈马鲁丁杀害

昔班尼：术赤五子昔班后人，乌兹别克汗国创立者，灭亡帖木儿帝国

哲别：蒙古开国名将，"四狗"之一

石抹也先：又名萧也先，契丹凤族之后，降蒙古后，被任为辽西元帅，
蒙古监军

按陈：皇后孛儿帖幼弟

耶律留哥：契丹皇族，东京留守，自立为辽王，后降蒙古

耶律楚材：辽东丹王突欲第八代嫡孙，后为蒙古名相

石抹明安：契丹贵族，金降将

张柔：金降将，后历成吉思汗、窝阔台、贵由、蒙哥、忽必烈五朝

史天泽：金降将，后历成吉思汗、窝阔台、贵由、蒙哥、忽必烈五朝

喜吉忽：成吉思汗义弟，蒙古大断事官

马哈木：花剌子模旧都玉龙杰赤人，成吉思汗的使臣

木华黎：蒙古开国名将，"四杰"之一，蒙古太师，靖南国王

杜秀：原为叛将张致部将，后降蒙古，任锦州节度使

郭宝玉：唐朝名将郭子仪之后，成吉思汗的心腹谋臣

耶律阿海：契丹皇族，较早归附成吉思汗，成吉思汗的心腹谋臣

耶律薛阇：耶律留哥之子，以质子身份留在蒙古宫廷，后成为蒙古名将

迪格：蒲鲜万奴之子，以质子身份留在蒙古宫廷，在成吉思汗身边担任宿卫

兀忽讷：蒙古商人，成吉思汗的使臣

博尔术：成吉思汗青年时代的挚友，蒙古开国名将，"四杰"之一

伊本·巴合赤：花剌子模人，成吉思汗的使臣，惨遭摩诃末杀害

唵木海：汪古人，蒙古第一支炮兵部队"铁车军"的统帅

合赤辉：博尔术之子，察合台汗国大断事官

艾丁：讹答剌城知事，后降蒙古

速不台：蒙古帝国开国名将，常胜将军，"四狗"之一

宝鲁：木华黎之子，王位继承人

严实：降蒙后，受封国公

刘仲禄：河北名医，后入蒙古宫廷

牙老瓦赤：河中地区行政长官，后升任中都城总管

马思忽惕：牙老瓦赤之子，接替其父行政长官之职

萧乌沙：契丹贵族，喀什噶尔财税官员，察合台汗国女摄政兀鲁忽乃的生父

阿丽纳：萧乌沙继妻

萧高勒：萧府管家

萧里剌：萧乌沙之子，玉奈同父异母的弟弟，在汗国担任财税官

奥腾呼：察合台汗国第五任汗阿鲁忽手下将领

伯颜：元朝名将，平南宋主帅，后升任右丞相

玉昔帖木儿：元朝名将，御史大夫

土土哈：元朝骁将，钦察卫主帅

乌赞：察合台汗国勇将

塞尚：怯伯挚友，怯伯执政时任法律大臣

哈兹罕：西察合台汗国军事贵族

忽辛：哈兹罕之孙，帖木儿内兄

哈吉：帖木儿的叔父

布拉吉：东察合台汗国军事贵族，拥立图格鲁

哈马鲁丁：布拉吉之弟，篡位者

忽帖：布拉吉之弟，保护了图格鲁的幼子黑的儿火者

完颜永济：未被认可的金国皇帝，卫王

胡沙虎：金军元帅

蒲鲜万奴：金将，后叛金自立，建立东夏国

完颜珣：金国皇帝，庙号宣宗，1213—1224 年在位

耶律直鲁古：西辽末代皇帝

帖乞失：花剌子模国强盛之主

摩诃末：帖乞失之子，花剌子模国王，蒙古军第一次西征因他而起

图儿堪：皇太后，摩诃末生母

忽出鲁克：乃蛮太子，乃蛮部灭亡后逃往西辽国，成为驸马，后攫取皇位

张鲸：总北京十提控，先叛金国，自立临海王，后叛蒙古

张致：张鲸之弟，锦州守将

张东平：张鲸之子

亦纳勒：摩诃末的表弟，图儿堪太后的侄儿，杀害蒙古四百五十名商人的元凶

札兰丁：摩诃末之子，花剌子模末代王

哈札阑：突厥骑兵统帅，为察合台所杀

灭里：花剌子模勇将，札兰丁的挚友

额明：突厥军将领

阿格剌黑：阿富汗土著军将领

李全：金将，先降蒙古，后叛，再降蒙古

彭义斌：宋将

阿夏敢布：西夏权臣

李德旺：西夏皇帝，庙号献宗，1224—1226 年在位

嵬名令公：西夏名将

李睍：西夏末帝，1226—1227 年在位

完颜守绪：金国末帝，庙号哀宗，1224—1234 年在位

完颜合达：平凉行省，抗蒙名将

完颜陈和尚：忠孝军提控，抗蒙名将

目录 | contents

第一章　荣誉的力量

壹

唯一的一颗星星，眨了几下眼睛，便又悄悄躲了起来。

初秋的中原之地，从空气里依旧可以嗅出湿闷的气息，似乎铅色的云朵之中，正憋着一场雨。本来大家都觉得这雨一定会下，可当戌亥交时的一场疾风刮过，便完全应验了"天有不测风云"那句老话。

大风刮了近一个时辰，接近子时的时候方才变小。像棉絮一样的云层被大风扯得四分五裂，这样一来，那些裹在"棉絮"里面的星星，便一个接一个地掉了出来。

这个晚上，对胡沙虎和成吉思汗的三位太子来说，注定是个不平静的夜晚。

城墙上，火光与月光交相辉映，刚刚露头的繁星睁着眼睛，好奇地俯视着下面忙碌的人群。来往匆匆的脚步声，伴着各种各样喧杂吵闹的声音，充斥于耳畔，卷起阵阵不安的心潮。

城墙外面，一座营盘已经扎下，偶尔传来几声战马的嘶鸣，也随即消散在时停时起的风中。

坐落于西京城中北部的帅府灯火通明，元帅胡沙虎头一次没有美人在怀，也没有早早就寝，而是独自站在一幅巨大的军用地图前，默默盯着乌沙堡和西京这两个地名，一脸的阴郁。

虽说西京城兵多将广，胡沙虎的内心却绝不轻松。

这是成吉思汗六年（1211）初秋，为报世仇，成吉思汗选择在战马肥壮之时向金国发起了进攻。

一个世纪前，正当宋与辽对峙，且两国国力都趋于衰落之际，女真人在白山黑水间兴起。其中，完颜部的阿骨打最有才干，他大力发展农业，积蓄粮食，精练兵马，渐次统一了邻近的部落。那时的女真，还是辽国的属部。辽国越到后期，政治越是腐败，统治者及官吏不断迫使女真各部缴纳大量的马匹、珍珠、貂皮和一种凶猛的猎鹰海东青，女真部民饱受压榨，对辽国的统治者十分痛恨。

辽天祚天庆四年（1114），阿骨打举兵抗辽，一呼百应。次年，阿骨打自立为帝，建立金国（1115 年建立，1234 年灭亡，享国 120 年），这位阿骨打就是金太祖。辽天祚保大三年（1123），阿骨打去世，其弟吴乞买即皇帝位，是为金太宗。两年后，辽国灭亡，辽贵族耶律大石率一部军队西迁，占据中亚之地，重建辽国，史称西辽。

同年，金军向宋朝大举进攻。宋军连连败退，金军很快逼近汴京，宋徽宗急忙传位于太子赵桓，自己退为太上皇。但钦宗没有阻止金军继续向南推进的能力，在辽国灭亡的两年之后，宋朝结束了自己在黄河以北的统治。徽宗的另一个儿子赵构游弋海上，在杭州定都，改称临安。

赵构建立的国家，在历史上被称作南宋（1127 年建国，1279 年灭亡，享国 153 年）。

金国代替辽国入主中原，疆域东北达日本海、鄂霍次克海，西北到巴儿忽真海子（在今贝加尔湖之东），西接西夏，南邻南宋，统治中国北部的广大地区，而蒙古各部亦相继成为金朝的属部。

其时其地，成吉思汗的曾祖合不勒汗利用金国南下与宋朝进行战争，对北方的统治有所放松的良机，建立了早期的蒙古国。虽然，此时的所谓"蒙古国"，严格而论只是一个松散的部落联盟，合不勒汗也只是草原各部落共同尊奉的盟主，而且这个联盟尚不足以对金国统治产生任何实质性的威胁，金帝仍旧不敢掉以轻心。鉴于当时，金军正全力与南方宋军作战，为了安抚北方各部，金帝遣使北上，邀请合不勒汗进京面圣，以示笼络之意。

这位金帝便是金太宗吴乞买。在金国历史上，太祖阿骨打、太宗吴乞买、世宗完颜雍都是很有作为的贤明之主。

合不勒汗初入京城时，金太宗对他的款待甚为殷勤，君臣时常同桌进食，一同出猎，彼此间不乏惺惺相惜之意。草原各部纵使结为联盟，实力与金国相比到底相去甚远，所以合不勒汗奉旨觐见，本身表明他对金帝并无反意。就这样，合不勒汗在京城被款留了一段时间。后来，金太宗予以厚赐，派人礼送合不勒汗返回蒙古。

合不勒汗前脚刚刚离去，后脚便有朝臣联合星象官上奏太宗皇帝，说北星明亮，南星暗弱，北星南移，呈现欺压南星之象，要太宗皇帝不可不防。太宗忙问朝臣和星象官该如何破解，结果这些人皆建议金太宗杀掉合不勒汗，合不勒汗一死，草原各部群龙无首，天象即可逆转。

其实，金太宗在与合不勒汗朝夕相处的过程中，也发觉此人颇有英雄气概，这一方面固然能引起他的共鸣，另一方面，也令他心生忌惮。此时听了朝臣和星象官的一番话，他自悔放虎归山，忙派一名将领以使臣的名义率领军队前去追回合不勒汗，或者趁合不勒汗不备，将其就地斩杀。

在民风剽悍的北方草原，能够成为各部共同尊奉的盟主，合不勒汗绝不是一位徒有蛮力的武勇之夫。他明知金帝出尔反尔，这一回去等待他的将是怎样的命运，又岂肯束手待毙？不过，他却装作上当的样子，同意随金使返回都城。路上，他趁"使团"防备有所松懈，突然出手，杀死充当使臣的金将和几名金兵，夺路而逃。

想到皇命在身，副将率领一队骑兵紧紧追赶。在即将进入草原的边界，合不勒汗勒住坐骑，发五箭射中五人，四死一伤，金兵将士受到震慑，不敢追赶，只能眼睁睁地看着合不勒汗的身影消失在草原深处。

这一事件，成为蒙古各部与金国交恶的开始。

为了彻底铲除合不勒汗这个心腹之患，金国方面曾先后四次派遣军队攻入草原。第一次是在金太宗天会十三年（1135）冬；第二次是在金熙宗天眷二年（1139）；第三次是在四年后的春天，而就在此前不久，金国已与宋朝签订《绍兴和议》，按照这个和议，东起淮河，西至陕西大散关以北土地永归金国统治。同时，宋高宗须向金熙宗称臣，岁输白银二十五万两，绢二十五万匹。《绍兴和议》后，金宋隔江对峙的局面形成，两国之间和平局面同时到来，如此，金熙宗终于可以腾出手来，全力征剿他的敌人合不勒汗；第四次是在皇统六年（1146）八月，金熙宗向草原派出了一支最精锐的部队。

面对汹汹而至的金国军队，合不勒汗运用了典型的草原战术与之周旋。这个战术的核心就是：敌攻我退、敌退我攻、避实就虚、乘虚而入。由于战术运用得当，合不勒汗四次粉碎了金军的进攻，取得抗金战争的胜利。次年三月，金熙宗被迫遣使与合不勒汗议和。

这个战术，后来被成吉思汗一再创新，内容不断得到充实。不过，与自己高祖不同的是，成吉思汗不是用来被动防御，而是用来主动进攻。

合不勒汗逝后，并未将汗位传给自己最勇敢最有才能的儿子忽图赤，却传给了堂弟俺巴孩。这个传位确乎有些奇怪，也令人感到费解，好在成吉思汗立国前的草原尚不存在太强的君主观念，因此，费解归费解，俺巴孩的即位倒未引起太大争议。反正，作为草原各部的盟主，最重要的任务就是平衡各部关系，为各部争取最大的生存空间和利益空间，谁能做到，谁就是当然的盟主。

金军对草原发动的第一次进剿行动，是金太宗在世时与合不勒汗的第一场也是最后一场战争，金军兵败不久，金太宗便在京城病逝。他去世后，人们拥立阿骨打的嫡长孙完颜亶登上皇位，史称熙宗（1135—1149 年在位），自此，皇位回到金太祖一系。这种皇位更迭而后回归的状况，在早期的金帐汗国也曾出现过。

熙宗继承太宗遗志，在七年间调动军队，对草原诸部先后进行了三次进剿。三次进剿的过程虽说不尽相同，结果却都一样铩羽而归。征讨草原诸部的四次失败，促使金熙宗改变了统治北方民族的方式，他和他的后继者采取"以夷治夷"的策略，不断在草原各部之间制造矛盾，尤其是在塔塔尔部和蒙古部之间，金廷通过拉拢收买塔塔尔部首领，逐渐将塔塔尔部变成了对付蒙古部的拳头。

贰

金世宗（1161—1189 年在位）登基不久，联合塔塔尔部对蒙古诸部展开了一次大规模的进攻，这场战争削弱了蒙古诸部的力量。俺巴孩汗很清楚，金军无法对付他们，真正能够灭亡草原的，是草原各部间的自相残杀。他将各部和平共处的愿望透露给塔塔尔部，还提出将自己的女儿许配给塔塔尔部的一位首领。不料，俺巴孩汗在前往塔塔尔部喝许亲酒时遭到捕获，为向金帝邀功，同时也为了从金国捞取更多的赏赐，塔塔尔人将俺巴孩汗献给了金世宗。

对于这段既复杂又简单的历史，胡沙虎自然记忆犹新。

金世宗是中国历史上有名的明君，金国真正的繁荣昌盛始于"大定之治"。但就是这位素有"小尧舜"之称的金朝皇帝，对付起北方游牧民族来决不会心慈手软。蒙古部的存在于金世宗而言犹如骨鲠在喉，即使合不勒汗已然去世，仍会让世宗皇帝想起自己的先祖。当年，他的先祖灭亡了辽宋，他担心历史终会重演。

这或许是冥冥中的一种启示：在世宗登临皇位的第二年，一个婴儿诞生在蒙古乞颜部首领也速该的家中。世宗应该从未预料到，这个孩子在数十年后将成长为一个能够决定金国命运的人，可奇怪的是，他照样会没来由地感到恐惧。

作为金国的"背叛者"，俺巴孩被世宗下令钉死在木驴之上。其死状之惨，令目睹了酷刑的将臣百姓无不毛骨悚然。这正是金世宗的目的，他要让所有人知道，俺巴孩的下场，就是叛逆者的下场。

当俺巴孩汗在金国饱受折磨而死的消息传回蒙古部时，人们推举忽图剌为汗，此后，蒙古部与塔塔尔部进行了十三次战争，又几度攻入金国边界，败金军于境上。忽图剌汗去世后，也速该即位，这时，蒙古部的东面是塔塔尔部和金国，西面是克烈部，也速该采取了"西盟东攻"的策略，联合克烈部，一再重创塔塔尔部，迫使塔塔尔的驻牧地不断东移，渐次进入弘吉剌部的领地。

至也速该去世，蒙古联盟迅速分裂，内乱四起，各自为政，彼此攻杀。这是金世宗乐意看到的结果。尽管如此，他仍不敢稍稍放松警惕，相反，他将自己当政时就开始实行的"减丁"政策运用到了极致：每三年派遣军队对蒙古地区进行一次大规模的剿杀行动，将与之作战不幸成为俘虏的或者仅仅是被他们看到的成年男子全部杀掉，掳掠妇女、儿童充为金人的奴隶，迫使草原各部承担繁重的贡赋。金世宗的残暴政策，激起了草原各部"怨入骨髓"的仇恨……

转眼间，胡沙虎在地图前已站了一个时辰。侍卫端着茶盘进来时，他蓦然觉得双脚发麻、两腿酸胀，便回到帅案后坐了下来。

侍卫见胡沙虎没有其他吩咐，悄然退下。

宽大的乌木桌案上放着几张纸，都是关于蒙古穿越金界壕，袭破乌沙堡，在野狐岭大败金军，进逼宣平、宣化的战报，胡沙虎看着心烦，将它们统统翻转过来，又远远地推到了帅案的一角。

他呷了口热茶，心里在想着成吉思汗这个人。

铁木真成为蒙古联盟的可汗时（1189），金世宗刚刚离开人世。倘若世宗活着亲眼看到这样的结果：他千防万防，还是没有防住草原民族的崛起，那么，他一定又会被噩梦缠绕。

事实上，当年金世宗为除去已成为金国心腹之患的塔塔尔部时，曾遣使联络当时草原上的第一大部克烈部以及新兴的蒙古部，请王罕和铁木真二位首领相助，配合金军元帅完颜襄，对塔塔尔部展开南北夹击。

这无非又是金国"以夷治夷"政策的延续。利益面前，草原各部，哪一个都有可能成为金国的朋友，哪一个都有可能成为金国的敌人。如果说王罕对是否蹚这趟浑水还有所顾虑的话，那么，铁木真这边却是积极备战，全力支持。这一次的行动，由于事先准备充分，情报准确，加之双方军队配合默契，联军大获全胜。塔塔尔部遭到重创，短期内不可能再对金国构成威胁。战斗结束后，金军元帅完颜襄代表皇帝接见了王罕和铁木真，对二位首领的配合之功予以嘉奖。不能不说完颜襄是个很有眼力的人，他回朝后向世宗汇报作战经过时，说了这样一句话：克烈部王罕固然实力雄厚，蒙古部铁木真却是生气勃勃，来日可畏，不可轻忽。

步入晚年的金世宗绝非不再关注草原动向，他只是对铁木真的崛起无能为力。几个月后，他在对国事的无尽担忧中走到了生命的尽头，临终前，他将皇位传给了孙子完颜璟（1189—1208 年在位，庙号章宗）。

同年，九岁丧父，从忧患中走出的铁木真成为蒙古各部的盟主。

金章宗文采焕然，却并不具备祖父的雄才大略，他只是很幸运，因为他继承的是一个稳定强盛的国家，他本人也长于治理和守成。所以，在他即位后的最初几年，金国的发展达到极盛。只可惜好景不长，世宗那些尚且活在世上的儿子们对于皇位被传于太孙心怀不满，导致内争频起。经济上，水灾、旱灾、蝗灾接踵而来，亦给金国社会带来了巨大的灾难。

天灾与人祸交替而至，立国近百年的金国出现了亡国的征兆。

但此时，这件事并不在胡沙虎考虑的范围之内，他也没有这样的意识，他所考虑的，是他与成吉思汗的力量对比。

没错，日益强盛起来的蒙古国对金国进行的战争，注定是场复仇之战。而蒙古军队的战力之强，在乌沙堡和野狐岭两场战役中已为胡沙虎所领教。

可以这么说，金军在《绍兴和议》前后，在四次出兵蒙古各部，在金世宗对草原实行"减丁"政策时还不失为一支英勇善战的军队，但从金章宗开始，这支军队的锐气与战力都已是明日黄花，今非昔比了。

金国的军制主要是"猛安谋克"制度。金立国之初，诸路以三百户为一"谋克"，十谋克为一"猛安"。金太宗至熙宗末年，随着金军在历次战斗中不断取得胜利，领土不断扩大，猛安、谋克被授予很大的职权。海陵王夺取汗位后，猛安、谋克均出现了失控和贫困化的趋向。至金世宗继承皇位，对军队及军制进行整顿和改革，这在一定程度上提升了军队的士气。然而，女真人毕竟入主中原多年，百姓承平已久，军队养尊处优，战斗力实在不能与前代相比。章宗时代，对猛安谋克实行控制，要求军队进行训练，可惜这些形式上的东西，终究不能阻止国家走上末路。

在蒙古军大举南下之初，胡沙虎并未将成吉思汗这个人放在心上。成吉思汗迫降西夏归来，正值永济皇帝嗣位，金使在鱼儿泺见到这位蒙古大汗，要求他入朝参谒新帝，使者说，作为藩属之国，这是起码的礼仪。成吉思汗问金使："如今谁登大宝？"金使回说："卫王永济。"成吉思汗遂向南面唾道："我当金国的皇帝都是天上人才能做得，原来永济这个庸懦无能的贵少也能登上皇位。我和永济有过交往，他这样的人也配接受我去参谒？向他跪拜，我还怕辱没了自己的双膝！"

成吉思汗说完，策马北去，再未回头。当使者将成吉思汗的态度回奏给永济皇帝时，许多大臣也在朝堂之上。得知成吉思汗是如此态度，永济皇帝连同群臣的后脊梁上都冒出了一股寒气。

叁

不出所料，成吉思汗在经过两年精心的准备之后，拉开了南征的大幕。

通过战争学习战争，善于从失败中总结经验，使成吉思汗在失去父亲又遭到部众遗弃的磨难中逐渐成长为头脑清醒冷静的军事元戎。对成吉思汗而言，金国既是他个人的仇敌，也是作为民族共同体登上历史舞台的蒙古民族共同的敌人。强大之后，必然就是复仇。

让胡沙虎感到不可思议的是成吉思汗这个人。这个人的出现，在金国君臣的心中仿佛笼罩着一层虚幻的色彩，所谓虚幻，自然便缺少真实的感觉。唯有成吉思汗用兵的巧妙，以及成吉思汗手下将领的能征善战，在蒙古军队步步向中都推进的过程中，始为胡沙虎所领教。

纵观金军上下，胡沙虎算得上是其中为数不多的几位不怕打仗的将领之一。金军兵败野狐岭后，成吉思汗将军队一分为三：他自率中路军攻取中原诸城；左路军交与二弟合撒尔率领，攻取中都东北的古北口；右路军则交与三个儿子——术赤、察合台、窝阔台共同率领，攻取西京（今大同）。左路军与右路军的任务，主要是为中军主力剪除来自侧翼的威胁。

幸亏蒙古军队尚且缺少有效的攻城器械，且缺乏攻城经验，南下之后，进展没有那么迅速，即便像宣平这样城防设施较差的弹丸小城，也须花费相当的气力才能攻取。而西京是个城防坚固的城池，远非宣平可比，胡沙虎所率，又是数倍于敌的兵力，这是他有恃无恐的资本。

门外，裨将求见。

胡沙虎让他进来了。

"怎么样？探听清楚了吗？"他开门见山地问。

裨将施礼回答："是。刚才探马来报，准备攻城的蒙古军由成吉思汗的三位太子率领，人数不超过两万。"

"不是哲别吗？"胡沙虎在乌沙堡一战中吃过哲别的亏，对于这位无论指挥进攻或退却都像箭一样敏捷的年轻敌将，他还真不敢掉以轻心。

"不是。"裨将肯定地回答。

"人数？"刚才裨将说过了，但胡沙虎没注意听。

"不超过两万。"

"情报准确吗？"

"准确。末将派出多路探马，他们的回报出入不大。"

胡沙虎在心中飞快地盘算着。西京城中，他亲自指挥的正规军队有七万人，地方武装力量有十三万人，如此一来，西京守军与蒙古军在人数上的对比就是十比一，加上西京城易守难攻，守住西京城应当不成问题。

他一面这样安慰自己，一面却想起了不久前的乌沙堡一战。

女真人立国之后，为防止北方民族南下，花费了近十年（1189—1198）的人力、物力及财力，沿草原边界修筑了一道边堡防线，也称金界壕。金界壕东起嫩江左岸的布西城（今莫力达瓦旗境内），西南经庆州（今内蒙古林西县西北），沿阴山直达河套以北，长度约为三千里。金界壕一般是掘壕取土筑堤，形成深沟长墙，有的地段砌以石墙，在水草丰美之处，则修筑堡寨，派兵戍守。

金军一味依赖边墙及边堡的作用，对成吉思汗大举南征的意图及路线反而预估不足。不仅如此，金军在兵力配备上，既缺乏防御重点，又未在纵深战线上配备一定的机动兵力以资策应。可以说，这种消极防御的战略战术，正是导致金军在临战中经常顾此失彼、捉襟见肘的主要原因。

与之相对，成吉思汗的作战方针却是：巩固后方，防御西线，剪除羽翼，避开金国防御力量较强的东部地区，以防御力量较弱的西北线为主要进攻方向，相机攻略中都（今北京）及其附近地区。

在金国，所有人都相信金界壕是一道铜墙铁壁，包括胡沙虎在内，无不认为成吉思汗将在金界壕勒住战马。然而那一天，当哲别率领的蒙古骑兵出现在金界壕，当无数匹战马像决堤的洪水，以摧枯拉朽的气势奔腾而至的时候，胡沙虎和他的手下将士们才蓦然发现，所谓的铜墙铁壁，竟如此不堪一击。

他一路败回金銮宝殿，多亏永济皇帝不予追究，他才保住了帅位。

待蒙古军大举南下，皇帝再次对他委以重任，命他坐镇西京。走马上任前，他向皇帝立下重誓：守不住西京城，当提头来见。他的自信建立在游牧民族不善攻城的基础上，不过，当蒙古军队真的陈兵城下时，他的心里仍旧觉得不踏实。他后悔自己把话说得太满，可转念一想，就算他不说那样的大话，自从他兵败乌沙堡，朝中他的政敌们就在皇上面前喋喋不休，大有不将他治罪不足以平民愤的势头，所以就算他什么也不说，万一他守不住西京城，他照样难辞其咎。

与大敌当前相比，这件事连想着都觉得那么可恶。

莫非，这个成吉思汗当真要成为大金国的克星，要成为他胡沙虎的克星？

在此之前，他胡沙虎也曾是大金国一把寒光闪闪的战刀，如今，连他的眼睛似乎都能看到这刀身上出现的斑斑锈迹。

刀已老，可他没有退路。是刀就得出鞘，问题在于，他是否有把握杀退城下的强敌？至少，能保住西京城就行，保住了西京城就等于保住了他的骄傲和荣誉。

裨将抬起头，偷觑着胡沙虎深思的面容。他追随胡沙虎多年，对主帅十分了解，像今天这样，主帅没有搂着美人早早安寝，他还是从所未见。

裨将从前天开始就没有睡过一个安稳觉了，他眼睛发涩，正想打哈欠，又急忙捂住了嘴。这是什么时候，他可不能触了主帅的霉头。

明天，也许就是一场苦战，他很想回军帐稍作休息。可是，胡沙虎似乎已经忘记了他的存在，无奈之下，他问道："请问主帅还有什么吩咐？"

胡沙虎如梦初醒，"唔……滚木礌石是否备足？"

"没问题，是末将亲自督办的。"

"弓箭呢？"

"新打造的弓箭全部运上箭楼，并已分发下去。"

胡沙虎再没有什么可问，挥挥手说道："你下去吧。"

裨将等的就是他这句话。临告退前，他还不忘体贴地叮嘱了一句："主帅，您也早点安歇吧！"

胡沙虎苦笑。他何尝不想早些安歇？奇怪的是，偏偏他今天没有一点睡意。

无法入睡的绝不只有胡沙虎一人。在西京城外率领蒙古右路军准备攻城的三位太子：术赤、察合台和窝阔台同样难以成眠。

军队在西京城外三十里处扎下营盘。等到风止云息，察合台像往常一样，邀请窝阔台一同巡视防务，然后兄弟俩做了一些安排，回到主营。

术赤、察合台、窝阔台三个人的营帐彼此相距不远，窝阔台见术赤的帐子里依旧透出光亮，知道术赤尚未入睡。他扭过头，向察合台笑道："大哥一定还在研究地图。要不,我们进去坐坐,跟大哥再推敲一下明天的作战方案?"

察合台的一双浓眉顿时皱了起来,"有什么好商量的!要去你去!"

窝阔台用不可思议的眼神看着察合台阴郁的脸色。

在窝阔台的印象里,二哥察合台并非那种是非不分、心胸狭隘之人,他性烈如火容易冲动不假,可他对父亲的事业很忠诚,对母亲很孝顺,对弟弟妹妹也很关爱。唯独在对待大哥的问题上,他会变得十分敏感,而且刻薄到不可理喻。窝阔台一直想不通,这到底是怎么回事?

察合台见三弟只顾盯着他发愣,不高兴地问了一句:"你看我做什么?"

"二哥!"

察合台悻悻地解释道:"我明白你的意思,但你不是劝过我,让我在大战前尽量避免与术赤发生矛盾,我不去见他,正是为了不跟他发生争吵。"

肆

在中路、左路两路大军斩将夺旗的时候,右路军的进展却不是很快,究其原因,与察合台和术赤不和有关。

当然这种不和还没有到水火不容的地步,加上有窝阔台从中斡旋,术赤和察合台在表面上还能做到相安无事。不论多深的矛盾都得服从于一个共同的目标,这个目标就是窝阔台时常挂在嘴边的父汗的征伐大业。

从小到大,窝阔台时常为二哥表现出来的对大哥那种近乎病态的仇视惊诧不已。在他看来,二哥若是瞧不起大哥倒还情有可原,大哥出生在篾尔乞部的营地,人们一直怀疑他是不是父亲的亲生儿子。唯独仇视,应该是谈不上的。本来他们一路行军的大部分计划都切实可行,却非要经过一番争执才能确定下来,除非术赤保持缄默——后来,术赤果然采取了这种态度。岂知这样一来,察合台更加不满和烦躁。

在父亲的七个儿子中(成吉思汗膝下共有四位嫡子、三位庶子,其中一子早年夭折),窝阔台与二哥的感情最为亲密。他清楚二哥的能力,察合台在小事上可能率性随意,大事上却极其谨慎。长年的军旅生涯赋予了他敏锐清醒的头脑,可以这么说,在谙熟战争指挥艺术方面,他与术赤不相上下。

西京坚固的城防仅次于中都,绝非沿途那些弹丸小城可比。大同守将又是蒙古军的老对手胡沙虎，乌沙堡失守后，永济皇帝以胡沙虎为帅，分兵二十万镇守西京。蒙、金双方军队人数相差悬殊，面对这种情况，右路军要想攻克西京城，只能智取，不可力拼。因此，右路军在西京城外扎下营盘后，窝阔台迫不及待想做的第一件事，就是消除二哥与大哥之间的对立情绪。

此刻，对于察合台的承诺，窝阔台并不觉得宽慰。察合台与术赤的相安无事，不是一种积极的和解，而是一种消极的避让。而他的本意，却是希望察合台能从心里接受术赤，兄弟彼此理解，彼此信任，同舟共济。

窝阔台的沉默让察合台有点不适应，他俯身拔起一根正在变黄的小草，将草根放在嘴里咀嚼着，这种草根的滋味既苦又涩，"想什么呢？有话你说！"由于正在咀嚼东西，他的声音变得含混不清。

"二哥，对大哥，你别用这样的态度。说真的，有件事我一直想不明白，你为什么会对大哥……"

察合台冷笑着打断了他的话："你说大哥？你叫他大哥，你心里真的认为他是我们的大哥吗？"

窝阔台一时语塞。

察合台默默地想着心事，若此时窝阔台能看清他的面容，想必会发现在他的眉目间，正游动着一丝苦涩的纹路。

窝阔台只能换个角度，"二哥……"

"嗯？"

"你应该明白父汗让我们兄弟三人共掌右路军的苦心。他无非是希望我们兄弟学会忍让，学会团结，更重要的是，学会合作。"

"我知道啊。我当然知道。"

"那你怎么……"

"没办法，我就是讨厌他。每次看到他，我就觉得心里不舒服。"

"二哥，你听我一句劝，好吗？现在的问题不是出在大哥那里，是出在你这里。只要你肯放宽心胸，同胞兄弟哪有解不开的死结？"

"同胞兄弟？"察合台喃喃。

"是啊。至少大哥是与我们一母同胞的亲兄长，血浓于水，我们否认不了这个事实。何况这些年大哥为了父汗的事业东拼西杀，忠心耿耿，连父汗对他都十分赏识、器重，我们这些做弟弟的，又何必苛求于他呢？"

"你的话说到这里，我倒有两个问题也想问问你了。"

"哦，你问吧。"

察合台斟酌了一番词句，"我这么问吧，换作是我或是你，换作是我们两个人有着术赤那样的身世，是我们两个人从小到大背负着沉重的负担，我们还能像术赤做得那么好吗？反正我是做不到。你呢？你能到吗？"

窝阔台思索着。

"不要去想，要顺着你的心回答。"

"我……恐怕做不到。"

"好，这算一个问题。"

"还有呢？"

"第二个问题，若父汗得到一柄宝剑，记住，只有一柄，天底下唯一的一柄，而我们兄弟四人——你，我，拖雷，还有术赤，我们四个人都渴望得到它，你不妨猜测一下，父汗会把这柄宝剑给谁？"

这一次，窝阔台无论如何不敢回答了。

察合台意思很明显，唯有爱，唯有那深沉如山的父爱，才是术赤背负着沉重的痛苦仍旧甘于献身的动力。尽管这父子之爱的表现如此曲折压抑，它仍旧是发自内心最自然最真挚的感情。想到这一层，大度如窝阔台，也觉察到一种出人意料的不快与妒忌悄悄滑过心底。

察合台的目光落在了术赤的帐幕之上。

每逢大战，术赤总是睡得很晚。从还是一名幼童起，术赤就被父汗带在身边南征北战，直至成为独当一面的将领，他更是殚精竭虑，唯恐有负父亲重托。察合台的秉性为人或许与术赤格格不入，但他了解术赤，事实上，他比任何人都更了解术赤。沉默笼罩了兄弟二人，良久，察合台移开目光，平静地对窝阔台说道："我既答应了你，就不会食言，更不会意气用事，大战前我保证不会再与术赤发生任何冲突。还有，如果你希望我们三个人研究一下具体的作战方案，我们也不妨去见他。"

"这个真的很有必要。西京城易守难攻，我们兵力不足，肯定不能拼消耗。我们兄弟三人，必须商议出一个稳妥的战法才行。"

"也罢。术赤说不定已经有想法了，看咱俩是不是与他想到了一块儿？"

伍

一连数日，蒙古军对西京城围而不攻，胡沙虎亦不主动出击，两边处于对峙状态。胡沙虎在乌沙堡领教过蒙古人在旷野作战的闪电战术，也吃过哲别调虎离山的亏，是以此次分外谨慎。

这是极其难熬的几天，双方将士的神经都绷到了最紧的程度。

难道，蒙古人是在等待援军吗？胡沙虎暗自揣测着蒙古军下一步可能采取的行动。

十多天后，蒙古军的"增援部队"果然到了，这是被军队强行驱赶来的西京城周边的百姓。原来，术赤兄弟见西京城守城力量雄厚，不愿花太大的代价攻破此城，因此他们商议后，定下此计。

这一招使出来未免阴毒，其效果却是立竿见影。

不出所料，西京守军拒绝残杀自己的同胞。胡沙虎眼见大势已去，趁着蒙古军尚未攻入城中，匆匆从城后逃回中都。永济皇帝怒责他指挥不利，屡战屡败，一气之下要将他斩首示众，亏得群臣力保，永济皇帝才念在他昔日有大功于社稷的分上，将他撵出朝堂，罢职了事。

时至秋末，三路大军如期会师于中都城下。成吉思汗见中都城防坚固，一时难以攻克，遂传旨主力班师。

永济暂时松了口气。

退回草原休整的成吉思汗，于不动声色中等待着时机。

此间，他接受契丹降将石抹也先的建议，开始关注辽东战局。

蒙古军大举南下，使金军疲于应付，而大批契丹将领降蒙，也令永济对契丹人产生了戒惧之心。为牢牢掌握辽东地区，永济欲在辽东实行"夹户"（两户女真人夹居一户契丹人）政策，不料，他这个愚蠢的决定，却成为辽阳留守、契丹皇族之后耶律留哥叛金自立的导火索。

耶律留哥自立为辽王，很快聚集起追随者十万之众。自此，他以辽阳城为据点，开始了伐金大业。永济皇帝派大将蒲鲜万奴提兵二十万攻打辽阳，辽阳军民抵抗数日，伤亡惨重，不得不退守隆安。

蒲鲜万奴转攻隆安。敌众我寡，隆安城遭到破坏，耶律留哥抵抗不住，只得弃城而走。蒲鲜万奴下令追击，契丹军受到压迫，不断向西撤退，渐次退到辽河上游。按照耶律留哥的想法，他是想利用辽河上游的复杂地形与金军周旋，同时休整军队，补充给养。不料，大军刚刚扎下营盘，探马游骑来报，辽河上游正驻扎着一支军队，从旗号判断是蒙古人，人数约有六七千人之众。

耶律留哥初闻此讯不免吃了一惊，但想到契丹人与蒙古人的目标一致，似乎也没必要过分紧张。他派人与这支蒙古军的统帅按陈接洽，按陈痛快地答应与耶律留哥合力击溃循踪而至的女真军队。

按陈是成吉思汗的发妻孛儿帖的幼弟，当朝国舅，年龄与术赤相仿。他从小被长姐接到身边，十岁时便开始随姐夫出征，耳濡目染，长大后颇有指挥才能。成吉思汗对他十分喜爱，经常委以重任。

契丹军队与蒙古军队的这一次合作十分成功。耶律留哥与按陈密切配合，先是击败女真追兵，接着回师辽阳城下。蒲鲜万奴畏惧蒙古骑兵，弃城而逃，辽阳、隆安等城重又回到耶律留哥手中。

耶律留哥感于按陈一片赤诚，与他结为异姓兄弟。在结拜仪式上，他起誓正式归附蒙古成吉思汗。

蒲鲜万奴兵败辽阳的消息传到中都，永济皇帝吓得六神无主。他思前想后，只得匆忙启用了西京失守后被罢职的胡沙虎。

永济皇帝用不了多久就要为他的这个决定后悔了，只可惜他是悔之无及。

刚刚失去了在辽东的主导权，金国宫廷中又发生了一场血腥政变，永济皇帝被权臣胡沙虎毒杀，胡沙虎另立章宗的亲弟弟完颜珣为帝，史称宣宗（1213—1224 年在位），改元贞祐。胡沙虎自封为监国大元帅，总揽军政大权，皇上不过一摆设而已。

永济被贬为庶人，草草埋葬了事。

内忧外患接踵而至的金帝国，防御能力虽未完全消失，但士兵无心作战，将领唯求自保，江山如同惊涛骇浪中的孤舟，已掌握不住自己的航向了。

永济被毒死的消息传到蒙古本土，成吉思汗当即从鱼儿泺（今贝尔湖）起兵，再伐金帮。

蒙古军队第二次进攻金国，连续攻掠云中、九原、抚州诸州郡，数战告捷。面对黄河以北诸城现状，其中以中都城最难攻克，成吉思汗审时度势，制定了袭击中都周围广大地区，从四面孤立中都的作战方针。十二月，成吉思汗兵分三路，右路军自易州循太行山东麓南下，扫荡山左之定、邢、洛等州，至黄河折向西北，返入山西。左路军循海边东进，袭取辽西走廊诸郡。中路军则由成吉思汗及蒙军大元帅木华黎率领，肃清拱卫中都周边的军事力量。

由于金朝集中兵力防守中都等重要城市，造成山西、河北、山东等地兵力空虚，各州虽强征乡民守城，却大多是些乌合之众，既无作战经验，又缺乏战斗力。因此，在短短的一年时间里，蒙古军再下金国九十余城。至此，金国在黄河以北地区只剩下中都、通州、顺州、真定等十一城尚未被蒙古军攻破。

次年（1214）五月，蒙古三路大军在金国黄河以北诸州郡扫荡取胜之后，又会师于中都城下，准备对中都城展开围攻。蒙古军连战克捷，士气正盛，诸将皆请求乘胜攻打中都城，成吉思汗却不为所动。

一连数日，成吉思汗对中都城围而不打，只是每天在城周骑马巡视。金国君臣不知道他葫芦里卖的什么药，一个个紧张不安。然而，大军压境，除了加强城防，似乎也别无他法可想。不久，使者求见金帝，转达了成吉思汗的口谕：汝山东、河北州县尽为我有，汝所守唯中都耳！天既弱汝，我复迫汝于险，天其谓我何？我今归，汝不能犒师以弭诸将之怒耶？

事已至此，为防城破之日，连自己都成为蒙古军的俘虏，完颜珣只得接受成吉思汗提出的投降条件：献上童男女五百人、战马三千匹和大量金帛，同时将废帝永济之女岐国公主冒充己女一并献给成吉思汗。

蒙金之间大规模的战争就此告一段落。

陆

蒙古军回师本土，并未让完颜珣感到真正的安宁。中都离蒙古毕竟太近了，即使中都坚固的城墙也无法阻挡来自北方的战马蹄音。恐惧变成了夜夜纠缠不休的噩梦，噩梦中只有一个念头从酝酿到成熟——迁都。

一日大朝，皇帝完颜珣以中都物质匮乏、国库空虚为由与群臣商议迁都汴京（今河南开封）事宜。他理所当然地认为，汴京据黄河之险，一定能够阻止蒙古大军推进。不料，此议一出，群臣多数表示反对。

完颜珣这个人挺有意思，他窝囊了半辈子，平时也耳软心活，毫无主见，偏偏这一次，他是横下了一条心，对所有劝谏一概屏而不纳。不久，他留下太子固守京城，自己率领文武百官、后宫家眷迁往汴京。

不出群臣所料，完颜珣迁都之举果然在中都百姓中引起了极度恐慌以及对朝廷的彻底失望，刚刚平稳的局势重又陷入动荡不安之中。时隔不久，金廷举众迁都的消息亦被送达蒙古本营。

成吉思汗闻讯愤然作色：“金既与我议和，为何又要南迁汴京？看来完颜珣当初的议和不过是缓兵之计，为的是拖延时间重整旗鼓，继续与我为敌。我倒要先发制人，看他阴谋如何得逞？”当即传令三征金国。

成吉思汗不愧是一个善于选择时机、头脑清醒冷静的天才统帅。过去不攻中都，是考虑到中都城防坚固，军民同心，倘若倾入大量人力、物力攻城，终究得不偿失。如今情况发生了极大的变化，完颜珣迁都，势必造成中都城防空虚，人心紊乱，此时再攻中都，则会事半功倍。

事实也是如此。成吉思汗在指挥大军从四面包围中都城后，并未认真组织强攻，而是采取了围点打援的战术。这个战术分为四个步骤：第一个步骤是不间断地对中都城发起佯攻，使守城金军备感压力；第二个步骤是暗令围城将士放走中都守将派往汴京求援的使者；第三个步骤是在必经之路设伏，将增援金军来多少消灭多少；第四个步骤便是断绝中都城与外界的联络，耗尽城中粮草储备。成吉思汗有足够的耐心等待中都城不攻自破，何况在这个过程中，他将金帝派往中都增援的精锐部队消灭殆尽。金军坚守中都城长达半年之久，终因城中断粮以及援军不至而陷落。

不久，成吉思汗在桓州行宫接见宋金名家，访得耶律楚材的贤名也在此时。

出身名门的耶律楚材，是辽东丹王突欲的第八代嫡孙。其父耶律履六十岁时方得此子，既感慨又欣喜地为新生儿取名“楚材”。取“楚虽有材，晋实用之”之意，将辽国比作楚，将金国比作晋，父亲是希望儿子长大后能够在金廷大展宏图。

楚材三岁时，严厉而慈爱的父亲去世，熟读诗书、深具文化修养的母亲将他抚养成人。耶律楚材在这样的家庭环境中长大，才名渐播于金邦。其时章宗在位，闻耶律楚材之名，特意召见了这位才华横溢的青年。得知他是已故侍郎耶律履的三儿子，章宗十分高兴，不过当时耶律履之位早由其长子善才继承，章宗便格外拔擢任用，将耶律楚材补为左右司员外郎。这一年是金章宗泰和六年（1206），耶律楚材年方十七岁。也正是这一年，成吉思汗成了全蒙古民族的大汗。

耶律楚材博览群书，精通天文、地理、术数、律历，多才多艺且风华正茂。只可惜日渐衰落的金廷无法给他提供充分施展才华的舞台，怀才不遇的失落感迫使他投向佛门，拜在京都名僧万松长老的门下。

然而，参禅打坐并不能完全泯灭耶律楚材内心的宏伟抱负，他仍然渴望以一生所学，济世安民。

后来，西征前夕，成吉思汗得偿所愿，将耶律楚材罗致到蒙古宫廷。

短暂的休整过后，成吉思汗调集大军，从桓州向金新都汴京进发。

黄河再次阻挡了蒙古骑兵前进的步伐，成吉思汗挥戈向西，准备从陕西一侧攻入河南。这一次，四位太子全在父亲麾下听用。在陕西，唯一的一场硬仗是攻打京兆（今西安）的战斗，察合台和拖雷从两门同时攻入，察合台擒获京兆守将，立下头功，得到父亲的赏赐。

父亲赏给察合台的，是一件华丽的紫棕色貂皮大氅，这是成吉思汗的女婿、畏兀儿国王巴尔术献给岳父的礼物，成吉思汗把它赐给了屡建战功的儿子察合台。

察合台一生，只穿过三次这件貂皮大氅。第一次是在父亲将大氅赐给他的宴会上，他只穿了一会儿，因为热，便让夫人帮他收了起来；第二次是他君临察合台汗国的那天；最后一次，则是在他离开人世之际。

察合台从未忘记，当时，父亲走下御座，亲自将大氅披在他的身上。父亲上下打量了他好一阵儿，笑道："你与我的身量相仿，这件大氅很适合你。"然后，又慈爱地责备他："你跟拖雷还真像，你们两个最大的问题不是缺少勇敢，而是太过莽撞。每次派你们执行任务，我这心都会提到嗓子眼里。早先，我跟你大哥说过我的意思，现在，我把同样的话送给你：你们兄弟几个，遇事要冷静，要学会保护自己，无论如何，你们一定要平平安安地才行。"

父亲说这番话时，目光一直停留在他的脸上，在父亲的目光中，有欣慰和赞赏，更有担忧和牵挂。

察合台不敢再与父亲相视，谢过父亲，施礼退至一边。他的鼻子酸涩，泪水已经漫过心底。身为成吉思汗的儿子，他永远不能当着任何人的面流泪，哪怕是因为感动，那也会让他感到羞愧。

当他终于调整好心情，抬起头时，却发现坐在对面的术赤正默默地注视着他。术赤的表情有些奇特，似乎很严肃，又似乎隐藏着笑意，一双明亮的眼睛里却分明闪动着丝丝惆怅的光芒。兄弟相争多年，积怨颇深，唯有此刻，察合台突然明白，他与术赤，是世间最不能相容的兄弟，同时也是最了解彼此的人。

从此，察合台将紫棕色貂皮大氅视作与生命同样珍贵的礼物。成为察合台汗国大汗的那一天，他穿上它，是希望父亲的在天之灵为他骄傲；他很清楚，下一次，下一次他再穿上它，那就是他要去与父亲相见的时候。父亲说过，这件大氅很适合他，因为他与父亲的身量相仿。

京兆陷落后，蒙古军乘胜攻打潼关。潼关位于黄河、渭河的交汇处，是金新都的门户。攻下潼关，即预示着金国西部防线的全面崩溃。

完颜珣得知蒙古军南下，急忙在潼关一带布置了数倍于敌的兵力，并组织了一支忠义敢死队。蒙古军在潼关与金军激战，互有胜负，金军凭借潼关地势之险，苦苦支撑。成吉思汗于是放弃潼关，率军沿华山一侧继续向南，绕过洛阳，攻下汝州重镇，汴京随即暴露在蒙古军的面前。

在距汴京不到十里处，蒙古军遇到了忠义敢死队的顽强抵抗，进攻受挫。成吉思汗考虑到金军兵力远占优势，下令撤退，忠义敢死队和金军主力奉皇令紧紧追赶。自成吉思汗攻金以来，这是最危险的一次：前有大河阻挡，后有强敌追击。然而，让成吉思汗在登上世界历史舞台前就永远消失，可能不是天意。时值秋末冬初，就在蒙古军撤退途中，一连七日，风雪交加，气温骤降，数日之内，黄河全面封冻，蒙古军遂从结冰的河上顺利北撤。金军不敢继续追赶，只能望冰河兴叹。

柒

第三次征金至此告一段落，蒙古大军回返本土，只留少量部队协助归降的金军将领继续肃清黄河以北的金国残余力量。

总的来说，蒙古在对金国进行战争初始，仍带有游牧民族攻略定居民族的深深烙印，随着对金战事的不断深入，改变旧的战略战术已势在必行。

石抹明安、史天泽、张柔等金国降将对自己辖区的有效治理为成吉思汗提供了一种模式。统治发达的中原国家必须采用适合中原的方法,笼络和重用一批出身于金地的才能出众的将领不但可行,而且必要。蒙古军人数太少,不可能分兵占领每座城市,从而给敌人留下各个击破的机会,在这种情况下,允许一些豪绅、军阀拥兵自重无疑要明智得多。唯一的条件是他们必须宣誓效忠。

此时,蒙古"四杰"之首木华黎的麾下既有像石抹明安、萧也先这样的契丹族将领,也有像寅答虎这样的女真族将领,更有像郭宝玉、史天倪、史天泽、石天应、张柔、武仙这样的汉族将领,可谓猛将如云,人才济济,这是其中一个有利的方面。另一个有利的方面是,金廷已完全失去了对辽东的控制权。

耶律留哥在隆安自立为辽王,女真贵族蒲鲜万奴在辽阳建立了"东夏国",并遣长子迪格入质汗廷,如此一来,辽东至少在名义上掌握在成吉思汗手中。再加上木华黎在征南战争中表现出来的杰出才干已使他在金降将中树立起崇高的威望,因此,成吉思汗北归时,便放心地将继续攻金的指挥大权交到了他的手里。

南征西和,是成吉思汗为提升本国国力所制定的国策。西和的目标,确定为在中亚立国的一个古老而地域辽阔的国度——花剌子模。

花剌子模开国之主名叫纳失的斤,此人原是塞尔柱王朝苏丹的宫廷奴隶,因他屡立战功,被封为花剌子模总督。当时,花剌子模仅占据着阿姆河下游里海与咸海之间的地区,首都叫作花剌子模,国以首都之名命名,后将首都改称玉龙杰赤(今库尼亚-乌尔根奇)。随着塞尔柱王朝衰落,纳失的斤在封地建立了自己的王国。

不久,纳失的斤病故,其子即位。这一年,花剌子模军队被西辽军队打败,新王只得臣服于西辽国。

此后,在花剌子模内部,由于五代嗣子的内战,国家始终没能强大起来。直到纳失的斤的五世孙帖乞失(1172—1200年在位)成为国主,花剌子模才逐渐发展成为中亚实力最雄厚的国家之一。与之相反,西辽国在其开国君主耶律大石之孙直鲁古(1178—1211年在位)即位后,却走上由盛而衰的道路。

　　为扩张领土，帖乞失带领军队，积极向南、向西用兵，多次出征呼罗珊和波斯诸地，曾大败报达（今巴格达）军队，哈里发（伊斯兰国家对政治、宗教领袖的称谓，原意为宇宙主宰安拉在大地上的代治者、继承人）的地位受到威胁。帖乞失在称霸于西方的同时，却始终在名义上充当着西辽国的藩属。

　　帖乞失原想乘胜占领整个哈里发国家，哈里发向古尔派出使者，希望他们攻打花剌子模，迫使帖乞失撤兵。果然，帖乞失赶回花剌子模抵挡古尔军队，并向西辽国求救。西辽派遣大将渡过阿姆河，进入古尔王朝的巴里黑（今阿富汗马扎里沙里夫），却在这里遭到惨败，死亡万余人。西辽古儿汗直鲁古派人向帖乞失索要赔偿，被帖乞失拒绝了，帖乞失说：若皇上无能战胜古尔军队，我何不做古尔朝的藩属？

　　见帖乞失翻脸无情，直鲁古异常愤怒，派出一支军队包围了花剌子模的首府玉龙杰赤，两军数次交战，西辽军不敌撤退，帖乞失追击至西辽国境内，遭到西辽军民的坚决抵抗，不久撤回本土。

　　尽管帖乞失多次与西辽国发生冲突，不过在他活着的时候，他一直定期向西辽国缴纳贡赋，而且一般情况下都能恪守臣礼。他临终时告诫儿子们：一定不要与辽皇直鲁古作战，不要撕毁已达成的协议，要留着西辽国充当花剌子模的长城，因为"在西辽国的背后，站着一个十分可怕的敌人"。

　　帖乞失还真够先知先觉。难道在他临终之际，已预感到东方的一股力量，将会在未来某一天席卷他的国家？

　　帖乞失的儿子摩诃末继承了父亲的位置。最初几年，摩诃末·沙（沙、算端、汗等都有君主之意）尚能继续向西辽国缴纳贡赋，充当西辽国的藩属。期间，花剌子模甚至与西辽国联手击败古尔王朝的军队，将古尔人的势力排挤出了呼罗珊。

　　随着花剌子模的国力日益强盛，摩诃末将父亲的忠告抛到九霄云外，他先是停止了对西辽国的贡赋，当西辽国遣使催贡时，摩诃末正准备对钦察部发动战争。他担心他的无礼会引来西辽国的进攻，与此同时，他又不愿以藩属国王的身份接待西辽使臣，便请他的母亲、王太后图儿堪代为接待。

　　太后以尊崇的礼节接待了西辽使臣，对迟交贡赋一事表示歉意，并立刻补齐了所有的贡赋。使臣返回宫廷时，对古儿汗直鲁古说："摩诃末不怀好意，这将是他们最后一次入贡，我们要做好准备。"

果然，摩诃末在出征钦察部胜利归来后，一面停止了对西辽国的贡赋，另一面则开始有计划地归并整个河中地区。

西辽国一向将河中地区视为自己的"府库"，而河中地区的贡赋也是西辽国财政收入的主要来源，为了与摩诃末争夺河中地区，双方进行了无数次战争。至成吉思汗六年（1211），西辽皇位被直鲁古的乘龙快婿忽出鲁克攫取，忽出鲁克以让出河中地区换来摩诃末出兵支持，这一行为对衰落的西辽国犹如雪上加霜。此后数年，原西辽属国及属部高昌回鹘国（元称畏兀儿）、葛逻禄（元称哈剌鲁）、阿力麻里（也是葛逻禄人建立的国家）先后归附成吉思汗，摩诃末则如愿成为河中地区的主人，正计划着将首都迁往撒马尔罕。

这一时期是花剌子模的鼎盛时期，其领土西越里海，北至伏尔加河，南至申河、波斯湾，东到帕米尔高原（包括今乌兹别克斯坦、阿富汗、塔吉克、克息尔鄂达、哈萨克东南部诸地）。就地形而言，东南为兴都库什山脉，西北为乌斯特乌尔特高地，北为吉尔吉斯草原，中部则遍布红沙，分为两大沙漠区：撒马尔罕、不花剌以北为基吉尔库姆沙漠，也称红沙漠；阿姆河与里海之间为卡拉库姆沙漠，也称黑沙漠。沙漠之地难以通过，须趁有雪之时才能穿越。

中亚之地气候温和，宜耕宜牧，很适于发展农牧业。另外，花剌子模地处东西方贸易通道，商业发达，国民多数以经商和善于经商闻名。因而蒙古人又将花剌子模称为撒儿塔兀勒（"商人"之意）。

花剌子模国有两大河流成为天然屏障。阿姆河当时不入咸海，自不花剌之南转而北流，再折西南入里海，河中多沙碛，少舟船。锡尔河上源有二：一出天山，名曰纳林；一出葱岭（帕米尔高原），名曰塔尔，汇入安集延，始名锡尔河，河流旋折呈"之"字状。这两大河流横贯战地中央，影响军队的作战行动。

花剌子模国当时有两大交通干线，其中一条是西辽国都虎思斡耳朵（今吉尔吉斯斯坦托克马克以东楚河南岸）—恒罗斯—塔什干—浩罕—撒马尔罕之线，在蒙古人征服花剌子模后，这条线路也成为蒙古国的主要交通线之一；另一条是撒马尔罕—不花剌—马鲁—你沙不儿之线，这条线路是花剌子模与波斯之间的主要交通线。

至成吉思汗十三年（1218），在摩诃末为自己招致最危险的敌人前，蒙古国的版图已经扩展到东自日本海，西至额尔齐斯河与花剌子模国相接，北自巴尔忽真湖，南至黄河的广大地区。成吉思汗立国后，十分注重与邻国加强贸易往来，他制定法律，并开始兴建驿站，为各国商人解决衣食住行。

捌

成吉思汗第一次与摩诃末产生交集，是在中都被蒙古军攻克之时。

武力的强盛，足以促使摩诃末将目光转向美丽富饶的东方国度，不料他尚未采取行动，漠北草原的蒙古人却捷足先登了。来往于东西方的商人将蒙古人南下且已攻占金中都和黄河以北大部分州郡的消息带到摩诃末的宫廷。特别是对于成吉思汗，那个蒙古人的汗，更是众说纷纭，褒之如神，贬之如魔。

为探听虚实，摩诃末精心选派了一个商队前往蒙古，想暗中了解一下那个奇迹般出现的帝国的真正实力。

摩诃末并未忘记，他父亲临终前曾对他说过，西辽国的背后，站着一个十分可怕的敌人。难道父亲所说的"可怕敌人"，就是指成吉思汗？就是指蒙古人？

不久，由摩诃末精心挑选的商队被派往蒙古，其中三名商人带领驼队，来到设于中都附近的成吉思汗行营，准备进行贸易。

三名商人到来时，正值蒙古军刚刚攻下中都城，成吉思汗在城外驻营，派义弟喜吉忽入城接收原属金国的所有金库。

成吉思汗的个性，原本是非常乐意接受一切新鲜事物。而且，他虽崛起于朔漠，东方贸易却在他的心目中占据着头等重要的位置。通过来往于东西方的商人，他也对花剌子模的富庶和摩诃末的勇武有所了解，如果可能，他倒很希望能与那个西方强国建立和平友好的贸易关系。

成吉思汗亲自接见了来自花剌子模的三名商人，热情地提出要买下他们的货物。其中一个商人拿出他带来的丝织品极力向成吉思汗兜售，成吉思汗要他自己开价，结果这个人开出了高得离谱的价格，他那种明显含有嘲弄蒙古人愚昧无知的语态终于令成吉思汗勃然大怒："你当真以为我从未见过这种丝织品吗？我念你们是远道而来的客人，才以礼相待，不想你们竟如此不识抬举！"

话音刚落，喜吉忽进帐向汗兄汇报金库接收事宜，成吉思汗就让喜吉忽和儿子察合台带这些商人去参观一下他们的库藏。

此间，察合台和妹妹阿剌海正侍立于父亲身边，察合台是个暴脾气，对于商人的无礼早就忍无可忍，听到吩咐，当即走上前去，像拎小鸡一样拎住那个商人的衣领，将他拖出帐外。

三名花剌子模商人被蓦然呈现于他们眼前的琳琅满目的珍宝惊呆了。喜吉忽和察合台带着他们在金库转了一圈，只见这里处处金玉流光，织锦巧艳。其中，巧夺天工的古玩珍器数不胜数，别说他们没见过，甚至连听也没听过。尤其是那些比他们带来的丝织品还不知要精美华贵多少倍的织金锦，更让他们大开眼界，流连忘返……

参观完毕，喜吉忽和察合台又将他们带回成吉思汗的大帐。余怒未消的成吉思汗下令没收了方才真正激怒他的那位商人的财物，并将他轰出大帐，等候发落。

剩下的两位花剌子模商人吓得面色如土，抖衣而战。

成吉思汗和颜悦色地要他俩也为自己的货物开出价格，这二位哪里还敢要价，可不说话又怕惹成吉思汗生气，吭哧了半天，方硬着头皮说道："全部货物，白银半……半土绵（土绵：万）尚可。"

成吉思汗哈哈大笑，"我赐尔等十土绵，如何？"

两位商人大喜过望，跪倒谢恩。成吉思汗又让察合台去把正等在帐外的那个商人也带了进来，以同样的高价买下了他所带来的丝织品。

俟三位商人离去，察合台不解地问父亲："您为什么不追究那个商人的罪行，反而以同样的高价买下他的货物呢？"

成吉思汗微笑，指了指阿剌海："这个问题，你不妨问问你妹妹。"

阿剌海是术赤和察合台的胞妹、窝阔台和拖雷的胞姐，在成吉思汗的五个儿女中排行第三。十九岁那年，阿剌海被父亲嫁给镇守净州（汪古部，蒙古立国后改称净州）的北平王镇国，从此，她与镇国同心协力，将净州经营成了蒙古对金国发动进攻的前沿堡垒以及战马物资转运之地。阿剌海虽是女子，却颇有头脑，且极具胆识。察合台特别喜爱他的这个胞妹，对她的见解从不轻忽。

察合台果然问阿剌海："你知道父汗的想法？"

"自古商人多逐利，此人纵然无礼，说到底也只是商人的本性而已。既是商人本性，又何必耿耿于怀呢？"

察合台还是觉得不能理解，他问父亲："他如此藐视您，您真的就不介意吗？"

"是啊，我不介意。"成吉思汗回答。

"为什么？"

"无礼来源于无知。我不是让你和你义叔带他们去参观了我们的金库吗？相信参观过金库，他们的想法会有所改变。"

"我不明白您的意思。"

"儿子啊，他们虽是商人，为父却把他们看成西方那位君主的使者。如果能与花剌子模建立友好关系，鼓励双方商业往来，对草原经济的发展大有裨益。为父相信，经历了这场风波，他们会将为父的诚意带回花剌子模宫廷。"

察合台认真思索着父亲的话，终于悟出父亲的良苦用心与深谋远虑。他没再说什么，在这点上，他像术赤一样，绝不会说出任何崇敬的话语来。他只希望，在未来的日子里他能成为一个像父亲一样的人，即使他做得不够好，即使他终究做不了成吉思汗，这也是他愿意终生为之奋斗的目标。

如今，带着第三次南征的赫赫战果回到风光秀丽的克鲁伦河畔，人们尽情地放松着疲惫的身心。

新的战事确定在次年秋季，下一次出征，成吉思汗将要彻底征服金国。

在此之前，与花剌子模建立和平友好的贸易关系也被提上了日程。

其实，自上次在中都附近接见花剌子模商人，成吉思汗就有遣使回访花剌子模的打算。这次回到本土，他从定居草原多年的花剌子模商人中精心挑选出玉龙杰赤人马哈木作为他的私人代表，让他带给摩诃末一份厚礼与一封和平坦率的信。

马哈木带着使团刚刚出发，成吉思汗在金顶大帐获得密报：总北京十提控张鲸公开叛蒙，自立门户。

在金军将领中，张鲸是一员野心勃勃的武将，蒙古军队攻打中都时，他在锦州自立为"临海王"，并向成吉思汗献上降表。此后，他在锦州附近招兵买马，附者甚众，渐次发展成辽西之地最大的一股势力。

蒙古对主动归降的各路"诸侯"通常采取笼络政策，不动其属地，不变其官职。只要这些人忠诚，必要时还能得到蒙古军队的援助。然而，张鲸绝不是一位甘于久居人下之人，蒙古军的北撤让他看到了机会，他以为成吉思汗与自古以来任何游牧民族的首领一样，对于富庶的中原诸城只存掠夺之心，而无经营之意。随着蒙古主力撤离，他开始做着叛蒙自立的准备。

小时候的惨痛经历令成吉思汗无法原谅任何背叛行径，何况他也不能原谅。得到张鲸欲叛的密报后，他只得再派木华黎前往平叛。木华黎两天前才返回汗营述职，鞍马劳顿，连稍事休息的时间都没得到。

察合台和拖雷闻讯，争着向父亲请战，察合台的态度尤其坚决，成吉思汗遂命他为木华黎辅佐。

木华黎、察合台立率三万大军出发，成吉思汗亲将他们送出营外。望着木华黎神采奕奕的眼睛和日渐消瘦的脸庞，成吉思汗的心头涌上了深深的歉意。

木华黎何尝不明白成吉思汗的心情，他们是君臣，更是相知的朋友。他语气平静地劝慰道："大汗不必忧虑。张鲸不识时务，逆天行事，何足为惧？而今降蒙金将人心不稳，除掉张鲸，正可杀一儆百。从这个意义上来讲，张鲸叛乱绝非坏事。大汗请稳坐汗廷，敬候佳音！"

成吉思汗紧紧握着木华黎的双手："中原有你坐镇，我自然高枕无忧。只是这样一来，你往来奔波，我总担心你的身体吃不消。"

"不妨事，臣会注意。"木华黎深情地说道。

成吉思汗又叮嘱察合台："你随木华黎叔父出征，要服从指挥，凡事多担当，多配合，切不可让他太过操劳。"

"是，儿臣遵命。"察合台嘴里应着，心中却在想，这样的君臣关系，恐怕日后是很难遇到了吧。

听说木华黎亲率大军正在向辽西逼近，张鲸的心中不免有些惊慌。在蒙古诸将中，木华黎素以足智多谋、英勇善战为金军将领所知。统将既是木华黎，张鲸自然不敢掉以轻心，他在经过通盘考虑后，打算说服辽西元帅、蒙古监军萧也先，让萧也先与他共守辽西诸地。

萧也先系辽国凤族之后。百年前，金灭辽取而代之，萧姓一族并未忘记祖先的荣耀。萧也先长大成人时，正值金国处于日益衰落、内忧外患不断的多事之秋，这位胸怀大志的契丹族将领，无时无刻不在渴望着洗雪亡国之耻。

蒙古铁骑挥戈南下，虽为复仇而来，却并非不怀一举灭亡金国，进而占据中原之志。萧也先审时度势，主动请降，成吉思汗委任萧也先为辽西元帅、蒙古监军，并派他与临海王张鲸内外呼应，共治辽西诸地。

与锋芒毕露的张鲸不同，萧也先始终心机深藏，令成吉思汗和张鲸两方面都摸不透他的为人秉性。

张鲸决意叛蒙自立时，曾对萧也先进行过几次言语试探，萧也先每次都是态度暧昧，不置可否。木华黎已出兵辽西的消息得到确证后，张鲸急忙邀请萧也先在北京（今内蒙古自治区宁城县）城外谈判。

张鲸一开始便试图煽动起萧也先的民族情绪，他说："弟为汉将，兄乃契丹凤族之后，凛凛一躯屈身北侍，思之宁不辱没先祖英灵！初时降蒙，乃迫于情势，如今你我兵精粮足，实力雄厚，又何惧蒙古人之有？萧兄不若扪心自问，到底是做人奴才仰人鼻息好，还是自立门户当家做主好？"

萧也先默默不语，唯有不断叹气。

张鲸见萧也先的态度与先前相比似有一些松动，愈发加紧了攻势："萧兄，弟素闻我兄刚毅果决，胸有奇谋，缘何独在此时瞻前顾后、优柔寡断？弟愿与兄共襄义举，建立一番轰轰烈烈的事业，方不失英雄本色。我兄以为如何？"

萧也先沉吟良久，方慎重地说道："王爷拥兵二十万，还有张将军（指张鲸之弟张致）坐镇锦州，可为外援。末将兵帅不过十万。倘若木华黎尽起河北、山西、山东诸军，先切断张将军来援之路，再协力攻打北京，只怕你我难以抵挡。"

张鲸听萧也先的语气，知道他已被自己说动，心中不由暗喜："萧兄的顾虑确有道理，但依弟之愚见，木华黎断不会冒此风险。倘若史家兄弟、张柔、石抹明安离开驻地，一旦河北、山西、山东之地发生变乱，恐局面再难收拾。况且我深知木华黎情性，他自恃武功强盛，曾数次创造以少胜多的战绩，想必不会真的将你我这三十万大军放在眼里。北京城防虽不似锦州城坚固，然粮秣充足，即使城池被困，坚持半年也不成问题。此间，我与兄只需寻机杀出，管叫木华黎片甲不留。"

萧也先冷静地提醒张鲸："木华黎深谙点阵兵法，熟稔中原战事，指挥上自成一套，王爷万万不可轻敌。"

"没错，萧兄提醒，弟当谨记于心。对木华黎我们不可掉以轻心，但也无须畏之如虎。凡事皆在你我谋划得宜。"

萧也先终于下定决心："也罢。末将愿起本部人马,唯王爷马首是瞻。不过,末将尚有一事请教王爷,请王爷不要介意。"

"萧兄何必吞吞吐吐!兄有话但说无妨。"

"倘若末将与王爷共守北京,不知末将手下的军队……"

张鲸放声大笑,"原来萧兄担心这个!"他拍着胸脯保证道:"这个兄大可放心,你我共守北京,就在一条船上。自然你的军队归你指挥,我的军队由我调度。张某是断不会趁火打劫的。"

萧也先心里的一块儿石头落了地,神情随即变得开朗起来:"有王爷这句话,末将当全力以赴,助王爷一臂之力。"

张鲸争取到萧也先的支持,胆子更大了,他将宁庆等州郡的粮秣全部调入北京,做好了坚守的准备。

行军途中,木华黎致信据守隆安的辽王耶律留哥,请他协助蒙古军攻破北京。耶律留哥起兵之初,即遣使奉表,归附蒙古,金帝派大军征剿,成吉思汗和木华黎多次发兵相助,后来,他又与国舅按陈义结金兰。如今木华黎有求于他,他岂能袖手旁观?他留元帅耶得守城,自己尽起十万大军,向北京进发。

离北京只剩三日路程,木华黎接到一封密信。他急忙唤来二太子察合台商议对策,察合台看过密信,问道:"叔父觉得信中所言是否可信?"

木华黎点点头。

"既然如此,不若由我率一万人马于道中设伏。张致不出锦州还好,张致若出锦州,我就让他有出无进。"

"那么,二太子请一切小心在意。万一无法阻拦张致,二太子不必硬拼,只需向我靠拢就好。"

"叔父且放宽心,我一定不会让张致靠近北京一步。"

二人商议妥当,察合台分率一万兵马,转向锦州方向,兼夜而行。木华黎则率余者两万骑兵进至北京城下,在北京城外六十里处扎下营盘。

大敌当前,张鲸、萧也先二人日夜巡视城防,督促将士加固工事,几番折腾,颇觉疲惫。张鲸戏谑:"若得生擒木华黎,某当大睡三日。"

萧也先嘿嘿直笑,似有同感。

傍晚时耶律留哥引军来会,木华黎传命连夜对北京城发动进攻。

经过数年对金战役，蒙古军一方面积累了相当丰富的攻城经验，另一方面攻城器械得到了不断的改进和丰富，即使坚固的城池也很难阻挡他们。在这种情况下，决定战争胜负的关键就在于双方军队的士气和指挥者的经验。

第一天晚上，蒙古军和辽王的军队没能攻下北京城。

木华黎不令军队休息，将十二万（辽军十万）大军分作三队，轮流攻城。城中三十万大军坚守到第二天晚上，张鲸放心不下，一面交代手下将领多用火器，勿使城下敌军接近城池，一面前往帅府，请萧也先与他同到城头督战。

萧也先一身戎装，正在帅府查看地图，闻张鲸邀约，欣然应允，带上马刀，与张鲸并辔而行。

二人刚刚行至城门附近，忽见城头火光冲天，喊杀声震耳欲聋，似城门已被蒙古军和辽军攻破。张鲸心中起疑，勒住坐骑，正欲对萧也先说些什么，不料尚未开口，跨下战马突然仆倒。张鲸猝不及防，从马背上滚落下去。萧也先眼疾手快，跳下坐骑用牛皮绳将张鲸双手捆绑了个结实。

趁着张鲸的随从呆呆发愣，萧也先的手下一起动手，将他们全部斩于马下。

张鲸这一跤被摔得晕晕沉沉，等他清醒过来，发现一切都结束了。他自悔认人不清，对着萧也先破口大骂："萧也先，你这个背信弃义的狗奴才！张某就算化作厉鬼，也决不会放过你！"

萧也先微然冷笑。

"萧也先，你为什么要这样对我？你就不怕遭报应吗？你……你以为在那蛮荒之地，你就能保住荣华富贵吗？"

"张鲸！"萧也先截住了他的话头，"你我相识多年，打交道也非一日两日，可叹你竟不了解我的为人！我萧也先既降蒙古，又蒙成吉思汗的知遇之恩，焉肯二心事主！张鲸，你看，如今城垣已破，你的末日到了！"

玖

原来，早在张鲸叛迹初显之际，萧也先即派心腹密报蒙古汗廷。成吉思汗嘱他密切监视，必要时可便宜行事。后来，萧也先见张鲸有意说降自己，心生一计，故意装作摇摆不定的样子，张鲸与他谈判，他不立即答应，是怕答应得太快反而容易引起张鲸怀疑。木华黎在行军途中收到的密信乃萧也先派人所送，在给木华黎的这封密信中，萧也先写道：末将假降张鲸，已取得信任，待元帅大军一到，即刻展开攻城，不可做片刻停歇。只要张鲸一出，末将必擒此贼。届时，末将与元帅里应外合，定可一战成功。锦州张致，元帅还须分兵监视。

木华黎得到萧也先密信，依计而行，派察合台分兵一万监视和阻拦张致。及至辽王军队一到，即刻开始攻城……

萧也先的这个计划设计得非常周密，运用起来也起到事半功倍的效果。倘若他坚持不降，而是与木华黎合兵一处再行攻城，势必要花费更大的代价。自古兵不厌诈，天赐良机，岂可弃之不用？

张鲸被押至木华黎面前，木华黎下令将他就地斩首。张鲸的二十万大军非死即降，木华黎几乎兵不血刃拿下北京城，首功当推萧也先。

萧也先与木华黎久别重逢，都不免有些激动。木华黎向萧也先笑道："若非监军妙计，平叛安能如此顺利！"

萧也先凑趣道："元帅莫不是有意赏末将一桌酒席？"

木华黎挽住萧也先的手："走，我们前去迎接辽王。"

"哦？辽王也来了？"萧也先又惊又喜。萧也先与耶律留哥都是契丹贵族，平素虽然不曾有过交往，彼此间却是慕名已久。

话音甫落，耶律留哥的大嗓门和他的人一起出现在帅府之中，"何用迎接！老夫自己不能来么？"

木华黎先为萧也先引见了辽王。都是战场上冲杀出来的武将，大家脾性相投，彼此间皆有相见恨晚之意。尤其耶律留哥与萧也先，二人谈些彼此知道的人与往事，愈觉心意相通。

谈笑间，酒席摆上，耶律留哥、萧也先共尊木华黎上座，木华黎不肯，说道："且等等太子。"

"哪位太子？"萧也先惊问。

"二太子察合台。"

"元帅分兵一万，监视张致，原来是由二太子统领吗？"

"是啊。"

耶律留哥说道："我久闻成吉思汗膝下有嫡子四人、庶子三人（一子早逝），皆能征善战，不输于其父。不想今日有缘，得与二太子一见。"

萧也先归附蒙古已有五年，成吉思汗的四位太子他都比较熟稔。大太子术赤性格孤僻不易接近，三太子窝阔台有人君风度，因萧也先自己是武将，反而与二太子察合台和四太子拖雷更为投契。

三人遂围绕几位太子聊了一会儿。恰在这时，察合台也回到北京城。察合台仍不改急脾气，且不耐虚套，不等侍卫通报，径直走入帅府。耶律留哥最先看到了察合台，他见这个年轻人身材高大魁梧，形容端正威严，估计他就是二太子。

萧也先也看到了察合台，急忙上前迎接。转眼间，萧也先与察合台已有两年不曾见面，如今在北京城中相聚，心中自是喜悦万分。

木华黎为察合台引见了耶律留哥，四个人重新叙礼，又寒暄了片刻，木华黎这才请察合台上坐。察合台的性格，一向不拘小节，既然给他空出座位，他就坐了。

侍卫上前，为四人斟满酒，察合台惊讶道："叔父，你何时还带了酒来？要么，是萧监军准备的？"

木华黎摇头笑答："这酒，既不是我带的，也不是萧监军准备的。这酒可是辽王珍藏多年的家酒。"

"难道辽王打仗还要带着酒吗？"

"木元帅志在必得，老夫也得早做准备不是？庆祝胜利，哪有比美酒更好的东西！"金国降将对木华黎皆以"木元帅"相称。

辽王说完，大家会心大笑，拘谨的气氛一扫而空。

酒至半酣时，耶律留哥对察合台说道："二太子恐怕不日将返回蒙古，请太子转告大汗：老夫稍作准备，待辽东一切事物安稳，老夫将携长子薛阇亲往汗营，拜谒大汗，以慰平生渴念。"

察合台点头："既如此，待辽王与我父汗见面后，我当在汗营为辽王接风。到那时，我请辽王喝我草原的马奶酒。"

"多谢太子，我们一言为定。"

察合台奉命在途中设伏，以阻挡锦州守将张致出兵救援其兄张鲸。奇怪的是，察合台等了几日，张致那里一直不见动静，也不知道他是没有接到张鲸要他出兵的命令，还是另有打算。

张鲸既死，北京平定，木华黎请耶律留哥回镇辽东。萧也先则暂且坐镇北京，等待新的任命。归降的张鲸旧部，木华黎将其分编在耶律留哥和萧也先的军中。

木华黎率领军队离开北京，继续挥师南下。考虑到平叛任务顺利完成，木华黎与察合台商议，打算遣他返回蒙古。这时，木华黎得到消息，张致闻兄死讯，公开反叛，袭兄临海王之位，并攻下周围平、义、滦、利、广宁等州郡，声势十分浩大。这个消息倒也在木华黎的意料之内，张致不叛，他师出无名，张致既叛，他决定兵分两路，歼灭张致叛军于锦州附近。

他亲率左路军自北京取南道东进，抵红罗山（在今锦西、朝阳之间）。张致部将杜秀迎降，木华黎即以杜秀为锦州节度使。鉴于锦州尚且掌握在张致手中，木华黎便命杜秀随征锦州。

右路军则在察合台的带领下攻克广宁府。张致遭到蒙古左、右路军的夹击，已经有些招架不住，更令他感到左支右绌的是，他之前所下州郡多向木华黎送款，张致几乎失去了一切外援。

张致出师不利，只得退回锦州城固守。木华黎见锦州城坚固，急切难下，遂与察合台和杜秀商议，欲将张致调出锦州城，在城西地区聚而歼之。察合台和杜秀主动要求率部急攻溜石山（今朝阳县东南），木华黎则疾驰神水以东地区布阵。

溜石山位于锦州前往兴中府的要道上，必然要救，张致遣兄长之子张东平率骑兵三千、步兵三万往溜石山救援。察合台手下侍卫皆善射，杜秀却是新降，一心想要立功。二人见张东平落入包围圈，遂从两边攻出。察合台一马当先，率千名神箭手走马疾射，张东平的骑兵纷纷落马。杜秀负责解决三千步兵，二人配合默契，张东平被打得晕头转向。不过半个时辰，锦州援军溃败，慌乱中，张东平率残部向神水方向逃窜。木华黎早在这里等候，他拍马迎上张东平，只两个回合，张东平便被木华黎斩于马下。余部跪降，木华黎命他们协助攻打锦州城。

张致知道他中了木华黎调虎离山之计，侄儿既死，他便紧缩兵力死守锦州城。木华黎与察合台、杜秀兵合一处，攻打锦州城达两个月之久，张致原本势蹇，又与副将高益发生矛盾，高益不愿为张致殉葬，趁张致失于防备，缚张致出降。

木华黎立斩张致，削其首示众。

至此，蒙古国牢牢掌握了辽西之地。一切如木华黎所料，张鲸、张致兄弟授首，金降将人心始定。

木华黎急于返回中原战场，他与察合台就在锦州城外分手。察合台殷殷叮咛："叔父千万保重，别让父汗为你担心。"

木华黎却对察合台说："太子在大汗身边，要谨记使命，为大汗分忧。"

半个月后，察合台返回汗营复命。辽西平叛如此顺利，成吉思汗深感欣慰。他对萧也先恩赏备至，命他坐镇北京，原张鲸辖地尽归其治下。杜秀最早迎降，且在平定张致叛乱中立下大功，成吉思汗便依木华黎所请，正式任命他为锦州节度使，张致旧部归其节制。之后，成吉思汗传来心腹谋臣郭宝玉和耶律阿海，委派二人代他前往辽东、辽西及中原诸地劳军。

第二章 兄弟相争

壹

经过几个月的跋涉，马哈木终于来到摩诃末·沙的宫廷。

摩诃末派往蒙古和中原的商团，已经给他带回了不少关于那个东方国家的消息，特别是那三名直接与成吉思汗见过面的商人，他们都能确定，成吉思汗是真心实意想与花剌子模建立和平通商关系。可不知为什么，摩诃末仍旧觉得心里不踏实，父亲的临终遗嘱仿佛一个可怕的预言，让他担心预言成真。

除此之外，他最关心的是，成吉思汗占领的地盘有没有他大？蒙古人的军队有没有他多？商人们只看到了东方的繁华富庶，也看到成吉思汗攻下金国的中都，但至于更确切的情报，他们无法提供。

得知成吉思汗派来使者，摩诃末没有耽搁，第二天便接见了马哈木。

马哈木以礼叩见摩诃末，向他递交了国书。摩诃末展开书信阅读，见里面有这样一句话：君与我通好，我当视君为我第五子而爱之。他不禁勃然大怒，将国书掷到马哈木的面前。

马哈木不解，拾起国书，抬头看着摩诃末，客气地问道："请问陛下，究竟什么事令您心生不快？"

"你且自己看过再说。"摩诃末冷冷地回答。

马哈木从头至尾默读一遍，仍然不知道摩诃末为何事震怒。

"使臣愚钝，还望陛下明示。"

"那个异教徒，居然说我若与之通好，他将视我为他之第五子而爱之。难道他是将我看作他的附庸吗？"

马哈木醒悟，哭笑不得："陛下误会了，成吉思汗绝无此意。这是蒙古人的一种语言习惯，表示亲近而已。"

"果然？"

"臣敢对真主发誓。"

摩诃末的心里这才稍稍平和了一些。

"既如此，你能保证你下面要对我说的话都是真实的吗？"

"能。"

"那好，你发誓吧。"

马哈木发过誓，摩诃末开始提问："那个异教徒确实征服了中国北部吗？"

"是的，陛下。"

"他统治的国土十分广阔和富有吗？"

"千真万确，陛下。"

"他的军队呢？比本王的军队还要多吗？"

马哈木心思微转，暗暗思忖：他们作为成吉思汗的使者前来花剌子模宫廷的目的，是为促成两国签署友好通商协定，又不是来这里向摩诃末下战书，何必非要激起这位花剌子模·沙的戒心与不快呢？适才，通过摩诃末对国书用词斤斤计较的态度，马哈木已然看出，这位西方君主决非易于相与之人。

"陛下容禀：成吉思汗的军队大约二十万人，实在无法与陛下的百万军队相提并论。"马哈木诚恳地回答。

摩诃末拥有正规军队六十万人，加上地方武装和雇佣军约有百万，这点，马哈木在来花剌子模前就了解得一清二楚。

如同卸下心头重负，摩诃末感觉舒坦了许多，同意与蒙古方面签订通商条约。

成吉思汗十二年（1217）夏天，草原上已是满目新绿，鸟语花香，成吉思汗在他的金顶大帐设下盛筵，款待远道而来的耶律留哥父子。

所有重要将领都聚集在这里。不久前，马哈木带回了摩诃末·沙同意与蒙古缔结通商协定的文书。成吉思汗喜悦异常，立即着手组建一支由四百五十名商人组成的庞大商队。经过一番准备，再有两天，商队就要出发。

耶律留哥与成吉思汗虽是第一次相见，金顶大帐中却有几张面孔他十分熟悉：国舅按陈是他的安答（义兄弟），哲别、木华黎、萧也先、察合台都曾与他并肩作战过。所以，耶律留哥行完觐见礼，回到自己的座位上时，大家都过来跟他拥抱相见，这使耶律留哥的内心深感宽慰。

金帐内热闹非凡，成吉思汗要求每个将领或多或少都要拿出一些钱物来，让商队替他们在花剌子模选购所需商品。他自己拿出双份银两，一份用以给后妃们添置首饰，一份是替耶律留哥垫上——当然是不须还的。

趁着父亲与成吉思汗谈得投机，薛阇从帽子上摘下一颗夜明珠，上前施礼，对成吉思汗说道："大汗，让您的商队也帮我用这颗夜明珠换一把削铁如泥的波斯刀吧，您看可以吗？"

成吉思汗点头，伸手扶起他："当然可以。"

上回出使花剌子模的玉龙杰赤人马哈木另有公干，此次，蒙古商人兀忽讷将作为成吉思汗的私人代表，抵达花剌子模后将进一步同摩诃末洽谈在两国商路设立中原式驿站，保护商旅人身安全以及维护旅途畅通等事宜。同那个发达的西方国家建立和平友好的通商关系，两国间开展正式的贸易往来，此事在成吉思汗心中占据着头等重要的位置，他亦为此付出了真诚的努力。

汇集完钱币财物，博尔术（开国名将，与木华黎、博罗忽、赤老温并称蒙古"四杰"，成吉思汗青年时代的挚友）命文书做了记录，亲自送到商队领队那里，直到这时，大帐中方才慢慢安静下来。

成吉思汗唤来薛阇，执手端详了好一阵子。薛阇形貌昳丽，白净温雅，成吉思汗不由得对他心生喜爱，"你今年多大了？"

"小臣今年一十七岁。"薛阇朗朗回答。

"这么年轻……"成吉思汗轻声唱叹。

"大汗，薛阇是臣的长子。"耶律留哥对成吉思汗说道。他是远道而来的客人，成吉思汗让他坐在自己的下首位置。

"辽王有几个儿子？"

"臣有四个儿子，其余三子年纪尚幼。"

成吉思汗点了点头："原来如此。"

略一思索，他问察合台："你的波斯刀带来了吗？"察合台平定张鲸叛乱归来，成吉思汗作为奖赏，赐给儿子一柄名贵的波斯刀。

察合台回答："带来了，儿臣放在帐外。"

按照规定，任何人进入金顶大帐都不可以随身携带利器。

"你去取了进来。"

"是。"

察合台去不多时，将波斯刀拿了进来，交给父亲。成吉思汗说："过些日子，我另赐你刀剑与好马。这柄波斯刀，不如送给小薛阇，做个见面礼。波斯刀嘛，算为父借你的，你看可好？"

"是。"察合台不敢不应，心里多少有些舍不得。本来，他与耶律留哥投缘，如果不是珍惜父亲所赐，区区一柄波斯刀他还真不会放在心上。

成吉思汗将波斯刀亲自为年轻人挂在腰间。

"谢大汗赏赐。"

薛阇正欲谢恩，被成吉思汗伸手拦住了。"不须如此，以后也不须如此。在我这里，你不妨随意些。"他微笑着说道。

薛阇目不转睛地凝视着成吉思汗慈爱的面容，感激之外，又有另外一种陌生的感情油然而生。或许，那陌生的感情叫作崇敬。

耶律留哥说道："大汗，臣此行拜谒大汗，足慰平生渴念。臣还有一事相求，万望大汗恩准。"

"哦？是什么？你说吧。"

"薛阇既为臣诸子之长，臣想将他留在大汗身边，一来令他朝夕奉教，二来也好替臣服侍于大汗驾前。"

凡归降诸侯必须遣子侄为质，这是规矩。比如蒲鲜万奴于辽东自立为天王后，立刻遣长子迪格入侍汗廷。耶律留哥因战事繁复，加上薛阇年幼，才拖延至今。令他感动的是，成吉思汗对他从未有过质问之语。

成吉思汗当然明白耶律留哥的真实用意，他诚恳地说道："我很喜欢薛阇，也希望他经常来汗营做客，不过，你该明白我是信任你的。"

不等父亲说什么，薛阇已跪倒在地："大汗，您是不是不同意留下小臣？即便如此，小臣心意已决，断不会随父王回返辽东。"

成吉思汗被薛阇坚决的语态逗笑了，俯身把他拉了起来："傻孩子！你不懂，草原不比辽东，留在我这里，将来是要吃很多苦头的。不，光吃苦倒也罢了，等在你面前的，恐怕还有许多危险。"

"小臣不怕！小臣都不怕！这么说，您同意留下小臣了？"

成吉思汗含笑点头："你既然不怕吃苦，也不畏惧危险，我就留下你了。迪格，你过来。"

迪格急忙来到成吉思汗面前："大汗。"

迪格系蒲鲜万奴正妻所出，亦为万奴诸子之长。万奴一生酷爱女色，对女人不存长情，正妻年老色衰，他对她早无恩爱，相应地，他也特别不喜欢性格耿直的长子。几年前，他率大军讨伐耶律留哥之际，在辽东自立为"天王"，仅仅第二天，他便令迪格入质蒙古汗廷。这对万奴而言，既不失藩属规矩，同时也算甩掉了一个包袱。至于儿子是生是死，境遇是好是坏，他倒不会放在心上。

迪格对父亲的如意算盘一清二楚。既然母亲已经去世，他无所留恋更无所牵挂。让他离开父亲，离开那个缺少爱和温暖的家，他一点都不觉得难过。这个坚强开朗的年轻人，自来到汗廷，成为成吉思汗的贴身侍卫，反有一种如鱼得水之感。他视成吉思汗如君父，成吉思汗亦视他如子侄。

"我把薛阇交给你了，你们编在一队。这样吧，你带他先去看看我们的战马，以后你要替我照顾好他。"

"遵命，大汗。"迪格爽朗地回答，随即将薛阇带了出去。等两个年轻人重新回到大帐时，彼此间已十分熟稔了。

博尔术安排完商队出发诸事，也回到金帐。成吉思汗本来就在等他，见博尔术回来，立刻示意迪格宣布宴会开始。

耶律留哥虽说海量，也禁不住各位将领轮流敬酒，不知不觉喝了个酩酊大醉。成吉思汗见他站立不稳，便让薛阇陪着父亲，当晚在金帐安歇了。

贰

耶律留哥在汗营逗留半月有余，期间，察合台兑现诺言，在自己的营帐为耶律留哥接风。作陪的人有国舅按陈、木华黎、哲别和萧也先，这几位都是耶律留哥的旧识。另外，察合台还邀请了自己的三妹阿剌海。

阿剌海曾与舅舅按陈出征辽东，自此与耶律留哥相识，耶律留哥对这位文武双全的奇女子一直心存敬意。察合台粗中有细，这次的安排可谓贴心，虽说人少，宴会的气氛比之第一天的盛宴还要融洽、热烈。

阿剌海的性格颇与其父相似，坦率、真诚，不矫饰，不遮掩。少女时代，阿剌海曾在金国的云内州生活过一段时间，后来，她被父汗赐嫁北平王镇国，长期坐镇位于蒙金边界各民族杂居的净州。

阿剌海是个聪明绝顶的女子，不仅识见不凡，而且极具胆识。她在云内州时，就已熟练掌握了汉语，及至坐镇净州，她与中原才俊之士多有交往，这使她的汉语水平不再只限于听说，读写也毫无问题。这样一来，她与耶律留哥的交谈不必像其他人那样，需要萧也先从中充当翻译。由于不受语言束缚，耶律留哥与阿剌海交谈更加随意尽兴，耶律留哥突然想起什么，问道："公主虽是女子，一身武艺却不输于男人，莫非这是受了大汗的亲传？"

阿剌海摇摇头："并非如此。我的骑射功夫乃大哥所授，刀剑功夫是二哥教的。"

耶律留哥听了没觉得有什么不妥，他对成吉思汗的家事尚不清楚。萧也先的脸上却不禁露出惊讶之色。萧也先与成吉思汗的四位太子相识多年，对大太子术赤的身世之谜亦有耳目。察合台宠爱妹妹他不觉得惊奇，让他感到费解的是，阿剌海精于骑射，竟与大太子有关。

"怎么了？"察合台见萧也先一脸诧异，关切地问道。妹妹跟耶律留哥说什么，他根本听不懂。

萧也先便将阿剌海与耶律留哥的对话逐句译给察合台。

"的确如此。不教她好了，现在恐怕连我和术赤都不是她的对手。"察合台笑着说道，明着是抱怨，实则难掩内心的骄傲与得意之情。

耶律留哥对成吉思汗的四位太子所知甚少，萧也先却与大太子术赤、二太子察合台都有过合作，对这二人比较了解。在他的印象中，大太子孤僻却沉稳，二太子开朗却急躁，没想到阿剌海武艺精湛竟得自兄弟二人的共同传授。由此可见，这世上的万事万物都不能一概而论，尤其是人的事，其复杂程度莫说外人不能洞察，就连当事者自己，恐怕也是情仇纠葛、恩怨莫辨的。

耶律留哥与老友相谈甚欢，酒宴至夜方散。半个月后，耶律留哥告辞成吉思汗返回辽东，察合台得到父亲允许，亲自将耶律留哥送出主营方返。

这是一段难得的消闲时光，成吉思汗操办完孙女的婚事，准备择日赴不儿罕山狩猎，他将勘察和圈定地点的任务交给了儿子察合台和拖雷。

按照预计的时间，商队快到花剌子模边城讹答剌了。此时此刻，成吉思汗哪里能想到，他对通商条约的重视和信守换来的竟是无耻的背叛呢？

且不必细说旅途上的种种艰辛，数月后，庞大的蒙古商队顺利到达花剌子模边城讹答剌。

坐镇讹答剌的是摩诃末·沙的表弟亦纳勒，他是摩诃末的母亲——王太后图儿堪的亲侄儿。王太后出身于突厥贵族，在突厥将士中很有威信。摩诃末将首都迁往撒马尔罕后，王太后便趁机控制了旧都玉龙杰赤。许多年来，摩诃末与其野心勃勃、擅弄权术的母后一直都在明争暗斗。

亦纳勒是个凶残成性、无信无义的小人，他只效忠于王太后图儿堪。当他获知蒙古商队的四百五十头骆驼载满了各种各样的货物：黄金、白银、丝绸、织锦、海狸皮、貂皮、瓷器、茶叶等不一而足时，贪婪之心顿起。他一边扣住商队，一边向摩诃末报告，诬陷商队是成吉思汗派来的奸细。摩诃末想起自己派往蒙古经商的商队就担负着搜集情报的使命，因此对亦纳勒的凭空捏造深信不疑。他命亦纳勒将商队逐出国境，并决定就此事向成吉思汗提出抗议。

利令智昏的亦纳勒走得更远。他并未驱逐商队，而是将四百五十名无辜的商人全都变成了他的刀下之鬼。只有一个为商队照看骆驼的佣人侥幸逃脱虐杀，恓恓惶惶地踏上了回返蒙古的艰难归程。

唯一的幸存者依靠坚忍不拔的毅力回到了成吉思汗的营地。听完他的哭诉，成吉思汗悲愤交加。他登上不儿罕山的山顶，向无所不在的长生天祈祷：保佑我去征服那些贪婪、凶残的刽子手吧！

尽管义愤填膺，在成吉思汗身上起主导作用的还是冷静和克制。经过反复思考，他决定再一次派出使者，向摩诃末发出最后通牒：要么交出杀人凶手，要么备战。无论如何，成吉思汗必须在自己这方面做到仁至义尽，无可指摘。

这次的使者团由三名花剌子模人组成，他们是笃信伊斯兰教的伊本·巴合赤和他的两名助手。巴合赤的父亲曾经入仕苏丹塔哈失王朝，算得上是摩诃末·沙的臣民。巴合赤本人则效力于蒙古宫廷。

夏末，蒙古使者巴合赤三人机智地绕过讹答剌边城，直趋摩诃末宫廷，递交了成吉思汗的书面通牒。

通牒的语气已经算得上是相当克制了，"王之前与我有约，一定会遵守两国贸易协议，保证两国商旅安全。今王公然背约，实有违大国君主之应有之信誉。倘若讹答剌边将残杀四百五十名商人之举果非王命，请将凶手解来我处，听我处置，则我一方仍愿与王和平共处。否则，即请备战！"

摩诃末接到通牒，恼羞成怒，用剑狠狠扎在桌案上，声嘶力竭地喊道："难道我怕那个愚昧的东方人不成！"

其实，对于亦纳勒擅杀蒙古商队一事，沙王并非一点不觉得理亏，只是他无可奈何。这一方面是他接受了亦纳勒的馈赠，另一方面是亦纳勒绝非普通将领可比。亦纳勒不仅是专擅一方的边城守将，而且只效忠于他的母后图儿堪，他根本控制不了这支势力。左思右想之下，沙王只得抵赖："汝主与我通商是假，欲借通商刺探我国情报才是他的目的。本王焉能令汝主的企图得逞！"

巴合赤争辩道："商队刚至边城就被杀了个一干二净，大王从哪里断定他们不是来进行贸易的？即便商队真的担负特殊使命，你也完全可以在他们到达边城前就令其返回，为何非要诱入城中，斩尽杀绝？"

摩诃末理屈词穷，怒道："我再说一遍，他们不是商人！他们是奸细！奸细！"

巴合赤既愤怒又忧心："大王，成吉思汗不是好惹的。请你不要轻启战端，那后果绝不是你能承受的。"

"你想吓唬我吗？"

"我没有这样的想法，也没有吓唬你的必要。大王，我在蒙古生活多年，比你了解成吉思汗。他……"巴合赤还想劝说摩诃末。

摩诃末却根本不听。为了显示他对成吉思汗的蔑视，他下令将巴合赤处死，将两位副使的胡须烧掉，又将他们打得遍体鳞伤。出了这口恶气后，他才让人将两个副使赶出了花剌子模。

对一个虔诚的伊斯兰教徒来说，烧掉胡须是对他们人格最大的污辱。两名副使历尽艰辛回到蒙古本营时，眼睛里都已生出蛆来。成吉思汗洒酒祭奠了巴合赤的亡灵，发誓一定要消灭摩诃末·沙，为死去的四百五十名冤魂，为忠心可鉴的巴合赤报仇雪恨。昔日良好的愿望化作了升腾在心头的熊熊怒火，成吉思汗义无反顾，决定向那个强大的未知国度宣战了。

叁

确定了西征大计，成吉思汗决定派军队先行征服西辽国。

西辽国的新国主是乃蛮太子、驸马忽出鲁克。十四年前（1204），成吉思汗攻灭乃蛮部，塔阳汗战死，其子忽出鲁克逃出战场。此后的几年间，忽出鲁克一直纠集旧部与成吉思汗对敌。成吉思汗屡破草原上的残余势力，忽出鲁克再无立足之处，不得不逃往西辽国。

忽出鲁克并非不知道，此时的西辽国日薄西山，国力早已今非昔比。可除了西辽国，他没有别的选择。他先在高昌回鹘遭到驱逐，继续向西逃亡，直鲁古是唯一还肯收留他的君主。何况西辽国在强盛时，乃蛮部一直充当着西辽国的附庸，作为宗主国，收留亡国之臣也是义务。

许多年前，辽国即将灭亡时，辽宗室耶律大石一来与天祚帝失和，二来预料到天祚帝与金军决战只能是自取灭亡，遂率领其家属、扈从和一部分辽军离开故地西走，至辽西北部重镇可敦城驻扎。在可敦城，耶律大石得到边地将领及草原诸部首领的支持，集结起一支精锐军队。这时，天祚帝因兵败被金人俘获，囚禁一年多病死。眼看复国无望，耶律大石便自立为王，举兵向西扩张。

金太宗天会八年（1130）二月，耶律大石以青牛白马祭天，整顿军队，经过高昌回鹘地区，继续西行，至叶密立，征服了在那里的突厥部落约四万余人。次年，耶律大石被拥立为帝，称天佑皇帝，采取突厥称号"古儿汗"，建元延庆。

因耶律大石建立的国家是辽国的继续，故在历史上被称作"西辽国"，蒙古人则将其称作"哈剌契丹"。

天会十二年，耶律大石将首都迁往巴拉沙衮。巴拉沙衮又称虎思斡耳朵，位于楚河南岸、热河以西，原是回鹘旧城。他从这里开始了自己的征伐大业，先后征服了衰落的东、西喀喇汗王朝，花剌子模国，高昌回鹘国等，其疆域北至巴尔喀什湖，东至土拉河上游，东南抵和阗，西南接阿姆河，西达咸海。这时的耶律大石拥有二十万军队，西辽俨然已成为中亚军事强国。

耶律大石去世后，西辽国历仁宗夷列及两代女主，传到夷列的次子直鲁古手中。直鲁古在位三十四年（1178—1211 年），他在位时间虽长，却远远不是一位称职的皇帝，在他的统治下，西辽国迅速走上衰落之路。奇怪的是，庸懦的直鲁古偏对前来避难的乃蛮太子一见如故。忽出鲁克善于察言观色，巧舌如簧，颇得直鲁古欢心。没用多久，他便如愿成为直鲁古的乘龙快婿。

直鲁古哪里知道，他最信任的女婿才是西辽最可怕的敌人。

或许，这个恩将仇报的故事也是一种天意。

西辽国的衰落与花剌子模的兴盛差不多在同一时期。为了夺取皇位，忽出鲁克不惜与花剌子模·沙摩诃末合谋，攻打并俘虏了直鲁古，自己登上汗位。而西辽国八十年间积累的帑藏、财物、军队全部落入忽出鲁克手中。忽出鲁克登基后，由于西部已为花剌子模·沙占据，他便在七河、押儿牵、和阗、喀什噶尔、费尔干纳等广大地区，重新建立了自己的国家。

无论从国与国的角度，还是从私人角度，忽出鲁克都是成吉思汗不敢掉以轻心的敌人。成吉思汗担心蒙古军西征后，势必造成国内兵力空虚，一旦忽出鲁克乘机向东掩进，势必令蒙古本土陷于危境。征服西辽，是为解除后顾之忧。

察合台向父亲请战，成吉思汗没同意，他说："为父对你另有任用，这次出征，就让哲别去吧。"哲别与木华黎、博尔术、速不台等人一样，都是蒙古的开国名将，哲别素以行动敏捷著称，是公认的常胜将军。

察合台只得遵命。哲别出发后，他才知道父亲交给他的任务是监造箭矢和云梯等攻城器械，这让他大为沮丧。

在哲别出征前，成吉思汗已经了解到忽出鲁克统治下的西辽国内宗教矛盾趋于激烈的内情。他指示哲别，"进入西辽国后，要开放所有被封闭的清真寺"。另外，他谆谆告诫哲别："不可染指宗教。"忽出鲁克笃信佛教，对伊斯兰教教徒多有迫害，成吉思汗想要利用宗教矛盾，一举击溃忽出鲁克。

哲别不辱使命，短短两个月的时间，他擒杀忽出鲁克，一举征服西辽国，扫清了西征中的障碍。

从始至终，哲别谨记成吉思汗的教诲，以宽容和谦逊的态度安抚了西辽百姓，并委认了当地居民可以信赖的官员。随后，他不取任何财宝，仅仅征用了一千匹白口栗色的优质战马。

战前的准备工作依然烦琐、细致，与此同时，蒙古历史上最大规模的一次忽里勒台在成吉思汗的金顶大帐召开。

　　成吉思汗首先对军队进行改编，对功臣宿将进行封赏；其次，他在渐次发展起来的骑兵、边兵、通信兵、签兵、工兵、步兵的基础上，又增设了一个全新兵种：铁车军（堪称世界上最早的正规炮兵部队）。他将这支铁车军交由汪古人唵木海统领。当年，唵木海曾冒死救了成吉思汗的三女儿阿剌海，此人不仅胆识过人，而且对炮车颇有研究，铁车军就是成吉思汗根据郭宝玉和唵木海的建议着手组建的。郭宝玉系唐朝名将郭子仪之后，此人才兼将相，且上知天文，下晓地理，中察人情。章宗皇帝即位后，将他封为"汾阳郡公"兼猛安，命他领兵驻守定州。成吉思汗攻打金国时，郭宝玉观天而降，成为最受成吉思汗信赖的汉族谋臣。成吉思汗十分爱重郭宝玉的才智，无论对金作战还是大举西征，必令郭宝玉陪伴左右。

　　这是第一支铁车军。西征中，成吉思汗又建立了一支回回炮兵部队，算是第二支铁车军。所谓"回回"，是蒙古人对西域各族的统称。

　　四位太子各有任用，不过，成吉思汗将工兵部队交由大太子术赤统率。工兵部队主要由掌握构筑地上阵地和水上技术的中原工匠组成，担负着逢山开路，遇水架桥以及研制新型武器的任务。

　　成吉思汗命幼弟帖木格率两万蒙古将士坐镇本土，监控西夏，必要时，为西征军后援。征服金国的重担则全部压在了"四杰"之首木华黎的身上。成吉思汗封木华黎为蒙古太师、靖南国王。他所能留给木华黎的，只有三万蒙古军队和部分乣军、汉军以及以汉军为基础的黑军。另外，他赐给三女儿阿剌海"监国公主"印，命她坐镇汪古部，筹措军需、联络南北、充当南征军后援。他嘱咐帖木格和木华黎：阿剌海既为监国公主，以后但凡军国要务，二位均需与监国公主议定后方可实施，不得自专！如遇难决之事，皆凭监国公主裁断！

　　帖木格、木华黎跪接汗令。

　　俟一切安排妥当，成吉思汗传令设宴。

肆

　　宴会结束后，成吉思汗回到爱妃也遂的寝帐。

　　战前的准备工作永远烦琐而紧张。也遂建议由太子们代替成吉思汗出征，成吉思汗却只是叹了口气，什么也没说。

让儿子们代替他出征，他怎么能够放心得下？他的儿子们可不像他和几个兄弟那样亲密无间，相互信赖……而这，也正是他多年来最大的心病……

"大汗，此次远征尚需越过千山万水，不知何日才能归还。天地之间凡有生命之物都不能得以长生，倘或大汗似大树般伟岸的身躯骤然倾倒，大汗的臣民百姓又该交与何人治理？大汗的四个儿子皆人中龙凤，他们当中又有谁能够接替汗位？臣妾所奏其实正是大汗臣民所想，还望大汗恕臣妾斗胆直言。"也遂久久凝视着她深爱的男人，不无忧伤地说道。

成吉思汗如梦初醒，感慨道："无论夫人还是博尔术、木华黎都未对我提起此事，若非你提醒，我差点儿忘记了。是啊，该怎么办呢？让我考虑一下吧。"

接下来的几天，成吉思汗反复思考了这个问题，却始终拿不定主意。

离出征只剩下半个月的时间了，儿子们还要各回营地，做好出征前的准备。成吉思汗知道这事不能无限期地拖延下去，决定征求一下儿子们的意见。

兄弟四人被召到金顶大帐时，帐中除了成吉思汗，还有博尔术、木华黎和喜吉忽三个人。博尔术、木华黎倒也罢了，看到喜吉忽，再看到父亲一脸肃穆，正襟危坐，察合台蓦觉心头微微一动。

喜吉忽，他不只是父亲的义弟，还是蒙古的大断事官。他出现在父亲的金顶大帐，证明父亲要对他们四兄弟说明的事情，或者说，父亲要向他四兄弟宣布的事情，是一件绝对不可以更改的事情。

成吉思汗抬眼望着他的四个儿子。他们是他的骄傲，是他建立的蒙古国的希望，但是他很清楚，万一接下来的这件事他不能妥善处理，在未来，在他身后，或许就会引发兄弟阋墙的悲剧。

此刻，见父亲不说话，四兄弟当然谁也不敢贸然开口。

成吉思汗的手指在书案上轻轻敲击着，这个下意识的动作反映出他此刻内心的犹豫和彷徨。经过长久思考，他几乎是字斟句酌地说道："我召你们兄弟四人过来，是想就确立储君一事听听你们的意见。"

这种说话的语气，父亲以前从未使用过。察合台的目光迅速地掠过父亲和术赤的脸，父亲的脸容凝重，术赤却仍是一副不动声色的表情。

成吉思汗果然先将目光投向术赤："术赤，你是我的长子，我想听听你的意见。"

术赤沉默以对。察合台有点沉不住气了，抢先说道："父汗问术赤，莫非是想立他为继承人吗？"他的眼神中闪过一丝轻蔑，语气却是斩钉截铁："他又不是父汗的儿子！他不配继承父亲的汗位！"

没有丝毫犹豫，术赤向着察合台的脸上挥出重重的一拳，这一拳几乎将察合台打倒在地。察合台向后趔趄了几步，勉强站稳了身形。

术赤的嘴角溢出一丝笑意，一丝古怪的笑意。他早想这么痛痛快快、毫无顾忌地跟察合台打上一架了。去它的汗位吧！去它的身世吧！在他永远离开这个带给他无尽屈辱的草原前，他只想跟察合台打上一架，就在父亲的面前，用他的拳头好好教训一下他这个自以为是的弟弟。

察合台或许也怀着同样的想法。

他厌恶术赤。他羡慕术赤所得到的一切，因为羡慕，才会厌恶。他不能否认他有一个足够出色的兄长，无论这个兄长是否是父亲的亲生儿子，他与他由同一个母亲孕育却是无可争辩的事实。从小到大，这个兄长的存在带给他的只有压力，是他无论怎样努力都无法逾越的压力，然而，仅仅是压力尚不足以让他对术赤怀有如此深刻的偏见。如果说厌恶也是一种心病，那么，这心病产生的症结在于父亲。谁让他的父亲是成吉思汗？谁让男孩的天性就是崇拜父亲？若非父亲对术赤过分明显的偏心与关注，他相信自己也不是找不到原谅术赤的借口。

术赤得到的始终是他得不到的东西，问题是术赤并不珍惜。不，他清楚，术赤只是装作不珍惜，装作一无所知。在察合台看来，不敢面对便意味着虚伪，而他偏偏直爽坦荡，厌恶虚伪。

此时，让父亲看到他们兄弟的矛盾激化，特别是为他对术赤由来已久的嫉恨找到一个发泄的出口，这两样都让察合台感到莫名的兴奋。

眼看兄弟二人就要在成吉思汗面前大打出手，博尔术和木华黎急忙上前，一边一个拉住了二人的胳膊。

窝阔台和拖雷没想到会发生这样的事情，兄弟二人面面相觑，都好似傻掉了一般。

成吉思汗微微合起双目，对两个儿子的莽撞行为不予责备，内心深处却是异常悲凉。

原来做父亲永远都比做大汗难。即便如此，他依然感谢长生天赐给他四个出类拔萃的儿子。

博尔术忍不住出言责备察合台：“二太子，你太过分了！你这样信口开河，就不怕伤了你额吉的心吗？你尚未出生之时，正是整个草原纷争不断、杀伐混乱之际，你如何能体会得到你额吉所忍受的痛苦和磨难？在这个世界上，难道还有比你额吉更值得敬重的女人吗？为了大汗的事业，为了你们兄弟的成长，她付出的何止是精力，是心血？而你，还要用这样怀疑的言辞来伤害她，你于心何忍！”

博尔术提到母亲，察合台的心顿时软了：“这事儿跟我额吉有什么关系。”他小声地嘟囔了一句。

术赤微然冷笑。察合台抬起头，直视着术赤的眼睛。这双眼睛明亮如昔。在这无声的目光角力中，察合台似乎第一次隐隐意识到了这样一件事：术赤了解他的意图，了解他们的这出戏根本就是演给父亲看的。原来，从始至终能够看透他内心的人，竟是这个他一直敌视着的兄长。

察合台决心已定，他转向成吉思汗，朗朗说道：“父汗，诸兄弟中，以术赤与我为长，愿并行效力于父汗驾前。儿臣以为，三弟窝阔台智慧超群，深孚众望，是未来继承汗位的最佳人选。”

成吉思汗睁开眼睛，注视着次子。术赤这一拳打得够狠，察合台的半边脸已经完全肿了起来，嘴角还在继续向外渗着血迹，这让他说话都显得异常艰难。在四个嫡子中，察合台的脾气的确是最急躁最直爽的一个，但今天这件事，他似乎是有意要激怒术赤。“这么说，你愿奉窝阔台为君？”

“是。儿臣愿奉窝阔台为君，决不反悔。”

成吉思汗稍一沉默，又语气沉缓地征询术赤的意见：“你的想法如何？”

术赤淡然一笑：“这样最好。”

成吉思汗愣了一下。术赤这话是什么意思？

“拖雷，你可有意见？”

拖雷摇摇头，爽快地说道：“儿臣愿追随三哥身边，警其所睡，言其所忘，做其应声之随从，策马之长鞭。”

“你呢？”成吉思汗又问窝阔台。

窝阔台万万没想到汗位会落在他的头上，正万分惊讶间，忽听父汗问他，慌忙回道：“儿臣自当尽心竭力，不负父汗重托。”

成吉思汗依次征询了儿子们的意见，这才稍稍放下心来：“既然如此，储君一事就这么定了吧。以后，你们也无须并行效力于我的面前，天高地阔，我自会让你们各守封地，各治一方。"

四兄弟领命。

"好了，你们出去吧。明天的宴会上，我会向所有的亲族将臣宣布我的决定。"

伍

兄弟四人默默退出帐外，由于刚刚发生过的那件事，此时的气氛多少显得有些尴尬和微妙。窝阔台和拖雷本来一直提心吊胆，担心两位哥哥又要打起来，没想到术赤和察合台虽然无话可说，倒也没有再起冲突的迹象。

术赤向窝阔台、拖雷点点头，正要走，拖雷问他："大哥，你去哪里？"

术赤回道："我去额吉那里。"

拖雷看了看天色："可惜我有事，要不我可以陪你去。"

"不用。"

"你打算什么时候出发？"拖雷问的是，术赤打算什么时候回封地。

"后天一早。"

"那么，明天……"

"明天不是有宴会吗？我们宴会上见。"

"哦，也好。"

"快回去吧。"

术赤边说边看了察合台一眼。察合台的左脸青肿，一只眼睛肿得只剩下了一条缝隙。察合台的这个样子，倒还真是难得一见，术赤的脸上再次闪过一丝暧昧不明的笑意，转身离去。

术赤没有骑马，估计从一开始，他就打算去看望母亲。

拖雷强打精神，笑着问察合台和窝阔台："二哥，三哥，你们呢？"

察合台回道："我得回去收拾一下行装。不如，我们散了吧。"

窝阔台首先响应："是啊，我也有事情需要安顿一下。"

说完，四兄弟四个方向，窝阔台、拖雷骑马，很快消失在察合台的视线中。

察合台也没有上马，牵着缰绳向自己的住处走去。走了几步，他停下来，回头目送着术赤渐行渐远的背影。说来奇怪，他此时的心境居然异常复杂。

这几乎是一种定论。在所有熟识四位太子的人们心中，成吉思汗的次子察合台一向以性烈如火、刚直不阿和英勇善战著称。

毋庸讳言，察合台的性格里确实存在着暴躁和鲁莽的一面，然而，在暴躁和鲁莽的表象下，却隐藏着缜密、细致和对父亲的忠诚。

一母同胞的四兄弟，察合台与三弟窝阔台的感情最为亲密，也最为知心。但是，他坚持举荐三弟继承父位，绝非单纯地出于兄弟之情，他坚持，是因为除了父亲之外，只有他最了解三弟的才能。事实上，在父亲的四个嫡子中，唯有三弟窝阔台才是最像父亲的人。三弟的政治远见、心胸气度、用人之道，还有野心和抱负，隐忍和刚毅，几乎就是父亲的翻版。相比较而言，四弟拖雷虽然继承了父亲的军事才能，并在崇尚武功的蒙古人当中拥有仅次于父亲的威信，但从小在家人溺爱中长大的四弟，心地过于仁厚单纯，少有城府，这样的性格绝对不适合统治日益庞大的蒙古帝国。

父亲志在中原。他在中原征战过，那里的一切都与草原不同，那里的百姓更需要一个处事练达、宽厚仁慈的君主。

连他都能想到这一层，何况父亲？

察合台早知道，以术赤的身世，以他与大哥间水火不容的矛盾，父亲绝对不会选择他或者术赤作为汗位继承人。父亲只是在三弟和四弟之间有所犹豫，这两个儿子各有所长，甚至可以说不分伯仲。察合台与术赤在父亲面前发生那样的冲突，察合台对三弟的力荐，拖雷的不争，只不过是帮父亲下定了决心而已。

但他仍旧感到意外。他意外在最关键的时刻，竟是术赤助了他一臂之力。那一刻，当他看着术赤时，从那双乌黑明亮的眼睛中，从那张清秀冷漠的脸庞上，他看到了深深的厌倦，更看到了轻松和解脱。

那究竟是怎样的一种表情啊？兄弟一场，察合台从来不曾试图了解过术赤，但不知为什么，那一刻，术赤的表情却莫名地刺痛了他的心。

那样的痛楚，那样的疑惑，那样的担忧，如此陌生，又如此真实。

西征军的集结日期为成吉思汗十四年（1219）春季，集结地点在也儿的石河，出发时间为秋季。

诸藩属国中，除了西夏国，其他国家都纷纷派出军队扈从西征。

哲别征服西辽国时，从向导那里得知，在帕米尔高原与天山山脉之间的谷地，有一条通向花剌子模的小径。蒙古军队秋天出发，冬天，术赤与哲别率领先锋军、侦察兵和工兵三万人，进入海拔四千米到七千米的雪山之间。将士们内外裹着两层皮衣，马蹄皆用牛皮包裹，每天行走于深雪之中，与冰雪做着艰苦卓绝的搏斗。面对人马冻死无数的情况，他们仍在毫无人踪的冰山雪岭中开辟出一条道路。

夏天，这支队伍到达美丽的富耶尔加那盆地。他们刚下盆地，还未得到喘息，就与以逸待劳的花剌子模军队遭遇。

这支花剌子模军队由摩诃末·沙与长子札兰丁亲自率领，人数远远多于蒙古人。摩诃末有足够的把握全歼这支精疲力竭的队伍。

事实上，当花剌子模人第一眼看到出现在他们眼前的这支蒙古先锋军时，不禁发出了讥讽的笑声。这是一支被饥饿和疲惫折磨得没有一点精神的队伍，人没精神，那一匹匹矮小的连锁子甲也不曾配备的战马更没精神。这样的队伍，摩诃末父子似乎无须将他们放在眼里。

哲别考虑到敌强我弱，敌逸我劳，犹豫着是否立刻与之决战。术赤却力主决战，哲别有点担忧地说道："此时决战，只怕我们胜算不大。"

"正因为胜算不大，更要与之展开决战。"

哲别从一侧注视着术赤刚毅的面容。

这是只有在战争期间，他才能从术赤脸上看到的神情。

那一年，他射伤成吉思汗，战斗结束后，他投降了成吉思汗。成吉思汗为纪念二人一箭相识，为他改名"哲别"，并让他随侍大太子术赤。他此后升迁迅速，在短短几年内便一跃成为成吉思汗麾下最重要的将领，而且在成吉思汗立国时受封千户长，这一切都得益于术赤对他的重用和举荐。

唯有一样，术赤虽然欣赏他，尊重他，他也感念术赤的知遇之恩，可抛开公心，单论私交，他与术赤的关系却不像他与其他三位太子那样，彼此间可以推诚相待。在术赤的欣赏和尊重里面，总有一层隔膜，若有若无，时隐时现。他最初以为这是术赤孤僻的性格所致，后来才发现，性格并不是问题。真实的原因是，无论过去多少年，术赤从来没有真正原谅过他射向成吉思汗的那一箭。

而那一箭，早在他追随成吉思汗的过程中，变为了心灵上永久的折磨。

不能治愈的心病以及不能消除的隐痛，进而演变成他对术赤的畏惧。也是这个缘故，他可以在成吉思汗面前，可以在木华黎面前，可以在察合台面前，可以在任何人面前据理力争，却唯独不会与术赤发生争执，更不会违背术赤的意志。

术赤觉察到哲别的注视。他只当哲别心存疑惑，遂从马上扭过头来，正视着哲别，徐徐说出了自己的真实想法："我们这支先锋军由骑兵、侦察兵和工兵组成，除了那一千余工兵不精骑射外，骑兵和侦察兵都是跟随你我多年的精兵强将，他们的勇敢值得信任。我知道，你所顾虑的一定是我们的军队在途中人员损耗太大，使我们的战斗力大大削弱。不过，对于这个问题，我是这样考虑的：父汗派先锋军从人迹罕至的雪山之间开辟道路深入花剌子模腹地，本身就具有尝试和冒险的成分，而摩诃末会在我军的必经之路出现，也早在我们的意料之中。大敌当前，我方将士固然疲惫不堪，然而只要战术运用得当，却并非毫无胜算。现在决胜的关键在于双方士气。我方的士气高与不高，与决战早晚无关，敌人的士气却与此密切相关。如若我们立刻决战，敌人的士气不过如此，如若我们避而不战，敌人则会变得士气高涨，而敌人士气每高涨一分，我方的危险就增加一分。另外，敌人士气的高涨以及此战的胜利，都有可能影响到未来的战局。敌众我寡，我们又在异域作战，唯一可倚仗的，除了战术只有士气。我坚持立刻决战的用意，正在于打对方一个措手不及，让他们领教一下我军的闪击战术，同时令摩诃末对我西征军心生畏惧。"

哲别有点惭愧。此时此刻，他不能不佩服术赤的深谋远虑。他太在意胜算，有时反而被过分追求完胜束缚住了手脚。

"好，打！"他简短地说道。

术赤点点头。面临死地，他与哲别之间必须同心协力。

陆

作战方案已定，至于战法，合作过不止一次的两个人，不用商议也能想到一处：以拉瓦战术，机动歼敌。

他们简单地商议了一番，又召来百户长与千户长，命他们如此这般。决战随即展开，只见蒙古军以百户、千户为单位，在各色各样的小旗指挥下，时而进攻，时而撤退，时而集中，时而分散，令敌人无法判断他们的意图。突然，蒙古军转换进攻方向，中间突破，几乎俘虏了摩诃末。多亏札兰丁拼死相救，摩诃末才脱离险境。

激战持续到深夜，各自鸣金收兵。

次日凌晨，摩诃末看到的是死尸遍野的空战场，蒙古军早已无影无踪，退到一天以外的路程。摩诃末不敢追击，撤回撒马尔罕，他对将领们说："我到今天为止，还没见到过这般作战勇敢和巧妙的军队。"

成吉思汗在进军途中接到捷报，命术赤归队，同时命哲别率领五千人进入南方阿姆河上游地区，切断花剌子模与两大资源地阿富汗和呼罗珊之间的联系。术赤和哲别在战场上依依惜别，哲别即将离去时，术赤叫住了他："哲别。"

哲别回过头来，望着术赤："太子。"

术赤殷殷叮咛："将军保重。"

哲别心头一热，以手抚胸，在马上深施一礼："我没关系。倒是您，请一定保重身体，注意安全。胜利之日，我再去看望太子。"

术赤挥挥手，向哲别微然一笑。

这温暖的笑容足以令哲别刻骨铭心。因为，这是最后一次，他们还能并肩作战。这也是第一次，哲别从术赤的笑容中看到了一种惺惺相惜的情谊，而比相惜之情更为重要的是，术赤终于原谅了他对成吉思汗犯下的过错。

一旦踏上无法预知的征途，就要面对无法预知的未来，在分别来临之即，能得到术赤的原谅，哲别的心中再无任何遗憾。

通过富耶尔加那盆地的短兵相接，摩诃末不敢再轻视成吉思汗和蒙古军队。他回到撒马尔罕后，立刻在金碧辉煌的王宫召开了一个级别很高的军事会议。

花剌子模的军队人数远远多于蒙古军，这个本钱足以让摩诃末有恃无恐，但他对成吉思汗的指挥思想一无所知。为了对付这支长途奔袭的蒙古军，谋臣们向他提出了两个方案：一是分兵防守各个要塞，拒蒙古军于国门之外；二是诱敌深入，聚而歼之。摩诃末左思右想，采取了第一种方案。

殊不知，摩诃末的这个选择正是花剌子模走向灾难的开始。摩诃末经过分析，认为蒙古军会从正北方发起攻击，因此，他将锡尔河一带及东部长长的边界线作为防御重点，分兵把守各个要塞，结果造成了兵力的分散。

摩诃末根本弄不清蒙古军会从哪里发起进攻，他的侦察兵给他带来的情报也无不令他心惊胆战。这些人对他说："成吉思汗的军队就好像遮天的蝗虫、巢穴里的蚂蚁一样多得不可胜数。他的战士们像狮子一样勇敢。这些可怕的人，不会将战争的疲劳和危险放在心上，他们以肉干和酸奶就能满足日常生活，对饮食也从不挑剔。他们的马不需要喂食麦子和稻草，这些奇特的牲畜能用蹄子刨开积雪找到枯草，能在土里找到杂草和草根。任何高山峻岭和大川小河都阻挡不了他们的进击，他们能越过山谷隘路，抓着马鬃马尾就能渡过任何河川。"

诸如此类的报告扰乱了摩诃末的判断，他甚至有些后悔，不该轻启战端，为自己的国家招来这场灾祸。

与摩诃末的迷茫不同，成吉思汗对花剌子模这个庞大而松散的国家机构却了解得相当透彻。他知道这是一个由多民族组成的国家，缺少共同的民族意识，加上地方官员各据实力，很难做到军令、政令的完全统一。

成吉思汗决定先攻河中府。河中，因西辽国开国君主耶律大石在撒马尔罕设立河中府而得名，其地域包括锡尔河、阿姆河流域之间的广大地区。摩诃末在并吞河中府后，将首都迁往撒马尔罕，撒马尔罕遂成花剌子模的政治、军事、经济、文化中心。

成吉思汗对河中地区制定的作战方针是："先分兵攻取河中各处城堡，而他自率大军攻取不花剌（布哈拉），然后会师。"

至于先取不花剌，原因是：不花剌位于新都撒马尔罕与旧都玉龙杰赤之间，攻下此城可以截断花剌子模·沙摩诃末与河中地区的交通，并且还可以断绝锡尔河周围受到围攻各城的外援，而后孤立花剌子模的新旧两都，围而攻之。

此时，蒙古军统帅部获得情报，由于摩诃末对蒙古军的战略意图不明，误把哲别率领五千骑兵对南方阿姆河上游诸城发动的佯攻，当成是蒙古主力意图切断河中地区与两大资源地和新军筹建基地阿富汗、呼罗珊的联络，因此，已派出战略预备队指向南方。成吉思汗便据此进行了作战部署：第一军由察合台、窝阔台率领，继续攻打边城讹答剌，因为杀害蒙古商队的元凶就是这座城池的城主；第二军由术赤率领，从右方沿锡尔河下游迂回，攻取毡的等城；第三军由博尔术之子合赤辉率领，从左方迂回，攻取忽毡等城；第四军是主力部队，由成吉思汗和幼子拖雷率领，直取花剌子模的心脏地区不花剌和首都撒马尔罕。

如此一来，成吉思汗就从四个方向完成了对摩诃末的合围，第四军在西方，察合台和窝阔台率领的第一军和合赤辉率领的第三军在东方，术赤率领的第二军在北方，哲别率领的五千骑兵在南方。

曾经英勇无畏，率领花剌子模军队东征西伐，建立起西方庞大帝国（这是相对于蒙古帝国而言，蒙古帝国在东方）的摩诃末，发现自己已被蒙古军队合围，不免变得惊慌失措起来。他匆忙将战略预备队的余部调往不花剌增援，而他自己，由于担心最后一条逃生之路被堵死，索性放弃指挥，匆忙向南方逃去。

数日后，察合台、窝阔台率领的第一军直趋讹答剌城下。

讹答剌位于锡尔河右岸阿雷斯河附近，扼东西交通孔道，是蒙古使臣和四百五十名商人遭到屠杀的城市。

考虑到对讹答剌的攻坚战是蒙古西征中的首战，这一战成功与否意义可谓重大，因此在察合台和窝阔台行前，成吉思汗再三叮咛兄弟二人：一定要开好这个头，只有开好这个头，花剌子模军队的士气才会被打压下去。

察合台和窝阔台向父亲保证：不拿下讹答剌，决不回来面见父汗。

九月，察合台、窝阔台率领的第一军五千人以及畏兀儿国王巴尔术率领的骑兵两万人，协同作战，先期扫清讹答剌城的外围力量，开始对讹答剌展开攻击。

畏兀儿是蒙古人对高昌回鹘的称呼。公元九世纪，一度强盛的回鹘汗国遭到黠戛斯十万骑兵突袭，全面溃散，一部投吐蕃，一部投安西，可汗牙十三部附唐，西迁的一部则在庞特勤的率领下击败七河地区的葛逻禄人，建立喀喇汗王朝。

喀喇汗王朝强盛时，疆域东南与西夏国接壤；正东在阿克苏与拜城之间，以荒山、戈壁为界；东北越阿尔泰山与辽国接壤，准噶尔盆地在王朝版图之内；正北至巴尔喀什湖，并在同一个纬度上向东西两方延伸；西北至咸海；

正西和西南以阿姆河为界同哥疾宁王朝相邻；正南包括瓦罕走廊，至兴都库什山。

喀喇汗王朝从建立到灭亡经历了二百七十余年（840—1212）的时光。不过在王朝统治期间，由于宗教信仰不同，高昌回鹘即畏兀儿在公元十世纪末首先从信奉伊斯兰教的喀喇汗朝分裂出来，建立了佛教国家。

西辽国强盛时，畏兀儿又成为西辽国的附庸。

畏兀儿在巴尔术统治时期日益强盛，与此同时，西辽国的统治已至穷途末路。多年来，西辽派驻各附庸国的行政长官被称作"少监"，这些少监俨然以"太上皇"自居。在畏兀儿，上至国王巴尔术，下至普通百姓都对飞扬跋扈、草菅人命的少监恨之入骨。忍耐总是有限度的，蒙古的崛起促使巴尔术将目光转向了这支新兴的力量。

正当巴尔术彷徨观望时，乃蛮太子忽出鲁克做了西辽国的驸马。这个消息对巴尔术而言绝非祥瑞之兆。

当年，成吉思汗出兵乃蛮部，双方大战于纳忽崖，乃蛮兵败，忽出鲁克出逃。经过畏兀儿时，忽出鲁克派人与巴尔术接洽，希望巴尔术能够收留他，他愿献上自己带来的所有珍宝。

对于发生在蒙古高原的各部战争，巴尔术无意参与其中，尤其是他对兵威正盛的成吉思汗颇有好感。忽出鲁克既是成吉思汗的敌人，他决不想与之产生交集，从而为自己的国家招来祸患。

出于自保的考虑，巴尔术拒绝了忽出鲁克的请求，并派军队将他逐出国境。

仓皇逃离畏兀儿，忽出鲁克来到西辽国都，在这里，他得到接纳，做了驸马，进而又鸠占鹊巢。忽出鲁克永远忘不了巴尔术将他逐出国境的仇恨，所有的仇恨都需要偿还，而这一次的代价是苛刻繁重的赋税。

巴尔术深知，这只不过是个开始，倘若一味忍让，接下来将是变本加厉的盘剥。摆在畏兀儿人面前的只有两条路：要么逆来顺受，要么铤而走险。

是夜，巴尔术亲自引兵包围了少监府，少监伏诛，巴尔术正式宣布脱离西辽统治。为防忽出鲁克出兵报复，巴尔术一边加强边防，一面备办厚礼，派使臣前往蒙古谒见成吉思汗。请降表亦由巴尔术亲自起草，他在盛赞成吉思汗的鼎盛武功后，写道：陛下威名，臣素有所闻，渴慕之情胜如旱天望雨。倘蒙陛下不弃，许做藩属，臣愿为陛下第五子而效力驾前……

巴尔术这个名字，对成吉思汗来说早就不陌生了。从南来北往的商人口中，从身边的畏兀儿大臣口中，他了解到，经过几代君主的努力，畏兀儿已成为丝绸之路北线的真正主人。对丝绸之路的有效控制，带来了畏兀儿经济的繁荣，如今的巴尔术更是一位年轻有为的新君。

成吉思汗欣然接受了巴尔术的归附，并将爱女赐嫁巴尔术。西征拉开序幕后，巴尔术又率两万畏兀儿军队从征……

柒

讹答剌分有外城和内城，城墙与防御工事极为坚固，城内粮秣储备丰富。亦纳勒拥有守城兵力四万人，摩诃末又派哈札阑率一万突厥骑兵前来助战。

相比之下，蒙古军方面只有五千人，加上巴尔术所率两万将士，在人数上仍远逊于对方。鉴于这种情况，察合台、窝阔台、巴尔术三人商议后，决定先对讹答剌城实施炮击，以初步摧毁讹答剌城的防御工事。

经过数年对金战争，蒙古军已积累起丰富的攻城经验，攻城器械的性能也得到很大改进。此次为了西征，成吉思汗命中原和西域工匠加紧制造了一批投掷器、投石器、撞城器、火焰发射器、弩炮、云梯等攻城器械。

畏兀儿军队也是一支训练有素、骁勇善战的军队，他们与蒙古军的配合十分默契。但亦纳勒拼死守护城池的信心和决心决不逊于攻击一方，战斗进行得异常激烈，围攻长达五个月之久。

五个月后，讹答剌城开始面临弹尽粮绝的危险。

外城陷落前，知事艾丁代表市民向察合台三人接洽投降事宜。艾丁的父亲和叔父原是讹答剌城的法官，摩诃末征服讹答剌城后将他们兄弟杀害了。国恨家仇让艾丁从小就十分仇恨摩诃末。蒙古军队围城之初，艾丁尚且不敢轻举妄动，如今亦纳勒、哈札阑四面楚歌，艾丁果断地站出来采取了行动。

察合台三人接受了艾丁的请降，同时，下令军队对外城发起最后攻击。外城陷落后，亦纳勒、哈札阑被迫退守内城，负隅顽抗。因外城陷落前市民已降，察合台不令蒙古军惊扰市民，只征集了部分青壮年参与对内城的攻打。

亦纳勒自知罪责难逃，一旦城破，他必定粉身碎骨，因此抱定不死不退的决心。哈札阑却是越打越悲观，越打越绝望，蒙古军五个月不间断的围攻，造成城中守军伤亡惨重，滚木礌石消耗殆尽。更可怕的是，从第五个月开始，城中爆发粮荒，开始，将士百姓尚能食粥果腹，后来，哈札阑的军队不得不杀马充饥。

眼见固守无望，哈札阑建议投降，亦纳勒坚决反对。亦纳勒知道成吉思汗可以接受任何人的投降，唯独不可能原谅他这个杀人凶手，对他而言，拼死固守或许还有一线生机，出城投降无异于主动献上项上人头。

哈札阑和亦纳勒为固守还是投降发生了激烈的争吵，哈札阑不愿做亦纳勒的殉葬品，耐心等到夜深人静，带领本部人马悄悄溜出城外，打算趁夜突围。察合台早在城外布下天罗地网，哪容城中敌军轻易逃脱？两支军队在城外发生激战，察合台亲自冲杀于阵前，将哈札阑走马生擒。

天色微明时，察合台将哈札阑押到窝阔台和巴尔术的面前。哈札阑吓得面色如土，口口声声表示愿向成吉思汗请降，日后永做蒙古之臣，听凭成吉思汗驱策。为了开脱罪责，他将战争的起因归咎为亦纳勒的贪婪、无耻和摩诃末的挑衅，说他是被逼无奈，才与蒙古军队为敌。

本来，察合台见哈札阑贪生怕死，对他已然心存蔑视。此时，亲耳听到哈札阑将所有的责任都推到了亦纳勒和摩诃末的身上，自己却丝毫不予承担，察合台更是怒不可遏。察合台生平最憎恨背信弃义的小人，愤怒之下，他手起刀落，哈札阑只来得及惨叫一声，便倒在血泊之中。

当时察合台、窝阔台、巴尔术、哈札阑四个人的位置是这样的：哈札阑被押在大帐中央，察合台站在哈札阑身边，窝阔台、巴尔术则并排坐在对面的椅子上。哈札阑的被杀太过突然，等窝阔台反应过来，想阻止已经来不及了。

窝阔台与巴尔术愕然相顾，他们都被察合台这个突如其来的举动惊得目瞪口呆。

良久，窝阔台从震惊中清醒过来，"你！你为什么要杀他！"他用手指着察合台，怒气冲冲地质问。从小到大，他还是第一次用这种严厉的语气对二哥说话。

"这种软骨头留他何用！"察合台大大咧咧地回答。

窝阔台望着哈札阑倒伏在地的尸体，说不上是意外多，还是惋惜多。"他已经请降。就算是软骨头，留下他自有留下他的用处。"

"算了，算了，人死也死了，我们兄弟俩犯不着为这么个小人反目。"察合台漫不经心地想要结束这场争执。

"二哥，我没有要与你反目的意思。可这件事的确是你做错了！哈札阑是花剌子模宫廷举足轻重的人物，他活着，能为父汗提供许多有益的情报。我实在想不明白，你何必非要杀他，而且毫无理由！你别怨我多言，我希望你能记住这个教训，以后再不要这样意气用事！"

察合台毕竟是兄长，此时又当着巴尔术的面，见三弟一味指责自己，不由得也有些气恼起来。他正要出言反驳，巴尔术已将身体拦在兄弟二人之间，息事宁人地劝道："二位太子，如今为这件事争吵有意义吗？难道你们还能让哈札阑起死回生不成？再说，办法也没有穷尽，待攻破内城，我们不妨带着艾丁去见父汗。艾丁是讹答剌城的知事，通过他，想必也能了解不少有关花剌子模的军政内幕。如今，我们最要紧的是捉住亦纳勒，为那冤死的四百五十名商人报仇。"

窝阔台觉得巴尔术说得有理，沉默了。察合台将刀插回鞘中，转身向帐外走去。"我去指挥攻城。"他头也不回地冷冷说道。

窝阔台和巴尔术互相对视一眼，也跟在察合台身后向外走去。

经过前段日子的强攻，讹答剌内城箭矢消耗殆尽，守军只能靠抛掷砖瓦抵抗。亦纳勒守城的决心再坚定，也无法改变失败的命运。次日凌晨，内城终于被蒙古和畏兀儿两支军队攻克，亦纳勒带着两名武艺高强的侍卫退到屋顶顽抗，蒙古军队蜂拥而上，将他们团团围住。察合台来到屋顶，喝令所有的人都退至一边，他掷下宝剑，抽出一柄寒光闪闪的弯刀，与亦纳勒和他的两名侍卫战在一处。不多时，窝阔台和巴尔术也来到屋顶之上，窝阔台担心二哥的安危，抽弓搭箭，准备随时助二哥一臂之力。

虽然三人战一人，亦纳勒和两名侍卫在气势上终究有所不足，不消两三盏茶的工夫，两名侍卫便被察合台斩于刀下。亦纳勒已退到房边，他想从屋顶跃下，却见下面站满了蒙古将士。就在他犹豫的瞬间，察合台起脚踢飞了他手中的宝剑，眼见亦纳勒就要跌落屋下，察合台眼疾手快，上前一把抓住他的胳膊，随即用力往回一带，亦纳勒再也站立不稳，重重跌在察合台的脚下。

察合台的动作干脆利落，一气呵成，巴尔术在心里连连叫了几声"好"。他早听说岳父的四位嫡子各有所长，大太子术赤骑射俱精，二太子察合台武艺高超，三太子窝阔台明于决断，四太子拖雷勇谋兼备，而其中察合台和拖雷，每逢临战，必定身先士卒。此时亲眼得见，他这位二内兄的刀剑功夫，果然名不虚传。

几名将士一拥而上，将亦纳勒捆绑了个结实。

窝阔台这才悄悄收起弓箭，不易觉察地吐出一口气来。

联军大获全胜，当晚宿于城中，掩埋双方尸体，清理战利品。第二天，联军缓缓回师，傍晚，巴尔术在营帐设下酒宴，派人去请察合台和窝阔台。察合台和窝阔台兄弟尚未和解，巴尔术有些不安。

察合台处理善后诸事，来得稍微晚些。巴尔术和窝阔台都在等他，看到他进来，窝阔台急忙起身为他斟满酒杯，不过表情多少有些尴尬。

察合台的个性原本大大咧咧，不爱记事，他早将前日他与三弟之间发生的不快抛到九霄云外。席间，他以一种玩笑的口吻问窝阔台：“我说，你是不是非要拧着我还你一个活着的哈札阑？”

窝阔台不禁笑了，“二哥，我……”

“你不必说了，”察合台打断了窝阔台的话，“昨天的事，我将谨记在心。我向你保证，以后做事决不莽撞。”

察合台毕竟是哥哥啊，再说他已向自己认错，窝阔台眼眶微红，脸上却露出了欣慰的笑容。兄弟二人心结打开，和好如初。

巴尔术的担忧烟消云散。

捌

成吉思汗终于得到残杀蒙古商人的元凶了。他按草原上处罚贪婪之徒的方式，以水银灌注亦纳勒的双耳，看着他受尽折磨而死。然后，他取酒洒向大地，祈祷四百五十名商人和正使巴合赤的冤魂早日瞑目安息。

处死了亦纳勒，成吉思汗离开撒马尔罕郊外离宫，向不花剌挺进。

不打新都撒马尔罕、旧都玉龙杰赤，而直取位于河中地区的不花剌，体现了成吉思汗用兵的高妙之处。分兵攻取锡尔河一线的重要城镇，是为将来攻取首都撒马尔罕预先扫平障碍，而以主力部队直捣不花剌，则从根本上切断了新旧两都的联系，防止二者首尾呼应，彼此救援。

在战争初期，分兵出击，清除外围障碍，再在决战阶段迅速合拢军队，对某个战略要点形成重兵包围，这种战术在成吉思汗一生中曾被反复使用，而且屡试不爽。

不花剌城在基西尔库姆沙漠西端，位于花剌子模国新、旧都之间，是花剌子模最繁荣富庶的城市之一，由城堡、内城、外城三部分组成，城堡不是建于内城中，而是建于内城外，城内建有许多清真寺，纺织业十分发达。

摩诃末原来以为，即使蒙古军突破锡尔河防线，若不攻占撒马尔罕，也不可能到达不花剌。他万万没想到，蒙古军会从基西尔库姆沙漠迂回到不花剌，更没有在这里进行长期作战的准备。该城居民多数是波斯人，而守军多数是突厥人。守将想在阿姆河畔布下战场，同时补充兵员，于是率两万精兵和大半居民，趁着夜色掩护，悄悄从没有被蒙古军监视的城门出城而去。

其实成吉思汗在对不花剌城实行围攻之初，就采取了围三漏一的战术。只要有可能，成吉思汗并不愿意在围城战中消耗太多的兵力，旷野歼击战一向是蒙古人的拿手好戏。得知不花剌守军和市民正朝阿姆河方向运动，成吉思汗立刻派出一支军队尾随上去，翌日在阿姆河几乎全歼了突厥守军。

市民们得到宽恕，他们投降了成吉思汗，这是成吉思汗十五年（1220）二月，蒙古军攻克不花剌。之后，蒙古大军很快离开不花剌，向东南约有五天路程的花剌子模新都撒马尔罕挺进。

远离蒙古本土的蒙古军必须不断从当地征集市民和农民补充兵员，以担任运输、造作等辅助工作或在攻城时充当先锋。三月，撒马尔罕守军请降。成吉思汗从撒马尔罕分兵五万，交给三个儿子术赤、察合台、窝阔台指挥，去攻取花剌子模旧都玉龙杰赤。临行，成吉思汗一再叮咛三个儿子要密切配合、协同作战。

向玉龙杰赤派出军队后，成吉思汗又召来速不台、哲别，命令他手上这两员最杰出的将领率领两万人马，继续追击摩诃末，务要将他生擒活捉。成吉思汗叮嘱二将，此去穷追不舍，沿途不得耽搁。所过城市，若投降，则穿城而过，不得杀戮居民，不得劫掠财物；若遇抵抗，则视具体情况而定，或消灭之或警告之。总之，一切都要服从于追击摩诃末的大目标。

速不台和哲别领命。这次追击的过程，将成为一场远征的开始，而这次远征的过程，又令蒙古人的马蹄踏上了欧洲的土地。

原来，摩诃末听说不花剌、撒马尔罕相继陷落，大惊之下，决定采纳朝臣建议，退到呼罗珊地区的大城你沙不儿。然而，待速不台、哲别追到你沙不儿时，摩诃末又逃到雷什特，接着是哥疾宁。

从旁观者的角度，这一场追击战如同一场有趣的追踪游戏，逃亡者没命地逃跑，追踪者拼命地追击，双方似乎都不甘示弱，而最后，双方都累得筋疲力尽。

得知蒙古军已接近里海，与自己相距不过几十里，摩诃末想也没想便又逃出哥疾宁，乘船躲入里海中的一座小岛。

蒙古军追到里海岸边，万箭齐发，奈何是舟去人已远。至此，一场惊心动魄的追击战随着摩诃末的成功逃逸而暂时落下帷幕。

速不台和哲别接到命令，成吉思汗要他们去消灭已在钦察草原立足的篾尔乞残部。当年，成吉思汗的夫人孛儿帖遭到篾尔乞人掳掠，在敌营生下长子术赤，这段不堪回首的往事，成为父子间恩怨莫辨、若即若离的根源。于成吉思汗而言，他这一生从来没有真正地拥有过他的长子，也正因为如此，他永远不会原谅篾尔乞人，哪怕追到天涯海角，他也要将他们消灭干净。

速不台和哲别出发后，成吉思汗自率主力部队在怯失绿洲度过了炎热的夏季。秋季来临时，战马渐渐恢复了体力，成吉思汗一边着手征服呼罗珊地区，一边等待着来自玉龙杰赤的消息。

可惜，他的儿子们没有什么好消息可以让他高枕无忧。

旧都玉龙杰赤是个著名的商业中心和商队驿站。其城跨阿姆河两岸，仅两岸狭窄地带适于耕种，其余皆为沙碛。阿姆河两岸芦苇丛生，水路四通，湖泊遍布。这样的地理环境，不宜于骑兵展开活动。

多年来，王太后图儿堪一直坐镇和经营该城。图儿堪出身突厥贵族，是个野心勃勃的女人，且拥有不少效忠于她的突厥力量。她虽与儿子摩诃末关系不睦，不过，摩诃末逃往里海时顾念母子之情，曾派使者劝其母后随他一同逃命，结果可想而知，这个使者被图儿堪骂了个狗血淋头，轰了回去。

术赤率领的军队从毡的城出发，很快包围了玉龙杰赤。图儿堪下令死守城池，这个决定赢得了所有忠于花剌子模的军队和市民的支持。

术赤在长子斡尔多和次子拔都的陪同下，骑马来到玉龙杰赤城下。

即使从城外，也能看出这座美丽城市的精致轮廓。根据父亲的安排，这里不久将成为他封地的一部分，术赤在城外巡视时看到和想到了这个。

玉龙杰赤城防坚固，城中有六万守军，统帅是图儿堪王太后的亲戚忽马儿。

此时，察合台和窝阔台的军队尚未赶来，在三支军队会合前，术赤向玉龙杰赤派出了使者，试图劝说王太后投降。城中一些著名的法官和神职人员主张接受术赤的和平建议，但掌握军队的图儿堪太后坚决反对，她下令凡敢妄言投降者，格杀勿论！话虽如此，王太后一面组织抵抗，一面却在运筹出逃。

术赤并没有因为王太后的拒绝而放弃和平的努力。他派拔都攻打城郊，城郊数日而下，术赤不许军队抢劫烧杀，命人妥善管理花园及所有建筑。他想以此来证明诚意，却不知道城中这时已然发生变故。

玖

城郊被蒙古人轻易攻克，令王太后感受到莫大的危机。她估计玉龙杰赤难免陷落，遂偕亲率卫队逃往马三德兰。比这更雪上加霜的是，摩诃末躲在里海的孤岛上日日被忧伤和悔恨所折磨，以致患上了致命的肋膜炎。临终前，他将象征着王权的长剑传给了坚决主战的长子札兰丁。他一向不喜欢长子，但长子是他复国的最后希望。

札兰丁在凄风苦雨中安葬了父亲，随即离开孤岛潜回玉龙杰赤。一到这里，正遇上祖母出逃，他便从祖母手中接管了玉龙杰赤。

不久，札兰丁的挚友，素有"铁王"之称的灭里也辗转来到城中与之会合，玉龙杰赤的防御力量进一步得到加强。

札兰丁的铁血性格尽人皆知，而灭里又是术赤奉命攻取忽毡和毡的二城时遇到的强劲对手，城中有这二人坚守，和平解决的希望更加渺茫。术赤试图通过各种渠道劝说城内军队停止抵抗，时间一天天过去，他未组织任何强攻。而城内的主战派将他的这种"软攻"当成怯懦，益发趾高气扬。

半个月后，察合台、窝阔台率领部队赶来与术赤会合。兄弟二人巡视玉龙杰赤城垣一周，弄不清术赤是否攻打过城池。

他们回到术赤的军帐，术赤正在研究地图。

"大哥……"

窝阔台刚想询问一下战事进展情况，察合台已然不耐烦地打断了他的话头："我说术赤，你是把地图当画看吗？我还以为你早就打到了阿姆河边。"

阿姆河横穿玉龙杰赤，将该城一分为二。

窝阔台心中暗暗叫苦，却不知该如何解劝。

术赤默默地坐回到帅案后，他已失去了任何争吵的欲望。

"你至少说句话，这仗你打是不打？你若觉得没把握，让我的军队先上，你退后观战。"术赤的隐忍令察合台的心里像塞了一团棉花，憋闷得就想发作。

术赤仍旧一言不发。

察合台一跺脚，转身欲走。窝阔台拉住了他的胳膊，不易觉察地向他摇了摇头。

察合台想起术赤在父亲面前给他的那一拳，此刻，他真想将这一拳还给术赤。然而，当他抬眼逼视着术赤时，却发现术赤的脸容异常憔悴，双目暗淡无神，这令他的怒火顿时消散了许多。

术赤怎么了？病了吗？是啊，术赤一向身体不好，不过……

"大哥，你是不是觉得身体不舒服？"窝阔台为人细致，这会儿已发现术赤脸色异样。他看着大哥，关切地询问。

术赤摇摇头，示意他们先坐下，喝杯茶。

察合台哪有心思喝茶。兄弟俩正在僵持间，拔都走了进来。他看到二位叔叔，急忙上前见礼。

察合台虽与术赤关系不睦，却很喜欢心胸宽广、才能出众的拔都，拔都的出现让帐中的气氛缓和了不少。

"你做什么去了？"察合台问拔都。

"我奉父王之命，去找能够代替炮石的东西。"

"你说什么？"察合台没听懂。

术赤却问："找到了吗？"

"找到了。"

"你们到底在说什么？"

"是这样，二叔。城下有道很深的壕沟，若不先设法填平它，我们的军队很难过去。父王的意思是，无论如何，得将壕沟填平才行。问题在于，城里的敌人不会坐视我们填沟而不采取行动，为牵制敌人，我们只能用投石机先行摧毁城防工事。我四处探察过，找不到巨石，只能找些替代物。"

"那是什么？"

"东边有一片桑树林，很茂盛。将桑树锯成几段，当石头使用不成问题。"

察合台心思微转。他知道使用投石器不如使用投火器更具威力，不过，看目前的情形，术赤必定不会同意。既然如此，拔都的办法倒是可行。

"好，就这么办！"窝阔台思索片刻，率先表示赞同。

"我也同意。"察合台见窝阔台和拔都都在看着他，便爽快地表明了态度。

三兄弟商议既定，五万大军立即行动。转眼间，一切准备就绪，壕沟被填平，城墙被砸开缺口，蒙古军蜂拥入城。

玉龙杰赤可说是蒙古军西征以来遇到的最难攻克的城池之一。城破后战斗仍未停止，每条街道都需要经过艰苦的厮杀和争夺才能控制，巷战和肉搏战空前激烈，每座房屋都是一个特殊的战场。

察合台考虑到暗箭难防，当机立断，命士兵找来石油，挨户逐屋地进行焚烧。术赤闻讯急忙赶来阻止，可惜为时已晚，他只能眼睁睁地看着整个前城都在火海中化为灰烬。

触目可及的火海，令兄弟间的矛盾变得更加不可调和。

术赤任察合台去烧，自己率领大军先行来到阿姆河边。对岸，就是首都玉龙杰赤的另一半，札兰丁和灭里正在那里坐镇督战。

术赤像前几次一样，派出使者至对岸谕降，札兰丁仍旧置之不理。术赤遂派三千精兵过桥强攻，不料敌人突然杀出城门，在浮桥上与蒙古军展开激战。这摇摇晃晃的浮桥不是旷野，蒙古军别说抵抗，连站立尚且困难。短短一顿饭的工夫，他们便纷纷被敌人砍落在桥下。

术赤增援不及，三千名将士的鲜血染红了阿姆河原本清澈的河水。

敌军旋又退去，关闭城门，士气大振。察合台和窝阔台赶来与术赤会合，眼前的惨景令他们惊骇不已。

察合台气急败坏地向术赤怒吼："你为什么擅自进兵？怎么不等等我们？你……你真是不可理喻！你……咳！"

术赤心如刀绞，无言以对。

由于他的疏忽，三千弟兄转眼做了他乡冤魂。内疚与自责强烈地折磨着他，他本来已经够难受的了，察合台却还要恶语相加。是，察合台没错，错的是他，但假如他们兄弟能够彼此理解，彼此协作，又何至酿此奇祸？

　　主帅间的矛盾，严重影响了手下将士的士气，纪律日渐松弛，蒙古军失去了它往日的攻击力。一向精明果断的窝阔台对此束手无策。

第三章　有情似无情

壹

七个月一晃而过。

术赤三兄弟对玉龙杰赤实施包围已经整整七个月了，七个月中，战事毫无进展。术赤和察合台的意见得不到统一，将士们只能望河兴叹。

成吉思汗如何不知道围攻玉龙杰赤失利的真正原因在哪里？一开始，他还寄希望于术赤和察合台尝到苦头后能主动改善关系，默契配合。随着时间的推移，他的愿望破灭了，代之而来的是暴风雨般的震怒。

他们，他的儿子们，太令他失望了。他毅然决定由窝阔台担任最高统帅，术赤、察合台交出兵权，听命于窝阔台。

三兄弟不敢违命。

窝阔台不愧是头脑清醒冷静的人主之选。过去他手中无权，对两个哥哥的调停都近乎和稀泥，如今他大权在握，就必须用铁的手腕使他们搁置矛盾，完全服从他的指挥。毕竟战争不是儿戏。

蒙古军队无疑是一支军纪严明、上下一心的军队，主帅间的不和虽说在一定程度上削弱了它的战斗力，但一经窝阔台严厉治军，便又很快恢复了往日的锐气。数日后，蒙古军攻入玉龙杰赤的另一半城池。战斗并未停止，每座房屋、每条巷道都是战场，战斗之激烈到了寸土必争的程度。经过七昼夜的巷战和肉搏战，守军和居民被逼入最后三个区，不得不向术赤投降。

玉龙杰赤属于术赤的封地范围。玉龙杰赤既下，术赤派人接管城中库藏。他让儿子拔都帮他一起对库藏进行查点、登记、造册，他最初的想法，无非是按照惯例将库藏及名册全部移交给父亲，之后由父亲统一做出支配。可是，看着琳琅满目的珍宝，他突然萌生了一个念头。

他唤来拔都，附耳交代几句，拔都满脸狐疑，领命而去。

察合台、窝阔台正在商议回军事宜，忽然侍卫来报：拔都正带人搬运府库中的战利品。二人闻讯大吃一惊，急忙赶往府库。

果然，拔都正在指挥装车。

"住手！你在做什么？"察合台简直不能相信术赤有胆量做出这样的事来，虽然指挥装车的人是拔都，察合台却知道，拔都不过是奉父命行事而已。

士兵们被察合台的怒喝震慑住，一起停下来望着拔都。拔都不慌不忙地走到二位叔叔的面前。

"二叔……"拔都刚开口唤了一声，察合台便粗暴地打断了他的话头："你好大胆！竟敢私取库藏！是你父王让你这么做的吗？"

"二叔、三叔，侄儿并不曾私取。侄儿不是派人去通知二位叔父了吗？父王说，攻打玉龙杰赤时将士死亡惨重，理应进行抚恤。这些库藏，父王命我只取其中一份，其余部分都交由二位叔父处理。所有库藏侄儿都已登记造册，二位叔叔看过名册，就知侄儿所言非虚。"拔都平静地回答。

察合台和窝阔台都未看出，拔都平静的背后隐藏着不安与不解。

察合台愣了愣。术赤这是搞什么鬼名堂！不过，既然术赤开了头……

窝阔台总觉此事过于蹊跷。他这边还没想明白蹊跷之处在哪里，察合台那边已命手下将士赶了几辆马车来，将"他们的那部分"战利品运了回去。至此，兄弟三人将进攻玉龙杰赤所得瓜分得干干净净。

目送两位叔叔离去，拔都回府向父亲复命。平心而论，拔都根本不赞同父亲的做法。战前，祖父曾三令五申不许私抢私分战利品，他想不明白，一向将身外之物看得很轻很淡的父亲，为什么这一次要公然违抗汗令？

拔都从小最崇敬最热爱的人就是祖父，只有祖父，对他而言是犹如神明一般的存在。这一次，若非父命难违，他连想都不曾想过要触犯祖父的威严。

不仅如此，父亲的做法从始至终透着古怪，与他素常行事的风格大相径庭。当然，对于不经允许私取库藏的决定，父亲也给了拔都一个解释，父亲说，攻取玉龙杰赤时伤亡太大，特别是那三千弟兄，父亲想对他们的亲人做些补偿。另外，巴尔术国王过几日就要返回畏兀儿，也需备下路上所需。可这两个理由不论哪一个都十分牵强，总之一句话，拔都怎么都不能理解父亲的决定。

难道父亲的目的只是想激怒祖父吗？果真如此，那更没道理可言。拔都即使不完全清楚父亲对祖父有意疏远的心结所在，但有一点他决不会弄错：祖父是父亲生命中最重要的人。假如这个世界还有一个人值得父亲为之付出生命，那么这个人必定也只能是祖父。

想到这一层，事情便又转回了原点，父亲为什么要做出这样的决定？

术赤靠在椅背上，一脸倦容地听完拔都的汇报，嘴角处溢出了一丝奇怪的笑意："好了，我知道了，你做得不错，下去休息吧。"

拔都望着父亲，欲言又止。

"你怎么了？"

"没……没事。儿子告退。"

术赤无言地目送着儿子离去，一只拳头却不知不觉地捏了起来。

他清楚儿子想说什么，也清楚儿子根本不赞同他的这个做法，甚至儿子肯定猜到了他是有意为之，只是不明白其中的原因而已。现在，如他所愿，察合台和窝阔台上当了，他在幸灾乐祸之余，竟也不免感到一阵苍凉与悲哀。

父亲已将玉龙杰赤作为他未来的封地，即使他不私取库藏，府库中的大部分财物父亲也会赐给他由他支配，他大可不必只取三分之一。这不过是他设下的一个局，他在赌察合台会不会往里钻。

他相信他一定能赢。

从小到大，察合台最喜欢说的一句话就是："真不知道父汗怎么想的，对你，比对哪个亲生儿子都好。"这句话察合台每说一次，他心中的伤痕就会多出一道。

从小到大，他总想在察合台脸上狠狠打上两拳。那天在父亲面前，为储君一事，他打了察合台一拳，第二拳，他放到了现在。

这两拳是还察合台在他心中留下的伤痕，所以，从现在起，从此刻起，他与察合台之间扯平了。

父亲不会原谅他们这三个不孝子的，等察合台明白过来，等待他的将是一场暴风骤雨。然而术赤从不怀疑，经过这件事，察合台一定会牢牢记住这个教训，改掉他那点火就着的毛病。的确，他是害了察合台，可他这样做也是为了帮他。

当然，还有窝阔台。

窝阔台有人君风度，对人对事常怀忠恕之心，是一个比他与察合台都更为合适的人主之选，若非如此，父亲也不会将窝阔台立为储君。但窝阔台也有一个最大的或者说致命的缺点：耳软心活，缺少自制力。

希望通过这件事，窝阔台同样能明白一点：贪婪，乃为君者大忌。

如今，能做的他全做了。所有的事，都是为父亲而做。在他决定永远不再与父亲相见时，在他决定永远不再回到那个热爱的却让他一生充满屈辱的草原时，他希望父亲埋怨他，厌恶他，不要再惦记他。他更希望察合台、窝阔台能成为令父亲骄傲的儿子，为日渐苍老的父亲分担一切。

七个月前，他与父亲做最后话别的场景仍历历在目，那个时候，想到此别将成永别，他的一颗心痛得几乎让他失态。他的两个弟弟就要回到父亲身边，而他，只能看着他们离去时的那条路，将对父亲的思念放在心底。

甚至，当他清楚地知道这将是他与察合台的最后一面时，他对二弟由来已久的怨恨也随之烟消云散。回首往事，无论是欢乐的还是悲伤的，都让他充满了深深的眷恋。

他要将躯壳留在脚下的这片土地上了，要是哪一天灵魂回到故乡，他一定会去看望父亲，那时，他要对父亲说一句：对不起！

对不起，真的对不起！

贰

成吉思汗对三个儿子围攻玉龙杰赤时行动迟缓本来就有所不满，现在又听说他们擅自分掉了玉龙杰赤的所有库藏，不由得更加失望。

察合台、窝阔台回到塔里寒等待父汗赐见，迪格进去通报，不多时出来说："大汗不见，命你们回去。"

"不见？为什么？"察合台不解地问。

"这……"迪格嗫嚅着，不知该如何解释。

"你再去通报……"察合台话未说完，窝阔台使劲拉了一下他的胳膊。

"怎么了？"

迪格见察合台是真的不明白自己犯了什么错，他想了想，走到察合台面前，压低声音说道："大汗已得知，三位太子私自分掉了玉龙杰赤的所有库藏，十分生气。按军律，三位太子的行为……当……当斩！"

迪格话说得温和，谁知父汗是怎样的震怒？察合台犹如被人兜头浇了一盆冷水，与窝阔台面面相觑，呆若木鸡。

看兄弟二人一副慌了神的模样，迪格的心里不免生起了些许同情，他委婉地劝慰道："二位太子还是先回去吧。大汗正在气头上，等他的气消了，一定会召见你们。"

察合台、窝阔台无计可施，只好返回住处。

第二天，第三天，成吉思汗以同样的话将他们挡了回去。

生平第一次，兄弟俩尝到了坐卧不宁、茶饭不思的滋味。尤其是察合台，他直到这时才意识到，玉龙杰赤是术赤的封地。既然玉龙杰赤是术赤的封地，那么，术赤根本没有必要私取库藏。一切想明白了竟是如此简单，术赤设了一个局，故意诱使他和窝阔台分掉了本该大部分属于术赤自己的财物。

想必，术赤早就算准了今天的这个局面。

原来，是他的贪婪和轻率让他上了术赤的当。

卑鄙！这是咒骂术赤。

可恶！这是咒骂自己。

事已至此，埋怨毫无用处。察合台最担心的是，父亲若始终不肯原谅他们，他和窝阔台该如何做才能让父亲消气？

兄弟两个正没奈何，博尔术、喜吉忽从前营巡视归来，听说大汗三天不见两位太子，博尔术奇怪地问道："这是为什么？"

察合台在博尔术面前从来不隐瞒任何事情，他三言两语向博尔术和喜吉忽解释了其中的原因，临了，他还没忘抱怨术赤一句："都是术赤害的！这会儿，他一定躲在玉龙杰赤偷笑呢。"

窝阔台说道："不怨大哥，要怨只能怨我们自己见财起意。将军，请您告诉我父汗，我和察合台做错了，我们真的知道错了，请他一定要原谅我们！"

博尔术和喜吉忽明白了事情的原委，同意为他们说情。

四个人正在说话时，迪格已进帐通报，工夫不大，迪格出来说道："博尔术将军，义王爷，大汗宣二位入见。"

博尔术、喜吉忽不敢再与兄弟二人多说，匆匆来到帐中。成吉思汗强打精神问了几句军中情况，然后便沉默了。

短短几日未见，成吉思汗的脸容倦怠憔悴，博尔术满怀同情地注视着大汗，从那双他所熟悉的眼睛中，他看到的是一个无能为力的父亲的悲哀。

"大汗。"

"还有事吗？"

"二位太子正在帐外等候。"

"让他们回去吧。"成吉思汗冷冷地说道。

"大汗容禀：臣闻我军攻克玉龙杰赤，将士无不欢欣鼓舞。太子们征战有功，虽说触犯军纪，毕竟已知悔改，还望大汗给他们一个改过的机会。"

"是啊，汗兄，您还是见见两位太子吧。他们如今都知道自己错在哪里，以后断不会再犯同样的错误。您一连三日拒不召见，已是对他们最大的惩罚了，这个教训，他们必然会铭记于心。依臣弟之见，三太子还好，二太子性情刚烈，又视荣誉如生命，您若坚持不见，别万一……"喜吉忽没敢说下去。

成吉思汗一生很少违拗博尔术的请求。这不仅仅是由于他们二人乃布衣之交，彼此间存在着深厚的友情基础，更因为博尔术从未向他求过私情，他不能允许自己拒绝一个高尚坦荡的胸怀。何况喜吉忽的担忧并非完全没有道理，察合台的性格刚而易折，倘然他执意不肯见他，只怕儿子真会做出过激的事情。

"好吧，我且依你二人所请。"他向迪格示意。

迪格松了口气，脚步轻快地来到帐外，说道："二位太子，请进吧。"

察合台、窝阔台走进大帐，远远地就跪下了。

成吉思汗没有立刻说话，也没有让他们起来。

"父汗，儿臣……"察合台本想说，他和三弟知道错了，那些战利品，除了作为赏赐和抚恤之用而发到将士手上的除外，剩余的部分他们已全数退还。可他突然间看到了父亲的脸色，所有的话顿时堵在了心里。

父亲靠在宽大的红木椅上，眼神黯淡，脸容疲乏，神情委顿，仿佛刚刚生过一场大病。从小到大，察合台见惯的都是一个精神抖擞、神采奕奕的父亲，却从未见过这样意志消沉的父亲。意外和难受之余，他连道歉的话都说不出来了。

窝阔台早已低下头来，察合台分明看到，三弟的鼻翼和眼角都开始泛起红色。

短暂的寂静过后，成吉思汗说道："你们起来吧。我受不起你们这礼。"

察合台和窝阔台相顾失色。泪水顺着窝阔台的面颊滚滚而下，他却忘了擦拭。察合台看着三弟苍白的脸色，知道自己的脸色也一定好不到哪儿去。

"父汗，求您别这么说，您这么说，让儿子以后如何立身处世？我们知道错了，请您千万原谅我们这一次。这个教训，我和窝阔台当铭记在心，请您一定要相信我们。求您一定要相信您的儿子！"

"我不是在意你们私分了财物，我在意的是，我把江山都交在了你们手里，你们真的就这么着急攫取财富吗？"

窝阔台的头上冷汗直冒，察合台感觉自己的心脏差不多要停止跳动。

成吉思汗继续训斥道："你们两个，到底要我说你们什么才好！战前，兄弟不和，意气用事，贻误战机，视战争如儿戏；战后，兄弟齐心，罔顾命令，私抢财物，视军纪如无物！你们可真是我的好儿子！"

兄弟俩再不敢分辩。此刻的心情，只剩愧悔交加，只剩赧颜无地。

博尔术向喜吉忽使了个眼色，喜吉忽会意。俟成吉思汗话音一落，喜吉忽急忙温言解劝道："汗兄，太子们来此地学习征战，犹如雏鹰之翅，可扶不可折。还望汗兄稍息雷霆之怒，饶过太子们的这次无心之失。而今我方身处敌国，征战频起，尚需太子们领兵前去征讨，汗兄不宜过分挫其锐气。昔日之过，当引以为戒，臣弟相信太子们不致重犯。汗兄，您训也训了，且依臣弟之请，先让他们起来吧。"

成吉思汗犹豫了一下。

博尔术也说："有的时候，偶尔犯一次错也不是什么坏事，从错误中汲取教训，才能避免以后犯下更大的错误。"

听了喜吉忽和博尔术的劝说，成吉思汗心中的怒火渐渐熄灭了，他的脸色缓和下来，向察合台和窝阔台做了个手势："你们起来吧。"

察合台、窝阔台向父亲磕了个头，站起身来，垂手而立。

成吉思汗问道："术赤怎么没跟你们一起回来？"

察合台见父亲到了这种时候还在惦记术赤，心里堵得慌，一言不发。窝阔台硬着头皮解释道："玉龙杰赤局势不稳，大哥他……"

其实窝阔台也不知道术赤为什么没跟他们一起回来，他随口找了个理由，不料成吉思汗信以为真。

"巴尔术呢？"成吉思汗转了话题。

"他托二哥和儿臣向父汗转达他的问候。还有，他想再次确证，父汗一定要他回返畏兀儿吗？"

"战事进展顺利。不只是畏兀儿军队，哈剌鲁和阿力麻里两支军队，我也会陆续遣返他们。"

"那么，儿臣再走一趟玉龙杰赤好了。"

"不必了，你们刚刚回来，先休息几日。这件事我会交给拖雷去办，我准备了礼物，由拖雷代我去送巴尔术。"

"是，儿臣遵命。"

兄弟二人告辞时，成吉思汗语重心长地告诫他们："切记，'贪'乃万恶之源。你们下去后，仍要细思己过。"

兄弟受教，诺诺而退。

诚如喜吉忽所料，这件事带给察合台的教训是深刻也是永久的。

蒙古第一次西征结束后，成吉思汗将原属西辽的领地赐封给次子察合台。其疆域东至吐鲁番、罗布泊，西及阿姆河，北到塔尔巴哈台山，南越兴都库什山，包括阿尔泰至河中地区的广大领土。

当察合台回到封地，建立察合台汗国时，他如父亲所愿，成为一名处事公允、执法严明的君主。他所实行的轻徭薄赋、清静无为的国策，也在短时间内收到了辖境大治的奇效。

叁

成吉思汗十七年（1222）夏，蒙古主力来到战略高地巴米安城北部的山区避暑，成吉思汗准备从这里继续向南挺进。

在山中度过了炎热的夏季，成吉思汗挥军南下，直取巴米安城堡。

巴米安城堡高高屹立在查理戈尔戈拉高地上。城内守军凭借险要的地势，决心与蒙古军血战到底。

城上飞箭似蝗，流矢如雨，蒙古军被阻在城下寸步难进。

蒙古军的第一次进攻被击退了。各军将领命军队迅速抢占了一个地势较高的土丘。城上，箭矢飞掠如雨，城下，几十架投石机和火炮很快安放妥当。

轰炸过后，南图赣指挥军队发起第二轮强攻。

在成吉思汗家族第三代将领中，南图赣与拔都一样，临战总是身先士卒。这时，一支利箭飞来，穿透了他的胸膛。

南图赣骑在马背的动作出现了短暂的定格，接着，他的身体晃了几晃，栽在马下。

侍卫似乎惊呆了，接着，他从地上抱起小主人，将他横放在马鞍上，迅速驰向后方安全地带。

侍卫是个很有经验的人，他检查了一下小主人的伤口，一颗心仿佛落入了冰窟。

侍卫大声呼喊，要人赶紧去请大夫，这时，他感到一只手轻轻扯了一下他的衣袖。

"小王爷？"

"祖汗来了……"南图赣向侍卫身后指了指，他看到闻讯赶来的祖汗，眼中蓦然闪过一道喜悦的光芒。

"南图赣，你怎么样？伤得要紧吗？"成吉思汗从侍卫怀中接过孙子，细细审视着他的伤口，不祥的预感刹那间攫住了他的心，"请大夫了吗？"

"是，臣已派人去请。"

"你自己去！快！"

"是。"

"祖汗，"南图赣焦急地扯住了成吉思汗的衣袖，"不用了，来不及了……祖汗，看着我，别离开我。"

"南图赣，祖汗不离开你。"

南图赣面如金纸，"祖汗，别难过。我……"他的声息越来越微弱，"祖汗……保重……"话未说完，头便无力地滑向了成吉思汗的臂弯。

"南图赣！"成吉思汗将孙儿紧紧搂在怀中，痛不欲生地嘶喊着。

南图赣是察合台的长子，他从出生起就被成吉思汗接到大帐亲自抚养，除了长子术赤，成吉思汗在世上最钟爱的人就是这个孙子。

许久，成吉思汗缓慢地放下孙儿，缓慢地回望着高高的巴米安城。在他充血的瞳仁里，已喷射出吞没一切的怒火。

"给我——杀！一个也不要放过！"他伸手摘去头盔，狠狠摔在地上。

他亲负矢石，指挥部队将所有的弩炮、投石机、投火器和火炮对准了巴米安坚固的城墙。受他的怒气感染，蒙古将士将满腔仇恨都集中在巴米安的守军身上。

不出半天，巴米安城即被攻克。蒙古军将士登上云梯，争先恐后涌入城内，开始执行成吉思汗的命令：杀掉所有的人与动物，摧毁所有的房屋建筑——不取一人一物，不留一瓦一土！

巴米安城在成吉思汗的痛苦中化作废墟。

成吉思汗伫立于城外，注视着城内熊熊燃烧的大火，代之而来的却是刻骨铭心的悲伤和空虚。

孙子走了，任他有天大的能力也改变不了这个事实。孙子，他最心爱的孙子，就这样走了。他还那么年轻，往日绕膝依依的情景尚且历历在目，可他竟匆匆地走了。这一切怨谁？怨谁？

南图赣被葬在城外的松林中。成吉思汗始终无法接受这一现实，好像心爱的孙子还活着，正迈着矫捷的步伐向他走来。"祖汗，祖汗"，耳边依然萦绕着孙子的呼唤，他无法相信那竟是最后的声音……察合台尚且不知道这个噩耗，他另有使命尚未归来，到时，他该如何对儿子讲明？

博尔术匆匆来到成吉思汗身边。"大汗，您要节哀。"这是他此时此刻唯一能想出的话语了。

成吉思汗拼命抑制着内心的灼痛之感，"博尔术，你通知各军将领，暂时不要将南图赣的死讯传播出去。察合台那里……待时机合适，我自对他言明。"

"是。"博尔术领命，黯然退下。

成吉思汗攻取巴米安高地期间，察合台征服了起儿漫和忽即斯坦，窝阔台征服了阿富汗山地民族，拖雷征服了你沙不儿，三兄弟完成任务，在只差一天的时间内全都回到父亲身边。

察合台很奇怪为什么没有看到长子前来迎接他。本来，父亲在哪里，南图赣就在哪里，这次却有些奇怪，南图赣并未待在他祖汗身边。在察合台诸子中，南图赣是最有孝心的一个孩子，往常，察合台每次回到汗营，南图赣都会过来陪父亲说说话，父子二人有时还会一起赛马，或者打场马球。察合台极其钟爱他的长子，除了南图赣，他从未打算让其他儿子作为自己的继承人。

一连几天，但凡说到南图赣，成吉思汗都托辞南图赣另有使命，将这个话题搪塞过去。察合台虽不疑有他，但此事终究瞒得了一时，瞒不过一世。几天后，成吉思汗找了个借口留下三个儿子与他同桌进餐。

席间，成吉思汗的脸色显得十分阴沉，三个儿子心中惶恐，谁也不敢作声。父子四人沉闷地吃着饭，过了很长时间，成吉思汗抬起头来，锐利地扫视着他的儿子们，似伤感又似责备地说道："你们现在一个个手握兵权，越来越不把为父放在眼里了。恐怕过不了多久，我就再也指挥不动你们了。"

这番话说得兄弟三人莫名其妙。察合台见父汗的眼睛一直盯着他看，突然想起攻打玉龙杰赤时他们三兄弟私分库藏一事，这的确是他做过的最愚蠢的一件事。不等两个弟弟有所表示，他慌忙离座跪倒在地："父汗，前次分抢战利品，儿臣已然知错，决不会重犯。请父汗相信儿臣。"

成吉思汗冷冷地哼了一声："那是小事。不过，小中见大，你们敢公然违抗我的命令，分明是觉得我已老朽，不配指挥你们。"

窝阔台、拖雷都坐不住了。

父汗既然说"你们"，显然也包括他俩。兄弟二人正欲起身，成吉思汗不易觉察地对他们摇了摇头。窝阔台回师途中已知南图赣战死的消息，此刻，他开始悟出父汗的真实用意，急忙拉住拖雷。

兄弟俩呆呆坐着，一动不动。

察合台犹如芒刺在背，又急又愧："儿臣死也不敢违抗您的任何命令！儿臣若有半句谎言，情愿死在……"

"胡说！你给我住口！"成吉思汗怒喝。

察合台吓得再不敢往下说了，心中却是委屈至极。假如这个时候他可以将自己的心掏出来给父亲看，他也会毫不犹豫地掏出来的。

成吉思汗默默地俯视着儿子，努力克制着翻滚的心潮。可怜的儿子啊，至今还不知道南图赣的死讯，如今这个噩耗，必须要由他这个做父亲的亲口告诉儿子，天知道这是一桩多么残忍的事情。他只觉得一颗心如同被什么东西绞着，狠狠绞着，绞得鲜血淋漓，绞得他几乎快要透不过气来。

过了许久，他努力将语气放得缓和了一些："你当真说到做到，再也不会违抗我的任何命令吗？"

"儿臣对天起誓。"

"如果我让你做件事呢——"

"儿臣赴汤蹈火，在所不辞。"

"如果我让你做的事很难呢？"

"无论有多难，儿臣也会唯父汗之命是从。"

窝阔台和拖雷再不忍心看虔诚起誓的哥哥，更不忍心看强作欢颜的父亲。窝台台的泪水就在眼眶中打转，拖雷扭头看着别处，两只手却在不停地颤抖。

"既然如此，好了，你起来吧。"

察合台听父汗说话的语气，对他已无责怪之意，紧张的心情顿时松快了一些。他谢过父亲，这才回到位置上坐下。

成吉思汗用目光示意拖雷给他二哥斟酒，拖雷却捏着拳头，根本不敢去碰酒壶。拖雷知道，要是他亲自斟酒，一定会让二哥看出破绽。无奈，成吉思汗只得自己给儿子斟了一杯酒。

"你先把酒杯端起来。"他对儿子说。

察合台擎杯在手，成吉思汗看着他，语速飞快地说道："我告诉你，南图赣已经战死，你休得悲伤哭泣，乱我……我……我军心！"

不啻晴天的巨大霹雳，刚刚端起的酒杯，里面的酒泼出了大半。

许久许久，察合台的大脑中一片空白。后来，他清醒过来，见父汗正盯着他，他下意识地将杯中残余的酒喝干了。"儿臣遵命。"他机械地说。由于拼命克制自己，他的脸色变得铁青。

成吉思汗急忙移开视线。只有在避开儿子目光的刹那，他的脸上才流露出内心深切的怜悯。"如此，我也可以放心了。"

世上大概再没有比这更让人难以忍受的场面：察合台紧紧攥着空酒杯，仿佛放开它，他的精神就将趋于崩溃……

"父汗，南图赣是……怎么死的？"

成吉思汗沉缓地叙述了南图赣战死的经过，他最后说："南图赣是我的好孙子,他很英勇。"

察合台的脑海里蓦然闪现出巴米安冒着青烟的废墟和废墟中的死寂——其实,父汗的痛苦比他更深更重!

"那么,南图赣葬在哪里?"

成吉思汗摇了摇头,什么也没说。南图赣葬在松林之间,也葬在他的心里,他不会告诉儿子的。

"父汗,"察合台低声说,"儿臣可否先告退一会儿?"

"好。"

一踏出帐门,察合台的泪水便止不住奔涌而出。悲伤像江水一样滔滔不绝,但他只能放任自己片刻,他答应过父亲,决不哭泣,他不能违背诺言。当他重新返回父汗的大帐时,除眼眶微红外,神态异常安详。

见儿子很好地控制住了自己,成吉思汗无声地叹了气。

肆

札兰丁出现在哥疾宁的消息,多少冲淡了数日来笼罩在汗营的愁云惨雾。

成吉思汗的义弟喜吉忽是个杰出的行政管理人才,却不善于领兵打仗。成吉思汗派他率领三万人开进呼罗珊地区,他在八鲁湾与札兰丁率领的八万联军遭遇。敌众我寡,这是事实,但若换了别的将领领兵,比如哲别,这场战斗原也不是没有一点胜算。问题在于喜吉忽过分谨慎,及至临阵又失于胆怯,结果被札兰丁引军击溃。

喜吉忽打了西征以来最大的一场败仗,仓皇逃回成吉思汗的中军大帐,向汗兄跪地请罪。

成吉思汗暗悔自己用人不当,对喜吉忽没有过分责备。胜败乃兵家常事,成吉思汗之所以在内心里焦急万分,是因为这次失败会令将士们士气低落。此外,札兰丁的胜利还会使花剌子模许多被逼降的城市重新举起反旗。成吉思汗不及驻营,亲率大军向哥疾宁昼夜疾进。两天两夜的急行军达到将士们没有下马做饭的时间,只能在马背上嚼些肉干充饥,在马背上打个盹解乏。

成吉思汗率大军来到哥疾宁城下,见城中毫无动静,方知札兰丁已弃城而去。

札兰丁既然大获全胜，为什么还要弃城不守呢？成吉思汗大惑不解。

他哪里知道，不过短短几日，哥疾宁城中已发生了重大变故。

札兰丁的八万军队，是在特殊情况下纠集起来的联军。与形同整体的蒙古军相比，联军最大的弱点就是它在任何情况下都可能分崩离析。

联军凯旋后，札兰丁做了两件事。第一件是处置蒙古俘虏。

就对敌人的残忍冷酷而言，札兰丁比起成吉思汗有过之而无不及。他让士兵当着他的面将铁钉钉入俘虏耳中，听着俘虏痛苦的惨叫，他和手下将领哈哈大笑，引以为乐。经过这番折磨，俘虏尽数奄奄一息，于是札兰丁传命摆上酒席，一边纵情欢歌，一边"请"俘虏饮刀，直至次日天明，这场闹剧才告结束。

第二件是分配战利品。事情坏就坏在这桩事上。

突厥军将领额明和阿富汗土著军将领阿格刺黑为争夺一匹罕见的蒙古战马发生了争执，两个人直闹到札兰丁面前。札兰丁觉得这是小事，压根没放在心上，只敷衍般地解劝几句，便不再问及。马，最后到底被额明夺走了，札兰丁又未能及时给阿格刺黑应有的补偿，这令阿格刺黑羞恼之余萌生了异心。

阿格刺黑当夜率领本军弃城而去。接着，另一位突厥将领也率本部不辞而别。如此一来，札兰丁在八鲁湾大捷后所剩的五万余大军一夜间走掉大半，留下来的额明见好好的一支军队突然四分五裂，也显得情绪悲观。札兰丁至此方悔处事不当，无奈之下，命灭里引军与他会合，向申河方向撤退。

成吉思汗料知札兰丁除了退往印度再无其他退路，于是率领大军紧紧追赶。数日后，他在申河岸边追上札兰丁。札兰丁万万没料到蒙古军来得这般神速，渡河已然不及，他只得依岸匆忙摆开战场。

正值凌晨，成吉思汗将军队分作数列，以偃月阵形将札兰丁和灭里团团围定。

喜吉忽急于将功折过，不等成吉思汗下令，一马当先跃入左翼阵中，寻到"铁王"灭里厮杀起来。

察合台欲为爱子报仇，挥刀直逼札兰丁。这一场混战直杀得日月无光，灭里力竭，被喜吉忽一枪刺中肋骨，幸好有盔甲保护，伤得不算太深。另一名蒙古将领看得真切，赶上前拦腰给了灭里一刀，灭里无处躲闪，惨叫一声，栽于马下。他用尽最后的气力向札兰丁喊道："主上，快走！只要你活着，花刺子模就有希望……"

　　蒙古军的包围圈越缩越小，成吉思汗意欲活捉札兰丁，禁止放箭。札兰丁奋勇抵抗，却渐渐被察合台逼到河岸边上，河岸下面是两丈多深的陡峭崖壁。突然，札兰丁看到了正冲杀于敌阵之中的成吉思汗，好似一尊天神，又好似一个恶魔。札兰丁当即撇下察合台，挺枪向成吉思汗冲去。成吉思汗勒马横刀，准备迎战，进攻中的蒙古军因意外而出现小小的停顿。

　　札兰丁要的就是这个效果。只见他虚晃一枪，敏捷地换上从马，手执军旗，直奔岸崖。随后，他连人带马跃入河中，泅水逃生。

　　蒙古军追到岸边，欲向河中放箭，成吉思汗却迟迟没有下令。札兰丁登上对岸后，勒住战马，示威性地向成吉思汗挥了挥手中大旗，成吉思汗则感慨万端地目送他纵马远去。

　　成吉思汗指着札兰丁远去的背影，对围向他身边的三个儿子说道："我之所以放了札兰丁一条生路，是因为他虽败犹荣，不失为军人表率。为父者，若有如此英勇果敢之子，当是莫大幸事。札兰丁值得你们兄弟学习。花剌子模只因有了札兰丁，才不愧是'勇者的中心'。"

　　成吉思汗十八年（1223）春季来临，从冬天开始在军中流行的瘟疫得到控制，然而，在近四年的远程征战之后，人马劳顿不堪，思乡的愁绪笼罩了整个军营。谋臣郭宝玉和耶律楚材不谋而合，多次进谏，劝成吉思汗东返蒙古本土。他们的理由很充分：一来军中将士思乡厌战，二来他们认为西征已告一段落，现在更重要的是南图中原，以便最后统一中国。

　　成吉思汗没有接受他们的劝告。不除掉札兰丁，将是后患无穷。那时之所以放了札兰丁一条生路，是因为英雄相惜的情感存于内心，同时也是希望这个人的英勇无畏能给儿子们做个表率。但札兰丁一日不死，未来必然成为术赤的心腹大患，为了长子封地的稳固，他必须除掉札兰丁。

　　大军南进途中，博尔术一病不起。

　　博尔术是成吉思汗青年时代的朋友，也是成吉思汗一生中最信任的人。西征中的过度操劳使博尔术染上了致命的疾病，病倒后他再也没能康复。

　　博尔术永远留在了异国的土地之上，成吉思汗的心比沙漠更加孤寂。

　　大军向申河进发时已是夏季，越靠近印度，气温越是酷热难耐，将士们挥汗如雨，喉咙干裂，习惯于寒冷天气的蒙古将士抱怨纷纷，急于离开这个大火炉。郭宝玉与耶律楚材、喜吉忽商议后，三人定下一计。

伍

大军经过铁门关时天近黄昏，成吉思汗想过了关口就让军队休息。不料他尚未传令，前面的军队突然停止前进。成吉思汗不明所以，正想派人去探听一下情况，喜吉忽直趋成吉思汗马前，说有要事回禀。

成吉思汗急忙让他过来了，"怎么啦？前面出了什么事？"

喜吉忽煞有介事地说道："刚才，军队被一只形状、毛色都十分怪异的动物拦住了去路。那怪物横在道边，咄咄如出人声，然后飞快地跑远了。大家骇异，不敢再向前行走，催我来向大汗报告。"

听说出了这等怪事，成吉思汗将信将疑："你是否亲眼所见？是怎样的怪物？它长什么模样？"

"全身绿色，形状似鹿，长有马尾，头上有角。"其实这些都是那些声称目睹怪兽的将士们给喜吉忽形容的，或者说，是喜吉忽让这些将士给他形容的。

成吉思汗很纳闷。此时，耶律楚材正在成吉思汗身边，他便问道："'长胡子'，你可知道这是什么怪物？"

耶律楚材留着一副漂亮的长髯，成吉思汗初见之下，对这个年轻人格外喜爱，因此，他对耶律楚材从来不直呼其名，而是将他称作"长胡子"。这是成吉思汗对耶律楚材的爱称。

耶律楚材胸有成竹，回禀："臣见史书上曾有记载，此兽名曰'角端'，是一种瑞兽，素喜和平，憎恶杀戮。据传它能日行一万八千里，通晓诸国语言。臣想它此时出现，一定是上天派它来劝谏大汗的。大汗乃天之骄子，当以天下苍生为念，切勿再造杀孽。如此，上天幸甚，百姓幸甚！"

成吉思汗沉吟不语，喜吉忽的心里难免有些紧张。

成吉思汗想想，又问喜吉忽："你不是听到它说话了吗？它说些什么？"

喜吉忽对这个问题没做准备，急忙瞟了耶律楚材一眼。

耶律楚材以袖遮面，嘴唇微动。大概是心有灵犀，喜吉忽干脆地回答："它说'汝主早还'。"

耶律楚材暗暗松了口气。

"果真？"成吉思汗仍有些不信。

"或许臣弟并未听清，大汗不妨再问问其他将士。"

将士们巴不得早日离开印度这个大火炉，是以无不赞同"汝主早还"一说。成吉思汗何等敏锐，喜吉忽和耶律楚材的这点小计策瞒不过他去。他明知这是将士思乡厌战的情绪所致，所谓人心不可违，札兰丁若有异举，再行征伐不迟。于是，他顺水推舟，下令次日班师。

全军闻诏，无不欢呼雀跃。

大军缓缓而行，在忽阐巴失草原度过了炎热的夏季。

哲别、速不台奉命远征钦察草原，追击被钦察人收留的篾儿乞残部，这支两万人的远征军，孤军深入斡罗斯（今俄罗斯）境内，大小数十战，虽所向披靡，自身减员也是相当严重。

一年前，成吉思汗分兵一万前去增援，如今，西征既然告一段落，他遂派快骑前去传令，命远征军回师本土。

他一路缓行，就是为了等待哲别、速不台与他会合。

如今，四个嫡子中，只有拖雷始终不离其父左右。

按照成吉思汗的安排，察合台、窝阔台冬季时都在不花剌附近驻营，他们每周派人给父亲送来五十担猎物以示孝心，现在他们也来到忽阐巴失与父亲团聚。自从爱子南图赣在巴米安阵亡，察合台的性情改变了许多，他对父亲更加孝顺体贴，对两个弟弟也更加关心爱护，这种和睦的亲情令成吉思汗十分欣慰。

只有术赤再未露面。自攻打玉龙杰赤开始，已有三年成吉思汗不曾见过长子。听说儿子正在垂河下游的草原，他命儿子将猎物驱至忽阐巴失附近。

岂知，术赤再次以身体不适为由拒绝了这个难得的机会。术赤派长子斡尔多去执行祖汗的命令，对他而言，这也可能是他最后一次尽孝。

成吉思汗很失望。察合台同样感到失望，他失望的原因是他实在不忍心看到父亲失望的眼神。有一天，他与窝阔台谈起这桩事情时，仍不免义愤填膺："你说，术赤是真病，还是以生病做借口拒绝与父汗见面？从他与我们一起攻打玉龙杰赤到现在，父汗数次召见，他皆推诿不至。他到底是什么意思？"

窝阔台思索着，没有立刻回答。这三年里，他也觉得大哥的行为有些反常。大哥从小身体不是很好，他们兄弟一起攻打玉龙杰赤时，大哥经常咳嗽，脸容也一天比一天憔悴,这些都是事实,但大哥应该不至于卧床不起,既然如此,他为什么就不能来看看日夜挂念着他的父亲呢?

也许,大哥是在为储君一事耿耿于怀?但大哥自己应该清楚,他的身世之疑以及阴郁的性格都决定了他不是继承汗位的合适人选。正是为了弥补对他的亏欠,父亲才格外经心,为他选择了远离本土的封地,让他从此远离猜忌,自由自在地生活。

这且不论,与他和二哥相比,成吉思汗在立国后赐给大哥九千户,而二哥和他各得四千户。另外,大哥拥有的军队堪称父亲麾下最精锐的骑兵。

父亲的苦心他和二哥、四弟都看得清楚明白,难道唯独大哥不懂?

当然,他并不相信大哥对父亲怀有背叛之心,但不怀有背叛之心不等于不怀有报复之心,这大概就是大哥报复父亲的方式吧?

可用这样的方式报复年逾花甲的父亲,大哥是不是做得太过分了?

见察合台还在等着他回答,窝阔台勉强一笑,圆场道:"也许大哥真的病了,等他身体好转,他一定会来拜见父汗的。"

"身体好转?哼,依我看,什么时候等他消了气,他恐怕才肯来见父汗吧。"察合台一针见血。

"你别乱猜疑。父汗的心情已经很糟糕了,我们不能再火上浇油。等等看好了,或许时间会让大哥回心转意。"

"看吧看吧,你心里也很清楚,术赤是故意的。"

"话虽如此,大哥的身体也很让我为他担心。"

谈话到此为止。说到底,术赤坚持不来,他们除了发发牢骚也别无他法可想。

十九年(1224)的夏季来临,成吉思汗接受耶律楚材的建议,率主力在巴格兰度夏,这时又传来令他更加震惊和痛苦的消息:木华黎在中原解州病逝。

中原有木华黎坐镇,成吉思汗才可以高枕无忧,木华黎的才智谋略以及忠诚是他信心的源泉。而今,木华黎病逝,成吉思汗敏感地意识到中原大地又将风浪迭起。

木华黎骤逝,金降将人心不稳,监国公主阿剌海力排众议,将国王印旗交付木华黎之子宝鲁。其时,宝鲁尚且年轻,没有建立起令诸将信服的战功,许多人都为阿剌海的这个决定捏着一把汗。

阿剌海派快骑将她对宝鲁的任命报告给父汗。当时，察合台、窝阔台、拖雷三兄弟皆在成吉思汗身边，成吉思汗问他们几个意下如何？察合台回答："三妹敏于世事，尤善识人，既然这是她的决定，就不会有错。父汗尽可以放手让宝鲁一试。"

窝阔台也说："儿臣与二哥的想法一样，三姐肩负监国使命，决不会任意妄为。宝鲁常年跟随国王身边，耳濡目染，儿臣相信他有足够的能力稳住局面。何况还有三姐为其后盾，父汗请静候佳音。"

"你呢？"成吉思汗又问拖雷。

拖雷从小是由阿剌海照看长大，与三姐感情最深。此时见父汗垂问，他毫不犹豫地回答："儿臣相信三姐的决定不会有错。"

成吉思汗十分满意,让使者带信给女儿:你之一切决定，皆是为父之决定。

陆

后来的事实证明，阿剌海确实慧眼独具。宝鲁与其父用兵各有所长，木华黎擅打硬仗,攻城略地,速战速决。宝鲁善于笼络归降诸将，巩固占领城池，稳扎稳打，步步为营。在张柔、严实、史天泽、石抹明安等汉族、契丹族将领的鼎力支持下，宝鲁不仅迅速平定了山东李全、彭义斌之乱，而且很快树立起不输于其父的威信。

秋季来临，成吉思汗率领的蒙古大军在额尔齐斯河畔驻营，等待哲别、速不台二将所率领的远征军归来。成吉思汗早早等候在行帐前面，焦急地用目光搜寻着那两个他最熟悉的身影。

一匹黑马像黑色的旋风，转眼就卷到了成吉思汗面前。速不台跳下战马，正欲大礼参拜，成吉思汗已然抢步上前，与速不台紧紧拥抱在一起。

"大汗，"待激动的心情稍稍平复，速不台百感交集地凝视着日见苍老的大汗，如梦似醒，"您身体还好吗？"

"好，好。速不台，哲别呢？你们两个怎么没在一起？"

"他……"

"他怎么了？"

速不台实在掩藏不住满腔悲哀："哲别已经……"

哲别的灵柩在环绕的人群中被缓缓推动，成吉思汗顿觉悲从中来。许久，他强忍痛苦问道："哲别是不是阵亡？"

"不，"速不台流着泪回答，"战神永远垂青他，他是被病魔夺去了生命。"

哲别被埋葬在额尔齐斯河河畔。成吉思汗亲自洒酒祭奠。

回师途中，速不台向成吉思汗汇报了他们远征钦察草原及斡罗斯各公国的详细经过。哲别、速不台的这次远征可谓硕果累累，在近三年的转战里，他们先后攻入和扫荡了高加索山脉南北，征服十四国，破城七十余座，行程一万余里，以极小的代价取得了辉煌的战绩。

事实上，速不台带回的关于欧洲各国的情报远比胜利本身更为重要，此次远征为十余年后拔都征服欧洲开了先河。

成吉思汗二十年（1225）一月，蒙古大军回到克鲁伦河畔。

察合台暂且留在封地，他将一应事物做了安顿后，于夏季赶回汗营拜见父亲。

父亲年事已高，察合台无法安心待在封地。

长年随父亲征战四方所培养起来的敏感，使察合台对即将到来的战事做出了准确的预判：为了取得对金战争的主动权，就必须牢牢掌握其临界地域——西夏国，如此，倘遇动乱，则成夹击之势，而不致反受其累。

当年，西夏初降之时，双方曾达成如下协议：西夏国要承担藩属国的责任，战时作为蒙古军队的左右手共同出征，和平时进贡。然而，当成吉思汗准备西征时，西夏国的军政大权已被权臣阿夏敢布掌握，阿夏敢布从心里瞧不起蒙古高原的游牧民族，按照他的想法，成吉思汗能够战胜西夏，迫使西夏俯首称臣，只是因为先国主李安全的懦弱无能。他扶持李遵顼取代了李安全的皇位后，对内开始加强国力，对外则与东夏结成联盟，并谋求与金国和解。

所谓东夏国，是金叛将蒲鲜万奴在辽东之地建立的一个带有割据性质的国家，蒲鲜万奴自立天王，建国号"大真"。与西夏秘密结盟后，又以东夏自称。

蒙古西征在即，正赶上阿夏敢布奉命出使蒙古宫廷。阿夏敢布私心觉得，成吉思汗劳师远征，而花剌子模地域辽阔，又是一个经济强国和军事强国，新兴的蒙古国前途未卜。另外，只要蒙古主力倾力西征，南征金国的兵力就势必出现兵源不足的问题，而一旦成吉思汗顾此失彼，或者干脆被花剌子模军队消灭，西夏、东夏以及金国就能从根本上解除来自蒙古人的威胁。

基于上述种种考虑，加上阿夏敢布从心里对蒙古人、对成吉思汗怀有根深蒂固的偏见，因此，当成吉思汗要求西夏依照两国盟约派军队协助蒙古主力西征时，阿夏敢布非但拒绝发兵，还口吐狂言，以嘲笑的口吻讥讽成吉思汗如若军队不够用，就没有资格做大汗。

那个时候，为了西征大业，成吉思汗默默地隐忍了阿夏敢布的出言不逊。即使心中升腾着怒火，成吉思汗仍旧按照各国对待使臣的惯例，没有难为阿夏敢布。当时，成吉思汗只是注视着阿夏敢布，语气平淡地说道："待我凯旋之日，就是西夏亡国之时。你要牢牢记住我的话！"

察合台深知，父亲是一个具有顽强意志的人，他一生从不自食其言。况且，对金国多年的征战经验也告诉他们：为了彻底征服金国，就必须首先消灭西夏。

察合台向父亲献上他从封地带回的西域红葡萄酒"玫石之光"，这种产自花剌子模首都撒马尔罕的名酒最早进入蒙古宫廷的时间是在畏兀儿国王巴尔术归附蒙古之时。因"玫石之光"醇厚，深得成吉思汗喜爱。

除给父亲的，察合台单独给窝阔台留了几坛，他知道三弟喜欢喝酒，不过在父亲面前，窝阔台倒是从来不敢酗酒。

成吉思汗已经有几个月没见到次子了。如今，三个嫡子察合台、窝阔台、拖雷，两个庶子珠日查和阔列坚，以及义子察罕都回到了他的身边，他显得格外高兴，特意留下儿子们陪他和几位夫人吃了一顿午饭。

自从回到漠北草原，成吉思汗更加怀念留在花剌子模的长子术赤。他遣使去召术赤回营——他都说不清自己这是第几次试图召见儿子了——自从术赤三兄弟率领军队攻打玉龙杰赤，已过去整整五年父子不曾见面。五年间，对于父亲的召见，术赤每次都以身体欠安为由，拒绝前来觐见父亲。

饭后，察合台邀请窝阔台回他在汗营的驻地小聚，他也邀请了四弟拖雷和两个异母弟，不过，他们因为要安排围猎诸事，与二哥说好，等晚上再过来。

察合台要拿"玫石之光"待客，好酒配佳肴，察合台吩咐厨房准备几个拿手菜。到了晚上，四个弟弟都过来了，察合台传令开席。弟弟们皆奉察合台上座，察合台却说窝阔台已是帝国储君，理应坐在上首。坐在哪里原也不是什么了不起的大事，窝阔台不好拂逆哥哥的意思，推让一番也就坐了。身边没有长辈，兄弟们少了拘谨，一个个谈笑风生，开怀畅饮。

席间，拖雷说起父亲召大哥回营，大哥因病体不适，没有奉诏一事。察合台关切地问道："父汗一定很失望吧？"

拖雷点了点头。其实，父亲岂止是失望，拖雷看得出来，父亲的心情有些烦闷，也有些恼怒。

窝阔台担心二哥又要出言抱怨大哥，慌忙说道："大哥的身体还真是令人担忧。那时在玉龙杰赤，每天总能听到他咳嗽，而且我看他的脸色极差。问他，他又什么都不肯说。"他这几句话明着是对几位弟弟，实际是对察合台说的。

拖雷表现出同样的忧虑。他与术赤感情极好，尽管大哥能狠下心来五年不与父亲见面的做法让他有些心寒，可毕竟兄弟情深，他不能不为大哥的身体感到担心。

察合台沉默片刻，叹道："虽然这是事实，不过，他一定会后悔的。"

窝阔台和拖雷闻言，都不免微微一怔。

"你说谁后悔？"珠日查不太明白察合台的意思，问道。

"二哥说的是大哥。"阔列坚一边倒酒，一边给珠日查解释。

"大哥后悔什么？"

"你以后会明白的。"察合台不想多做解释。兄弟们好不容易聚在一处，大家便讲起了发生在西征途中的一些趣事，不知不觉，酒喝得都有些多了。当晚，兄弟们全在察合台的营地安歇了。

柒

第二天，拖雷、珠日查、阔列坚去向父亲汇报有关围猎的安排情况，窝阔台觉得头有些疼，就在察合台的帐子与二哥闲聊。兄弟二人的想法是，中午的时候，再去看望母亲，顺便陪母亲吃顿饭。

他们正说着话，门外侍卫通报："二太子，大汗的传令官求见。"

察合台和窝阔台互相看了一眼："让他进来吧。"

传令官慌慌张张地跑了进来："二太子……啊，三太子，您也在，正好。大汗命令你们即刻点齐本军，随他出征。"

窝阔台不觉吃了一惊："出征？是围猎吧？不是还有几天吗？"

"不是。不是围猎，是出征。"

察合台的脸上也露出了大惑不解的表情："大军刚回到本土，还没休整过来，怎么又要出征？是征西夏吗？可为什么没有召开忽里勒台？"

"不是征西夏。这是大汗突然决定的，说要征……征……征术赤太子。"传令官由于心情太过紧张，说起话来结结巴巴的。

察合台和窝阔台面面相觑，都以为他们的耳朵出了毛病，"你说征谁？"

"术……术赤……太子。"

窝阔台首先恢复了镇静，"别急，你慢慢说，到底发生了什么事？"

"是……是这样……前些时候，从大太子的营地回来了一个蒙古人，大汗今天早晨才听说这件事，就特意派人把他召到金顶大帐。大汗问他是否知道大太子的近况，结果他回报说：'大太子身体安好，小人回来前，还见他与部将纵情围猎，大汗只管放心。'听他这么一说，大汗他……"

"怎么样？"

"大汗的脸色当时就变了，那个人离去后，大汗一脚踢翻了桌案，还喊道：'术赤这个疯子！我要亲手杀了他！'四太子正好在大汗身边，大汗让他点齐怯薛军，也让二太子和三太子全都点齐本军随他出发。"

"四太子为何不阻止大汗？"

"四太子哪敢啊！他只不过稍稍迟疑了一下，大汗就说：'怎么，连你也敢违抗我的命令吗？'四太子吓坏了，转身就走。耶律大人想劝大汗息怒，大汗却根本听不进去，说：'我意已决！尔等不必多言，速做准备！'"

窝阔台的脸上露出忧虑的神色。他虽未亲眼见到当时的情形，但他能够想象得出来，父亲是如何伤心如何愤怒。若非如此，父亲也不会失去往常冷静的判断能力。

传令官讲完事情的来龙去脉，察合台直接将茶杯摔在了地上，"来人哪！"他向帐外高声喝道。

两名侍卫应声而入。

"问问清楚，到大汗面前搬弄是非的是哪个混蛋？把他给我抓回来！我要把他剁成七八十段，看他以后还怎么造谣！"

这回轮到窝阔台为二哥一反常态的表现吃惊了："二哥，我得回去准备一下，先告辞了。"

"难道连你也相信这种无稽之谈？"察合台怒视着三弟。

"当然不信！问题在于父汗正在气头上，我们不能抗旨不遵，火上浇油。路上，我们再相机行事不迟。"

窝阔台说完，与传令官一道匆匆离去。察合台依旧怒气难消："造谣！造谣！这世上当真什么混账都有！"

蒙古大军以最快的速度集结完毕，出征前的祈祷、祭旗等仪式一概免除，成吉思汗立率三万大军出发。

对成吉思汗而言，三万人足矣。这一次，他一定要见到儿子，让儿子亲口给他一个令人信服的解释。

大军刚出主营，担任前哨的传令兵匆匆来报："大汗，拔都求见。"

"不见！"成吉思汗粗暴地挥挥手。

察合台、窝阔台、拖雷三兄弟正聚在父亲身边，骤闻此言彼此相顾，心中皆升出不祥的预感。

"等等，你说谁？"成吉思汗又叫住了转身欲走的传令兵。

"拔都小王爷。"

"拔都？他来做什么？把他带来见我。"

不多时，拔都飞马来到祖父面前。在离祖父尚有几个马身的距离，他翻身下马，扑跪在地："祖汗，我父王他……他……"

"他怎么了？"成吉思汗有些迟钝地问。

"他……他病逝了。"

在成吉思汗的耳中，天地间突然变得一片寂静。他端坐于马背之上，对周遭的一切都视而不见。

察合台兄弟将目光全都集中在父亲的脸上，这是一张了无生气的木然的脸。

不知过了多久，察合台悄悄推了拖雷一下。拖雷虽说惊惶失措，可还是硬着头皮来到父亲面前，"父汗……儿臣……传令，回军吧……"

成吉思汗点了点头。

拖雷的命令被迅速发布下去。

拖雷伸手扶起拔都，察合台和窝阔台都过来与拔都相见。此时此刻，叔侄几人也只有黯然相对。

察合台回到营地的第一件事，就是撒开人马四处搜寻那位引起祸端的蒙古人，奇怪的是，此人如同人间蒸发一般，自那一日起便踪迹皆无。

窝阔台和拖雷负责安排遣使吊唁诸事，再有几日，吊唁使团将随拔都前往玉龙杰赤。

得便时，拔都来到二叔的营帐看望二叔。

察合台与术赤的关系虽说不甚和睦，但他在拔都还是个孩子时对这个侄儿就十分欣赏和器重。拔都热爱自己的父亲，父亲与二叔之间的矛盾他一清二楚，他既为父亲不平，与二叔自然没法那么亲近。不过，拔都总的来说是个心胸非常宽广的人，二叔对他的好，他同样记在心里。如今，父亲长逝，拔都见二叔是真心为父亲感到难过，昔日郁积在心头的不满也就涣然冰释了。

其实，无论对术赤或察合台而言，还是对察合台或拔都而言，血，终究浓于水。

察合台让拔都在他面前坐下来，有好长时间，叔侄二人无话可说。

察合台的心情格外沉重。的确，他从小不喜欢术赤，但当术赤真的永远离开了人世，他的内心却充塞着莫名的悲伤与空虚。

人的感情当真很奇怪，奇怪到连当事者自己都难以琢磨。

捌

侍女送上茶水，退了出去，察合台这才问拔都："你见过祖汗了？"

"见过了。"

"这件事对祖汗的打击一定很大。他的身体还好吧？"从大军解散回到主营，成吉思汗就把自己关进了大帐，不见任何人，直到昨天，成吉思汗才召见了拔都。察合台挂念父亲，所以才有此一问。

长子术赤的死，对成吉思汗的打击之大，远远超出了人们的想象。儿子们都在为父亲担心，然而这种时候，只怕谁的话也无法缓解父亲的痛苦。

"祖汗的精神不是很好。"拔都诚实地回答。

察合台无声地叹了口气。

"拔都。"过了一会儿，察合台轻轻地唤了一声。

"您说。"

"要多陪陪祖汗。看到你，对他而言也是一种安慰。"

"侄儿遵命。"

"自玉龙杰赤一别，你父王整整五年不肯与你祖汗相见，我与你三叔，也有四年多不曾见过你父王。有件事，二叔真是百思不得其解。"

"哦？那是什么事呢？"

"你父王当时的身体状况，真的糟糕到无法与你祖汗见面吗？"

"不是的。"拔都不愿对察合台说谎。

"果然。"

"您说什么？"

察合台岔开了话题，"对于再三拒绝与你祖汗见面，你父王给你说起过他的想法吗？"

"说过。父王临终前，曾跟侄儿长谈过一次。"

"他怎么说？可以告诉二叔吗？"

"当然可以。不过，二叔……"

"怎么？"

"我听说，第一个坚信我父王对祖汗绝无反叛之心，而且命人四处搜捕那个造谣者的人就是二叔。"

"不只我，你三叔、四叔都不相信。"

"但为什么？您与我父王……"

"你是想说我与你父王的关系一向水火不容吗？这是两码事。我与你父王关系不睦这是不假，我不需要遮掩否认，但你父王是个怎样的人，他有着怎样的品性为人，我却十分清楚。"

"谢谢您能信任我父王！"

"说什么谢啊！"

"父王的一生，的确有着许多不足为外人道的苦衷。父亲病重时，一再叮嘱我们兄弟千万不可与三位叔叔的后代争夺汗位，我也是直到这个时候才稍稍明白了隐藏在父亲内心深处的自卑。"

"是这样吗？没错，这正是你父王的风格。"

"在父王临终前的最后两天，我一直都陪伴他身边。当时，父王给我讲了许多关于他与祖汗之间的往事，桩桩件件，连每个细节他都记得异常清楚。您了解我父王的个性，他是个沉默寡言的人，别说是对我们这些做子女的，就算对祖母，对四叔，对任何人，他都很少敞开心扉。可是那两天，他却对我说了许多话，他的记忆和话题几乎全都围绕着祖汗。从他寂寞的眼神里，从他偶尔的叹息中，我能看得出来，听得出来，弥留之际的父王有多么思念祖汗。正因为清楚自己再也见不到祖汗，他只能用这种方式来寄托他的思念。"

"想必如此吧。我早说过，他会后悔的。"

"后悔？"

"是啊。我了解术赤，不肯与你祖汗见面，只不过是他报复的方式——他明知道自己的绝情会让祖汗多么伤心。报复之外，也有为你祖汗着想的成分。假如我的猜测没错，在你父王离开草原前，他的身体可能已经出现了状况，而遥远的西征路又让他意识到自己的生命难以长久。所以，他希望你祖汗能适应他的离开，哪怕对他产生怨言也无妨。这样，当他离开人世时，祖汗才不会太过伤心。"

拔都深深地凝望着二叔。此时此刻，他更加深切地体会到了这一点：这世上最了解父亲的人，始终都是二叔。

"你父王从小心思缜密，自尊敏感，若非如此，他也不会介意那么多事情。他对你祖汗所做的一切，算报复也罢，算着想也罢，唯有一点他骗得了别人，却骗不了自己：祖汗是他一生中最牵挂的人，也是他生命中最重要的人。所以我才说，到最后他一定会后悔。"

拔都使劲点着头。是这样没错，二叔说得一点没错！

察合台停顿片刻，又继续说下去："在生命走向尽头的时候，在你父王终于打开心结渴望与你祖汗见上一面的时候，在他迫切地想要向他此生最惦念的那个人倾诉离情并且忏悔的时候，他这个心愿却永远不可能实现了。想必他当时的心情，想必那久久折磨着他的心情，一定是：后悔。"

一切蓦然回到拔都心间。最后的时刻，在父亲永远合上双眼的刹那，他轻轻地却异常清晰地唤了一声"父汗"，那也是父亲留在世间的最后一句话。

后悔？拔都想到这个词，强忍的痛苦终究化作了两行热泪。

察合台的眼眶也微微泛红了。

又是一阵长久的沉默。不知过了多久，察合台努力克制住自己的情绪，沉缓地问道："你父王去世前，对王位做出什么安排？"

拔都拭去泪水，回道："父王让我接替他的王位，还要我来见祖汗，聆听他老人家的意见。"

术赤的封地地域广阔,局势复杂,必须选择一个强有力的继承人,而拔都,无疑是最合适的人选。

"斡尔多为长,他可有异议？"

"这个问题祖汗也问过侄儿。其实,是斡尔多力荐侄儿继承父位的。"

"那么,你祖汗怎么说？"

"他勉励侄儿,要我治理好父王的封地。"

"你能做到,拔都,我们都相信你,你一定能做得很好。"

"我会为此努力,不辜负祖汗的重托。"

"一会儿,你还要去见你三叔吗？"

"要。"

"既然如此,我们走吧。"

"您跟侄儿一起去？"

"对。今晚,我们就在你三叔的营地住宿。"察合台说着,站了起来。

"好,我听您的安排。"拔都一边答应着,一边起身,随二叔向帐门走去。

在门边,察合台停住了脚步。"拔都。"他唤道。他的声音有些异样,但是,他并没有回头去看拔都。

"怎么了,二叔？"

"我不会向你父王说'对不起'的。"

"我知道。"

"即使要说,也得等到我与他见面的那一天。不过,在我说'对不起'前,我会先揍他一顿的——为他的愚蠢。"

察合台说完,头也不回地走出了大帐。

拔都注视着二叔坚实的背影,含泪而笑。

玖

成吉思汗二十年（1225）秋,经过半年多的充分准备,成吉思汗召开忽里勒台,确定了出兵西夏的时间、路线和军队人数。

察合台五兄弟以及所有重要将领随征。这一次,成吉思汗不是要逼降西夏，而是要铲除西夏国的宗庙根基，彻底消灭它了。

翌年春天，蒙古军分两路进攻西夏。成吉思汗让察合台和庶长子珠日查留作后援，率一万军队缓缓跟进。

两年前，夏主李遵顼（1211—1223年在位，庙号神宗）退为太上皇，传位于其子李德旺（1224—1226年在位，庙号献宗），国家权柄完全落入阿夏敢布手中。而这位阿夏敢布，正是在蒙古军即将西征前出使蒙古，拒绝出兵并公然污辱过成吉思汗的那个西夏权臣。

成吉思汗一生，从不逆来顺受，更不会自食其言，他曾对阿夏敢布说过，待他凯旋之日，就是西夏亡国之时。然而，成吉思汗不顾年老体衰，策马河西的真正原因，是为了打破金夏间的联盟，解除攻灭金国的后顾之忧。

阿夏敢布没想到蒙古军非但未在西征中全军覆没，反而征服了那个西方大国，这使他心中不免惊慌。面对得胜之师，匆忙间，他只得在贺兰山布下重兵。

为钳制西夏主力，机动增援各地，成吉思汗亲率大军出东路，首先攻战了西夏重镇朔罗（今黑水城），又向贺兰山推进。

察合台跟在主力后面缓进，一直不经战事，心里颇不耐烦。他再三派出亲信将领向父亲请战，父亲遣汗使带话，责备他不改急躁本性。察合台虽被父亲训诫，仍不肯放弃，准备再派儿子贝达尔为使。贝达尔与拔都一样，英勇善战，在孙辈中颇得祖父赞赏，察合台相信贝达尔有办法说服父亲。父子二人正在商议此事，汗使到来，要察合台速往中军面见父亲。

这本是察合台期待多时的事情，可不知为什么，接到汗令的刹那，他的一颗心竟在胸腔中莫名地慌跳了几下。

察合台将军中事务一并交付弟弟珠日查。不知道是不是错觉，他见珠日查的脸色似乎不是很好，整个人都显得惴惴不安。

珠日查叮嘱哥哥见到父亲就赶紧给他捎个信儿回来，兄弟俩谁也不肯说出心里的担忧。

察合台日夜兼程赶到汗营，在父汗的车帐外，他看到窝阔台、拖雷、阔列坚、御医刘仲禄、重臣耶律楚材全聚在这里，顿觉心中一凉，脚下也打了个趔趄。

三个弟弟迎住了他。

"怎么啦？这里出什么事了？父汗呢？"他一把抓住拖雷的胳膊问道。

刘仲禄走过来，压低声音说道："二太子悄声。大汗刚刚入睡，且请二太子到四太子的帐子一叙。"

察合台看看窝阔台，窝阔台向他点点头，大家便向拖雷的军帐走去。一路上，谁也没有心情开口说话。

一进四弟的军帐，察合台不及坐下，便问道："到底发生了什么事？刘御医，我父汗生病了吗？"

"不是的，二哥，父汗是在狩猎时坠马……"拖雷说道。

"我的天哪！坠马？那……那父汗他……"

"大汗坐骨摔伤，内脏受到震动。"刘仲禄避开了察合台的视线，忧虑地说道。

"然后呢？"

窝阔台叹了口气："其实，这段时间，楚材和仲禄都在设法说服父汗回师静养，可父汗不听。后来，二叔（指合撒尔）也来劝说父汗，父汗才勉强同意派使臣前去探听李德旺的口气。若李德旺有悔改之意，父汗尚可考虑维持两国盟约。父汗的使臣到了兴庆府，谁料又是那个阿夏敢布接待了使臣，他竟这样对使臣说：你告诉成吉思汗，他若想要营地、帐房、驮物，可到贺兰山找我；他若想要黄金、白银，可到兴庆府和凉州来取。当然前提是，他能打败我！使臣回来后转达了阿夏敢布的狂妄之语，父汗深为震怒，指天发誓：不灭西夏，决不罢休！"

"父汗怎么可能退兵呢？父汗一生，从未掉转马头。"

"但这一次……"

"真的就没有办法了吗？仲禄，还有楚材，你们一定要想想办法啊！"

刘仲禄面向察合台跪了下去："对不起，二太子！是臣无能……"

察合台俯视着刘仲禄，只觉心胆俱裂。刘仲禄的医术独步草原，如果连他都束手无策，那么……

"仲禄说，倘若回师静养，或许还能延长一段时日……可我和拖雷的话，父汗根本听不进去。二哥，你劝劝父汗吧。"

"你们的话，父汗都听不进去，父汗怎么可能听从我的劝告呢？"察合台说着，伸手扶起刘仲禄。

"父汗似乎有话要对二哥交代，不管成与不成，二哥你一定要试试。"窝阔台悲伤的语气里多了几分哀求的味道。

"我，尽力。"

几个人彼此相视，都难掩脸上的忧戚之色。

成吉思汗睡了一觉醒来，精神稍稍好转了一些。他听说次子已回到汗营，忙命迪格传次子来见。

这段日子以来，成吉思汗受到高烧和骨痛的双重折磨，容色越发显得灰白黯淡。察合台来到帐中，正欲施礼，成吉思汗却摆了摆手，对儿子说："这里没外人。你过来，坐近些，坐在我的身边。"

这会儿，帐中只有成吉思汗、汗妃也遂和察合台三个人。成吉思汗没让其他儿子进来，就是想不受打扰地跟次子说上一会儿话。

察合台听话地走过来，坐在父亲身旁。他握住了父亲的手，父亲的手心滚烫，他的心却是冰凉的。

成吉思汗微笑着注视着他。他的儿子们，哪一个都能让他感到骄傲。

察合台的个性，在刚强中隐藏着脆弱，在暴躁中隐藏着细致。此时，面对饱受伤病折磨的父亲，他的眼泪就在眼眶里打转，他只得强忍着，眼睛也不敢望向父亲。

成吉思汗轻叹道："我让你率领援军押后，你干吗一而再、再而三地派人向我请战？现在，你是我诸子之长，却为什么总是不肯听为父的话。"他虽这么说，却并没有真的责备次子的意思。

"父汗，我……"

成吉思汗轻轻地拍了拍儿子的手："不用说了，我当然明白你的心意。你是想跟随在我身边，为我分担劳累。"

"既然如此，父汗可否容儿臣说一句话？"

"你说。"

"请把征战的任务交给我和几个弟弟吧，我们一定不负父汗所望，拿下兴庆府。请父汗相信我们。"

成吉思汗微微摇了摇头："我并非不相信你们。你二叔也劝过我，但我想，我几乎一生都在马背上度过，唯有此次出征，竟自落马，这一定是上天降兆。

越是如此，越要尽快消灭西夏，这也是为你们兄弟考虑。未来，平灭金国的任务就要交给你和你的几个弟弟了。之前，我派使臣出使夏廷，是不忍违逆众人好意，我了解阿夏敢布这个人，此人大权在握，狂傲至极，决不会顺势而退。而一旦阿夏敢布仍如前次以言语相激，大家也就不会再阻止我继续亲征。察合台，你要理解为父的苦心。"

察合台心如刀绞，哽咽着应道："是，父汗。"

"儿子，不要伤心。"

"是。"察合台应着，两颗晶莹的泪珠已然滚落在父亲的手背上。

"瞧你，瞧你。你也是有儿孙的人了，怎么这会儿自己反倒像个孩子了。"成吉思汗打趣着儿子，这是父子俩最为亲近的时刻。

察合台再也无法克制自己。面对父亲慈爱的注视，他做了这一生中从未做过的事情：他将头轻轻抵在父亲的肩头，在避开父亲目光的刹那，他无声地哭了。

第四章　一诺千金

壹

　　成吉思汗伸出手，默默轻抚着儿子的肩头，他的这个动作充满了父爱与温情。儿子的心里也一定装着许多委屈吧，细细想起来，唯有次子，从小到大都没有得到过他太多的关注。

　　也遂默默注视着这父子二人，既欣慰，又心酸。

　　不知过了多久，察合台的心情稍微平静了一些，他坐直身体，拭去泪水，眼睛却仍然不敢去看父亲。

　　"儿子。"成吉思汗轻轻唤道。

　　"是，父汗。"

　　"你不要这么拘束。你们兄弟几个，真的都很惧怕为父吗？"

　　察合台不由自主地点了点头，又急忙摇了摇头。

　　成吉思汗开心地笑了起来。

　　父亲的笑声还是那样爽朗，富有感染力。察合台差一点把那句话说了出来：我们怕您，是因为我们崇敬您，热爱您，是因为这个世界上，只有一个成吉思汗……

　　"也遂，你吩咐迪格送壶热茶进来。你也去小睡一会儿吧，看你这几天熬的，眼睛都红了。"成吉思汗看看爱妃，体贴地说道。

"我去吧。"察合台说着，就要起身。

也遂按住了他的肩头："这事不用你，待会儿我会让迪格把茶送进来。你好好照顾你父汗，我有点困倦，正想出去走走。"

"好的，汗妃。"

目送也遂离开车帐，成吉思汗将儿子的两只手，一并拢在自己的手心中，"我的儿子，我召你前来，是有些话要对你交代。"

"您说，父汗。"

"为父想先问你一件事，西征前，你一力推举窝阔台为汗位继承人，你当时的想法究竟是怎样的呢？"

"我……这个……"察合台闻言有点紧张。

"今天，你有任何话都可以对为父畅所欲言。"

"哦，好，好的。"

迪格推门进来，送上一壶热茶和两只杯子，又为成吉思汗和察合台斟满茶杯。做完这件事，他抱着托盘退至一旁。成吉思汗吩咐道："你下去吧，我有事再叫你。"

迪格应着，恭敬地退出车帐。

"说吧。"成吉思汗拍了拍儿子的手。

"儿臣当时的想法是，我与术赤皆有统帅军队的才能，但术赤与我的性格各有欠缺，并不是继承汗位的合适人选。窝阔台则与我和术赤不同，他有容人之量，对父汗的事业忠心耿耿。父汗志在征服金国，统治中原百姓，需要的是像窝阔台一样为人宽厚，同时又不乏机变权谋的君主。"

"原来，你是这样想的。"

"对。儿臣不敢欺瞒父汗。"

成吉思汗的脸上露出欣慰的笑容，"你的想法很深远。儿子，你知道为父这一生中最尊敬的女人是谁吗？"

"祖母。"

"对。还有一个，就是你们的额吉。说真的，你们的额吉真是个了不起的女人，她为我生了四个儿子，哪一个都令我自豪。"

"父汗……"察合台的眼圈又是一红，急忙掩饰地去端茶杯，将茶杯放在父亲的手上。他知道，这是父亲对他的赞誉，这是多年来他希望听到的来自父亲的赞誉。术赤临终前要拔都转告父亲：今生能做成吉思汗的儿子，他死而无憾。同样的心情他也有，与术赤一般无二的心情，他也有。

想想真是奇特，他与术赤总在羡慕着对方所拥有的东西，他羡慕术赤得到了父亲始终不变的关爱，术赤羡慕他拥有清白无瑕的身世，他与术赤无法互换身份，唯有在死亡将他们分开之后，他们竟变成了彼此相知的兄弟。

成吉思汗呷了几口热茶，将茶杯递还给察合台。察合台问："还添吗？"

"等一会儿吧。"

"好。"

"察合台，我要嘱咐你的，是在我离去之后，你要代我守护好你的弟弟们，尤其是窝阔台。你须答应我：好好辅佐窝阔台，切勿萌生异志。我为你们兄弟建立起来的大帝国，自国之中央达四方边极，皆有一年行程，你们若想保其不致分裂，唯有兄弟同心。你要把我的话转告给窝阔台。"

"父汗，您尽管放心，无论在任何情况下，儿臣决不有违当初誓言。"

"你的为人、操守，为父当然信得过。为父要嘱咐你的，只有一点，你不只是国家的臣子，同时也是为父赐你封地的主君。将来，你一定要勤于政事，协助窝阔台，维护好国家的团结，并且治理好你的封地。拖雷是守灶幼子，将来要继承为父的绝大部分军队和遗产。我做如此安排也是迫不得已，治理我蒙古本土，不仅需要精明和耐心，更需要实力。关于这一点，我日后自会向拖雷交代。另外，拖雷自幼不离为父身边，深谙攻取退守之道，演兵布阵之法，在军事上颇得为父心传，也是这个缘故，他在将臣百姓中拥有的威望恐怕更高于窝阔台。万一到时人们有所观望或犹豫，能够出面主持和定鼎大局的人，只有你。明白吗，儿子？只有你！"

"我明白，父汗。您放心吧，我一定不负父汗所托。"

"这是你要对两个弟弟负起的责任。术赤那边，我也正想征询一下你的意见，你对拔都继承父位一事怎么看？"

"儿臣觉得，术赤的封地远在花剌子模和钦察草原一带，倘若没有一个强有力的领导人，那些被震慑而降的城市就可能起而复叛。另一个危险是，花剌子模旧主札兰丁已逃往印度，这位性格刚强的继承人断然不会放弃复辟的梦想。不难想象，札兰丁一日不除，我蒙古在新的征服地就势必面临诸多挑战。术赤诸子尽管各有所长，但综合各方面的条件，拔都的确是最合适的王位继承人。"

成吉思汗看着儿子，心中暗想，察合台虽说性格暴躁，遇事容易冲动，又自幼与术赤不和，但在四个嫡子当中，他的这个儿子的确是最公正严明的一个。正如他刚才对次子所说，他的几个儿子，哪一个都让他感到自豪。

"你说得对。我观众多孙辈当中，无论从胸襟器识，还是从文韬武略，的确都以拔都最为出类拔萃。以拔都的才干，日后建立的功业将不逊于你们兄弟四人。如今，拔都领有术赤的封地，那里还没有建立起稳固的统治，你和窝阔台要多帮助他。"

"您放心，儿臣和弟弟们都很器重拔都，再说，术赤的封地是我蒙古的领土，但有变故，我和窝阔台、拖雷，我们决不会置之不理。"

"这就对了。你的封地在蒙古本土与术赤的封地之间，河中地区自古富庶，是历代王朝的府库，现在它已成为我蒙古国的府库。你只有经营好河中地区，确保它的和平与安定，你的封地才能成为国家藩篱。同时，你的军队才能成为拔都的后盾。"

"请父汗放心，您的嘱托，儿臣当铭记不忘。"

"你的能力，为父心里有数。不过，儿子……"

"您还有什么吩咐？"

成吉思汗稍稍沉默了一下。

"儿子。"

"是。"

"你的内心里，是不是埋怨过为父呢？"

察合台愣了愣。

成吉思汗注视着儿子，目光里流露出一丝懊悔。

"怎么了？您……为什么这么说？"

"为父也是在确定储君人选后才开始反省这件事。术赤，他一直是为父心中的一个结，有的时候，我都怀疑自己是否拥有过这个儿子。"

"父汗，术赤是您的儿子。无论他做过什么，他都是这个世界上最爱您和最以您为傲的儿子。"

"是这样吗？"

"是的。"

"倒是你，为父有些对不住你。"

察合台咬住了嘴唇。他问自己，他埋怨过父亲吗？答案是，埋怨过。然而，他决不要听到父亲对他道歉。

决不要！就算父亲的偏心曾经让他难过和难堪，他也不会真的放在心上。

"父汗，请您别说这样的话。"

"好，我们不谈这个话题了。等窝阔台接替汗位，你转告他，楚材乃天赐我家的治国奇才，我一直重视他却未重用他，皆因他所思所想、所作所为多为治国之本，而非征服之道。以他打天下，必有欠缺，以他治天下，天下大治。"

"儿臣遵命。"

"这段日子，你就陪在为父身边吧。我命你与拖雷共领先锋。明日，我们将兵发贺兰山。"

"是。"

贰

蒙古大军继续前进，不久到达贺兰山与阿夏敢布相遇。

阿夏敢布沿贺兰山摆下战场，意欲乘蒙古军远道奔袭、人马疲惫之际，打他们个措手不及。

面对汹汹而至的夏军，成吉思汗十分镇定。他命军队四下散开，待夏军逼近，以弓箭相迎。一时间，夏军中箭者不计其数，余者仓皇后退。

阿夏敢布见首战失利，亲临战场，指挥第二次强攻。

阿夏敢布以逸待劳，原也占尽优势。只可惜他的对手是成吉思汗，是蒙古军，不是那种久不见阵仗的乌合之众。倘阿夏敢布凭险固守，或许还能多坚持几日，无奈他太不了解蒙古军的实力和特点。蒙古军久经沙场，纪律严明，即使经过长途跋涉，也能做到令行禁止，忙而不乱，也能保持旺盛的精力和体力。面对这样的强敌，固守犹难自保，何况还像阿夏敢布一样自投罗网？

夏军的第二次进攻来势更加凶猛，成吉思汗仍以前法相对，命将士散得更开，渐对夏军形成半包围之势。夏军抵挡不住蒙古军的利箭强弩，又被击溃。

阿夏敢布见制人不成，反受人制，不敢再发动第三次进攻，意欲收兵。成吉思汗焉能容他退守本营，当即挥令大军从三面杀出。这一场殊死拼杀，直将夏军杀得横尸遍野。可叹阿夏敢布数年备战，竟落了个落荒而逃。察合台挥令先锋军追击，阿夏敢布被察合台的义子生擒。

阿夏敢布被押到成吉思汗面前。明知必死无疑，阿夏敢布昂首屹立，全无惧色。成吉思汗一向欣赏那些有气节、有胆量的人，即使这个人属于敌对一方。对阿夏敢布的憎恶不知不觉地消失了，成吉思汗挥挥手，命将阿夏敢布推出，就地斩首。

只是不知阿夏敢布临死前，是否后悔过由于自己的狂妄和背盟，为成吉思汗消灭西夏造成了口实？

消灭了阿夏敢布的主力部队，成吉思汗率领东路军西转，驻夏于浑垂山，以待与西路军会师。

为了切断西夏各州郡、左右厢之间的联系，以达到分割包围、各个歼灭的目的，成吉思汗以蒙古军和畏兀儿军共为西路军。西路军中的蒙古军先行攻下沙州，沙州将领伪降，以牛羊美酒犒劳蒙军将士，暗地里却设下伏兵，企图一举消灭这支蒙古军。蒙军将领皆中伏，关键时刻，多亏畏兀儿军队及时赶到，才终于为之解围。而后，两支军队合兵一处，重新组织力量合围沙州，沙州守军顽强抵抗，西路军改变策略，挖地道进入城内，内外夹击，终于攻破沙州城，全歼西夏守军。接着，西路军又攻下肃州，转至浑垂山，与东路军会合。

两路大军会合后，成吉思汗停止驻军，继续东进，攻取重镇兀剌海城和甘州。接着，至黄河九渡处，攻克应里城。十一月，大军围攻灵州，灵州又称西平府，地处西夏腹心地带，乃西夏国必救之城。

夏帝李德旺得知灵州被困，危在旦夕，急派老将军嵬名令公率五十营前去救援。此一役可谓关乎全局，西夏若胜，尚能保住半壁江山；若败，则是亡国前奏。是以双方都不敢掉以轻心。

成吉思汗只命少数兵马继续围困西平府，不给城中守军以喘息之机。他自己则亲提大军，在布满池塘的平原上迎住了嵬名令公。

嵬名令公是成吉思汗的老对手了。昔日，成吉思汗曾生擒过嵬名令公，因敬慕嵬名令公威名气节，又将他释放。李德旺在关键时刻请出归隐乡里多年、年逾七旬的老将军，证明西夏已是无将可用。

如今，老对手相遇，一场硬仗就在眼前。

狭路相逢勇者胜。战争当中，有的情况下需要以智取胜，有的情况下则要比拼实力和勇气。成吉思汗和嵬名令公都非常熟悉对方的战法，都不会轻易上对方的当，既然如此，用计显然毫无意义，而且也没有成功的可能，这种情况下，最能发挥作用的就只有双方的士气和平时的训练。主帅抱着必胜的信念，将士们以死相拼，战斗的激烈使日月为之失色。

西夏军在人数上略占优势。成吉思汗不顾手下将士和儿子们的劝阻，亲临正在厮杀的战场。黄河岸边有许多湖泊，湖泊全部封冻，成吉思汗站在冰上，下令射敌人的脚，不让他们过来。察合台一马当先，弦声响处，敌人无不应声而倒。

转眼已是第四天，蒙古军的损失惊人，差不多达到十分之一，在成吉思汗所指挥的历次大战中，唯以此次伤亡最为惨重。

西夏方面的伤亡则是蒙古军的十倍还多。冬天太阳落得早，成吉思汗命士兵击鼓，不许收兵。夏军原本缺乏蒙古军那种吃苦耐劳、连续作战的体力和毅力，加上整整一天滴水粒米未进，体力不支，伤亡更加惨重。

黎明时分，嵬名令公被蒙古军生俘，余者尽皆请降。

来不及打扫战场，蒙古军回师灵州城下。城中守军得知援军战败，军心涣散，蒙古军一鼓作气拿下西平府。

夏主李德旺得知西平府陷落，惊惧之下一病不起。临终前，他将皇位传给族亲南平王李睍（1226—1227年在位），是为夏末帝。

而此时，西夏首都兴庆府就在黄河对岸。

蒙古大军渡过湍急的黄河，准备攻取西夏首都兴庆府。

成吉思汗再次表现出他的深谋远虑。过河后他并未直接去攻兴庆府，而是只派少数部队监视其城，他自己则亲提大军向西挺进，以彻底切断西夏军的退路，形成对兴庆府的大包围之势。

西夏已不足为虑，成吉思汗将大军分作三路。

他和幼子拖雷、义子察罕率领主力部队继续完成对西夏国的征服；次子察合台以及匆匆赶回看望他的庶长子珠日查领兵赴辽东征剿蒲鲜万奴；三子窝阔台和庶幼子阔列坚则进入金国腹地，配合宝鲁攻取汴京。珠日查系汗妃也速干所生，阔列坚系汗妃忽兰所生，也遂也生育一子，不过幼年亡故。

又一次分别，父亲和儿子的心中都有一种永别的预感。

察合台兄弟将率大军出发，成吉思汗亲将他们送出营外。察合台、窝阔台、珠日查、阔列坚忍泪拜别父汗，满心凄凉，无限留恋，却不知从何说起。

成吉思汗上前，将几个儿子一一扶了起来，他慈爱地叮咛儿子们："去吧，不用记挂为父。"

"请父汗千万保重！待攻陷兴庆，我们回来看望您。"

成吉思汗的目光在次子脸上停留的时间更长一些，他殷殷叮咛："儿子，不要忘了为父对你说过的话。"

"父汗放心，儿臣决不敢忘！"

目睹病重的父亲与儿子们生离死别的情景，许多将士揪心地背过脸去。察合台兄弟狠狠心，扬鞭策马，各踏征程。成吉思汗平静地目送着他们，神情渐渐变得庄严肃穆。这一刻，人们看到的是三军统帅，而非父亲。

叁

西夏亡国之日，成吉思汗在六盘山病逝。

成吉思汗去世两年后的（1229）春天，王公贵族从各个地方齐集金顶大帐，准备推举新的大汗。

虽有成吉思汗遗命在先，多数人仍看好战功卓著的拖雷，而这时，作为成吉思汗的诸嫡子之长，察合台的态度就起到了至关重要的作用。

本来，西征前窝阔台已被立为储君，察合台一开始并未想那么多，以为大家拥立窝阔台是顺理成章的事情，就算大家默默不语，他也没往心里去。及至窝阔台说出那番话来，他才察觉到事情有些不对头。

当大断事官喜吉忽宣读了成吉思汗的遗命后，窝阔台起身逊谢道："虽有父汗遗命，然我蒙古传统，幼子继承父亲遗产，主其家帐。大那颜（在召开忽里勒台，第二任大汗正式产生前，因对金战事尚在进行中，加之成吉思汗方逝，人们无心推举新汗，遂相约以拖雷暂时监国。此间，国人对拖雷皆以'大那颜'呼之，以示崇敬）是父汗幼子，又长年跟随在父汗身边，比诸兄弟更多地得到了父汗的言传身教，威名远播边陲。何况长兄术赤虽逝，我上犹有二兄察合台，他襄助汗业，功不可没。今兄弟皆在侧，窝阔台何德何能，敢越兄弟称汗？"

这番话，把察合台说愣了。

察合台直到此时方才意识到，事情远没有他想象得那么简单。他的目光迅速地掠过在座的每个人，只见他们中的多数人似乎感到意外，只有少数几个人脸色显得有些焦灼。察合台想起他在封地时就听到的一些传言，原来，人们普遍心向大那颜，希望能改立大那颜为蒙古大汗，这个传言绝不是什么空穴来风。

察合台的内心不能不充满忧虑。无论三弟还是四弟，身边都自有一群忠贞不贰的拥护者，倘若为了争夺汗位兄弟相残，只会加速蒙古帝国的分崩离析，令父汗艰苦创建的事业毁于一旦。

现在最关键的，就看四弟拖雷的态度了。他为诸弟之兄，自然会全力维护父亲的遗命，但假如四弟坚持不肯退让，只怕事情将变得不可收拾。他知道拔都一定倾向于拥护他的四叔，长兄术赤活着时，与拖雷感情最好，尤其拔都，术赤逝后，他视四叔拖雷如父。这样一来，成吉思汗的四个儿子，就等于分成了两个阵营。

察合台将目光移向拔都，从他面前这张年轻刚毅的面孔上，他看到的是与他相同的表情：忧虑与坦荡。

拖雷第一个从惊愕中清醒过来，他看着窝阔台，平静地说道："三哥，你这是怎么了？为什么说出这样的话来？难道你是怀疑在座各位对父汗的忠诚吗？当年西征前，父汗就确立储君一事征询过我们兄弟四人的意见，我曾在父汗面前立下誓言：愿追随三哥身边，警其所睡，言其所忘，做其应声之随从，策马之长鞭。我并没有忘记自己的誓言。因此，请三哥不必犹疑，我当全力辅佐三哥，绝无二心。"

察合台开始领悟到三弟的真实用心，想必，这也是耶律楚材的计谋：以退为进。即使内心仍倾向于大那颜，人们终究不能不认真考虑成吉思汗的遗命。尤其在大那颜已表明态度的情况下，大家只能跟随他做出选择。

察合台从座位上站了起来，目光炯炯，"西征前是我提议父汗立三弟为储君，我怎么可能为了觊觎汗位而自食其言呢？当年，父汗正是从全局考虑，觉得三弟比我们兄弟几个都更适合于统治这辽阔的版图，才既没有遵从自古相传的幼子守灶旧俗，也没有从术赤和我当中选择未来的大汗。而今，汗位虚悬已达一年半之久，不能再无休止地耽搁下去。窝阔台，在你尚未登临汗位前，我想以兄长的身份请你牢牢记住一点，你、我、拖雷，还有已经离开人世的术赤，我们都是成吉思汗的儿子。对我们兄弟而言，最重要的不是谁该成为大汗，而是这个成为大汗的人必须具备足够的智慧、足够的才能，不令父汗开创的事业半途而废，除此之外，你应将所有的顾虑抛之脑后。"

"可是我……"

窝阔台还想推辞，察合台却不容他说下去。他问喜吉忽："叔父，你是我蒙古的大断事官，也是我父汗生前最信任的人，你觉得此事该如何处理？"

喜吉忽回答："成吉思汗的遗命，与《大札撒》无异，违反《大札撒》的人，都得掉脑袋。"

"好。"察合台又问拔都："你的想法呢？"

拔都的内心，并不反对由三叔继承汗位。虽然三叔与四叔相比，胆略、军事指挥才能和自制力均有不及，可三叔也有他的优点：为人宽容、谨慎、公正、谦让，善于处理兄弟子侄间的矛盾，同时不乏敏锐清醒的头脑。他对三叔不存成见，可他实在不看好三叔的长子贵由。

拔都从小与二叔的长子南图赣、三叔的次子阔端、四叔的长子蒙哥感情深厚，与这几位堂兄弟相比，他与贵由之间一直存在着隔阂。他不喜欢贵由，倒不完全出于个人恩怨，主要原因是他无法认同贵由的品性为人。他很清楚，一旦三叔登临汗位，贵由就将成为下一任的大汗人选，至少贵由和他的母亲乃马真夫人会为此用尽手段。从长远考虑，能将祖汗事业发扬光大的那个人不可能是贵由，那个人将是蒙哥，而四叔胜过三叔的一着，恰恰就在诸子的能力上面。

然而，这些理由他无法在这里说出来。他代表成吉思汗的长子一方，可他毕竟是晚辈，如今，四叔对汗位无所觊觎，二叔又坚决要将三叔推上汗位，他只能顺应情势。"父王已逝，二叔现为祖汗诸嫡子之长，我愿遵从二叔的意愿。"

与会众人见拖雷再三逊让，察合台坚持父亲遗命，长子系的代表拔都又不反对由窝阔台继承汗位，他们当然更没必要横生枝节，于是大家众口一词，一致同意择日为三太子举行即位大典。

察合台问耶律楚材："你善于推演，不知哪天是登基的吉日？"

"臣推算过，正在今日。"耶律楚材恭敬地回道。

"既然如此，我们何不举行完大典再行欢宴，诸位以为如何？"

二太子发话，众人无不表示赞同。

楚材突然走到察合台面前，深施一礼。

察合台有点惊讶，"怎么了，楚材？"

"二太子，请恕臣不恭之罪。"

"你在说什么呀！你若有话但说不妨。父汗去世前，曾让我转告三弟，以楚材之能，必成治世贤臣。父汗也是这样嘱咐四弟的，对吧，四弟？"

"对。"

"你既是三弟辅裨之臣，本当知无不言，言无不尽。"

"楚材谨遵二太子教诲。"

"你说吧。"

"是。臣以为，君大如天，届时大典，请二太子屈尊纡贵，带头行跪拜之礼。"

"啊？"察合台明显地愣怔了一下。

对于这个显然有些过分的要求，人们一时间不免有些错愕。蒙古不比中原习俗，自古以来，父不跪子，兄不跪弟。

耶律楚材面对察合台，依旧执拗地恳求："中原礼仪，虽为父子、兄弟，君大如天，君为上。臣恳请二太子为诸臣百姓做出表率。"

窝阔台正欲出言阻止，察合台伸手拍了拍耶律楚材肩头，笑道："你说得也有道理。为什么我们的大汗就不能享有宋、金皇帝至高无上的尊荣？三弟是当之无愧的天命之主，跪他，就是跪天。我答应你。"

"二哥，这……"

"三弟，楚材是为长远考虑。未来，我们要入主中原，就有必要借鉴一些在宋、金宫廷早已约定俗成的礼仪。"他看了眼乃马真："弟妹，我看，还是由你亲自服侍三弟更衣，待会儿就是即位大典，大家动作都快点，不要误了吉时。"

乃马真应着，悄悄推了窝阔台一下。窝阔台却没有移驾，脸色显得有些凝重。察合台奇怪地问道："三弟，你想什么呢？"

窝阔台说道："既然二哥和诸位坚持以我为君，我感谢大家的盛情与信任。可我也不能不担心……"

"担心？担心什么？"

"我担心子孙不肖，会辜负兄弟们和在座诸位的重托，所以这个汗位由谁继承我还想请大家从长计议。没有谁的生命可保长久，万一有一天我离开人世，而我的子孙当中又无人可君临天下，我怕我的登基反而会害了他们。为人君者，理应无愧于天下苍生，为人父者，却难免有自己的私心。"

察合台叹口气，"原来你是顾虑这个。你膝下子孙众多，难道其中就没有一二人君之选吗？既然你担心你的登基会害了他们，我和众人今天就当着你的面立下誓言：只要窝阔台系有一脉尚存，誓不奉他系后王为君！"

"只要窝阔台系一脉尚存，誓不奉他系后王为君！"众人，或者说，只除一个人外，这个人是拔都，皆随察合台发下誓言，窝阔台的神情这才变得开朗起来。

"这下，你可以去准备了吧？"

"谢二哥！"

拔都站在二叔身边，目送着三叔离去。他的心中，对方才发生在他眼前的一幕充满了忧虑，也充满了厌恶。

肆

忧虑和厌恶从何而来，拔都尚且不能确定。不过，当他的目光掠过贵由那张交织着兴奋与烦恼的面孔时，他突然明白了自己因何会有这种不安的感觉。

他想起祖汗。

祖汗灭国四十，拓地万里，建立的蒙古帝国是一个极为复杂的政治联合体。祖汗本人深沉有大略，用兵如神，武功盖世，身边谋臣济济，战将如云，手中又直接掌握着万余名"制轻重之势"的护卫军，威望不可动摇。尽管如此，在祖汗病逝后，由于境内被征服的民族众多，各民族语言、风俗习惯、宗教信仰的不同以及发展水平参差不齐，辉煌一时的蒙古帝国其实蕴藏着许多不可预知的离心力。

拔都知道，大概二叔和三叔，包括四叔在内，都已意识到同样的危机，所以他们只能用兄弟间的团结来维系蒙古帝国的统一。即使他们明知所有的东西终将随着时间的推移而发生改变，可他们仍然为此付出了真诚的努力。

只可惜，拔都并不认同他们的努力。他觉得，最好的努力应该是尽可能地为帝国选择一位谋断深远、睿智公允、万众仰服的贤明之主，而不是不分青红皂白地将帝国变成家族的产业。三叔的做法，恰恰是选择了后者。

拔都又将目光移向贵由，此时的贵由，正斜眼看着阔出。阔出是三叔的嫡子，也是三叔最钟爱的儿子，既然汗位已约定在窝阔台一系，那么，阔出成为下一任大汗人选的可能性要高于贵由。阔出心地敦厚，与蒙哥相比，他虽不是最理想的大汗人选，倒还差强人意。但拔都了解贵由，他的这位堂弟，还有贵由的生母乃马真夫人，他们绝对不会放弃对汗位的争夺。而这，无疑会为未来的蒙古帝国埋下隐患。

偶然间，拔都与蒙哥的目光相遇。蒙哥脸容平静，平静里却隐藏着无奈。原来，与他想法一致的，至少还有蒙哥。

是啊，蒙哥与贵由不同，贵由是他的堂弟，蒙哥却是他的知己。

窝阔台顺利登上汗位，察合台居功至伟，接下来是连续三天的大宴，察合台心里高兴，一高兴，难免喝得酩酊大醉。一日，趁着半醉半醒，他非要同窝阔台打赌赛马，窝阔台笑着同意了。兄弟二人说定了比赛终点，察合台马快，将窝阔台远远地甩到了后面。当窝阔台赶到终点时，察合台戏谑道："大汗该磨磨马镫了。"

窝阔台一笑，并未将比赛的结果和二哥的话放在心上，兄弟俩聊了一会儿，便一起回去了。次日凌晨，察合台一觉醒来，想起头天自己与三弟比赛以及出言调侃大汗的情形，十分后悔。他一早便骑马来到宫帐外，请求面见大汗。

窝阔台刚刚起床，忽听外面传来一阵骚动，他唤来侍卫问道："外面发生了什么事？怎会这样乱？"

"是二太子跪在宫帐外，说是要向大汗请罪呢。"

窝阔台大吃一惊，急忙披了件衣服来到宫外。才出宫门，就见察合台跪在外面，窝阔台三步并作两步来到二哥面前："二哥，你这是做什么？"他说着，就想俯身将察合台扶起来。

察合台却不肯起身。这时,人们正向这边聚来,大家都不知道出了什么事,只是默默地看着兄弟二人。

"二哥,你先起来,有话好说。"窝阔台见围观的人越聚越多,心中不免焦急起来。

"大汗,我来这里,是要向大汗请罪。"

"二哥说哪里话?二哥何罪之有!"

"我身为大汗的兄长,大汗刚刚登上汗位,不知道有多少双眼睛在看着我的所作所为。而我与大汗打赌赛马,不光胜了大汗,还对大汗出言不逊。我的行为,实在是大不敬的行为。万一别人也学我,都对大汗无礼起来,这个过错岂非因我而起?楚材常说,中原讲究君臣有别,大汗为君,我为臣,我却没能谨守臣子的本分,所以,请大汗一定要治我的罪。"

窝阔台哭笑不得:"我当什么事!原来是为昨天赛马之事!二哥,你快起来吧,你我兄弟,以前不也经常赛马吗?"

察合台执拗地坚持:"那不一样。以前,我们是兄弟,现在,我们是君臣。就算赛马没什么,我却不该对大汗出言不逊。若今天大汗不治我的罪,明天恐怕就会有更多的人不将大汗的权威放在眼里,久而久之,大汗颜面何在?国家颜面何在?请大汗不必顾及兄弟情分,错就是错,错了就该受罚。臣恳请大汗降罪。"

窝阔台深知二哥的性格,察合台光明磊落,一言九鼎,他不予降罪,只怕二哥真的不会起来。思索片刻,他勉强说道:"既然二哥已经知错,我就罚你进献九匹骏马作为赎罪之礼吧。"

"是,臣谨遵大汗吩咐。"察合台这才站了起来。

察合台说到做到。第二天,他不仅向窝阔台进献了九匹骏马,还在文武百官面前举行了隆重的臣服之礼。

蒙古自立国以来从未发生过同样的事情,察合台这种不以尊长自居,勇于责己的行为震惊了朝野。此后,王公贵族对新汗俯首帖耳,自觉地选择了顺从之道。察合台的所作所为,在很大程度上帮助窝阔台树立起绝对权威。

窝阔台也是在察合台向他进献九匹骏马后方才意识到二哥的良苦用心。察合台的性格原本粗中有细,父亲去世后,他变得更加成熟和稳重。为帮助三弟巩固汗权,他甚至不惜抛开尊严,设下此计。

有这样一位兄长，窝阔台不能不感谢命运对他的恩惠。

持续数日的欢宴结束后，窝阔台召开了他登基后的第一次忽里勒台。

此次忽里勒台，是要确定两件事：一是实现成吉思汗遗愿，征服金国；二是扩建驿站和完善驿站制度。

蒙古大举攻金始于成吉思汗六年（1211），仅仅四年之后，蒙古军在成吉思汗的率领下几陷金国三分之二州郡，一举灭亡金国也并非没有可能。然而，正当金国的政权岌岌可危时，蒙古与花剌子模之间爆发了战争。可以说，正是这桩意外事件，使得金国获得了苟延残喘的机会。

蒙古军倾力西征的七年，本是金国向蒙古展开反攻的大好时机。遗憾的是，金宣宗坐失良机，非但没有收复被蒙古占领的城池，反而忙于同邻国西夏、南宋大动干戈，意图将金蒙战争的损失转嫁给这两个国家。他这种决策上的失误，客观上对蒙古留在金地的少量部队起到了帮助作用。区区三万蒙军，不仅未被金军各个击破，还逐渐在征服地站稳了脚跟。

至金宣宗病危，传位于太子完颜守绪（1224—1234 年在位，庙号哀宗），金国只剩下东西狭长两千余里的疆域，是原国土面积的五分之一。不得已，守绪紧缩兵力，以精兵二十万死守潼关、洛阳、汴京等军事重镇。

窝阔台命拖雷宣读了成吉思汗的遗嘱：金屯兵潼关，南据连山，北限大河，难以遽破。若假道于宋，宋、金世仇，必能许我，则下兵唐、邓，直捣大梁。金急，必征兵潼关。然以数万之众，千里赴援，人马疲敝，虽至弗能战，破之必矣。

"联宋灭金"是成吉思汗临终前所提出的对金作战的总体方略。窝阔台是成吉思汗的继承人，他最大的理想就是完成父亲未竟的事业。

窝阔台决定亲率大军伐金，拖雷自请为先锋，窝阔台请察合台和拔都出兵相助，这是各领封地的诸王应尽的义务。

按照窝阔台的意愿，忽里勒台结束后，察合台将返回封地，坐镇中亚，以确保蒙古国的西部边境安全。不过，为了支持伐金大业，察合台决定分兵一支，留下能征善战的三子贝达尔协助大汗。

第一次西征中，察合台的长子南图赣殁于战场，现在，在察合台诸子中，次子也速蒙哥居长，贝达尔则排于也速蒙哥之后。

拔都也派出了自己麾下最精锐的部队，直接听命于大汗指挥。

一代年轻将领在迅速成长，拔都、蒙哥、贝达尔不约而同地提出：隐蔽大军南征企图，首先夺取秦晋，之后假道于宋。

窝阔台采纳了他们的建议。

伍

遭到蒙古军队一再残破的金国，黄河以北地区除河中府、卫州等零星据点外，已全部丧失。而今金朝赖以立国的，只剩南京地区以及京洮、凤翔、临洮等路，其范围大体是东抵安徽阜阳、河南汝南诸州，南至淮水、汉水及四川北部，东南与南宋接壤，西至甘肃积石山，北至黄河南岸与蒙古国隔河对峙。

在窝阔台登基的前一年，蒙古军断绝庆阳粮道，攻入大昌原。守绪派平章政事平凉行省完颜合达，忠孝军提控完颜陈和尚为前锋出战。完颜陈和尚率领四百骑兵，破蒙古军八千之众，取得大昌原一役的胜利。此役的胜利，是蒙金战争近二十年所没有的第一次大捷，它极大地鼓舞了金国朝野抗击蒙古军队的士气。

此番再度南征，完颜合达和完颜陈和尚无疑将是蒙古君臣最强劲的对手。

拔都等人热烈地探讨着进军路线，这期间，拖雷一直在埋头查看地图。当拖雷终于从地图前抬起头来时，喧嚣的宫帐立刻安静下来。

拖雷在地图上清楚地标出两条线路：一条线路是渡荒漠，越阴山，入山西；另一线路是攻入陕西，逼迫河南。

察合台对四弟的缜密一向充满赞赏，他说："从这两条路线同时发起进攻，应该是最容易实现我们假道于宋的意图。完颜守绪即位后，一改其父完颜珣将主力转向南宋、西夏，企图扩大疆土，以便在战争失败后逃往南方立国的国策，而是集中一切力量储备河防，确保河南，巩固秦陇，争取时间恢复国家实力。为此，他对外与宋、夏修好，多次派遣信使周旋其间；对内强兵利器，大胆起用抗蒙将领，广征各路义士，在重要州郡、可守之地集中民粮牲畜，加修城堡工事，以利坚守。不能不说完颜守绪是个非常有作为的皇帝，对付他，的确需要多动动脑筋。另外，金军在大昌原一战取得大捷后，完颜陈和尚统领的忠孝军俨然已成为金军的一面旗帜，它对金军士气所起的鼓舞作用，我们的确不可低估。"

拖雷点头，"二哥所言正是我心中所想。之前，我和大汗也议过此事，现在就是我们具体实施的时候了。"

察合台看着窝阔台问道："大汗意欲亲征，要不，还是我留下来，协助大汗进攻陕晋，为大汗侧援？"

"不可。二哥坐镇西域，为我西部屏障，我才可以放心南征。二哥的使命，远比助我夺得一城一地来得重要。"

"既然如此，我明白你的意思了。"

蒙哥插话道："既是隐蔽行事，我们何妨做些伪装？"

"哦，你不妨说说看。"窝阔台看着蒙哥，微笑着说道。蒙哥是四弟的长子，也是他的养子，他从蒙哥还是孩子时就十分看重他的才能。

"第一，以史天泽率领的汉军就近攻取卫州，威胁金都。第二，派人前往金国议和，麻痹金帝斗志。第三，金国集中精兵二十万守河南，保潼关，而对陕西关中，仅以一部兵力予以防备，这正是金国的软肋。第四，命主力屯兵平阳，积极牵制潼关金兵。总之，诸计并行，令金军无法摸清我们的真正意图。"

蒙哥所献之计正合窝阔台心意。察合台看着蒙哥，内心深处同样是欣慰与惆怅兼而有之。他与三弟的膝下，其实都缺少如蒙哥一般头脑清醒冷静的继承人。蒙哥孩提时代与少年时代都是在祖父成吉思汗身边秉承教诲，天生的资质加上良好的教育，使他像拔都一样，成为黄金家族第三代中的佼佼者。

拔都将拇指放在额角，向蒙哥眨眨眼睛，这是堂兄弟间表示赞赏的一个心照不宣的动作。

贵由将二叔和拔都的表情看在眼里，内心不禁升腾起一股怒火。二叔犹可，蒙哥是从小与他一起长大的堂弟，对于这两位他尚且能够容忍，只有拔都，他对这位堂兄所怀有的嫉妒与怨恨，那是他想控制也控制不住的。

出征大计已定，接下来的议题是关于驿站扩建事宜。

蒙古帝国的驿站制度始于成吉思汗时代，用以通达边情，布告号令。然而，由于版图的扩大、战线的拉长，原来的驿站制度已不能适应形势发展需要。

使臣往来，路远行迟，常常因此而延误中央命令的迅速传达。

窝阔台首先征询了察合台对于驿站改建和扩建的想法。

察合台说："改建和扩建驿站一事，是利于国家统治的大事，我当然完全支持。回去后，我就着手进行驿站的改建和扩建。我将从封地之首设立驿站，东迎大汗所置驿站，拔都则自他的封地之首设置驿站，西迎我所置驿站。这样一来，从东到西，我们就能建立起一条横贯我国疆域的交通大干道。不过，驿站的改建和扩建，毕竟是一项巨大的工程，每一个细节，比如驿站的路线、地点、编制、设施、纪律、负责人等等所有这些琐碎的事情都不能忽略。"

"你怎么想？"窝阔台问拔都。

拔都回答："二叔所虑甚是。既然说到细节，大汗可否颁布一道圣旨，通令全国各千户遵照大汗的要求，每年一群羊出二岁羯羊一只，一百只羊出一岁羊一只。出骡马，设马夫。派遣马夫、司库、司粮。其次，对于已经勘定的驿站地点能否保证畅通，各千户能否不折不扣地执行大汗的圣旨，尚须派出得力的大臣进行监督和掌管。在此基础上，当驿站创置后，每一站可相应地设置驿马二十匹、马夫二十名。至于驿马、汤羊、乳马、挽牛、驮车等都必须有相应的定数，不可随意更改。另外，对于分派到的任务，完成者予以褒奖。阳奉阴违，偷工减料者，当予以严惩。我打个比方，倘若缺少一条短绳，当割去此人的半片嘴唇；倘若缺少车辐，当割去此人的半边鼻子……惩罚的细则当严格至此。只有赏罚分明，才能确保没有人敢公然违抗大汗的命令。"

"没错，我的想法也是如此。"察合台见拔都说出了自己内心所想，脸上不觉露出欣慰的笑容。

拔都接着说道："为使大汗或诸王的急使畅行无阻，便于办理重要事务，还须从诸王处派出一些急使坐镇驿站，用于联络。一旦驿站制度健全完善，势必增强和畅通统帅部与欧洲、西亚、中亚、南宋、高丽等各条战线的通信联络，及时了解作战情况及送递作战命令。因此，把上述所有细节考虑周全了，即使不能立刻要求面面俱到，也能对随时出现的问题做到心中有数，并找到应对之策。"

贝达尔也补充了一条建议："各千户在出户站和马夫后，要确保户站和马夫的供给，这样道路畅通，沿途就可以不再惊扰百姓。"

窝阔台将他们的建议让负责文书的官员一并记录下来。

大家又对此事讨论了许久，不知不觉地，天色已陷入昏暗。窝阔台命其他人先行离去了，他只单独留下二哥。他准备与二哥安安静静地说上会儿话，然后再派人将二哥送回他自己的住处。窝阔台这样做，一方面是因为二哥很快就要返回封地，一旦二哥坐镇阿力麻里，他们兄弟想要见面就没有那么容易了。另一方面是想通过这种方式，表明他对二哥的尊崇。

察合台几乎是目送着拔都的身影消失在宫门外。

"二哥，你在看什么？"窝阔台奇怪地问道。

察合台似乎没有听见，没做回答。

"二哥？"

陆

察合台这才收回目光，看着窝阔台，微然一笑。

"你在看什么？"窝阔台仍问。

"拔都。"

"看拔都？看他做什么？"

察合台感叹道："父汗在世时，总说拔都是我家的千里驹，诚不谬也。"

窝阔台点点头，注视着察合台，目光微闪。

"你是不是有话想对我说？"察合台敏锐地问道。

窝阔台只笑不语。

"你一定是想问我，我如此憎恶术赤，却为什么总是对拔都赞赏有加？或者，说得更直白点，我为什么从来不肯承认术赤是父汗的儿子，可我从来不曾怀疑过拔都是父汗的孙子？"

察合台这样问，其实并不是为了得到窝阔台的回答。果然，他语气稍顿后，又接着说道："太像了！"

"什么？"

"我是说，父汗和拔都，他们两个人太像了。"

"你说长相吗？"

"不是。准确地说，是禀性，是远见，是智慧，是举手投足间的神似，是为人处事的胸怀。在父汗所有的孙子中，拔都是最像父汗的一个人。看到他，我时常会忘记我对术赤所怀有的成见。"

"二哥。"

"嗯？"

"其实，并不像你自己所认为的那样，你在内心里一直都是承认大哥的。"

"你如何会有这样的想法？"

"那天，你还记得吗？那还是几年前的事情。有一天，从大哥的营地回来了一个蒙古人，父汗向他询问大哥的情况，他对父汗说，大哥身体很好，正与部下纵情游猎。那个时候，父汗以为大哥真的对他存有背叛之心，愤怒之下，要我们立刻点齐人马前去攻打玉龙杰赤。当时，我的第一反应是震惊和惶恐，而你的第一反应，是让手下立刻去抓那个不知怀有什么目的造谣生事的人。这件事足以说明，从始至终，你才是最了解最相信大哥的人。"

"也许吧。谁让我是紧接着术赤出生在这世上的成吉思汗的次子呢？从小，我就能感觉出父汗对术赤的关注，那是无处不在又无所不包的关注，那种关注，甚至使父汗忽略了他还有其他儿女。偏偏术赤做什么都那样出色，让我觉得无法超越。但假如只是如此，还不至于让我对他产生怨恨。事实上，我之所以怨恨他，是因为他对父汗有意地疏远和冷漠。他得到了我最想得到又不可能得到的东西，却随意地丢弃在一边，这才是我怨恨他的真正原因。"

窝阔台注视着二哥，微笑点头。他的感受也许不如二哥那么强烈，不过，记得小时候，他也不止一次为父亲的偏心感到气愤和难过。

察合台想起病重的父亲同他说起术赤的情景，那时父亲说：术赤是他心里的一个结，他甚至怀疑自己是否拥有过这个儿子。父亲的这句话察合台一直记在心里，他不由喃喃地抱怨了一句，"成吉思汗，还真是个偏心的父亲"，抱怨的语气里却流露出对父亲的无尽怀念。

"我们又何尝不是。你和我，不也一样吗？"窝阔台笑着，眼眶已经红了。他急忙移开目光，望着挂毯，借以掩去了眼中的泪光。

"是啊，没错。我们都是偏心的父亲。哪怕南图赣留在了异国的土地，他仍然是我最钟爱的孩子。说真的，直到南图赣离我而去，我才开始理解父汗的偏心。原来，在子女面前，他不是大汗，他只是我们的父亲。"

窝阔台心潮翻滚，默默无言。

没有岁月可以回首，当往事积淀在心头，连痛苦的记忆都变成了异常珍贵的财富。

寂静如风，散开在万安宫的每个角落，这寂静似乎来得突兀，却来得正是时候。

许久，察合台告辞，窝阔台起身相送。在宫外，他看着察合台跨上坐骑，突然问道："你说，假如那个时候，大哥还活着，而我们真的率领军队到了玉龙杰赤，大哥会怎么做？父汗又会怎么做？"

"假如那个时候，我们真的到了玉龙杰赤，假如那个时候，术赤真的还能骑马，他一定会来到父汗面前，自己将脖颈放在父汗的刀下。而父汗，也就名正言顺地见到了他想念已久、整整五年不曾见面的儿子。"

兄弟俩马上马下，彼此相视，都笑了起来。

察合台扬鞭而去。窝阔台目送着他的身影，忍了许久的泪水终于夺眶而出。

此时此刻，他是那么想念父亲，想念大哥。这似乎是上天的宿命，让偏心的父亲失去了自己最爱的孩子。

二哥的心境想必也是如此。

的确，窝阔台没有看到，迎风策马的察合台，此时已然泪流满面。

柒

成吉思汗在完成对天山南北、河中地区和波斯高原的远征之后，将纳入蒙古版图的这一辽阔地区，分封给自己的四个嫡子。

其封地的大致范围是：术赤分得锡尔河与阿姆河的下游地区，以及"蒙古马蹄所到之处"，包括第一次西征期间哲别与速不台远征之地，这后来成为金帐汗国的雏形；察合台分得除畏兀儿国王巴尔术统治地之外的天山南北、中亚河中府及阿姆河以南地区，这是察合台汗国建立的基础；窝阔台分得巴尔喀什湖以东的中亚草原和准噶尔盆地，这是汗位继承人窝阔台的驻牧地，后来，窝阔台之孙海都以此为基础，建立了远比其祖封地辽阔的窝阔台汗国；拖雷依照幼子守灶传统，分得蒙古草原。

成吉思汗虽然离开了人世，他的儿孙们却将他的事业发扬光大。三子窝阔台成为蒙古大汗；术赤之子拔都作为长子远征军的统帅，正式建立了四大汗国中版图最为辽阔的金帐汗国；窝阔台长子贵由继承父位，成为蒙古帝国的第三位大汗，拖雷的长子蒙哥成为第四任大汗；四子忽必烈创建大元帝国；六子旭烈兀建立伊儿汗国。相比较而言，察合台诸子的表现似乎不及术赤、窝阔台、拖雷诸子出色。究其原因，有主观和客观两个方面。主观原因是，当年，察合台的长子南图赣殁于西征战场，除南图赣之外，他膝下最优秀的儿子当属军事指挥才能出众的贝达尔，可是，由于察合台生前已将汗位约定在南图赣一系，贝达尔并没有太多机会在汗国扮演能让他充分施展才华的角色。客观原因则是，察合台汗国占据天山南部和中亚河中地区，这一地区是连接欧亚的陆上交通线——丝绸之路的主要通行路段，得天独厚的地理位置，造就了察合台汗国远比其他汗国发达的经济、文化环境。既然安逸，便不再需要展现的机会。

窝阔台的即位大典结束后，察合台回到封地，设汗帐于阿力麻里境内的忽牙思，正式建立了察合台汗国（1229 年建立，1680 年灭亡，享国 452 年）。为加强对汗国的统治，察合台一方面以严刑峻法治理国家，另一方面接受合赤辉等人的建议，在政治与经济上采取了"清静无为"的治国方略。

轻徭薄赋及鼓励农商皆以法做保障，只经短短一年，察合台就将一个秩序恢复、诸城大治的局面呈现在人们面前。

其时其地，来往于中原与西域的商人、旅行家、使者，但凡接近察合台汗国，在任何一段道路上都无须保镖和卫士，所以，人们流传着这样一种说法："一个头顶黄金器皿的妇女可以不用担心害怕地单独行走。"

国中无事，察合台最关心的，还是如火如荼的中原战局。

窝阔台汗四年（1232）一月，蒙古军在取得决定性的三峰山大捷后，开始围攻汴京。

关于前线的消息，窝阔台总会派人在第一时间通报给远在中亚坐镇的二哥，遇重大的事情，窝阔台也会与二哥商议后再做决定。事实上，在窝阔台统治期间，察合台的地位不只是察合台汗国的君主，更类于蒙古帝国的副汗。

十月，拖雷在封地喝下符水，代兄赴死。拖雷的死讯传来，察合台既为之震惊又感到深深痛苦，他亲自赶回和林参加了拖雷的葬礼。除了这一次，几年后他又带着孙子孙媳回过一次和林，那也是他最后一次回到本土。之前之后，他与三弟窝阔台之间的联系，主要通过书信。

金国亡于窝阔台汗六年（1234）一月。蒙宋联合灭金，由于宋廷背盟之故，蒙宋之间的战争随即拉开序幕。

次年，为在术赤封地重建秩序，窝阔台决定组织第二次西征，察合台派长孙不里和儿子贝达尔随征。窝阔台汗八年，太子阔出在京湖前线病逝，察合台派次子也速蒙哥回国奔丧。

察合台从来没有忘记多年前他在父亲面前许下的诺言，对身为大汗的窝阔台恪守臣礼，忠心耿耿。然而这时发生了一件事，差点造成兄弟间的误会。

无论是在喀喇汗国、西辽、花剌子模还是在察合台汗国统治时期，河中地区历来都被这些国家的统治者视为府库。而此地的绿洲与发达的农业，亦为这些国家提供了稳定的经济来源。

成吉思汗在世时，任命中亚人牙老瓦赤为河中地区行政长官。牙老瓦赤是位优秀的行政管理人员，窝阔台即位后，仍对他委以重任。

察合台回到汗国之初，尚能与牙老瓦赤和平相处，但随着时间的推移，牙老瓦赤所采行的稳妥政策已不能满足汗国的经济需要。而且，牙老瓦赤自恃两代大汗信任，并非事事都与察合台商议，他的独断专行先是让察合台深感不便，接着二人的矛盾开始积累。当矛盾变成积怨之后，性格急躁的察合台一怒之下，于窝阔台汗十年（1238）未经中央允许，擅自解除了牙老瓦赤的职务。

牙老瓦赤为帝国服务多年，如今无端被贬，自然满怀不忿。回到府上，他修书一封，命心腹驰报汗廷，为自己辩冤。

窝阔台素来与二哥感情亲密。当初若非察合台力荐和衷心拥戴，他极有可能与大汗之位失之交臂。这些年，察合台坐镇汗国，也实现了他对两任大汗的承诺：让察合台汗国成为帝国的西部藩篱。但在牙老瓦赤无端被免这件事上，察合台既不报备，又不商议，仅凭意气便对朝廷官员做出处理，这种行为绝对不能得到允许。

站在捍卫国家统一和维护汗权绝对权威的角度，身为蒙古大汗的窝阔台也不能助长这种风气。换句话说，窝阔台绝不能开启各个汗国自行其是之门，哪怕是缝隙，也将成为国家分裂的前兆。因此，窝阔台在仔细思考之后，并未直接指责兄长的不当行为，而是立刻做出如下决定：调牙老瓦赤升任中都城总管，遣牙老瓦赤之子马思忽惕接替了他父亲的位置。

马思忽惕赴任之初，按照窝阔台的嘱咐，先来到察合台的汗帐，参拜后向察合台呈递了汗廷的两张任命状：一张是关于他父亲的新任命，另一张是关于他自己接替父位的任命。虽然从始至终窝阔台都没对兄长说一句责备的话，拿到任命状的察合台却不免惕然心惊。他略一思索，命侍卫陪同马思忽惕去见牙老瓦赤，说他明日将设宴为牙老瓦赤钱行，同时为马思忽惕接风。马思忽惕离去后，他急忙上书大汗，自责行事莽撞，表示愿意接受大汗处罚。

第二天，察合台果真在汗帐款待了牙老瓦赤父子。酒宴的气氛还算融洽，大家都绝口不提彼此间发生的不快，察合台勉励父子二人继续为帝国效力，牙老瓦赤也叮嘱儿子以后凡事要多奏请察合台汗。酒宴即将结束时，察合台问牙老瓦赤什么时候动身去首都拜谒大汗？牙老瓦赤说他明日启程，察合台便托他将书信转交大汗。

不久，牙老瓦赤在拜见窝阔台大汗时呈上书信，窝阔台心里多少有点不安，急忙展信阅读。

察合台的信不长，只有一页纸：

臣叩拜蒙古窝阔台大汗：

父汗西征之时，牙老瓦赤多有助力，以大功被父汗委任为河中地区行政长官，今已十数载。自臣回镇西域，谨记大汗嘱托，丝毫不敢懈怠。然臣之治国理念，与牙老瓦赤多有不同，时日越久，难免感到掣肘之不便。臣于烦恼之时，不及周密考虑，再显急躁本性，未向大汗请示，擅自解除牙老瓦赤职务，此乃臣之大不是，倘若大汗降罪，臣甘愿领受，绝无怨言。牙老瓦赤虽与臣不睦，但此人确有才能，今大汗委以新职，诚是也。

俟马思忽惕赴职任上，臣将视其为大汗使者，凡事皆与沟通，无法裁断者，上奏大汗知之，候大汗明断。

莽撞轻率之过，臣已警悟，伏望大汗察之。

窝阔台汗十年臣察合台写于阿力麻里

察合台的性格，窝阔台比任何人都了解。父亲在世时，对他这个次子的倔强就无可奈何。若非察合台真心认错，任何人都不可能强迫他违心地说出道歉的话来。自从成为汗国之主，察合台的性格变得大度和沉稳了许多，也日渐表现出睿智和灵活的一面。特别是他对大汗权威的维护，窝阔台一清二楚。平心而论，牙老瓦赤的事刚刚发生时，窝阔台对二哥的不智行为也的确产生过抱怨，更担心他处置不当会引起二哥的不满。但此刻他明白他多虑了，二哥永远是那个处处维护他，对父亲创建的事业无比忠诚的兄长。他有这样的哥哥，是他的幸运，更是帝国的幸运。

牙老瓦赤一直注意观察着窝阔台的表情，见窝阔台的眼中似有泪光闪动，他急忙问道："大汗，察合台汗怎么说？"

窝阔台将信递给牙老瓦赤，牙老瓦赤匆匆浏览了一遍，又将信还给窝阔台。他简短地说了一句："察合台汗，真君子也！"

这是牙老瓦赤发自内心的感叹。如果说，在离开阿力麻里时他的内心还残留着一些阴影和不快，那么此刻，一切阴影与不快都在这声感叹中烟消云散。

"大汗要回信给察合台汗吗？"

"当然，回信就由你代笔吧。"

"是，臣借大汗笔墨一用。"

牙老瓦赤代写的回信极其简单，只有一行字：汗国之事，哥哥有权处置。

窝阔台看毕，与牙老瓦赤会心而笑。

捌

不久信使抵达阿力麻里，察合台接过圣旨，一眼便认出牙老瓦赤的笔迹。见大汗用这样一种方式表达了对他的宽容与理解，察合台越发觉得过意不去，急忙在中亚征集了一百匹骏马，命合赤辉亲自护送回国。

合赤辉是开国名将、"四杰"之一博尔术的长子，因察合台与合赤辉友谊深厚，第一次西征结束后，察合台向父亲请求，让合赤辉随侍在自己身边。汗国建立后，他又将合赤辉任命为大断事官。

此番，察合台安排合赤辉护送骏马，也是一番体贴之意，他的真实想法，是希望合赤辉趁此机会回本土探望一下阔别已久的亲人。

兄弟间可能产生的隔阂，帝国与汗国之间由于利益分配可能产生的裂隙，终因兄弟二人对彼此都能充满体谅、忠诚和信任而消弭。

察合台执法严明。合赤辉担任大断事官期间也发现、举荐和任用了一批干练的执法官员，这是汗国秩序井然的保证。

合赤辉有个性与他父亲博尔术非常相似：忠诚、细致、敏锐，既有远见，又有头脑。他曾是成吉思汗麾下一名杰出的将领，第一次西征中，他率领的第三军虽然只有区区五千人，却一路攻城略地，所向披靡。当合赤辉成为察合台汗国的大断事官后，以他为主导侦破了许多案件，这让他被人们视为神探一样的人物。然而，有这么一个案件，合赤辉始终无法将其侦破，这件事固然令他不能释怀，更让他愧疚的是，这个案件的受害者，还是他的一位朋友。

这个案件，其实与一个老掉牙的故事有关。

从西方到东方，从古代到今天，这个故事总要在不同的时间、不同的地点，以不尽相同的方式上演着。

所以，人们常常会产生这样的疑问：究竟是人们模仿故事制造了事件，还是人们根据事件编撰了故事？

而且，相似的故事有着相似的过程，却未必有着相似的原因，甚至还可能有着完全不同的结局。

当这个不新鲜的故事再次变成现实时，地点已变成了喀什噶尔，而时间变成了察合台汗国建立后的第五年（1234 年）。

故事的主角名叫萧乌沙。

萧乌沙随父亲降于西辽国被蒙古征服之时。萧父因有理财之能，被成吉思汗委任为喀什噶尔的财税官员，萧父去世后，萧乌沙继承了父亲的位置。察合台建立汗国后，他继续在汗国得到重用。

喀什噶尔城东，萧家有一处祖先传下来的庄园，早先没有名字，人们皆称之萧家庄园。萧乌沙入朝为官那一年，妻子梦佛灯入怀，自此怀上身孕。后来，妻子诞下一个女儿，萧乌沙为女儿起名玉奈，同时将庄园命名为"佛灯庄园"。

萧家从先祖到祖父，再到父亲，世代经商，家境殷实。美中不足的是，萧家世代单传，到了萧乌沙这一辈，妻子倒先后为他生下两个儿子，但不知道什么缘故，这两个儿子都是在长到十二岁的那年暴亡。后来，直到人过中年，妻子才又为他生下一个女儿，这个女儿便是玉奈。

玉奈五岁时，萧妻病故，八岁时，萧乌沙为给萧家传宗接代，又纳一房小妾。小妾入府时年方二九，而萧乌沙已年近半百。

玉奈从小被父亲当作男孩子一样养大，她也继承了先祖遗风，精于骑射，尤擅驯马，在喀什噶尔，许多人都以为玉奈是萧府公子。

玉奈年纪虽小，却不苟言笑，深沉庄重，另外，她智力过人，事亲至孝。父亲十分喜爱她，遇事常与她商议，甚至包括自己准备纳妾，再为玉奈添个弟弟或妹妹，他也没有瞒着女儿。

小妾名叫阿丽纳，喀什噶尔本地人，因家境贫寒，被父母许给萧乌沙为妾。初过府时，阿丽纳与玉奈倒也能和平相处。第二年，她为萧乌沙生下一个儿子，萧乌沙大喜过望，于儿子周岁时举行大礼，正式将她扶为正室。随着地位稳固，阿丽纳与玉奈的关系渐渐变得紧张起来。

本来，女儿终究是别人家的人，阿丽纳不必太在意，等着玉奈出嫁就好。可她不能不在意，这是因为，玉奈发现了她的一个秘密。

这个秘密就是前面说的那个老套的故事：男主人在外为官，经常不归，不甘寂寞的年轻妻子与正当壮年的管家有染，却被男主人的女儿撞破奸情。年轻妻子担心男主人的女儿将她的丑事说出去，管家却想财色皆收，于是这二人一拍即合，预谋杀害男主人和他的女儿。

悲剧发生在萧乌沙从汗都回到庄园的那个晚上。

玉奈体恤父亲，再说继母毕竟为父亲生了个小弟弟。她并未打算将继母与管家的奸情告诉父亲，她只是想找个借口，让父亲撵走管家。不过，考虑到父亲刚刚回家，她打算第二天再向父亲提及此事。

深夜，一群蒙面强盗闯入萧府，他们将所有下人捉起来捆绑结实，关进偏房，接着杀害了被院中响动惊醒、走出房间正欲查看情况的萧乌沙，之后，他们把能看到或找到的所有金银珠宝洗劫一空，迅速撤离。

第二天一早，阿丽纳来到偏房，放出了所有被关押在这里的萧府家人，她哭哭啼啼地告诉大家：丈夫被强盗杀害，要管家速到官衙报案。

管家问："小姐如何了？"

阿丽纳这才想起，她竟忘了查看玉奈的情况。大家跟着她来到玉奈的房间，却发现玉奈已然不见踪影。

汗廷的财税官员被杀，萧家庄园遭劫，这是一桩大案。负责刑狱的官员急忙带着一干衙役前往庄园勘查现场，结论是匪徒洗劫萧府，图财害命。可究竟是哪路匪徒所为，因当时天色已晚，这些匪徒又以黑巾罩面，没有一个人看清他们的真面目。至于夫人阿丽纳，据她的供词，她只看到丈夫一开门就被匪徒割断喉咙，当即吓得昏死过去，等她苏醒过来，已是第二天早晨。她强撑着出来查看情况，听到偏房里有响动，才将大家放了出来，她也没看到匪徒的长相。

无论是询问还是检查，均未获取一条有价值的线索，这使案情调查迅速陷入僵局。

萧乌沙与合赤辉同殿为臣，二人私交甚好。如今，尚在任上的官员被强盗杀害，这个案件轰动一时。合赤辉亲自出兵调查无果，又派出几路人马追查劫匪踪迹，可察合台汗执法严明，在他的统治下，汗国境内几无匪徒出没，喀什噶尔更是多年盗贼绝迹，衙役们茫无头绪，无从查起。

萧府家大业大，虽说遭逢大难，尚不致伤筋动骨。阿丽纳在家仆的帮助下，安葬了萧乌沙。此后一年，阿丽纳撒出人手，多方打听小姐玉奈的下落，生要见人，死要见尸。然而，一年下来，玉奈像那些劫匪一样，消失得无影无踪。

萧府的两位公子都在长到十二岁时亡故，玉奈下落不明时也是十二岁，人们私下里都在议论，萧府一定是中了什么诅咒，否则为何接连三个孩子都活不过十二岁？当时间一天天过去，人们慢慢淡忘了萧府的命案。

萧乌沙不在人世，萧府的产业自然由他的夫人阿丽纳掌管。她很有头脑，萧乌沙在世时，将果园、布庄、酒肆都交给可靠的人打理，这些人阿丽纳依然留用。至于府中诸事，也被她安排得井井有条。

她发给管家薪水。如今，没有了障碍，她对管家反倒日渐疏远。管家几次提出让阿丽纳改嫁于他，阿丽纳都好言安抚，让管家等等再说。她的借口是，玉奈生死不明，随时对他们都是个威胁，万一哪天玉奈出现，而她又嫁给了管家，只怕真的会坐实她与管家合谋杀害萧乌沙的罪行。

管家想想不无道理，只得作罢。

过了两年，为了让管家死心，不再纠缠自己，阿丽纳又筹资开了一家布庄，她让管家成为布庄的老板。布庄在名义上还属于萧府产业，实际上，按照阿丽纳与管家的协定，布庄已成为管家的私产。

管家与阿丽纳既有过一段私情，又需要共同保守的秘密，特别是这秘密一旦被官府查知，他们二人都将死无葬身之地。为了不被法律追究，管家纵然色胆包天、利欲熏心，行事还算得上谨慎，与阿丽纳也能相安无事。

此后，阿丽纳再未改嫁，她尽心抚养儿子，管家却已娶妻生子。这期间，玉奈依旧杳无音信，到最后，连阿丽纳也开始相信坊间的传言：玉奈遭到匪徒劫持，早就死于非命。人们说，萧府有个魔咒，所有的孩子都活不过十二岁，这让她不免担心起儿子的命运。她虽与管家合谋杀害了丈夫，不过，她是个智量过人的女子，也很会做事，除此之外，她绝对是个慈祥的母亲。

就是这么个老掉牙的故事引发的案件，可惜身在故事之外的合赤辉对其中的细节一无所知，若他知道，可能早将凶手绳之以法。

玖

驯马，永远都是强者的游戏。

从这匹黑色的野马第一次出现在自家马群中的那一刻，哈剌旭烈就注意到它了，并且立刻产生了征服它的欲望。

一次次地追逐，一次次地甩出套马杆，这匹马却是左冲右突，它的速度、力量和灵活确保它一次次化险为夷。它像故意逗弄哈剌旭烈一般，并不惊慌逃跑，可它也绝对不给哈剌旭烈机会，就算哈剌旭烈有一次侥幸套住了它，仍被它设法挣脱了束缚。

无数次的失败令哈剌旭烈心头火起，他向这匹马举起了弓箭。黑马或许尚未感受到危险，仍在哈剌旭烈的视线内狂奔。哈剌旭烈犹豫了片刻，又将弓箭收了起来，他决定无论如何要将这匹马收服。

这是一匹骄傲的马，但哈剌旭烈比它更骄傲。

他向黑马追去。几乎同时，斜刺里冲出一匹草黄马，也向这匹黑马追去。与哈剌旭烈相比，这位驯手的速度更快，他赶上了黑马，向黑马抛出了套马杆。

套马杆稳稳地套住了黑马的脖子。这一手使出，已令哈剌旭烈对他刮目相看。

哈剌旭烈勒住坐骑，怀着莫名的心情，静观此人驯马。

黑马被套，前蹄高高抬起，愤怒地长嘶一声。接着，它开始激烈地挣扎起来。刚才，哈剌旭烈就因为黑马的挣扎导致套马杆滑出，他见驯手似乎开始坐不住马鞍，一颗心不由得提到了嗓子眼里。

黑马继续挣扎，驯手的身体也随着黑马的挣扎而摆动，很快，哈剌旭烈发现了一个秘密，驯手身体的摆动不是因为他力气欠缺，而是他在借力使力，或者说，驯手用的根本就是巧力。

黑马无论如何挣不开套马杆，它挣扎得越久，越感到筋疲力尽，大约半个时辰后，它前蹄微微一塌，脖子一垂，打了个响鼻，认输了。

驯手撤了套马杆。哈剌旭烈有点不甘，可惜这么好一匹马，归了别人。

咦？不对。驯手撤了套马杆后，并没有将黑马带走的意思，他催动坐骑，正欲离去。

"唉，你……"

驯手回头看了哈剌旭烈一眼。

哈剌旭烈没想到，这位让他敬佩的驯手，只是一位十六七岁的少年。少年的五官长得十分端正，就是肤色太黑，要是白净些，想必他的容貌相当清秀。

"你……这马……"

少年什么也没说，又要离去。

"等等，你别走！"哈剌旭烈犯了倔脾气，拨马挡住了少年的去路。

少年哭笑不得地看着他。

"你驯了马，怎么不带走？"

少年反问："我为什么要带走？"

"你会说话啊？"哈剌旭烈惊道。

少年不屑回答。

"这马你怎么不带走？你不带走驯它做什么？"哈剌旭烈执拗地问。

少年瞥了哈剌旭烈一眼，避开他，扬鞭而去。

哈剌旭烈被少年眼神中流露的轻蔑激怒了，他拔出宝剑，追了上去："不许走！你在蔑视我吗？今天，你必须胜了我手上的宝剑，否则，我……我杀了你！"

少年也不说话，只在前面策马奔驰。

哈剌旭烈在后面穷追不舍。

侍卫们一开始还在看热闹，见哈剌旭烈真的追了下去，怕他出危险，急忙跟上了他。正巧，察合台刚刚送别汗廷使臣回营，恰好看到这一幕，他担心孙子出危险，也拍马跟在侍卫后面。

少年被哈剌旭烈追得心烦，猛得勒住坐骑。随即，他将套马杆挂在马侧，调转马头，向哈剌旭烈抛出了套绳。他不光套马杆使得一绝，套绳同样使得娴熟无比，哈剌旭烈还没明白过来怎么回事，就被套绳套住了身体。

少年算手下留情了，没有十分用力，等哈剌旭烈的坐骑停下来，他才撤去套绳。这是他对哈剌旭烈的警告，他希望哈剌旭烈适可而止。

不料，他的这个举动更加激怒了哈剌旭烈。哈剌旭烈挥剑冲向少年，少年再次向他甩出了套绳，这一次，少年对准了他的手腕。少年的套绳如同长了眼睛，而且速度奇快，不是早有准备，根本来不及躲避。不仅如此，少年的套绳也是特制的，可松可紧，他用力一扯套绳，哈剌旭烈手中的剑便飞了出去。

哈剌旭烈两次三番地遭到少年戏弄，简直快要气疯了，他不顾自己的手腕还被拴着，嘴里"呀呀"叫着，催马冲向少年。

少年跳下马，镇定地迎视着他。

人急无智。见少年跳下马背，哈剌旭烈跟着跳下马背，结果他双脚尚未站稳，被少年一扯，顿时摔了个五体投地。

哈剌旭烈一时间动弹不得，少年正要过去看看情况，耳边忽听一声断喝："站住！"

少年抬头望去，只见察合台一马当先，其余侍卫紧随其后，他们举起手中弓箭，正对着少年。

少年的脸上不见丝毫畏惧，相反，他嘴角一动，倒是露出一丝苦笑。

哈剌旭烈从地上爬起来，将身体飞快地挡在少年面前。

"你们都给我放下弓箭。"他喊道。

然而，没有人想要服从他的命令。在察合台汗国，大家只听从一个人的号令。

察合台担心少年伤害孙子，向哈剌旭烈喊道："快过来！"

哈剌旭烈却不肯挪动身体，"祖汗，你让他们放下弓箭，不要伤害……我……我的……朋友。"

少年惊讶地看了哈剌旭烈一眼。哈剌旭烈离他很近，但他并没有借哈剌旭烈保护自己的念头。对他而言，能活着，他会活着；不能活着，他愿意接受任何死亡的方式。

"你的朋友？你们认识？"察合台催动马匹，来到离孙子只有几米远的地方才停下来。他瞟瞟少年，以一种好笑的口吻问。

"当……当然认识。"

"哦，你朋友叫什么名字？"

"他……"

哈剌旭烈差点咬住了舌头，他压低声音向少年询问："你叫什么名字？"

少年根本不予理睬。

没办法，哈剌旭烈只好胡乱回答："他叫……叫哑巴。"

"哑巴？"

"啊。"

"他不会说话吗？"

"不是。他不喜欢说话，所以……大家都叫他哑巴。"

"这么说，你们刚才整的这一出是在闹着玩儿了？"

"对……对呀。"

察合台摆摆手，侍卫们这才将弓箭放下了。趁着这个机会，哈剌旭烈对少年说："你先走吧。我的名字叫哈剌旭烈，就住在你驯马附近的帐子里，我那里还有一匹性子很烈的马，没有人驯得了。你要不服气，可以过来试试。"

少年不置一词，翻身跃上马背，绝尘而去。

哈剌旭烈目送着少年远去的身影，心中仍在诧异，这个远远算不上强健的少年，怎么会有那么大的臂力和腕力？不，说他力量惊人也不全对，刚才看他驯马的过程，他用的似乎不全是蛮力，而是一些巧劲。

假如以后有机会切磋，他一定得弄清楚他是怎么做到的。

察合台举了举马鞭，"上马，跟祖汗回去！"他对孙子说。

哈剌旭烈不敢违逆，跳上坐骑，乖乖地跟在祖汗身边。一路上，他想着自己的失败和少年的敏捷，既不服气又有几分失落。尤其，他想起少年蔑视的目光，仍旧感到怒不可遏。他一定要与少年一决高下，但这是两个男人间的对决，他不需要别人的帮助。他只顾想着心事，祖汗跟他说什么，他全没听在心上，只是嗯嗯啊啊地敷衍着。终于，察合台看了孙子一眼，摇摇头，宽容地笑了。

第五章　桃花面玉人剑

壹

在长子南图赣留下的四个儿子当中，哈剌旭烈排行第二，是相貌和个性都与其父比较相像的一个。正如察合台本人对三弟窝阔台所承认的那样，他是个偏心的父亲，他最钟爱最看重的孩子始终是长子南图赣，而且这种感情终其一生不曾改变。自南图赣殁于第一次西征的战场，他并没有打算让其他儿子继承汗位，他早做出决定，要将汗位留给南图赣的儿子们。至于是谁，他正在选择。

最初，他对长孙不里寄予厚望。

不里与窝阔台汗的长子贵由交厚。西征期间，他一切唯贵由马首是瞻。本来察合台以不里领长子西征军，是想锻炼不里，将来让他继承汗位，但不里的表现让他大失所望，这之后他开始属意次孙哈剌旭烈。

哈剌旭烈继承了父亲的宽仁大度，唯与其父相比，性格失于优柔寡断。要是将汗国交在哈剌旭烈的手上，同样也有不尽如人意的地方。权衡利弊得失，察合台还没有最后拿定主意。

哈剌旭烈丝毫不知道祖父的打算。他自幼娇生惯养，喜欢寻求刺激，他的马上功夫不及大哥不里，可他一直酷爱驯马。他对少年的包容，说到底是出于对一个谙熟此道的驯马者的敬重，尽管少年驯服了他无法驯服的马匹让他颜面扫地，同时却获得了他的真心钦佩。

刚才，若不是祖父在场，他或许还会缠着少年与他决斗，这一方面是因为他确实想在刀剑上与少年决出高下，找回点自尊，另一方面则是想借机探听出少年的底细。比如，他叫什么名字？住在哪里？他的驯马功夫是自己琢磨的，还是受人传授？总之，诸如此类，等等等等。

遗憾的是，他未能如愿，他只能祈望少年再一次出现在他的眼前。

少年驯服的黑马已被侍卫们配上鞍鞯，马不是哈剌旭烈自己驯的，他看着就来气，索性顺水推舟，将黑马献给了祖父。察合台不知道此前哈剌旭烈驯马的事，也不知道他与那个孩子发生冲突的原因，他看到的过程，只是爱孙在追赶那个孩子。既然这是爱孙的孝心，而这匹黑马又是一匹罕见的宝马良骥，他便欣然接受了。

此后的生活对哈剌旭烈来说是一如既往的平静。哈剌旭烈曾经盼望少年过来找自己，少年却仿佛从这个世界上消失一般，自那一日起再未出现。转眼一年过去，哈剌旭烈从期待到失望，渐渐地，也就将少年抛到了脑后。即使少年的身影偶尔会在他的脑海里闪过，那也是在他驯马遇到麻烦的时候。

夏天到来，哈剌旭烈接到姑母邀请，前往姑母和姑父的驻牧地做客。哈剌旭烈的姑母是察合台的长女，南图赣的胞姐，察合台将她嫁给了当年父亲成吉思汗赐给他的四千户中弘吉剌部的一位首领。

既是察合台汗的女儿，自然就是汗国公主。公主十分疼爱哈剌旭烈，每年都会邀请侄儿来自己的营地小住一段时日。

像往常一样，夏天的中午相当炎热，大家吃过饭，各自回去午休。哈剌旭烈睡了一会儿就起来了，他想找个僻静点的海子游上一会儿泳，消消暑热带给他的烦躁。

明天，他就要告辞姑母，返回汗营。祖父昨天派人送来消息，这一次，祖父要求二叔也速蒙哥和他一起押送贡马，前往和林。

他偷偷地溜了出去。他要游泳，可不想让别人跟着。

出了营地，正往前走时，他突然看到一个骑在马上的身影。他以为自己被太阳晒花了眼，急忙合目凝神。等他重新睁开眼睛，定睛望去，那个身影依旧在他的前面晃动着，而且那有些瘦弱的背影让他觉得似曾相识。

他想起了一个人。从想起到确定，只不过一眨眼的工夫。这意外的巧遇让他欣喜若狂，他正想上前叫住他，转而又改变了主意。他想看看这个人要去哪里，于是不紧不慢地跟了上去。

被哈剌旭烈跟上的人不是别人，正是与他有过一面之缘的少年。

少年策马向山间驰去，他没有发现，有一个人正悄悄地跟在他的后面。

前面有一片密林挡路，少年跳下坐骑，牵马走了进去。穿过密林，面前赫然出现了一个不算太大的海子，水面清澈明净。

少年向四周张望了一下，见没有人，开始褪去身上的衣服。哈剌旭烈躲在岩石的后面，心中暗自好笑，他想，待一会儿，等他"不经意间"出现在少年面前，少年的脸上该是怎样的一副表情？

终不成，还是冷若冰霜？或者，恼羞成怒？

他怀着恶作剧的心理从岩石后探出头来，随后，他目瞪口呆。

少年赤裸的身体出现他的面前，不，这哪是少年，分明就是一位身材凹凸有致的妙龄少女。

这是怎么回事？少年如何会变成少女？

哈剌旭烈滑坐在岩石后面，脸色阵红阵白。他使劲抓住了胸口的衣服，一颗心跳得好似马上就要冲出喉咙。

他真的不明白，那个驯马的少年，怎么竟会是一位少女？而且还是这样一位芳兰竟体、肤白胜雪的少女。

对于发生在喀什噶尔的那个故事，哈剌旭烈一无所知，即使他知道，他也不可能猜到少年其实正是女扮男装的玉奈。

几年前，玉奈从家中逃走，自此踪迹皆无。到玉奈因驯马与哈剌旭烈相识，这中间发生了许多事情，而这些事情，玉奈终其一生，从未向除察合台汗还有继母阿丽纳以外的任何人提及。

特别是哈剌旭烈，在玉奈心中，比她年龄只大两岁的哈剌旭烈，根本就是个大男孩而已。

当然，所有这些在目前还是后话。

玉奈沐浴的地方，是一处隐秘的所在，在密林之后，人迹罕至。

玉奈打猎时发现这里有一处泉眼，清泉涌出，在山石间形成泉池，泉水微冷。那以后，她每隔一段时间都会来这里沐浴，她想借微冷清澈的泉水，洗去郁积在心头的悲哀以及复仇的欲望。

头顶，宝石一样碧蓝的天空，正俯视着苍茫的林海、清澈的泉水。远处，是终年不化的雪峰，有两处晶莹的泉池，静静地卧在天地之间。从泉眼不断涌溢的泉水，在它的周围圈出细密的水波，水波倒映着苍松翠柏、蓝天白云，为周遭的静谧平添了几分灵动的气息。

泉池四周，不知名的小花正从绿草丛中探出头来，娇俏地摇摆着身姿，将硕大的绿毯点缀得五颜六色。泉水汩汩流动的声音，清风拂动枝叶的声音，色彩斑斓的鸟儿相互应和的鸣叫，温柔地扣动着人们的心弦。

泉池的池壁有些粗糙，当泉水流动其间，却又带给人几分绵柔的错觉。

哈剌旭烈生怕被少年，不，少女，看到他在这里，他相信，若被少女发现他看到了她裸露的身体，她一定会羞愧难当，另一个可能是，自此将他视为仇敌。

贰

哈剌旭烈不知道自己是如何熬过了这段时光，等少女回到岸上，开始穿衣服时，他终于忍不住从岩石后探出头来，向少女这边张望了一眼。少女的动作很麻利，已然穿戴整齐，此时，她正往脸部、脖颈和手背上涂抹一种药膏，抹完后，裸露的皮肤重又变成晒黑的颜色。

细心地做完这件事，她牵着马，依原路返回。哈剌旭烈身不由已地跟上了她，他想看看她住在哪里。

他的脑海里不断浮现出少女像玉兰花一样洁白细腻的身体，这桩意外和视觉上的冲击对他造成了不小的影响，他出现了中暑的症状：全身酸软，口渴恶心，头疼欲裂。小的时候，他中过暑，了解那种痛苦的滋味。

原来，少年的住处是在姑母姑父家的牧马场，她一个人住在牧马场旁边一座小小的蒙古包里。

确定了这一点，哈剌旭烈回到自己的帐子。他一进门，就倒在床铺上，直到傍晚姑母亲自过来唤他去吃晚饭时，才发现他脸色焦黄，全身是汗。

"我的宝贝，你怎么了？生病了吗？"姑母坐下来，抓住他的手，吃惊地问。哈剌旭烈的手心滚烫，全身却是汗涔涔的。

可明明中午的时候，这孩子还是好好的呀。

哈剌旭烈眼睛望着姑母，有气无力地说道："姑母，我好像中暑了。"

"你中午出去了？"

"是啊。"

"你这孩子，为什么不早点派人告诉姑母呢？姑母以为你在午休，才没过来打扰你。"她说完冲外面喊了一声："来人哪！"

侍卫应声而入。

"去请大夫来。"

侍卫答应着，退了出去。

姑母让侍女去打了盆新汲的井水来，亲自为哈剌旭烈擦拭着额头和脖颈。哈剌旭烈突然想起少女往脸上和脖颈处涂抹药膏的情景，心脏又是一阵激跳，原本蜡黄的脸上也涨满了红潮。

"孩子，你很不舒服吗？"姑母见他神情异样，担心地问。

"没有，就是身上一阵一阵地发热。"他说的未尝不是实情。

"中了暑气的确会有这样的症状。要不，明天你别走了，在姑母这里养好身体再回去。贡马让也速蒙哥去送好了。"

哈剌旭烈犹豫了一下。他心里有了记挂的人，原也不想出这趟远门，可留在姑母营地，他又害怕面对少女。万一不巧遇上，他都不知道是要把她当成少年，还是当成少女？思前想后，他摇摇头："不行，我得回去，要不祖汗会担心的。吃过药，再睡一觉，就不妨事了。"

姑母仍不放心："这事不忙决定，还是等明天一早再说吧。"

姑母吩咐侍女再去换一盆新水来，哈剌旭烈心里斗争了好一会儿，到底忍不住问道："姑母，在你家的牧马场，是不是有一个很会驯马的……小伙子？"

姑母想了想："莫非，你说的人是玉奈吗？"

玉奈这个名字，在察合台汗国并不多见，一般情况下，多是男孩子才会起。

"玉奈？您说他叫玉奈？"哈剌旭烈权且用了"他"。

"对啊。你们认识？你不知道他叫什么？"

"算不上认识，我只知道他很会驯马。"

"的确，他驯马相当有一套。你姑父说，他随你祖汗出生入死这么多年，还从来没见过像玉奈一样善用巧力驯马的人。"

知道少女的名字叫玉奈，又能跟姑母谈论她，哈剌旭烈的精神顿时好了许多。他一骨碌坐了起来，头也没方才那么疼痛了。

"她……他怎么会住在姑父的牧马场？他多会儿来这里的？"

"你好像对他很感兴趣。"

"姑母您了解我，我没别的爱好，就是喜欢驯马。如今碰到……当然……"他故意说得模棱两可。

侄儿酷爱驯马倒是真的，公主也不疑有他："难得看到你对谁这么有兴趣，想来也是这个原因。说起来，那是两年前的事情了，有一天你姑父打猎回营的时候把这孩子带了回来。你也知道，你姑父打猎的地方经常会有野马出没，当时，这孩子很漂亮地驯服了一匹乳白色的马，那可真是少见的宝马，对了，它就是你祖汗现在骑的策根。你姑父见他身手了得，十分中意，问他是否愿意跟自己回营？他说，只要你姑父答应他一个条件，他愿意考虑你姑父的提议。"

"哦？那是什么样的条件。"

"他说，若是你姑父同意在牧马场单独赐给他一座蒙古包，让他一个人居住，他就可以跟你姑父回去。"

哈剌旭烈心想，她是个姑娘家，难怪要一个人住。

"我姑父一定答应了？"

"当然。这算什么要求啊。"

"他是哪里人？以前做什么的？他怎么会是一个人呢？他是孤儿吗？"

"不清楚。这孩子性格古怪，几乎很少与人来往交谈，大家都把他当成哑巴。对于他的身世背景你姑父也不了解，不过啊，这两年下来，姑母看得很清楚，这孩子怪是怪了点儿，人品绝对没问题。"

哈剌旭烈对玉奈——现在，他知道她的名字叫玉奈了，只是不知道这是不是她的真名——这个像谜一样的少女更加产生了探究的兴趣。

姑母见哈剌旭烈说起玉奈，精神似乎好了许多，遂含笑问道："你又是怎么认识玉奈的呢？"

哈剌旭烈便将一年前玉奈帮他驯服黑马的事告诉了姑母。

"这么说，你祖汗现在骑的策根和哈日都是玉奈所驯？"

"是啊，这也算奇事一桩，不过祖汗到现在还不知道呢。"

"当时，你就没问问玉奈的名字吗？"

"他怎么可能告诉我呢！他骑着马，转眼就不见了，我约他来找我，他也没来。若不是……"哈剌旭烈欲言又止。

"唉，这孩子性格孤僻，跟他交流的确不容易。你若想见他，姑母可以让人把他带过来。"

哈剌旭烈吓了一跳，想起他发现玉奈秘密的那一幕，他实在没有勇气面对她，"不，不啦，不要啊！"

"为什么不要？"

哈剌旭烈抱住脑袋，重又倒在枕头上，"我头疼，我头好疼！"

姑母大惊失色，"我的宝贝，你不要紧吧？你别吓姑母啊。大夫呢？大夫还没到吗？来人哪——"

侍女进来了："公主，大夫求见。"

"求见什么！快让他进来！"

大夫进帐，仔细给哈剌旭烈做了检查，最后，他让哈剌旭烈伸出舌头，看了看，他的脸上露出大惑不解的神情。

哈剌旭烈看似中暑的症状，却并非中暑所引起，要说这位小王子的病，还真是有些蹊跷……

"怎么样？要紧吗？"公主问。

"噢，不要紧。小王爷的确有中暑的症状，只是……嗯，在下这就去给小王爷配几服药来，小王爷喝过后，好好睡一觉，明天应该就没事了。"

"好，那你快去配药，别耽搁。"

"是。"

哈剌旭烈没胃口，晚饭也没吃，服过药便睡了。早晨，他的头疼好了一些，遂向姑母、姑父告辞，回转汗营。

大夫给哈剌旭烈开了几天的药，吩咐他路上服用。哈剌旭烈没吃，回到汗营后，他因为腹泻病倒了。

腹泻原也不算多么严重的病，察合台开始并未当回事。他交代汗廷御医好好为孙子诊治，至于出使汗廷的任务，他交给了也速蒙哥和另外一个孙子帖散笃哇。帖散笃哇是南图赣的三子，哈剌旭烈的三弟。

也速蒙哥和帖散笃哇出发后，察合台抽空来看望孙儿。他发现短短几天，孙儿明显消瘦了一圈，人也变得十分虚弱。察合台不由担忧起来，叫来大夫询问，才知道孙儿的主要问题是吃不下东西。

大夫虽然给哈剌旭烈开了增进食欲的药，可他仍旧茶饭不思。

叁

察合台有点疑惑，哈剌旭烈从女儿、女婿的营地回来就开始生病，难道是在那里吃了什么特殊的东西以至于吃坏了肚子？他派人前去询问，结果公主让先前那位大夫跟父亲的侍卫一起回到汗营。公主的想法很简单，这位大夫给哈剌旭烈看过病，应该知道哈剌旭烈的病因在哪里。

大夫再次给哈剌旭烈做了检查，却没有立刻开出药方。察合台还在等他的汇报，大夫出来后，察合台的侍卫将他带到了大汗营帐。

大夫正欲见礼，察合台摆摆手，让他站着回话就好。

"你给旭烈看过了？"察合台问。在家里，大家都喜欢把哈剌旭烈称作"旭烈"。

"是，大汗。"

"那孩子得了什么病？他吃不进去饭，是肠胃出了问题吗？"

大夫犹豫着，没有立刻回答。

"难道是怪病不成？"察合台问，心里的担忧又增加了一层。

大夫跪倒了，"臣实在不知该如何对大汗言明……"

察合台性急，责备道："你有话但说无妨，别吞吞吐吐的。"

"是，臣遵命。其实，臣第一次给小王爷诊治时，就发现小王爷并没有得病。"

察合台一愣，"你这话是什么意思？"

"恕臣直言，小王爷得的，恐怕是心病。"

"心病？"

"是。"

"什么样的心病？"

"这……这臣就不得而知了。大汗，心病还须心药治，只有小王爷解开心结，他的病才能痊愈，否则，任何药物对他都不起作用。"

察合台深思片刻，摆摆手："我知道了，你先下去吧。"

大夫施礼退下。

察合台吩咐厨房烙了几张孙子平常最喜欢吃的馅饼，然后亲自将晚饭送到孙子的寝帐。

哈剌旭烈正躺在床上发呆。这些日子，他不吃东西也不觉得饥饿，他就是心里闷得发慌，头也晕沉沉的，提不起一点精神。

察合台在孙子身边坐了下来。哈剌旭烈看到来人是祖汗，急忙从床上爬了起来，"祖汗……"他有气无力地唤道。

察合台伸手探了探孙子的额头，孙子的额头有些发烫，脸色苍白，颧骨突出，一双眼睛暗淡无光。

"来，祖汗让厨房烙了你爱吃的馅饼，你吃点吧，不吃东西可不行。"

哈剌旭烈不忍违逆祖汗的好意，强迫自己吃了几口，但是很显然，他一阵阵地泛着恶心，实在是食不下咽。

察合台想起大夫的话，没有再勉强孙子。他让哈剌旭烈躺好，然后，拉过孙子的手，轻轻地握在自己手中。

察合台是个不太善于表达感情的父亲和祖父，在这点上，他与自己的父亲极其相像。同样的原因造成了同样的结果，就像当年他和几个弟弟都对父亲心怀畏惧一样，他的诸多儿孙也很怕他。在这些人中，相比较而言，哈剌旭烈天真烂漫，对他倒是比别的孩子更亲近些。

哈剌旭烈做了个将手抽出的动作，这其实只是个下意识的反应。祖父粗糙的手心很温暖，这温暖的感觉让他鼻尖酸涩，泪水随之涌上了眼眶。

"旭烈。"

"祖汗。"

"你告诉祖汗，在你姑母的营地，到底发生了什么事情？"

哈剌旭烈的神色顿时变得慌张起来："没……没有啊。没发生什么事。"

"对祖汗，你难道也不肯说吗？大夫给你看过了，他说你的病不是在身上，而是在心里，你得的是心病。"

哈剌旭烈的面孔由白转红，又由晕红转为紫胀，他努力想避开祖汗的视线，却发现根本无法做到。

祖汗的目光深邃得仿佛能透视到他的内心。

"旭烈。"

"祖汗，我……"

"你说吧，无论任何事，祖汗都会想法为你解决的。"

"真的吗？您不会责怪我吗？"

"不会的。只要你跟祖汗说实话，无论任何事祖汗都不会责怪你，祖汗保证。说不定，祖汗还能助你一臂之力。"

哈剌旭烈犹豫再三，终于将他在姑母的营地与玉奈偶遇的经过原原本本地讲给了祖汗听。此时此刻，羞愧与紧张的心情依然如故，然而能将埋藏的心事倾吐出来，他觉得轻松了许多。

察合台耐心地听着，有点感慨，又有点哭笑不得。

那天，他第一眼看到玉奈，就知道"他"是个女孩子，只不过他的傻孙子和其他人都被蒙在鼓里而已。若非如此，当哈剌旭烈担心玉奈受到伤害，冒认玉奈是他的朋友时，做祖父的也不会那么好笑地问了一句"你朋友叫什么名字"。不出所料，孙子顺口瞎编了一个名字。

没想到，时隔一年后，孙子又与玉奈偶遇，而这次偶遇让原本不谙世事的男孩儿迅速长大，尽管这个男孩儿对自己的成长一无所知。

察合台是个开明的人，在这一点上，他也很像父亲。既然孙子有了喜欢的人，他不会横加阻拦。然而，考虑到玉奈如此小心翼翼地隐藏了自己的身份，又几乎过着与世隔绝的生活，这点足以证明这个孩子有着不为人知的过去。汗廷不比普通百姓的家庭，在没有弄清玉奈的身世前，他尚且不能对孙子做出任何承诺。

"这也不是大事，你怎么就压在心里放不下呢？"

"可我看到她……她的……万一让她知道了，她不恨死我才怪。"

"你只担心这个吗？"

哈剌旭烈想说"是"，话到嘴边却没能说出口。这些日子，他以为他是在为这件事担心，直到祖汗问起，他才发现，他的心意远没有那么简单，他真正担心的并不只是这件事，他真正担心的，是以后都无法与玉奈相见。

"旭烈，你告诉祖汗，你是不是喜欢上了那个叫玉奈的女孩子？"

哈剌旭烈愣愣地望着祖汗。

这就是喜欢吗？莫非，这就是喜欢的感觉？

　　察合台拍拍孙子的手，站了起来，"祖汗说过会帮你的。不如这样，祖汗先让她跟在你身边，服侍你好不好？"

　　哈剌旭烈的精神先是一振，继而又变得有些沮丧。他实在羞于面对玉奈，一个女孩子无缘无故地被他看到了裸露的身体，从女孩子的角度，她怎么可能愿意跟随在他的身边呢？

　　察合台没再多说什么，他叮嘱孙子好好睡一觉，玉奈的事他自会斟酌。说完，他便离开了哈剌旭烈的寝帐。

肆

　　公主与驸马被侍卫的通报惊醒时，已是后半夜。

　　他们匆匆赶到汗帐，见父汗与合赤辉坐在桌子后面，正安然喝着奶茶。夫妇俩提着的心这才稍稍放下了。

　　合赤辉是汗国的大断事官和法律大臣。如同当年成吉思汗对博尔术友爱殊深，察合台对合赤辉，也是不把他看成臣子，而是视为知己。

　　路上，察合台向合赤辉谈到他此行的目的。作为察合台国一言九鼎的君主，他既然答应了孙子，就想直接会会身世和行踪都有些神秘的女孩。至于选择合赤辉同行，只是出于习惯——他跟合赤辉一向无话不谈——而不是有什么特别的目的。合赤辉听到玉奈的名字以及这个女孩擅长驯马的经历时，却突然想到了许多年前在喀什噶尔佛灯庄园发生的那桩惨案。

　　当年，合赤辉作为汗廷的法律大臣，萧乌沙作为汗廷的财税大臣，两个人私交甚笃，有时把酒言欢，也会唠唠家常。一次闲聊中，萧乌沙告诉合赤辉，他有个女儿名叫玉奈，这个女儿最神奇的地方，是她善于驯马——不是拥有一般的驯马能力，而是她掌握着不为人知的技巧。

　　萧乌沙迎娶新夫人时，合赤辉受邀亲临萧府祝贺，也曾见过萧小姐一面。由于当时女孩尚且年幼，合赤辉并未对她留下太深的印象。后来，萧府发生劫案，萧乌沙死于非命，萧家小姐失踪，合赤辉严令官府追查。奇怪的是，劫匪和萧家小姐自此犹如人间蒸发，而萧府的女主人和当时遭到劫持的家人也未能提供太多线索。五年下来，这个案子终成悬案。

　　合赤辉自出任汗国的大断事官，十年间断案无数，不能找到杀害挚友的凶手，成了他心中最大的遗憾。如今意外得知玉奈栖身于公主的牧马场，他的第一个念头就是，这个女孩或许会成为他破解萧府悬案的关键。

察合台也认为不排除这种可能，尽管这个玉奈未必就是萧府小姐玉奈，不过，一个同样叫作玉奈的女孩又同样善于驯马，这样的概率毕竟也不会很高。君臣二人商议一番，决定单刀直入。

公主和驸马上前拜见父汗。在察合台膝下所有子女的营地中，都有一座大帐是专门为察合台设立，这既是孩子们对父亲的孝心，更多的还是出于敬畏之情。

察合台示意他们夫妇过来坐下。

"父汗，您要来为什么不提前通知我们？还选在这个时候？"公主直率地问。在察合台汗国，只有她敢用这种语气跟父亲说话。

察合台笑笑，将杯中的奶茶喝尽了，这才说道："把你们吵醒了？"

"没有，没事。"驸马慌忙回答。

公主白了驸马一眼，"父汗，旭烈的身体好些了吗？大夫有没有说他得了什么病？"

对于女儿的询问，察合台避而不答，他抬头看了女婿一眼："朝鲁。"驸马的名字叫作朝鲁。

"是，父汗。"

"我听说，两年前你从外面带回来一个很会驯马的'小伙子'，叫玉奈是吗？"

朝鲁倒没其他感觉，很自然地回答："没错。"

公主心中却在想，怎么又是问玉奈？

"你是怎么发现他的？说给我听听吧。"

"是，父汗。"驸马简述了他在狩猎时目睹玉奈驯马以及将玉奈带回家中给他做了养马倌的经过。

"这么说，你除了知道他在驯马方面是个奇才外，别的就对他一无所知了？"

驸马点点头，"是啊。不瞒父汗，玉奈这孩子，性格着实古怪了点，只对驯马和养马有兴趣，其他的，对什么都不关心。自他来到儿臣的牧马场，儿臣见他做事勤谨，又不喜欢惹是生非，便也无意追问他的身世和过往。说真的，若非父汗问起，儿臣差不多把他忘了。这孩子怎么了？难道他牵扯进什么案子不成？"朝鲁这样问，是因为合赤辉与岳父同来，合赤辉可是汗国的大断事官。

察合台微然一笑："倒不能完全确定，也不排除这种可能。"

驸马闻言一阵紧张。假如他真的收留了一个罪犯，而且等于庇护了他两年，就算他毫不知情，想必也会受到岳父的责怪。

"那是什么样的案子？父汗，您快说给我们听听。"公主插进话来，一脸的兴奋与好奇。她完全不担心这件事会对丈夫产生什么影响，她与父亲最钟爱的儿子南图赣是同一个母亲所生，父亲对她，像对南图赣一样娇宠。

察合台不予作答，唯嘴角微动，露出一丝嘲讽的微笑："亏你自己也是个女人，竟看不出玉奈是个姑娘。"

公主与驸马面面相觑，"您说什么？"片刻，她吃惊地问。

察合台没有重复自己的话，他开始悠闲地喝着第二碗奶茶，这时，外面的天色已透出些许光亮。

公主仍不甘心地追问："您如何知道玉奈是个姑娘？是谁告诉您的？对了，那天旭烈也向我问起玉奈的情况，是他告诉您的吗？"

察合台苦笑了："还用旭烈告诉我吗？第一次见到那丫头，我就已经知道了。哪有骨架那么细弱的男孩子呢？还有那张脸，一看就是女孩子的轮廓。难为你们居然能被她蒙在鼓里。"

"可是……"

"别'可是'了。朝鲁，你去把玉奈带到我这里来吧。"

"我跟你一起去。"公主对驸马说。

察合台没有反对，只是叮嘱二人："把她好好带过来就行，别吓着她。多余的话也不要说。"

大约过了半个时辰，玉奈跟在公主和驸马身后来到察合台的大帐。她以为大汗召见她，是要让她驯马。

她面对察合台汗跪倒施礼，察合台说道："抬起头来。"

玉奈听话地仰起了头。突然，她看到了合赤辉，不由得愣怔了一下。她觉得这个人有些面熟，似乎在哪里见过。

她瞬间的表情变化，被察合台敏锐地摄入眼底。他征询般地看了合赤辉一眼，合赤辉眉头微蹙，显然，他对玉奈的容貌印象不深，尚且不能完全确定。

察合台向玉奈摆摆手："你先起来吧。"

"是。"玉奈再次施礼，站了起来，随后，她将身体微侧，垂首而立。光看她对礼仪的熟稔，也能知道她接受过良好的家教。

察合台指着合赤辉，向玉奈问道："难道，你不记得他了吗？"他开门见山地问。一边问，眼睛却紧紧盯着玉奈的脸。对于指挥过千军万马的大汗而言，他不信自己还对付不了一个小丫头。

玉奈没有立刻回答。她对合赤辉的确有一种似曾相识的感觉，另外，她意识到一件事，察合台汗对她的召见，绝没有她想象的那么简单。

察合台还在等她回答。

"小人不记得见过这位大人。"玉奈尽可能地将语气放得平和、自然。

"那我提醒你一句吧，在你父亲迎娶新夫人的喜筵上。"这是对玉奈的试探，察合台却把它说得没有一点犹豫。

玉奈心头大震，脸色随即变得苍白。即使经历了人世间最悲惨的变故，说到底，她终究只是个涉世未深的少女而已。如今，面对察合台那双尽知一切的眼睛，她轻而易举地败下阵来。

"想起来了？"不用合赤辉再去确认，察合台对玉奈的身世已不存怀疑。

公主与驸马面面相觑。父亲在说什么，他们完全听不懂。

玉奈避开了察合台探询的目光，一言不发。

"那天到底发生了什么事？那些劫匪呢？他们是不是已经死了？"察合台继续追问。当年，合赤辉花费了那么大力气，几乎是布下天罗地网，却没有寻到那些人的蛛丝马迹。察合台从不相信，活着的人会消失得如此彻底，就像玉奈，她在失踪多年之后不还照样出现在了女儿的营地？而那些人，对于他们的消失，他能给出的唯一解释是：他们死了，全都死了。

玉奈咬着嘴唇，就是不说话。

"当然，我不认为是你杀死了他们。你做不到。你的失踪和他们的死，其中一定还有不为人知的隐情。"

玉奈依旧默默不语。

"难道，你就不想给你父亲报仇了吗？"

这句话触动了玉奈。她本来并没有打算回答，却还是下意识地摇了摇头。

她的内心发出一声呻吟，她不是不想为父亲报仇，是这个仇不能报。

察合台与合赤辉互相看了看对方，决定依计而行。接下来的话，察合台明着是对合赤辉说的，实际上是他对玉奈的逼迫。他在父亲艰苦创业的时候出生，经历过无数次战争的磨砺，如今，他掌管着偌大的察合台汗国，无论是战士还是君主的生涯都给了他洞察世事的智慧与能力。他很清楚，玉奈不想说的，正是他想听的。

"合赤辉。"

"臣在。"

"我知道，这些年，你对无法侦破萧乌沙一案一直耿耿于怀。这也难怪，你们同殿称臣，又是相知的朋友，现在你打算怎么做呢？"

"那时候的事情虽然仍有许多难解之处，所幸萧小姐还活着，这个案子总算有了个证人。我想，一切还得从萧府内部查起。"

"你认为问题出在萧府内部？"

"臣觉得不能排除这种可能。佛灯庄园不是个小宅院，七进八院，层层叠叠，萧府的下人虽然不能提供劫匪的确切信息，却都有个感觉，劫匪不只是有备而来，而且对庄园的环境了若指掌。从一进庄园，他们首先控制了萧府的管家护院、仆役丫鬟，继而杀害萧大人，再到将萧府的财物装车离开，前后也就是一个时辰。倘若不是内部有人接应指点，做到这一点谈何容易！"

"是啊，那时你确实向我提出过你的怀疑。可究竟谁是那个内应，你查来查去不是毫无头绪吗？"

"值得怀疑的人不是没有，只是那时，我苦于没能找到支持判断的证据。"

"既然如此，你打算如何入手？"

"我想，萧小姐一定能帮我解决这个问题。萧府的人只要看到萧小姐还活着，或许能想起些对我们有用的线索也未可知。"

"你要带萧小姐回到萧府吗？"

"是。"

"对了，我隐隐记得你说过，萧大人还有一个儿子吧？"

"萧大人过世的时候，这孩子还在襁褓中。现在是不是该上学堂了？要是他知道自己在世上还有个姐姐，不知道他会是怎样的一种心情？不过，他还是个孩子，只会对这件事感到好奇吧？"

合赤辉提到弟弟，玉奈的眼中蓦然闪过惊恐之色。

"为了弄清萧府劫案的真相，还需对案发过程重新彻查。此事不宜耽搁，你今天就带萧家小姐返回喀什噶尔。"

"好。"

"等等！"玉奈突然说道。

伍

察合台转眼看着她。从他的脸上，玉奈根本看不出他在想些什么。

"大汗。"

"怎么？"

"我有话说。"

"哦？"

"但是，我只能对您一个人说。"

"你是说，我一个人？"

"对。请您让这里的人都出去好吗？"

察合台微微笑了一下。

"您想知道真相，这是我的条件。"

"你的条件也许不只如此？何妨一并讲出来。"

"我可以告诉您在那天之后到底发生了哪些事，我会说出一切，可我就是死，也不会跟大人回到喀什噶尔，更不会为你们作证。您说得对，我还有一个条件，不过这个条件我也只能对您一个人说。"

察合台同意了："也罢。合赤辉，你们几个，还有这里所有人，都先出去吧。"

"父汗。"公主有点放心不下。

"没事。"

察合台汗已经发话，大家不敢违背，遂悄然退出大帐。

看着合赤辉在身后小心地关上帐门，察合台对玉奈摆摆手："你可以说了。"

没有人知道玉奈是怎么跟察合台谈的，也没有人知道玉奈向察合台提出了怎样的条件，当合赤辉等人重新回到大帐时，察合台要女儿带着玉奈换装，又吩咐合赤辉，要他将萧府一案就此放下。

不解归不解，合赤辉任何时候都不会违逆察合台汗的心意。

公主带着玉奈去换装，过了很长时间，她们才回到大帐。当一身女儿装束的玉奈出现在三个男人面前时，尽管他们早有思想准备，仍不免吃了一惊。

公主用一种半是惊讶半是喜悦的神情注视着玉奈，显然，直到此刻，她对刚刚发生在她眼前的改变还是难以置信。她没想到，洗去涂面的药膏，换上合体的女装，玉奈顷刻间变成了一个体态窈窕、明眸皓齿的姑娘。

察合台上上下下将玉奈端详了一阵儿，这才笑着对女儿说道："我要带玉奈回汗营了。在此之前，你和朝鲁可愿将她认作义女？"

公主望着父汗，意外之余，心头一阵激动。多年前，她和驸马有过一个女儿，这个女儿只活了两岁便夭折了，女儿若还活着，与玉奈也是差不多的年纪。想是天赐的缘分，公主一瞬间就把玉奈当成了她的女儿。

"愿意！我们当然愿意！"她急切地说道。

玉奈飞快地看了察合台一眼，这可不在他们的约定之内。可是，察合台汗的好意显而易见，她无由推拒。

"玉奈，去拜见公主和驸马。"

玉奈不敢违背察合台汗的意愿，何况，这并不是一件多么让她不能接受的事情。她来到驸马和公主面前，跪了下去："女儿拜见父王、额吉。"

公主伸手将玉奈扶了起来，点点珠泪从她的眼眶中不断滚落。即使过去了十多年的时光，她仍时时会想起她的女儿，在多年思念之后，女儿终于回到了她的身旁。

玉奈长久地注视着公主悲喜交加的脸庞。父亲去世后，她便孑然一身，活着与死去对她来说都只是顺其自然的事情。如今，她在这世上又多了两位亲人，或许是三位，她的内心不可能没有丝毫的触动。

"女儿，以后你就是我的兀鲁忽乃。"公主死去的女儿，名叫兀鲁忽乃。

"是，额吉。"玉奈恭顺地回答。在未来的察合台汗国，她的名字叫作兀鲁忽乃。

察合台站起身来，"合赤辉、玉奈，我们走吧！"

"吃过午饭再走不好吗？"公主急忙问。

"不吃了。"察合台说着，向门外走去，走到门前，又回头嘱咐女儿："你和朝鲁想念玉奈的话，可以随时来看她。"

"我肯定要去，很快就去。女儿回来了，我的兀鲁忽乃回来了，我要亲自给她做上几身衣服，然后就去看她。"

察合台笑着点了点头，率先走出大帐。

原来，他也是个慈爱的父亲、慈爱的祖父。玉奈望着察合台汗的背影，默默地想到。不经意间，紧闭的心门已开启了一条缝隙，接着，一缕阳光透过门缝，照进了心的角落。她从来无意向任何人敞开心门，可在这短短的时间里，她分明听到那两扇生了锈的铁门，被一种不可预知的力量重重推开的声音。

如此便足够了。如此便足够了……

直到跨上马背，公主仍在对着玉奈殷殷叮咛，她叮咛她好好吃饭，好好睡觉，叮咛她等着她过去。察合台笑女儿太啰唆，玉奈却在催开坐骑跑出几步之后，回过头向公主挥了挥手。

这个女人是她的母亲，虽然，她不曾生她养她，可这个女人有着一颗做母亲的心。

母亲！

甚至那个杀了自己丈夫的女人，何尝不也是一位深爱着孩子的母亲？

母亲。原来，一个人不管如何漂泊，如何孤寂，有母亲就会有家，有母亲就有了会惦记、会盼望回去的地方。哪怕是迟来的慈母之爱，也同样拥有如涓涓细流般滋润心田的力量。

眼角微微有些湿润，自从父亲去世后，她的眼睛总是生涩的。如今，眼眶四周被温润的液体充盈的感觉，使心开始变得柔软。玉奈策马飞驰，很快就追上和超过了察合台汗。一切都恍若梦中，没想到她居然能与察合台汗国至高无上的君主达成交易，虽说这有些迫不得已，交易的结果倒也不差。

玉奈骑在马上的身影柔弱却灵活，察合台看着她，想到爱孙哈剌旭烈，欣慰的笑容不知不觉地浮上了他的脸庞。

他的脸庞已然无法遮掩岁月留下的沧桑痕迹，甚至刚毅的神情，也在岁月的磨砺中柔和了许多。

在见到玉奈前，他不能将一个来历不明的孩子留在孙子身边，而这份疑虑一旦被打消，他只稍一犹豫就接受了她提出的条件。

他一生刚正严明、执法如山，这是性格使然，也是父亲活着时，他身上最令父亲称许的长处。然而，当他日渐衰老，当他对许多事情越来越感到力不从心时，他在法理与人情中，终于做出一个决定：放下原则。

放下原则，他不会后悔，也不会自责。

他不怀疑，这个女孩的心胸与头脑，将成为哈剌旭烈的匡补。他坚信自己看人的眼光。这眼光，是父亲留给他的财富，也是他最珍惜的财富。

交易？

他想到这个词，不禁又是一笑。天下之大，敢与他做交易的人，恐怕也只有他面前的这个女孩子了吧？

陆

哈剌旭烈昏昏沉沉地睁开眼睛时，看到一个少女坐在他的床边。少女的脸容有些陌生，也有些模糊，他只当是新来的侍女，说了一句："你不用待在这里了，我还想再睡一会儿。"

少女没说话，只是用毛巾细心地为他擦拭着面颊，还有脖颈，还有手。

水的清凉让哈剌旭烈的大脑清醒了不少，他仔细地审视着少女的脸，心跳骤然加速："你，你是……"

是她吗？这怎么可能？难道他又在做梦不成？

"我叫玉奈，大汗让我来照顾你。"玉奈平静地解释道。在她与察合台汗所做的交易中，她的条件是，官府不再追究萧府的劫案，而察合台汗的条件是，让她跟他一起回到汗营，从此留在哈剌旭烈身边。

交易就是交易，无关乎情愿与不情愿。当然，也无关乎委屈与不委屈。

哈剌旭烈闭上眼睛，他相信自己产生了幻觉。

玉奈将毛巾放回到盆中。她注视着哈剌旭烈，心里的感觉像她的声音一样平静。也许一年前的驯马，就注定了一场缘分的开始。不过，她不是因为缘分来到他的身边，此时的她，对他尚无爱意。

她来到他身边，只是因为这是交易的一项内容，她将信守到底。

她想起不久前自己与察合台汗的交谈，那个时候，他对她推心置腹、开诚布公。她万万没想到，察合台汗，一个在她眼中既严厉又无情的人，为了孙子，竟然同意跟她做这笔交易。正因为没想到，她才会由衷地感动。

哈剌旭烈重又睁开了眼睛。

她并没有消失，她还在他的眼前，证明她的出现不是幻觉。

"你……"

她端过一碗奶茶："这是我熬的，有点放凉了。我去给你热热吧。"

她起身，正要走，他伸手拉住了她的衣袖，"不要走开！"

"我很快回来。"

"不行！你……你是真的吗？"

她俯下身，有点好笑地注视着他的眼睛："是，你没有看错，我真的在你身边。你祖汗把我接了过来，这段日子，我会陪在你身边。等你的病全好了，我也可以陪你驯马。"她清晰地说。没错，她对他不存在丝毫的男女之情，可与他相处，也并不会让她心生反感。他在她心里，是个必须的存在。这或许就是命运。

假如她能选择，她决不要与任何男人产生交集。从她证实了父亲被继母害死的那一刻，她对婚姻就充满了畏惧。问题是，他看到了她的身体，若她此生必须嫁给一个人，这个人也只能是他。

何况，她现在的身份是公主的养女，她现在的名字叫作兀鲁忽乃。

他仍紧紧拉着她的衣袖，这一次，他决不能再放她离开。他担心她走了，会像上次一样一去不回。

"小王爷。"

"叫我旭烈可以吗？"他蓦然想起她裸露的身体，一张脸重又涨得通红。从他发现她的秘密开始，她就占据了他的思念。无论如何，他希望她能成为自己的女人，所以，他要她像家人一样，称呼他为"旭烈"。

"好吧。"玉奈爽快地答应了。

"奶茶给我。"

"有点凉了。"

"没事。"

"你祖汗说，你是肠胃上有些问题。"

"不是。"

"嗯？"

"是心里的问题。现在都好了。"哈剌旭烈说着，从玉奈手里接过碗，将奶茶一饮而尽。他觉得自己从来没有这么渴过。

"再给我一碗吧。"

"没了。"

哈剌旭烈有点失望，他好几天食不下咽，此时却是胃口大开。玉奈的出现打开了他的心结，让他的心病一扫而空。再说，他也想赶快好起来，跟玉奈一起去驯马。他倒要仔细看看，那么凶悍的马匹，玉奈是怎么驯服的。

"那个……"

"什么？"

"我可不可以叫你'玉奈'？"

"我还有个名字叫作兀鲁忽乃。我想以后在汗国，大家都会叫我这个名字。"

"兀鲁忽乃？这是怎么回事？"

"你以后会知道的。"

哈剌旭烈想了想，"祖汗叫你什么？"

"兀鲁忽乃。"其实，察合台称呼玉奈"孩子"。

"可我想叫你玉奈。"

"为什么？"

"不知道。我喜欢这个名字，有点像男孩子。"

"想叫什么，随你吧。"

哈剌旭烈从床上站了起来，病了好几天，没怎么吃东西，此时突然起身，他感到一阵头晕，还伴着阵阵恶心。

他用力扶住了玉奈的肩膀。

玉奈见他的脸色变得苍白，不免有点担心，"你没事吧？"她问。正如她自己所知道的那样，她对这个与她有过两面之缘，又对她一往情深的大男孩，并不怀有多么强烈的感情，换句话说，她愿意与他在一起，却不是出于心动与爱慕。

一年前，他曾一心想要保护她，那个时候，她就知道他很善良。善良的人从来不会让人生厌。

"没事，我太饿了。"哈剌旭烈强撑着说。

"我看，你还是躺下吧，我让人先给你送些吃的东西进来。大汗说，他会过来陪你吃晚饭。看到你没事了，他一定很高兴。"

"那你呢？"这是目前哈剌旭烈最关心的一件事，他害怕她会离开。

"大汗让我们两个人一起陪他。"

哈剌旭烈暗暗松了口气。他乖乖地躺下来，抬眼看着玉奈沉静的脸容。换上女装的玉奈，脸上少了几分拒人于千里之外的冷漠。

有件事，他始终有点好奇："祖汗是怎么找到你，又是怎么让你来这里的？"

玉奈略一思索，语气平淡地回答："我在哪里，叫什么名字，不是你告诉你祖汗的吗？后来，你祖汗去了公主的营地，是他亲自把我接过来的。"这些都是实情，她没有隐瞒他的打算，至于她与察合台汗的交易，她永远不会对他说起。

哈剌旭烈觉得不可思议，祖汗竟会为了他亲自去姑母的营地，又亲自把玉奈接到他的身边，这样的祖汗，让他觉得陌生。

除了陌生，还有感动。

柒

一时间，两个人各自想着心事，反倒无话可说了。玉奈吩咐侍女送壶奶茶进来。黄昏时，察合台过来了，祖孙三个人在一起吃了一顿气氛融洽的晚餐。在察合台面前，玉奈变得健谈了一些。

看到孙子这么快就从身心两方面得到恢复，察合台一方面是为之欣慰，另一方面也拿定了主意。如今，玉奈已是女儿的养女、他的外孙女，而旭烈又对玉奈一往情深，他不如趁早成全他们。

玉奈的住处在离汗帐和王帐都不远的地方，哈剌旭烈要她明天一早过来，他新得了一匹极其凶悍的烈马，因为这些天生着病，他还没来得及将它驯服。他说，明天，他要玉奈看着他如何驯马。

玉奈随口答应下来。

察合台和玉奈一同离开了哈剌旭烈的寝帐，出于关心，玉奈执意要先送察合台汗回去。

在察合台汗国，只有这位曾经叱咤风云，又一手缔造了汗国繁荣与强盛的大汗，才是玉奈真正敬重的人，特别是在他们达成了那个协定后，他在她心目中，已不只是大汗，还是哈剌旭烈的祖父。不久之后，她也可以称他为"祖汗"，想到这一点，她的尊敬里又多出了几分暖意。

路上，察合台问玉奈："你累吗？"

玉奈摇摇头："不累。"

"那么，陪我走一会儿吧。"

"好。"

他们跳下马背，牵着马并排向前走着。

"过几天，你父王和额吉要过来，等他们来了，也该商议你与旭烈的婚事了。"默默地向前走了一会儿，察合台温和地说道。

玉奈没有接话。

察合台扭过头，微笑着看了看玉奈。这个女孩的脸容精致聪慧，眉眼间却总会不经意地流露出一丝冷漠。只不过是早晨发生的事情，她将一切告诉了他，那个时候，他就觉察到这个女孩有着非同一般的理智和处理事务的果决。她说服了他，或者说，他有意被她说服了。她不喜欢一味地纠缠于痛苦的往事，还有哪怕付出生命也要保护的人，而他，面对女孩的坦诚与无畏，却分明感受到岁月的无情。值得庆幸的是，流逝的岁月也给了他日渐平和豁达的心境。那一刻，他想到父亲，想到父亲会用什么样的方式处理这桩事情，他决定听从心的指引。在他的生命中，只有父亲是他希望效法的人，哪怕父亲早已仙逝，他仍是他时刻无法忘怀的人。

而玉奈，同样是为了父亲才选择了原谅。

冷酷的背后是理智，无畏的背后是清醒，这些他在南图赣的儿子们身上试图寻找却没有找到的特质，竟意外地从这个女孩身上发现了。

也因此，他们的交易水到渠成。

不必否认他有私心，这是为人祖父的私心。哈剌旭烈是他在对长孙不里的表现感到失望后重新挑选和一直着意培养的汗位继承人，与不里的莽撞相比，这孩子的个性太过仁慈，临大事优柔寡断。为孙子着想，更为汗国着想，他必须为孙子选择一个或几个合适可靠的辅佐。

察合台第一个选定的人是合赤辉。合赤辉像其父博尔术一样勤劳王事，且才兼将相，他尤其善于处理各种复杂琐碎的事务。在汗廷，他是众臣之首，更是察合台信赖和依赖的人。唯一欠缺的是，合赤辉只比察合台年轻几岁，又患有风痛之症，特别是从今年以来，合赤辉的身体状况大不如前。

察合台第二个选定的人是贝达尔。在他膝下诸子中，贝达尔不仅战功赫赫，而且个人威望仅次于他本人。若非他执意将汗位约定在长子南图赣一系，贝达尔倒是比较合适的嗣位人选。他不会改变他的想法。当年，在西征战场，南图赣突然离他而去以及他没能见到儿子最后一面的遗憾，都在他心里留下了永远的创痛。直到今天，他的梦中还时常会出现巴米安荒凉的废墟。

他必须将汗位留给南图赣的儿子们，无论面对多少困难，他也要在生前安排好这件事情。他不是不清楚次子也速蒙哥对汗位的觊觎，甚至能猜出不里的失望与愤怒，尽管只要他活在世上一天，这叔侄二人就一天不敢公然表达他们的不满，可一旦他撒手人寰，汗位的继承终究存在变数。到那时，能够制约也速蒙哥和不里，坚决执行父亲遗命的人，只有贝达尔了。

贝达尔尚在西征前线浴血奋战，他在给儿子的几封家信中，不是以察合台汗国至高无上的君主，而是以父亲的身份拜托儿子照顾好哈剌旭烈。儿子的回信很简单，中心只有一个意思：放心吧。

十二年前，父亲成吉思汗曾将维护窝阔台的使命交给了他。父亲没有看错他，他也不会看错贝达尔。

问题在于，仅凭合赤辉和贝达尔两个人，他终究觉得力量稍显单薄，玉奈的出现让他看到另一种希望。

三足之鼎，才可以稳固站立。

"在想什么，孩子？"他语气和缓地问。察合台汗国没有玉奈，只有兀鲁忽乃，叫兀鲁忽乃的女孩，是他的外孙女。

玉奈笑了笑："没有，没想什么。"

"旭烈是个很单纯很善良的孩子。"察合台不知道为什么要对玉奈这样说，或许，他仍然不希望玉奈勉勉强强地嫁给孙子吧。

玉奈只在心里叹了口气："我知道，您别担心。"

哈剌旭烈很单纯，很善良，她从一开始就知道。即便如此，她仍然没有做过嫁他为妻的设想。

"旭烈将来要继承我的汗位。你要有帮他的准备。"

"您说我吗？"

"就是你。"

"可我怎么能……"

"你能做到，我把他托付给你了。"

玉奈注视着察合台，月光下，她看不清他的脸容，但能感受到他期待的目光，这是一个祖父的期待。

你要有帮他的准备。这句话，与其说是大汗的命令，不如说是祖父的恳求。似乎只有祖父的请求，才可以让她敞开心扉。她绝不眷恋突然放在她面前唾手可得的荣华富贵，可她眷恋这孤独的宫廷里难得的温情。

"既然这是您的愿望，我会尽我所能照顾好旭烈的。"

"不是这样的，孩子。"

"不是这样的？"

"他不用你照顾，他需要你帮助。"

"帮助？"

"是的，帮助他成为一名合格的君主。"

"这个担子太重了，我怕担不起来，我没信心。"

"你行。你必须有这样的信心才行。其实，比起旭烈，你的气质更像我。"

"气质？像您？"

"对。"

"我不明白。"

察合台向前走着，他的身形依旧挺拔魁梧，即使在夜色的衬托下，也将一种气势呈现在玉奈的面前。

"大汗。"

"嗯？"

"我想知道，那是一种什么样的气质？"

察合台稍稍犹豫了一下，"或许……"

"或许？"

"或许，你像我一样，对人爱憎分明，遇事冷静坚定。亦或许，你像我一样，在艰难的环境里也可以顽强生存。不，这么说也许还不够全面，你和我最像的，不仅仅是气质，还有心情。"

"心情？"

"是啊，对父亲的心情。"

玉奈愣住。

154

捌

玉奈惊奇地望着察合台汗。察合台停下脚步，看了玉奈一眼。月色蒙蒙，他的嘴角一动，牵出一丝微笑。此刻的心情，似惬意，又似忧伤。

"想着父亲的愿望，哪怕痛苦，也要做出选择。就是这样的心情吧。"他语气平和地解释道。

那还是二十年前的事情，却仿佛发生在昨天。那个时候，他看出父亲为储君一事在三弟和四弟之间犹豫不决，决定助父亲一臂之力。直到今天，每当他想起他与术赤发生的那场冲突，就仿佛又看到了父亲的无奈与悲哀。当他从身心两方面日渐衰老，当他对汗国的未来充满忧虑时，他开始理解了这种无奈与悲哀。

他的话，玉奈听得似懂非懂。

察合台牵着马，重又向前走去，玉奈跟上了他的脚步。

一老一少只顾向前走着，察合台不说话，玉奈也不敢说话。察合台的目光似乎正穿透茫茫黑暗，回视着年少时的自己，"你，想念你父亲吗？"片刻，他微笑着问身边的女孩。

"哦……想，当然想。"可能因为没料到察合台汗会这样问她，玉奈回答时稍微迟疑了一下。

"我能想象得出来，他活着的时候，一定很疼爱你。"

"对。"

"我父亲不一样。"

"您父亲？您是说成吉思汗吗？"玉奈起了好奇心。对她而言，成吉思汗已经是个过去，这个过去却离察合台汗很近。

"是啊，我父亲。他活着的时候，十分疼爱术赤。你应该知道术赤这个名字，他是成吉思汗的大太子。虽然，我从来没有承认过术赤是我的兄长，但他始终是我父亲最爱的儿子。"

玉奈从一侧注视着察合台汗，她觉得他的语气不同寻常。

"我和术赤，一生都在羡慕着对方所拥有的东西，哪怕他早已离开人世，我仍然还会羡慕他。那个时候，我对他的种种恨意，其实只是缘于羡慕。我父亲……该怎么形容他才好呢？像我刚刚说过的，无论他有多少儿子，他最在意的那一个，永远都是他的长子。可我又能怎么办呢？明明是这样的父亲，明明那么偏心，我却总在想念他。从看到他离去的那天，直到现在，我从来没有一刻忘记过他。"

玉奈不完全明白察合台汗话里的意思，她能明白的，是这种思念父亲的感觉。毕竟，她面前的人不是一个普通人，他是察合台汗，这种深邃感情放在一位大汗身上，尤其令她感动。

她没有追问，能得到察合台汗的认可，对她而言已经足够了。想想真是不可思议，短短的一天，她面前的这位老人，察合台汗国的缔造者，正在变成她的亲人。若不是被这份久违的亲情打动，她不会那么心甘情愿地陪伴在哈剌旭烈身边。

她相信，是命运让她遇上了哈剌旭烈，遇上了察合台汗，既然一切都是命运的安排，她便没有躲避的可能，更没有躲避的必要。她突然想到，也许这正是父亲的愿望，父亲用自己的离去为她换来步入宫廷。

父亲做过汗国的财税官，他忠于自己的职责。现在，她拥有了比父亲更为广阔的天地，就算她是一只雏鹰，也要展翅飞翔。

她从小喜欢驯马，这是强者的智力游戏，她也深谙草原上适者生存的各种规则。她既然接受了命运的挑战，就必须丢掉恐惧，战胜自我。

未来的日子，她要做一个让父亲自豪的女儿。

她的心声，她相信父亲能听见，察合台汗也能听见。

玖

察合台择日为爱孙举办了一个盛大的婚礼。

哈剌旭烈与玉奈成婚后，察合台将他派往巴拉沙衮。巴拉沙衮以前是西辽国的首都，现在是哈剌旭烈的封地。察合台早有让孙子独当一面的念头，不过，在孙子成亲前，他始终下不了决心。

其后的事实证明了察合台慧眼独具。在玉奈的协助下，哈剌旭烈对封地的治理卓有成效。首先，他在派出官员对土地进行普查的基础上，严格划分了耕地与牧场，这些耕地与牧场都在城外，彼此间的界限绝不允许混淆，更不允许有牧场侵占耕地的行为。他对农民和牧民征收农业税和牧业税。其次，在城中，他则鼓励商业和手工业发展，并对商人和手工业者征收商业税。不仅如此，每一个税种的税收标准都被控制在合理的范围，而且被严格加以监督。

不久，这种稳健的经济鼓励政策显现出惊人的效果：巴拉沙衮在沉寂多年之后，商业被激发出持久的活力，而良好的秩序又促使南来北往的商队大量涌入巴拉沙衮。短短一年，巴拉沙衮便成为察合台汗国的第三个商业中心。

另两个商业中心分别在中亚的撒马尔罕和汗国首都阿力麻里。直到察合台汗国发生分裂，喀什噶尔才取代了巴拉沙衮的商业中心地位。

察合台借鉴了哈剌旭烈治理巴拉沙衮的成功经验，进而在汗国全面推广。哈剌旭烈不负祖父的期望，通过展现治理以及管理才能而树立起自身的威信，察合台对孙子的表现极其满意。

窝阔台汗十三年（1241）腊月，察合台病重，在生命的最后日子里，他召回哈剌旭烈，当着诸子孙与诸将臣的面，正式将汗位传给这个年轻人。之后，他单独留下孙子和孙媳，让他们帮自己取出了那件紫棕色貂皮大氅。

当年，在攻打京兆的战斗中，察合台擒获京兆守将，立下头功，父亲将这件珍贵的大氅作为赏赐亲手披在他的身上。

除了那一天的宴会，还有后来登临察合台汗国的汗位时，这件大氅他从未穿过。如今，他要去见父亲了，还有术赤和拖雷，他们一母同胞的四兄弟，也许用不了多久，就会在父亲身边重聚了。到那时，像他对拔都承诺过的那样，他要穿上父亲赐给他的大氅，跟术赤打上一架，然后再向他认错。

他这一生，从不自食其言。

在生命行将结束之时，他更加想念父亲。在他们四兄弟心中，父亲永远是一座不可逾越的高山，但至少，他们一生都在为攀上高山的顶峰而努力。

哈剌旭烈和玉奈帮祖汗穿上大氅。察合台的手轻轻地从大氅的衣襟抚过，有那么一刻，他陷入自己的思绪中。随之，仿佛一种神奇的力量注入他的体内，他没用任何人的帮助，从床上坐了起来。

他坐直了身体，注视着哈剌旭烈和玉奈，显然，他有话要对他们说。他的一双眼睛炯炯有神，脸上的笑容却一如往昔，温暖而又慈祥。

哈剌旭烈早已垂下了头，玉奈却忍泪迎住了他的目光。他在世的每一天，都是他们坚强可靠的后盾，如今，他独自走在远行的路上，他们留不住他的身影，只能留下满腹的悲怆。

"旭烈、兀鲁忽乃，木八剌沙睡了吗？"木八剌沙是哈剌旭烈和玉奈的头生子，刚满周岁，察合台对这个重孙十分疼爱。

"睡了。我现在去把他抱来。"玉奈说。

"不用了，刚睡醒的孩子看到即将离世的老人，会受惊的。"

玉奈的泪水一下子涌了出来，"您别这么说。我不要听您这么说！"

"你经历了那么多事情，难道还会害怕生离死别吗？"察合台用一种微微责备的语气问。玉奈既是他的孙媳，也是他的外孙女。他很欣慰自己为宝贝孙子选择了这个女孩，玉奈的头脑和能力是哈剌旭烈的财富。

"我怕。我当然怕。"玉奈哽咽着回答。

我怎么可能不怕？除了我的生身父母，除了旭烈和我儿子，你就是我最珍惜的亲人。我已经失去了父母，还目睹了父亲的过世，那样的痛苦我决不想再经历一次。所以，请你活下来，请你在我们的身边好好地活着。

察合台笑了，他摆摆手，示意孙子、孙媳在他身边坐下："旭烈。"

"是，祖汗。"

"你在巴拉沙衮做得不错。"

旭烈没敢回答，哪怕再多说一句话，他的眼泪也可能忍不住了。

察合台将大氅脱下来，放在一边，他用手在上面爱惜地摩挲着："别穿脏了。兀鲁忽乃，你先帮我收起来吧。这件大氅我还得带走呢。你们记住了，在将我的遗体送回起辇谷前，一定要给我穿上它。"

哈剌旭烈和玉奈都没有说话，这个时候，任何语言都变得多余。玉奈按照察合台汗的吩咐，将大氅收回到箱子里。哈剌旭烈的个性本来有些多愁善感，为了不在祖父面前流泪，他站起来闷闷地说了一句："我去把木八剌沙带过来。"说完，不容祖父反对，他匆匆走出大帐。

察合台目送着爱孙的身影消失在门外。这孩子会成为察合台汗国仁慈的国主，作为守成之君，仁慈倒也不算是太致命的缺点，何况这孩子的身边还有贝达尔和玉奈相辅。半年前，合赤辉已先于察合台病故。

玉奈回到察合台身边坐下，她轻轻地为祖汗捏着手臂。在病重的这段日子里，察合台的全身都变得浮肿。

察合台拍了拍玉奈的手背："不用了，孩子。"说完，他自嘲地一笑："人真是越老越没出息，以前箭里来刀里去也没怕过，现在连这点痛都忍受不了。"

"您觉得很痛吗？"

"是啊，四肢都觉得痛，但今天好多了。"

玉奈的泪水滚滚而下，她扑进察合台的怀中，失声痛哭："祖汗，您要好起来。旭烈他需要您，我们需要您。"

察合台任玉奈哭泣着，过了一会儿，他扶直了玉奈的身体，为她拭去泪水："孩子，别哭，你听我说。"

玉奈抽咽着点了点头。

"你答应过我，要帮助旭烈。你做到了，我很感谢你。"

"我能做到，是因为您站在我的身后。"

"以后，我不在了，还是要把旭烈交给你。"

"祖汗……"

"我已当着你二叔等人的面将汗位传给旭烈，可是，旭烈要继承我的汗位，尚须经过忽里勒台的认可。旭烈不在这里正好，我要交代你的事情也不方便他听。"

"您说。"

"对于汗位，就算有先汗遗命，一旦拿到忽里勒台上，从讨论到确定仍旧存在变数，当年，窝阔台汗即位时就发生过这样的事情。所以，为稳妥起见，你们不要急于举行忽里勒台，一切都等到你贝达尔叔叔班师后再说。自你嫁入汗廷，已见过其他的叔叔和兄弟们，对他们的禀性为人应该也有所了解，但贝达尔和不里一直都在西征前线，你还没有机会见到他们。我的想法是，你将来要帮助旭烈处理许多事情，在此之前，你必须对他们有所了解才行。"

"好，祖汗。"

"说起来，在你的诸位叔叔中，贝达尔是秉性为人最像我的一个，同时，他的军事指挥才能出类拔萃，在汗国几乎无人能及。可以说，仅从能力而言，贝达尔完全不逊于拔都和蒙哥，不逊于他的这些堂兄弟们。若非我执意从长子系选择继承人，贝达尔倒是个合适的人选。"

"既然如此，祖汗……"

察合台目光炯炯地看着玉奈，玉奈欲言又止。

"说吧，孩子。没关系，你有任何想法，都可以大胆地说出来。"

"祖汗，我心里总存有一个疑问，为什么您执意要将汗位约定在长子一系呢？"

这个问题，应该是个禁忌，她脱口而出，随即又后悔自己口无遮拦。

果然，察合台没有立刻回答。

玉奈有点紧张，"祖汗，对不起，我……"

察合台打断了她的道歉，"你觉得不可思议，是吗？"

"是，是啊。"

察合台深思了片刻："不瞒你说，对于这个问题，我也不止一次扪心自问。"

"有答案吗？"

"没有。奇怪的是，我并不后悔。"

玉奈将一个柔软的靠垫放在床头，让祖父舒舒服服地靠在上面。她在他身边坐下来，用一种探询的目光望着他的脸庞。这张熟悉的面孔，在几个月的时间里饱受病痛的折磨，却并未发生明显的改变。

玉奈见过许多人的祖父，包括她的祖父，尽管那时她还是个孩子，却仍然清楚地记得祖父坐在院子里眯起眼睛晒着太阳的模样。应该说，差不多每个祖父留给她的印象，都是越添越多的皱纹和白色发丝，都是眼睛里日益黯淡的光泽，都是松动的牙齿和蹒跚的步履……

唯独察合台汗不同于所有的祖父。事实上，在他病重前，他总是面色红润，步态矫捷，神采奕奕，甚至除了眼角四周，他的脸颊上与额头上几乎看不到太多皱纹。他的头发虽不像年轻时那样乌黑发亮，但里面也没有掺杂多少白发，据说，这头黑发是他那位素有草原第一美人之称的母亲留给他的礼物。他一辈子不知道什么叫作牙痛，不知道什么叫作失眠，当他一手牵缰，一脚踏镫，飞身跃上马背时，所有的人都会觉得他像个年轻人一样。

玉奈在嫁入汗廷后，曾跟随察合台汗和哈剌旭烈前往万安宫觐见过一次窝阔台大汗。当时，她有些惊奇。这位比祖父的年龄足足小了五岁的叔祖汗，头发已经花白，憔悴的脸上布满了皱纹，看他的样子，竟比祖父苍老了不少。连叔祖汗本人也不得不承认这一点，还拿这点跟祖父打趣，并借故多罚了祖父三杯酒。此刻，就算即将走向生命的终点，她从祖父的脸上仍然看不见任何苍老的痕迹，并且，岁月在任何时候也不曾夺去这个男人的威严与智慧。

察合台沉思的脸上渐渐露出了笑容，显然，他完全不介意玉奈的唐突。

玉奈可以说是他亲自选定的孙媳，同时也是偌大的汗廷中深受他器重和信任的为数不多的几个人之一。如果说，在离开人世之前他还存有将他的想法告诉一个人的愿望，那么，他希望这个人是面前的这位年轻女子。

第六章　心牢

壹

　　察合台挪动了一下身体，将整个后背陷入枕垫里，这个姿势让他觉得后背好受了一些。他的手臂和双腿已不像前些日子那样肿胀疼痛，一切似乎都在好转，但他清楚，这无非是刮过草原的最后一场疾风。

　　空阔的汗帐中央，炉火烧得正旺，阳光透过天窗，将明亮的光线洒向每一个角落。帐壁一侧，挂着一幅巨大的挂毯，这是窝阔台汗赐给兄长的，上面的图案描述的是成吉思汗带着四个儿子在不儿罕山行猎的情景。

　　没有人能挽住生命的光轮，所幸记忆清晰如昨。

　　寂静流转，只一刻。回首往事，察合台谈兴愈浓，"旭烈的阿爸是我的嫡长子，他的名字叫南图赣。这个我想你肯定都已经知道了。南图赣刚满一岁时，就被我父母接到身边亲自抚养，可能由于这个缘故，他在孙辈中最得我父亲宠爱。那个时候，我父亲正为统一草原而奋斗，每逢征战，他都将南图赣留在汗营，要我母亲妥为照看。每当回师，他都会带给南图赣一件男孩子喜欢的礼物，在他的关怀下，南图赣生活得很幸福。后来，南图赣一天天长大，他继承了我的勇敢和果决，但与我相比，他的个性更沉静，更宽容。我跟你讲过，我与你伯祖术赤从小不和，可我们的不和从未影响到南图赣与拔

162

都的关系，他们常在一起赛马、摔跤、比试箭法，再加上你四叔祖的儿子蒙哥，你三叔祖的儿子阔端，还有你三哥贝达尔，这五个孩子年纪相仿，从小就是最要好的朋友。说起来，人的感情的确很复杂，很微妙，我和术赤，我们两个人其实都很欣慰于南图赣与拔都之间的友爱。也许在内心深处，我们都希望有一个办法可以消除兄弟间的隔阂，只是自尊和倔强让我们不愿意向对方低头。"

察合台说得有点口干，用舌头舔了一下嘴唇。玉奈急忙去倒了碗水来，察合台喝了一半，将碗递给玉奈。

"这些往事，这些回忆，对你来说，是不是太遥远，太枯燥了？"看着玉奈将碗放在一边，他慈爱地问。对于他珍藏的往事，似乎只有他的孙媳有着探究的欲望，也似乎只有这个孩子，可以打开他记忆的闸门。

玉奈摇摇头："不会啊，我很喜欢听您讲述这些往事。"

"你还真是个奇怪的孩子。"

"当年，我不是也把一切告诉了您。就因为这样，我才来到宫廷，成为旭烈的妻子、您的孙媳。"

"好吧，你既然喜欢听，我就讲下去。刚才，我说到哪里了？"

"您说，您和伯祖谁都不愿意先向对方低头。"

"哦，是啊。先不说我和你伯祖的事了，还是说说我父亲和我儿子吧。我不知道该用什么样的词汇才能准确地评价我父亲？我是该说他慧眼识英，还是该说他教导有方？或者就是，他拥有一种奇异的预见能力？我这么说你可能觉得无法理解，这样吧，我给你举个例子。我父亲有许多孙子，凡是在我父亲身边长大并且受到他器重和亲自教养的孩子，比如拔都，比如蒙哥，他们哪一个都称得上我蒙古的栋梁。这当中，我的南图赣就算不是最出类拔萃的一个，也绝对不输于他的堂兄弟们。当然，才能出众，还不是我为南图赣感到骄傲的唯一理由，我为他感到骄傲，是因为南图赣非常孝顺。他无论是对祖父母，还是对我和他额吉，都关心体贴，百依百顺。其实早在那时，我就决定，将来我所拥有的一切，都将由南图赣继承。"

说到这里，察合台停了停，深深地吸了口气。久病的虚弱与心情的激动，使他的声音听起来喘吁吁的。

南图赣离去的时候，也是在哈剌旭烈的这个年龄。要是南图赣还活着，也许他早就可以卸下这背负了一生的重担。

不必等到现在。

玉奈没有表露出内心的担忧，也不会阻拦祖父。她知道，祖父现在需要倾诉，而她，只需要倾听。

果然，察合台歇了一会儿，又接着说下去："第一次西征的时候，南图赣已经成为独当一面的将领，在攻克不花剌及周围城池的战役中，他立下了许多战功。父亲用兵，通常都是左、右路军清除侧翼威胁，中路军长驱直入，而我在左路军，南图赣在中路军，我们父子能够见面的机会不是很多。我最后一次见到南图赣，是在父亲的大帐，当时，他兴冲冲地想把他在战斗中缴获的一把纯金小刀送给我。我没有接受，我让他把小刀送给拔都，此前，拔都托我送给南图赣一副银马鞍。南图赣愉快地答应下来，他还说，等攻下巴米安，他就去看望我和他额吉。"

察合台的眼睛湿润了，想到他与儿子的最后一面，直到今天，他仍有一种情难自禁的感觉。

回忆还在继续："巴米安战役结束后，我回到父亲的主营。路上，我看到化为焦土的巴米安城堡，心里蓦然间就有了一些不安。隔了几天之后，父亲将南图赣阵亡的消息告诉了我，那一刻我的感觉，仿佛失去了世间的一切。甚至连我是活着还是死了，我都产生了怀疑。父亲不允许我在他面前表露出内心的哀痛，我看着父亲隐隐泛红的眼眶，想起巴米安冒着青烟的废墟，恍然明白，对于南图赣的离去，比我还要痛苦还要悲伤的那个人，正是将南图赣从小养大的祖父。想到这些，那天，当着父亲的面，我没有流一滴眼泪。从那时起直到现在，我可以掩藏悲伤，却无法消除思念。也许天下所有的父亲都是偏心的，南图赣是我最爱的儿子，我在他身上几乎寄托了全部希望。无论过去多少年，没有见到儿子最后一面，都成为我心底最深刻的遗憾。与此同时，正因为没有见到我儿子最后一面，没有看到他离去时的情景，我始终无法相信他真的已经长眠在异国的土地。我仍旧抱着期待，期待他能重新回到我身旁。一个抱着期待的父亲，又怎么可能将属于南图赣的汗位，不去留给他的儿子们？一个抱着期待的父亲，又怎么可能做出让南图赣感到失望的事情？你问我为什么一定要将汗位约定在长子一系，我想，没有别的原因，这是唯一的原因。"

玉奈的眼泪顺着面颊不断滚落。原来是这样！原来是这样……

一位君主，别人看到的，多半是他作为大汗唯我独尊的一面，又有几个人可以走进他的内心，看到他作为儿子，作为兄弟，作为丈夫，作为父亲，甚至作为男人的另一面？又有几个人愿意理解，在这个男人一生刚强的背后，究竟深藏着怎样的愧疚和怎样的柔情？

记得那时，她同意进入汗廷，同意陪伴和照顾哈剌旭烈，不只因为这是交易的一项内容，更重要的是因为她心存疑问。她百思不得其解，一个在她心目中公正严明、执法如山的大汗，何以为了孙儿，甘愿放弃原则，甘愿回归为人世间最平凡的祖父？

现在，她明白了。她知道，有幸懂了这个男人丰富复杂的内心世界，她更加不后悔自己与他所做的那场交易。

贰

察合台微微合上眼睛，他需要休息一下。对往事的回忆，消耗了他太多的精力。他没问玉奈为什么流泪，他不必问，他明白她的泪水为何而流。

哈剌旭烈抱着儿子木八剌沙进来时，看到祖父合目而卧，看到妻子默默流泪，他只觉得全身的血液都变得冰凉，手臂一麻，差点将儿子掉了下去。

他不由自主地发出了"啊"的一声，这短促的低呼中所透出的惨痛，惊动了察合台和玉奈。察合台睁开眼睛，向哈剌旭烈微微一笑，玉奈走过来，从他怀中接过孩子，把孩子抱到了曾祖父的面前。

哈剌旭烈站着没动，强烈的惊骇过去，他只觉得一颗心狂跳不止，跳得他头晕眼花，站立不稳。

木八剌沙刚刚睡醒，看到曾祖父，伸出一双小手让他抱。察合台接过重孙，放在身边逗弄了一会儿，孩子不时地发出"咯咯"的笑声。玉奈见儿子如此喜欢他的曾祖父，欣慰之余，更加难过。

察合台见哈剌旭烈还站在原地，嗔怪道："你这孩子，怎么傻站在那里？过来坐下吧。"

哈剌旭烈不敢不听祖父的话，他走过来坐在祖父身边。哈剌旭烈记事前，他的父亲南图赣就已去世，他们兄弟几个都是由祖父亲自抚养长大，在哈剌旭烈的心里，除了母亲，慈爱而又严厉的祖父就是他最亲的人。

玉奈担心察合台汗的身体吃不消，只让儿子跟曾祖父玩了一会儿，就抱起儿子向察合台辞行。她叮嘱哈剌旭烈留在祖父身边，察合台微笑着拒绝了："你们晚上再过来吧，陪我吃顿晚饭。这会儿，我有些累了，想先睡上一会儿。旭烈是知道我的，有人在身边，我休息不好。"

"可是……"玉奈还想坚持。

"没事，听话。"

旭烈取走靠垫，让祖父躺了下来，"那么，一个时辰后，我和玉奈再过来，可以吗？"他问祖父。

"可以。"

哈剌旭烈和玉奈向祖父施礼告退，察合台从枕边目送着他们离去，当帐门在他们的身后关闭时，察合台的眼中渐渐失去了光泽。

他的眼皮开始发沉，他真的想睡了。在入睡前，他深深望了一眼对面帐壁上的挂毯。依然是蓝天、白云、绿树、远山，杂缀在茸茸草甸的各色小花，每种颜色无不清晰醒目，搭配得恰到好处。枣红、深棕、乳白、浅褐、纯黑的骏马，展足飞奔，情态各异。蓝天白云下的右上部分，一头斑斓猛虎跃然出现，张牙舞爪，仰天长啸。父子五人，穿着不同颜色的猎服，戴着与猎服颜色相同的毡帽。成吉思汗的位置居中，正面迎上猛虎，一马当先，张弓待射；四个儿子则分开两边，紧紧策马相随。其中，术赤和拖雷在父亲的右侧：术赤的位置稍稍靠后，嘴里叼着草根，手不握缰，眼睛不是看着猛虎，而是看着父亲，显得信心十足；拖雷马快，他已抽出弯刀，跃跃欲试。察合台和窝阔台在父亲的左侧，兄弟二人倒是并驾齐驱：察合台一手持弓，一手取箭，似乎随时准备助父亲一臂之力；窝阔台则紧随父亲身边，一手伸向腿侧去取弯刀，看他那样，一旦父亲遇到危险，他一定会挺身挡开父亲……

栩栩如生的画面，总能带给察合台许多若苦若甜的回忆，而此时，察合台望着挂毯中的父亲时，却仿佛看到父亲从马上回过头，向他亲切地一笑。

与此同时，挂毯中他的身影，一点点变淡，直至透明。

很快就要见到父亲了。见到父亲，他一定要问问父亲南图赣究竟被葬在了哪里？是在已化成废墟的巴米安城中，还是在巴米安城外的某处？在父亲活着的时候，这是一个被绝对禁止提及的话题，甚至当父亲去世，碍于父亲生前的命令，也没有一个人肯告诉他实情。

曾经无解的谜题，他只能亲口去向父亲寻求答案。在另一个世界里，想必父亲不会再对他隐瞒。儿子的灵魂，留在了异国的土地，只有知道儿子被葬在哪里，或许，他与儿子还能再次相见。

他的脑海里纠缠着这个念头，慢慢地闭上了眼睛。

哈剌旭烈和玉奈并没有像他们所希望的那样，陪祖父吃顿晚饭。在回到寝帐不到半个时辰，他们接到侍卫急报：察合台汗病逝。

他们匆匆来到汗帐，为祖父穿上紫棕色貂皮大氅，做完这件事后，哈剌旭烈的叔叔和兄弟们也纷纷赶到。此前，因为察合台汗要传位之故，已将据守封地的所有人都召回汗营。也速蒙哥指挥人们将父亲的遗体入殓，送往预备好的空帐，同时安排兄弟子侄轮流守灵，至于其他的事情，只能等待。根据察合台汗的遗嘱，正式的葬礼要在贝达尔和不里返回后才能举行。

讣告被同时送往和林和西征前线。当时，哈剌旭烈和玉奈并不知道，在接到讣告的第三天，缠绵病榻一年有余的窝阔台汗也在万安宫病逝。鉴于窝阔台汗的儿子贵由和合丹、察合台汗的儿子贝达尔、长孙不里皆在西征军中，他们需要回国参加丧礼以及议定新任大汗，西征军统帅拔都下令全线班师。

"长子远征军"的撤离让正在紧张备战的西欧各国君主无不暗自松了口气，他们不能不感谢上帝，上帝用收回窝阔台汗生命的那只手，拯救了他危在旦夕的子民。

察合台果然深谋远虑。

作为察合台汗的次子，也速蒙哥在兄长南图赣去世后其实拥有长子的地位，不里则是察合台汗的长孙，又在西征军中担任察合台系的主帅，这两个人都各自拥有一批坚定的追随者和支持者。在这种情况下，哈剌旭烈的即位面临着重重阻碍。关键时刻，多亏战功卓著的贝达尔坚持执行父亲遗命，而也速蒙哥和不里到底不敢公然反对察合台汗的遗嘱，最后，哈剌旭烈总算在众口一词中成为察合台汗国的第二任汗。

哈剌旭烈虽说不具备祖父的雄才大略，不过，作为守成之君、和平之君，他自有别人不能相比的长处。

察合台汗国的情形如此。

蒙古本土，拔都的坚决抵制导致贵由无法如愿即位。

至于窝阔台汗生前选定的继承人，其嫡子阔出之子失烈门，因年幼、寸功未建加之六皇后乃马真和贵由从中阻挠的缘故，同样无法登临汗位。

鉴于汗位虚悬对国家稳定不利，王公贵族召开忽里勒台，决定暂由乃马真摄政，待时机成熟再召开选汗大会。

不管存在多少阻碍，贵由对汗位志在必得。

叁

与汗位悬虚、政局动荡的蒙古本土相比，察合台汗国与金帐汗国正处于社会稳定和经济繁荣时期。

第二次西征结束后，西征军统帅拔都回到伏尔加河畔，定都萨莱，建立了疆域广阔的金帐汗国。

与此同时，汗位在察合台汗国实现了平稳过渡。哈剌旭烈即位后，在贝达尔、玉奈以及一干能臣良将的辅佐下，坚持推行祖父制定的各项国策。另外，由于他仁柔的性格，他对叔叔和兄弟们尚能虚心相待，委以重用，这在一定程度上起到了维护家族团结的作用。

察合台汗国的前两位大汗都比较注重推行鼓励农商的政策，而哈剌旭烈的既定目标是将汗国建设成联结蒙古本土、中原、波斯、金帐汗国、窝阔台汗国商业往来的纽带和中转地。

此时的三大汗国仍是蒙古帝国密不可分的一部分，不同的是，金帐汗国、察合台汗国已形成体制健全的政权实体，而窝阔台汗国，因大汗产生于窝阔台家族，其汗国不过是窝阔台家族的驻牧地和休养地。

金帐汗国与察合台汗国既是相邻汗国，又是兄弟之国，且当时尚不存在领土争端。因此，两大汗国经常互派使臣，互通有无，政治、经济、文化往来不断。不过，由于身份所限，在哈剌旭烈专注于汗国内务时，拔都却以一种积极的姿态参与到蒙古本土的各项事务中，对蒙古政局的影响力与日俱增。

转眼间，乃马真摄政已有五个年头（1242—1246）。其间，她一味信用佞臣，玩弄权术，并且不遗余力地排挤窝阔台在位时受到重用的老臣，她的所作所为导致国家在内政外交方面毫无建树。唯一的成果是，她广施财富，积极运作，在五年间为儿子贵由继承汗位铺平了道路。

在这场旷日持久的汗位之争中，哈剌旭烈一直给予了失烈门道义上的支持。

哈剌旭烈是察合台之孙，失烈门是窝阔台之孙，他们两个都是先汗生前指定的继承人，这是二人在身份上的相似之处。哈剌旭烈本人的即位受到过二叔也速蒙哥和长兄不里的抵制，若非贝达尔叔叔力排众议，他现在尴尬的处境想必与失烈门如出一辙，这是二人在处境上的相似之处。

既有相似的身份和处境，哈剌旭烈的同情自然放在失烈门一边。

支持归支持，说到具体帮助，哈剌旭烈却无能为力。汗国局势复杂，哈剌旭烈自己能坐稳汗位尚且不易，更重要的是，他从来不具备如金帐汗拔都一般作为成吉思汗的长支子孙，在常年征战中所建立起的能够左右蒙古政局的威信。

也速蒙哥无视侄儿的心愿，旗帜鲜明地拥护着贵由。

在察合台一系，也速蒙哥和不里原本都是贵由的支持者。不里在西征途中与贵由一道羞辱了统帅拔都，事情发生后，他受到祖父的严厉训斥。而比这更严重的后果是，不里的一念之差竟使他失去了原本唾手可得的汗位。哈剌旭烈即位后，他回到封地，自此变得日益消沉，不是终日游猎，就是与酒色为伴，他的心境如此，对贵由的事便不像二叔也速蒙哥那样热心了。

选汗大会即将召开，拔都在拖雷家族核心人物苏如夫人的劝说下，终于同意派出自己的哥哥斡尔多和弟弟昔班代表他本人参加忽里勒台。术赤家族既然做出让步，贵由又得到来自拖雷家族的支持，察合台家族无疑也得表明态度。至于窝阔台汗家族，除失烈门本人对失去汗位耿耿于怀却只能无奈屈服外，其他人原本与汗位无份，事已至此，倒乐得顺水推舟。

忽里勒台召开前夕，也速蒙哥和不里均接到贵由的亲笔信，也速蒙哥早有准备，第二天一早便带着丰厚的礼物赶往和林。不里大醉不醒，躺了几天，才在夫人的催促下勉强动身。哈剌旭烈和玉奈有些事情要处理，走得最晚，路上，他们遇到了白帐汗斡尔多和蓝帐汗昔班，这个意外之喜为彼此都消除了许多旅途中的寂寞。

忽里勒台结束后，贵由登上汗位，成为蒙古帝国的第三任大汗。

即位伊始，贵由在蒙哥兄弟以及阔端等人的协助下，开始进行大刀阔斧的改革。他首先处死了贪赃枉法、惑乱国政的太后信臣奥都蛮，之后，又重新起用了被母亲无端废黜的财政大臣牙老瓦赤和丞相镇海。唯一的遗憾是，一代名相耶律楚材在乃马真的授意下，受到奥都蛮的排挤和迫害，早在几年前郁郁而终。

自退出权力中心，乃马真便无力干涉儿子的任何决定。她主动向儿子要求离开和林，返回窝阔台汗国的首都叶密立颐养天年。几个月后，她在叶密立孤独病逝，贵由将母亲葬于黄金家族的墓地——起辇谷。

当内政初步理顺后，贵由将整顿的目标转向三大汗国。

三大汗国中，对金帐汗国他鞭长莫及。别说金帐汗国远离本土，他的命令无法通行，事实上，就连他，都是得到堂兄拔都的默许才能登临汗位。他不是他父亲，拔都任何时候都不会违背他父亲的命令，可他的圣旨在拔都那里恐怕形同废纸。为了不自取其辱，他只得暂且忍下这口窝囊气。

再说窝阔台汗国，本来就是窝阔台家族的驻牧地和休养地，现在窝阔台家族拥有整个帝国，而作为蒙古大汗，贵由同时也从父亲手中接管了窝阔台汗国。没有人会为自己的领地费心。

除去金帐汗国和窝阔台汗国，贵由真正想要掌握的，其实是察合台汗国。富庶的中亚之地，经喀喇汗王朝、西辽国、花剌子模和蒙古，一直被历代君主视为国家府库。为了日后能与他无时或忘的对手拔都抗衡，或者说，为了日后能够击败拔都，贵由就必须牢牢掌握介于窝阔台汗国与金帐汗国之间的察合台汗国。

贵由是个眼睛里容不得沙子的人，他从未忘记，在他与侄子失烈门争夺汗位的过程中，哈剌旭烈一直都站在失烈门一边。他早想过，若哪天他登临汗位，第一个要对付的人就是哈剌旭烈，其次才是拔都。

所谓一朝天子一朝臣，为了让察合台汗国控制在"自己人"手中，贵由汗做了通盘的考虑。他最属意的当然是二伯的次子也速蒙哥和长孙不里，这两个人都与他交情匪浅，且都有取代哈剌旭烈的资格。

南图赣死后，也速蒙哥成为察合台汗诸子中最年长者，其地位类于长子。另外，也速蒙哥本身拥有一批忠实的追随者。相比较而言，哈剌旭烈与失烈门一样，都存在着资历太浅以及未建战功的缺陷，哈剌旭烈虽算得上一位守成之君，仅从威信而言，他仍旧逊于二叔也速蒙哥和兄长不里。

贵由汗权衡再三，决定放弃不里。其原因有二：一是不里在察合台汗生前，已被其祖汗明确剥夺了汗位继承权；二是贵由将哈剌旭烈赶下汗位的理由，恰恰是察合台汗有子尚在人世，岂可不遵长幼之序？

拿定主意，贵由汗首先以撒马尔罕周边示警，将手握重兵的贝达尔调开巡边。接着，派一支精锐骑兵进入察合台汗国，为首的汗使手持贵由汗圣旨，在也速蒙哥的配合下，迅速包围了汗帐。当天，哈剌旭烈便被贵由汗以牵强的理由废黜，第二天，也速蒙哥登基为汗。

所有的一切都发生得太过突然，令人没有稍稍思考和做出反应的时间。等贝达尔惊闻汗宫之变，率领军队赶回首都时，哈剌旭烈早被三任汗也速蒙哥强行迁往其封地巴拉沙衮。贝达尔回朝之日，亦被也速蒙哥剥夺了军权。也速蒙哥在首都附近划出一小块牧场，作为贝达尔的休养之所，他不无嘲笑地对弟弟说："这些年，你为哈剌旭烈操碎了心，也该好好歇歇了。"

贵由汗的军队还在汗国境内，贝达尔无力回天，只得接受了这个结果。他看着坐在汗座上二哥那张得意洋洋的脸，平静地说了一句话：违背察合台汗遗命的人，一定得不到长生天和圣祖的护佑。

他对二哥尚存手足之情，这是他给二哥的最后一句忠告。

可惜也速蒙哥置若罔闻。

肆

察合台汗自幼从军，久历烽烟，阅人无数，确实拥有一双识人慧眼。当年，他曾对膝下儿孙做过如下评价：也速蒙哥领一军可冲敌阵，临死也绝不退缩，勇往直前而不谙进退之道，有将千人之才而无帅万人之能，如此猛将，出可为帅之辅，入不可为臣之主；贝达尔禀性忠诚，智勇双全，长于演兵布阵，尤擅运筹帷幄，堪称帅中之帅，惜临事意气为先，不善转圜，不善筹措，且无远忧，和平时常耽于逸乐；不里勇猛有余，谋略不足，重情重义，然不能明断是非，稍有失意，暴躁易怒，人皆远之；哈剌旭烈性格仁柔，有容人之量，虽不经战事，未建寸功，打江山全无可能，守成自有长处。大凡守成之主，治国以仁，若得贤能之士辅弼，必成盛世之君。治民以柔，柔能克刚，柔而不折，逢动乱亦能自保。至于其余儿孙，各有才能，可封王拜侯，唯离汗位甚远，不妨跟随心意，各有依附。

正如察合台对次子的了解，也速蒙哥即位后，立刻表现出其"勇往直前"的一面：他首先将哈剌旭烈和贝达尔逐出权力中心，接着又大量罢免和调换了在察合台和哈剌旭烈两朝被委以重任的文武将臣。他选用官员的标准主要是对他本人忠诚与否，于是一批善于逢迎的奸佞小人趁势而聚，充斥于朝堂内外。这些人为所欲为，而也速蒙哥闭目塞听，致使纲纪败坏，世风日下。不仅如此，新汗的滥行赏赐，又令两代大汗积累的国家财富消耗殆尽。

与也速蒙哥的急进不同，哈剌旭烈对封地的治理依旧稳健和明智。他从经历了最初的失落、愤怒与不甘，到终于能够坦然接受现实，再到从心理上完成角色的转换，在这个令人煎熬的过程中，玉奈、贝达尔以及许多正直的大臣发挥了至关重要的作用。无论身份如何变迁，这些人始终对他忠诚相随，也正是他们的不离不弃，带给他莫大的安慰，成为他重新振作的力量。

驻守巴拉沙衮的军队和市民仍奉哈剌旭烈为君。人们感念他顶住了也速蒙哥对巴拉沙衮的横征暴敛，感念他不惜赔上性命，也要维护在察合台汗时代制定、在他统治时趋于完善的税收制度。另外，巴拉沙衮原本就是哈剌旭烈的封地，在他登基前，他对巴拉沙衮的治理便颇见成效，得到过察合台汗的肯定和巴拉沙衮军民的拥护。此次无端被贬，由君而臣，他仍坚持采行一切鼓励农商的政策，而政策具有延续性，亦使巴拉沙衮成为汗国独善其身的城市。

事实上，巴拉沙衮正在变成国中之国。

也速蒙哥嫉恨哈剌旭烈，却没勇气除掉他的侄儿。他很清楚，在汗国臣民心中，只有兄长南图赣的子孙才拥有继承汗位的资格。毋庸讳言，哈剌旭烈不具备察合台汗的雄才大略，可他为政平和，注重民生，善于用人。无论官员百姓，对哈剌旭烈或许不像对察合台汗那样充满敬畏之心，甘愿选择服从之道，不过，多数人更认可哈剌旭烈的继承权却是不争的事实。

反观也速蒙哥的汗位，是放在风口浪尖上的汗位，是在特定时期凭借人们屈从于贵由汗的权威所获得。万一他将哈剌旭烈置于死地，激起更大的民怨，只怕到时连贵由汗也帮不了他。

也速蒙哥就算对哈剌旭烈的势力不必放在心上，但终究不能无视贝达尔的存在。别看贝达尔被他剥夺了军队与权力，活动范围也被限定在他亲自为弟弟划定的封地之内，可恰恰是这个终日在牧场上悠闲放牧的人，于沉默静守中却隐藏着一呼百应的力量。如今军队中手握重兵的将领，大多数都曾跟随贝达尔出生入死，他们敬佩和崇拜贝达尔，不亚于敬佩和崇拜当年的察合台汗。毫无疑问，只要贝达尔一声令下，他们会再一次追随他冲锋陷阵。

至于杀掉贝达尔，也速蒙哥连想也不曾想过。他很清楚，背上残杀手足的罪名，只会让他迅速陷入谴责和包围之中。随便什么人，只要打着为贝达尔报仇的旗号，就不难将他置于死地。

与其如此，还不如留着贝达尔。

与其如此，还不如留着哈剌旭烈。

尽管有着上述种种顾虑，最终促使也速蒙哥与哈剌旭烈相安无事的深层原因，还在于也速蒙哥得知侄儿从春天起就一直缠绵病榻，早将巴拉沙衮的一切军政事务交由侄媳兀鲁忽乃掌管。

也速蒙哥从不相信一个女人能掀起多大的风浪。既然侄儿身体不好，他不妨耐心点，等着侄儿哪天撒手人寰，他再随便找个理由，将侄儿的孤儿寡妇撵到更偏远的地方。到那时，富庶的巴拉沙衮就会回到他的治下，而哈剌旭烈苦心经营所积累的巨大财富，也将变成他的囊中之物。

也速蒙哥算好了一切，唯独忘了贝达尔对他说过的那句话：违背察合台汗遗命的人，一定得不到长生天和圣祖的护佑。

也速蒙哥真正的好运只持续了两年。贵由汗三年，在位不过三个年头（1246—1248）的蒙古帝国第三任大汗贵由死于西征途中。

西征，不过是个冠冕堂皇的借口。对贵由而言，他真正的心腹之患始终是拔都。他想通过战争，完全掌控处于半独立状态的金帐汗国。可长生天不想给他这个机会，他在进军途中一病不起。

随着贵由的病逝，窝阔台家族和拖雷家族围绕汗位开始了新一轮的争夺。

这一次，连术赤家族和察合台家族都不能置身事外。

并非始于贵由死后，其实，在日渐强烈的求变需求中，王公贵族、功臣宿将早对汗位被强行约定在窝阔台一系产生了怀疑。

放眼窝阔台家族，只有窝阔台本人的文韬武略与胸怀远见得到了世人的崇敬和普遍认可。作为成吉思汗亲自选定的继承人，窝阔台没有辜负父亲以及将臣百姓的期望。在他当政的十三年间（1229—1241），对外，他灭金国，征高丽，平波斯，组织第二次西征，帝国疆域继续拓展；对内，他鼓励农商，健全兵种，完善驿站制度，国家充满生机与活力。那时，他以铁的手腕统驭着亲族及藩属国，每遇战事或处理重大事件，各守封地的诸王都会无条件地予以支持。

然而，辉煌仅限一代。

窝阔台去世后，他的家族由于缺少深孚众望的继承人而不可避免地走向衰落。窝阔台的次子阔端虽不乏治世才干，可他生母地位不高，早早被排除在储君人选之外。另一个杰出的后代海都在祖父去世时年方七岁，一个七岁的孩子，无论如何不会进入人们的视线。在无人可被看好的情况下，人们囿于当年的誓言，只能在嫡子阔出之后失烈门和窝阔台汗长子贵由之间犹豫观望。

伍

六皇后乃马真一定要将汗位留给她的长子贵由。失烈门纵有支持者，终究斗不过老谋深算且为人强势的乃马真。比对双方力量，贵由的胜算从一开始便多于还是少年的失烈门，不料远在金帐汗国的拔都坚决抵制选汗大会，长支系的强硬立场使得与贵由近在咫尺的汗位变得遥不可及。鉴于大汗一时难以产生，作为权宜之计，人们只得议定由乃马真暂且摄政，等待新汗选出。

乃马真执政时期，蒙古帝国国事日非。

期间，依靠两位先汗打下的坚实基础，依靠着王公贵族、功臣宿将的忠诚，帝国勉强维持着它的统一。另外，阔端对西夏故地及吐蕃的经营颇见成效，这虽然只是局部的亮色，多少还能照亮窝阔台家族的天空。

乃马真是这样一种女人：坚定、无所畏惧，不乏抱负与热情，说到治国才能，她却实在无法与她的丈夫相提并论。她的摄政虽为贵由铺平即位之路，与此同时，帝国从建立之初积累起来的巨大财富也被她消耗殆尽。

至此，人们不能不扪心自问，为什么只有窝阔台的子孙才具有继承汗位的资格？

可誓言的力量如此强大，人们无法越过心里的壁垒。

倘若乃马真没有让将臣百姓感到失望，倘若贵由没有让将臣百姓继续失望，倘若贵由去世后他的皇后海迷失和两个儿子没有让将臣百姓更加失望，人们很可能忽略汗位被约定在某个家族的弊端，而那道誓言的壁垒，也永远不会被人为地冲破。

如果终究是如果，当失望的情绪汇集成一股挣脱誓言束缚的潜流，许多人开始将重整河山的希望寄托在了金帐汗拔都的身上。

拔都心知肚明，他决定利用这股潜流汇集成洪水，进而用洪水的力量冲破人们心上的那道壁垒。

他要求所有人都到他的封地召开忽里勒台。这是一种试探，试探一下人们拥护他的程度；这也是一种策略，在他的封地，他可以左右局势。

窝阔台家族和察合台家族中都有人反对拔都的倡议，窝阔台家族中，反对最激烈的是贵由的孀妻海迷失和两个儿子，另外一个是阔出之子失烈门；察合台家族中，反对最激烈的是也速蒙哥和不里二人。

围绕汗位之争，成吉思汗四位太子的后人们突然间分裂成两个阵营：术赤家族自不必多言，他们一向以拔都为核心。拖雷家族素与术赤家族交厚，拔都与蒙哥在两次西征中都是同生共死的战友、兄弟与知己，这是感情方面的原因，促使术赤家族与拖雷家族走向联合。

术赤家族与拖雷家族团结一心，单看察合台家族与窝阔台家族如何应对了。在察合台与窝阔台活着时，这两个家族一向同进共退。对于拔都的倡议，察合台家族若能与窝阔台家族联合抵制，那么，两个阵营的力量旗鼓相当，拔都势必无法按照他的愿望召开忽里勒台。

窝阔台家族固然缺少理想的人主之选，然而，毕竟其时谁也没有勇气在自己手上拉开造成国家分裂的大幕，这些人中，包括拔都，包括也速蒙哥，包括蒙哥，也包括成吉思汗几位兄弟的后王们。

然而，长生天大概真的对海迷失，对贵由的两个儿子忽察与脑忽，对失烈门感到厌烦了。

自海迷失代摄国政，她与两个儿子各立朝廷，胡作非为，政局的进一步混乱使人们对汗位的约定产生了动摇，对拥戴窝阔台的子孙产生了质疑。

正当人们大失所望之际，拖雷的长子蒙哥却以稳健而冷静的行事风格，理智而杰出的治国才能进入了人们的视线。事实上，此时握有蒙古帝国政治命脉的拖雷家族，已然萌生了取窝阔台家族以代之的念头，既然如此，他们当然对拔都的倡议表现出积极响应的态度。

于是，长生天的厌烦显示了效果：一旦拖雷家族的当家人苏如夫人做出派遣蒙哥兄弟前往金帐汗国参加忽里勒台的决定时，对于是否接受拔都的邀约，察合台家族与窝阔台家族立刻产生了意见分歧。

察合台家族中，哈剌旭烈与贝达尔是支持拔都的。当年，贝达尔在第二次西征中与拔都、蒙哥密切配合，取得了里格尼志战役的胜利，而贝达尔本人，也因里格尼志一战成为察合台汗家族的战神。贝达尔对拔都和蒙哥的能力素有所知，无论从私人感情出发，还是为改变帝国颓势考虑，他都希望由拔都出面定鼎大局，尽快为帝国选择一位能令众人信服的继承人。

哈剌旭烈曾遭到贵由汗无端贬谪，这件事早在哈剌旭烈心中留下阴影。不过，哈剌旭烈并非心胸狭隘之人，倘若贵由汗是一位能够引领蒙古帝国走向繁荣富强的大汗，他会说服自己放下私怨。倘若他的二叔也速蒙哥对察合台汗国的统治卓有成效，他也不妨接受现实，当好他的地方领主。

可事实刚好相反。贵由和也速蒙哥，他们的所作所为让所有人感到大失所望，也让两个家族内部再也不能团结一心。

其时，哈剌旭烈病体尚且虚弱，无法承受鞍马劳顿之苦，他遂接受叔叔贝达尔和玉奈的建议，由他们代他远赴伊塞克湖。

贝达尔和哈剌旭烈的态度如此，也速蒙哥和不里却坚决反对参加"拔都的忽里勒台"。与此同时，在窝阔台家族，也围绕着是否参会分裂出两派力量。阔端与蒙哥交厚，合丹与拔都交厚，他们觉得作为成吉思汗的长支子孙，拔都有资格召开这样的忽里勒台，另外，他们原本与汗位无份，对他们而言，就算真的汗权旁落，也强似将国家交在贵由那两个不懂事的儿子手中。

本来，正在摄政的海迷失皇后、贵由之子忽察与脑忽、阔出之子失烈门、察合台三任汗也速蒙哥、察合台之孙不里，这些人联合起来，不遗余力地抵制在金帐汗国召开的忽里勒台。可拔都与苏如夫人、蒙哥的威望，察合台、窝阔台两个家族内部的分裂，都使他们的抵制显得软弱无力。

争论未休之际，随着诸王勋贵纷纷赶往伊塞克湖，海迷失皇后与其子、察合台三任汗也速蒙哥被迫做出让步，各自派出了自己的代表。

陆

　　参会人员几乎全都属意功勋卓著的拔都，拔都却无意问鼎汗位。为了祖父辛苦开创的事业后继有人，他全力推举蒙哥继承汗位。在他的坚持下，在多数人的支持下，终于形成了以蒙哥为蒙古大汗的伊塞克湖决议。按照决议，只待来年举行正式的忽里勒台后，蒙哥将登基成为蒙古帝国的第四任大汗。

　　海迷失母子与也速蒙哥等人直到这时才意识到世态的严重性，他们表示，坚决不承认伊塞克湖决议，在他们抵制和百般干扰下，蒙哥无法如愿即位。当事态变得越发不可收拾时，拔都以武力做保障，传谕诸王贵族，要求立刻召开忽里勒台。

　　海迷失母子、失烈门、也速蒙哥、不里等人仍以种种借口拒绝赴会，大家等了一个多月，见他们毫无动静，别儿哥、阔端和贝达尔都建议不要再拖延下去，他们认为，群龙无首的局面越久，越对国家不利。

　　别儿哥代表拔都汗本人，阔端又是窝阔台汗尚在世上的儿子里最年长的一位，贝达尔战功卓著，他们的意见举足轻重。这样，在伊塞克湖协议形成的一年半之后，蒙哥终于在众望所归中登上汗位，成为蒙古的第四任大汗（1251—1259 年在位）。这是蒙古帝国最有作为的大汗之一，而蒙哥登基后的第一件事，就是惩治异己势力，巩固拖雷系从窝阔台系夺取的权力。

　　其实，在蒙哥汗登基不久，发生过窝阔台系三位王爷欲借参加宴会之际加害新汗的事件，阴谋败露后，蒙哥汗为防止同样事情再度发生，对所有反对者展开了无情的清洗。首先，他命亲近侍卫将海迷失以及失烈门的母亲沉入湖底。至于直接参与谋杀的三位王爷，因为是近属，蒙哥法外施恩，命他们从征各地。其次，为防止窝阔台、察合台的后王们联合作乱，蒙哥对他们采取了不同的制约措施。对窝阔台汗国，他采取分而治之的策略，首先将窝阔台汗国分成数片，分封给窝阔台汗的子孙们。对察合台汗国，则采取了"根除大树，移植幼苗"的策略，将坚决反对他且势力强大的诸王处死，然后从诸王之子中选择忠顺于自己的人，继承其父的王位。

　　在所有窝阔台和察合台的后王中，他对阔端、合丹和贝达尔优渥有加，不动其封地，不削其权力。同时，他恢复了哈剌旭烈的汗位，他交给哈剌旭烈的绝密任务是,以叛乱罪逮捕和处死也速蒙哥、不里二人。

遗憾的是,哈刺旭烈没有再次成为察合台汗国第四任汗的运气,他在圣旨到达前病逝于巴拉沙衮的王宫。

玉奈决定为儿子夺回汗位。她匆匆将丈夫的遗体装殓,之后一刻也不耽搁,手持蒙哥汗的圣旨,带领汗宫精锐部队和巴拉沙衮的军队,兼程赶回阿力麻里。她以蒙哥汗赋予的权力,迅速逮捕、宣判、处死了也速蒙哥和不里,接着,又秉承蒙哥汗的旨意,将二人的王位交付给他们的儿子。

这已是汗国第二次发生在新汗授意下的宫廷政变,重新登临汗位的又是汗国的合法继承人,所以,人们在短暂的惊愕之后,也就安之若素了。俟汗国的局势稍稍稳定,玉奈派人迎回了丈夫的棺椁,她与贝达尔以及哈刺旭烈的拥护者一道,为丈夫举行了隆重的葬礼。

蒙哥汗在汗廷闻讯,对玉奈的果断处置大为赞赏。玉奈曾代表哈刺旭烈参加了在伊塞克湖举行的忽里勒台,在那次忽里勒台上,这位年轻女子的冷静、清醒、能言善辩以及无所畏惧的性格就给蒙哥留下过深刻的印象。如今,玉奈很好地执行了汗命,蒙哥便正式任命木八刺沙为察合台汗国的第四任大汗,同时,考虑到木八刺沙尚在幼冲之年,诏令玉奈监国。

几乎与蒙古帝国同步,察合台汗国在玉奈的治理下,进入了经济持续繁荣,国力更加强盛的时期。

事隔十八年后,玉奈终于回到萧府。

不同的是,这一次,她是以察合台汗国太后及摄政的身份。

萧府的家人们即使看到这位被人前呼后拥的太后有点面熟,也不敢将她与昔日萧府那个喜欢女扮男装、喜欢驯马的大小姐联系在一起。

汗宫侍卫迅速包围了萧府内外,府上任何人不得随意进出走动。随即,他们传来了萧夫人阿丽纳。

一开始,阿丽纳同样没有认出玉奈来。她与玉奈的关系本来没有那么亲近,不至于将玉奈的容貌牢牢地刻在脑海。何况经过十八年的时光,她以为玉奈早就死在多年前的那次劫案中。

玉奈的神态异乎寻常的平静。自进入汗宫,她已练就将一切喜怒哀乐压在心底的本领。此时,她久久打量着阿丽纳,打量着这个勾结管家害死她父亲的女人，悲伤与愤怒只在她的嘴角勾勒起一道弧线。

那一年，她将一切都查得清清楚楚却没有向阿丽纳报仇，其中的原因她只对察合台汗一个人说过。现在，她打算告诉阿丽纳。

柒

与十八年前相比，阿丽纳的身材和脸庞明显发福了许多。十八年的时光，她变成了萧府真正的女主人，也越发显现出雍容华贵的气质。然而，夜夜噩梦，担惊受怕，到底在她曾经光洁柔嫩的脸上刻下了岁月无情的痕迹。

阿丽纳不知发生了什么事。见一群如狼似虎的汗宫侍卫突然包围了萧府，她一个女人受到惊吓，多少有些手足无措。她向玉奈见礼时，玉奈也没说让她起身的话，她实在想不透这位汗国女摄政找她有什么事？

玉奈不说话，阿丽纳也不敢起来，时间一长，她开始跪不住了。她勉强坚持了一会儿，玉奈仍不说话。她不由得动了动身体，抬头看着玉奈。此时，她虽说紧张不安，可她的神色却显得相当镇静。

从阿丽纳嫁入萧府，玉奈就很熟悉在这位后母眼中时时闪现的冷酷光芒，记得那时，这目光不止一次让她感到害怕。

"你……"阿丽纳试探着问了一句。

玉奈环顾着大厅。当年，她的父亲就是在大厅的门前被歹徒杀害的。

"您……请问……"阿丽纳试图打破沉默。她不喜欢这种被别人控制的感觉，哪怕是死，她也不喜欢受别人控制。

玉奈重又将目光移回到阿丽纳的脸上。

"那个时候，你为什么会昏过去？"她语气平淡地问。

阿丽纳被问懵了，"啊？"

"十八年前，当看到你丈夫死在你的面前时，你为什么会昏过去？"玉奈一字一句地问，想到父亲的惨死，她直到此刻仍旧觉得痛苦不堪。

阿丽纳意识到什么，抬头认真端详着玉奈，终于，她从面前这张冷艳的脸上依稀辨认出萧乌沙的轮廓。

她用手指着玉奈，"你……你！难道，难道你是……"她的手在颤抖，声音也在颤抖，随着话音，她从地上站了起来。

"你还没回答我,那个时候,你为什么会昏过去?"玉奈依然执拗地追问。

阿丽纳无言以对。仅仅过了片刻,她居然恢复了镇静,"你没死?"她脱口问道。

玉奈冷冷地哼了一声。

阿丽纳想了想,脸上闪过一丝绝望的微笑:"该来的总归会来,我早在等着这一天。是啊,你没死,要死的人就一定是我了。"

"你不怕吗?"

"我怕了十八年,到底躲不过这笔人命债、良心债。也罢,既然是债,早还早了。"

"你死了,萧里刺怎么办?"萧里刺是玉奈的异母弟,今年还不到十九岁。前些时候,阿丽纳正托人为这个孩子提亲呢。

见玉奈提起儿子,包裹着阿丽纳的冰冷外壳才被打破,对儿子的眷爱和难以割舍的心情使她潸然泪下。

玉奈无言地看着她。母亲就是母亲,当年,若非顾及这份慈母之爱,若非不忍心让弟弟在失去父亲之后又失去母亲,不忍心让年幼的弟弟失去庇护,像她一样变成真正的孤儿,她早就拿着那些证据告官了。

阿丽纳只让眼泪流了一会儿。她不会在玉奈面前示弱,当她拭去泪水时,她高高地昂起头,带着一种挑衅的神情迎视着玉奈的目光。

玉奈并不在意她的敌视。"我先替你开个头吧。"她对继母说,语气沉缓从容。

阿丽纳微微地愣怔了一下。

"当年,察合台汗回镇汗国,为了辖地长治久安,开始实行严刑峻法。汗国既有发达的商业,自然活跃着许多商贩,察合台汗下令各级官员对一切商业违法现象厉行查处,决不姑息,偷税漏税行为更是罪可致死,即使侥幸以罚代刑,也会倾家荡产。萧乌沙身为喀什噶尔的财税官员,奉行大汗旨意自然不遗余力。他惩处了一批经过查实确有违法行为的商贩,其中有位马商……"

阿丽纳脱口而出:"他……"

玉奈没让她说下去:"对,这位马商是遭人陷害,但当时萧乌沙并不知情。不,直到离开人世,萧乌沙也不知道这位马商是被人冤枉的。马商是因为以次充好、欺骗买家的罪名而被罚没所有马匹，这件事对马商打击极大，从祖父开始积攒三代的家业一夕间荡然无存固然令他心有不甘，然而一世清誉毁于一旦更令他耿耿于怀。出狱仅仅几天后，悲愤交加的马商就在家中悬梁自尽了。"

阿丽纳微闭的眼角渗出两颗大大的泪滴。那一幕，她永生无法忘记。

玉奈的声音听起来虚无缥缈："马商死后，所幸还有一些积蓄，他的妻子和一双儿女的生活还不至于立刻陷入困境，只是，让他们感到寒心的是，在乡亲邻里眼中，他们成了罪犯的家人。面对这种情况，他们在原来的地方实在待不下去，只好搬到城里，投靠了马商的一位亲戚。这位亲戚还算仗义，将自己正准备卖掉的一处房子收拾出来，以低价租给他们。转眼两年过去，萧乌沙因执法严明且成效显著受到察合台汗的表彰，使者选在官衙外代表察合台汗对萧乌沙进行封赏。那天，许多人都跑来看热闹，巧的是，正为母亲抓药的马商女儿也看了这个场景。当她知道这个风光无限的人就是害死她父亲的凶手时，她立志要为父亲报仇。"

阿丽纳睁开眼睛，抹去泪水，她环视着丈夫被杀害的这间正厅，眼中蓦然闪过一道凌厉的光亮。

"还要我说下去吗？"玉奈问。

阿丽纳不置可否。

"好吧，你既然不想说，还是让我替你说吧。一年后，马商的妻子去世了，他的一双儿女开始实施他们的报仇计划。马商的女儿在绣房做工，做工期间，她认识了一位经常光顾绣房、对她的手艺十分欣赏的中年妇女，这位中年妇女是城中有名的媒婆。当她从媒婆口中得知萧乌沙正准备续弦以延续萧家血脉时，有意无意间总是流露出向往的神情。媒婆见马商的女儿姿容秀丽，心灵手巧，也不禁动了这个念头，于是她们一拍即合。媒婆知道萧乌沙不会迎娶家中没有父母的女子，便让自己在乡下的亲戚认了马商的女儿做养女。她又到萧乌沙家中游说，终于说动萧乌沙将这位马商的女儿娶回家门。这件事有利可图，大家都得了不少好处，所以在马商的女儿嫁入萧府后，了解这桩事的人都对自己的行为守口如瓶。"

阿丽纳面对玉奈的逼视，不由自主地避开了视线。

玉奈踱到她的面前，继续说道："这位马商的女儿自然就是你，阿丽纳。嫁给我父亲后，你开始加快实施你的报仇计划，但你打算做得神不知鬼不觉。

你不仅要我父亲死，还要得到他的财产，你觉得，这是萧乌沙应该还给你父亲的。我不知道你的心意是否产生过动摇，我想，应该有吧，在你怀上我父亲的孩子后，或者，在某个你得到丈夫百般宠爱的瞬间。不过，你最终没有收手的打算。你生下里刺后，利用我父亲经常不在府中的机会，为自己找到了一个得力的帮手。这个帮手就是管家萧高勒。你看出萧高勒垂涎你的美貌，决定利用他。而且，为了促使萧高勒痛下决心杀害我父亲，你故意让我发现了你与他的奸情。"

阿丽纳再也无法保持镇定，她声音颤抖地追问："你是怎么知道的？这些，你是怎么知道的？"

玉奈不予回答，只是理理思绪，旁若无人地讲下去："萧高勒在萧府做事多年，他了解我父亲的为人，他知道，一旦我将此事告诉父亲，他必定死无葬身之地。为了死中求活，同时也为了与你长久苟合，他决定铤而走险。他找到了他的一位朋友，许以重金，要他这位朋友找些人来，扮成劫匪杀掉我父亲。那时候，萧高勒并不知道，他所谓的这位朋友就是你的哥哥，而萧高勒能认识你哥哥，能与你哥哥成为朋友，乃至与你哥哥策划了后来的劫案，其实都是你费尽心机的安排。果然，一切如你所愿，在随后发生的劫案中，劫匪杀死了我父亲……"玉奈说到这里，声音有一点哽咽，她急忙停下来，稳定了一下情绪。

阿丽纳看着她，慢慢地问："你都看到了？"

"对，我看到了，亲眼看见了一切。"

"你在哪里？你怎么会看到？"

"或许是我命不该绝。那一宿，我为该找什么样的理由说服父亲撵走萧高勒而烦恼、睡不着，就到外面走了走。在我准备回去睡觉时，劫匪闯进了父亲和你的房间。他们杀死父亲后，又向我的卧房赶过去，我意识到他们的下一个目标是我。那个时候，我虽说悲痛欲绝，但让凶手遂愿我同样不甘心。而且，我已开始怀疑，这些蒙面人如此熟悉萧府的环境，一定是因为萧府里有他们的内应。既然我无力救父亲，就只能设法给我父亲报仇。为了查清凶手的底细，我借着夜色躲在灌木丛里，直到他们洗劫了萧府，赶着马车离开，我才悄悄跟上了他们。"

阿丽纳心想，难怪第二天他们到处找不到玉奈的踪影……

捌

玉奈突然伸出手，掐住了阿丽纳的脖颈。她的手上稍一用力，阿丽纳便剧烈地咳嗽起来，脸也憋得紫胀。看到她这个样子，玉奈将手松开了。十八年前，她恨不能亲手杀了她，十八年后，她的仇恨已不足以让她将这个女人置于死地，"我再问你一遍，那个时候，你为什么会昏过去？"

为什么会昏过去？是啊，为什么会昏过去？阿丽纳努力地回想着。一切蓦然回到心间：萧乌沙颈部受伤，血像泉水一样涌了出来，转眼，便染红了他的身体。他用尽最后的力气回头望了她一眼，这一眼，充满了无尽的担忧。正是这一眼，使她在极度震骇与悔恨中失去了知觉……

不知过了多久，她苏醒过来。这时，天光已然放亮，她一眼看到丈夫的尸体，于是，她挣扎着向他爬去，她在他的面前跪了下来，泪水止不住地簌簌滚落。她为父亲报了仇，然而身为女人，她又曾经蒙受这个男人的无限宠爱，她向他发誓：只要她能活下来，就一定好好抚养大他们的儿子，就一定为儿子守住萧家的家业。而且，从此之后，她将洗心革面，为他守节终生。

阿丽纳虽然不肯告诉玉奈她昏过去的原因，不过，从她哀伤的目光中，玉奈又似乎能看懂她的心。她不再追问，其实，她当年之所以没有追究继母的罪行，是因为她知道这个女人为了给父亲报仇可以不择手段，却算不上蛇蝎心肠。还因为这个女人是弟弟的生母，为了父亲，为了弟弟，为了萧氏一脉，她选择了宽恕。

"之后呢？"阿丽纳不回答玉奈的问话，反而问玉奈。

"之后？"

"你跟踪他们，发现了什么？"

"你是想知道，你哥哥后来发生了什么事吧？"

阿丽纳脸上的肌肉痛苦地抽搐了一下。那件事发生后，哥哥偷偷来看过她，但从此她再也没有见过哥哥，她也曾假借有别的事请萧高勒与哥哥联系，可是，萧高勒找遍了所有的地方，所有的地方，都没有哥哥的踪影。

"难道……"

"难道？"

"是你……"

玉奈笑了，"你以为，人人都跟你一样吗？要是我做了那样的事，现在的我又怎么能问心无愧地掌管着察合台汗国呢？"

"可……"

"我只是知道你哥哥的尸体在哪里。"

阿丽纳脸色骤变，"你说什么？我哥哥他死了吗？他真的死了吗？"

"看吧，这就是你让我感到百思不得其解的地方。像你这样狠心的女人，对自己的哥哥却是个好妹妹，对自己的儿子也是个好母亲！"

"快说，我哥哥，他到底怎么死的？他是被谁害死的？"

"你想知道，就安静下来，耐心地听我说吧。"

阿丽纳不说话了。她挂念了哥哥十八年，她一定要知道为什么从那天起，哥哥便杳无音信？当然，现在她知道这是因为哥哥死了，可哥哥不是解决掉那些人了吗？他自己又为什么……

玉奈回到座位上坐下，淡淡地一笑："这是报应。"

阿丽纳怒视着玉奈，玉奈的目光平静清澈，她不得不承认，玉奈说得没错。

玉奈开始讲述那天她离开萧府后发生的事情：

劫匪离开萧府后，没敢停留，一路向西北方向逃去。他们走了许多天，来到一处荒僻的庄园。庄园里，有个男人在等他们。

这个男人，当然就是阿丽纳的哥哥——为叙述方便，玉奈管他叫"男人"——这群劫匪原本就是在阿力麻里城活跃多年的一个盗窃团伙，察合台汗回镇汗国后，这帮人遭到缉拿，不得不逃往喀什噶尔的山区。情况危急时，他们碰巧得到了男人的收留，打那以后，他们便在这处庄园安顿下来。

男人讲义气又有胆量，很快，这帮人便对他俯首帖耳。男人与萧高勒，事实上是阿丽纳，策划了萧府的劫案后，男人将他的计划告诉了这帮劫匪。听说萧府富可敌国，这帮劫匪顿时动了心，之后的事情，就都按照男人的计划进行了。

通过男人与劫匪的交谈，一路跟踪他们来到庄园的玉奈大致了解了凶手的身份。

男人在庄园设宴款待顺利得手的劫匪们，他们商议，将这些财宝平分，然后各奔东西，各安生业，从此互不来往。为庆祝未来富足安逸的生活，劫匪们开怀畅饮——当然，是在亲眼看到男人喝下碗中的酒之后。

男人不改豪爽本色，大口喝酒，大口吃肉。菜品的种类着实丰富，加上酒的作用，所有的这一切都让好久没吃过一顿像样饭菜的劫匪丢掉了戒心，他们甚至没有注意，有一道菜，男人自始至终没有碰过。

多年之后当玉奈进入察合台汗国宫廷时，她才从一位御医那里了解到，男人用的是半毒，他把毒下在了酒里和其中一道菜里，只有同时饮用酒菜，人才会中毒。

接下来的事不出男人所料，这些人全都倒了下去。男人在庄园后面已经挖好了一个大坑，他把被他麻翻的人拉到这里埋掉了。男人还要去处理那些财宝，他离开后，玉奈将土刨开了一处，她也是听天由命，希望其中某个人或许可以活过来。

男人将得到的萧府财宝全都藏匿于庄园中的一个隐秘所在。他偷偷去见自己的妹妹时告诉她，等事情平息了，他会将财宝运回来，他认为，这些东西本来就是萧府的，理应归妹妹和外甥掌管。他叮嘱妹妹，作为萧家的女主人，未来，她一定要重振娘家与婆家两家的家业。

兄妹俩的这番对话，让玉奈隐约明白了事情的前因后果。

最后，男人告诉妹妹，那些人已然被他除掉，妹妹只需安顿好萧高勒，别的就完全不需要担心了。

兄妹匆匆话别。没想到，此番一别，便是天人永隔。

玖

阿丽纳一言不发地听着，眼泪仿佛断了线的珠子，一串接一串地滚过她的面颊。自父母去世，自丈夫去世，她的心变得越来越坚硬。她曾以为，她今后的人生，决不会再为任何事任何人流泪。

可是儿子和哥哥，他们始终是她心底最柔软的那部分。

咸咸的液体洇红了她的脸颊，让她感到有些痛痒，她下意识地用手抹了一下。这时，她分明看到玉奈的眼中闪过一道含义复杂的光芒。

她咬住嘴唇，索性狠狠地拭去满脸的泪痕。她不要哭！她发誓，当着玉奈的面，她不能哭。

"你还要听下去吗？"玉奈的声音像从遥远的地方传来。

"当然要。"

"好吧，既然这是你的愿望，我不妨继续讲下去。"

接下来发生的事情对尾随而至的玉奈来说确乎有些惊心动魄：

男人回到庄园后，发现有个人在等他，这个人就是劫匪头目。玉奈挖开了埋着他的那层土，药劲儿过去他醒转过来，看到同伙的尸体，他明白了一切。

他在庄园里等着男人。他相信那些财宝还没有被运出去，男人一定会回来。

男人见头目居然没死，顿时大吃一惊。然而，他立刻镇定下来，假意求饶，主动提出愿将他们从萧府得来的财宝平分。事实却是，这两个人都对彼此起了杀心。在男人带头目去找财宝的途中，他们打斗起来。男人虽说杀死了头目，他本人也身负重伤。在这个荒僻的所在，少有人经过，也没有人能救他，于是，他挣扎着用自己的血在地上留下一个记号，他希望有一天妹妹来到他寄身的庄园，可以根据这个记号找到那批财宝。做完这件事后，他便死去了。

为这两个人收尸的是玉奈。她抹去了男人的记号，烧掉了庄园，随后，她来到阿丽纳的老家，查清了阿丽纳的身世。

她打算回家看一眼弟弟，就向官府报案。然而，正是这个决定改变了她的想法。

那天，她看到阿丽纳坐在府门外的台阶上看护和逗弄着弟弟，她看到这位母亲温柔的脸容和慈爱的目光，听到弟弟天真快乐的笑声，她的决心动摇了。她不忍夺走弟弟的一切，就算作为萧家大小姐她有能力将弟弟抚养成人，可有一天，当弟弟长大后，知道是他的母亲杀死了他的父亲，又是他的亲姐姐将他的母亲送上了断头台，这个打击对他来说一定难以承受，说不定还会成为他一生的枷锁。所谓冤冤相报何时了，为了保护父亲留在世上的唯一血脉，她毅然将一切沉埋心底，离开了喀什噶尔。

对她而言，这也算她的一种惩罚手段吧。她把心灵的重负全都卸给了阿丽纳，她相信，未来的日子，阿丽纳必然会因担心罪行败露而寝食难安……

这段沉重的故事，玉奈终于讲完了。讲完之后，她与阿丽纳默默相对。良久，阿丽纳苍白的脸上，露出一丝惨笑。

七年前，管家萧高勒病故，阿丽纳原以为，她和儿子安全了，这个世上再也没人知道她的秘密。

她却没想到，玉奈还活着。玉奈的选择，使一个老掉牙的故事有了一个不同的结局。在故事的结尾，玉奈变成了察合台汗国至高无上的女摄政。

至于阿丽纳，正像玉奈对察合台汗说过的那样：虽然我选择了原谅，但那个害死了我父亲的女人，她的心，她的灵魂，会被永远禁锢在我父亲离开的地方。就让负罪感和悔恨作为她永远的监牢吧。

外面传来了一阵骚动，玉奈刚要问问怎么回事，一个侍卫进来报告："萧家少爷吵着要见萧夫人。"

萧里剌一早去私塾上课，玉奈命汗宫侍卫包围萧府后，叮嘱过侍卫，不可伤害这个府上的其他人。她没想到萧里剌会回来，现在萧里剌回来了，她在一瞬间萌生了与这个长大后的弟弟见上一面的愿望。

"让他进来吧。"她吩咐侍卫。

萧里剌很快出现在正堂大厅，他不及拜见汗国摄政，先问母亲："您没事吧？"

还真是个孝顺的孩子。玉奈心中暗想。

"母亲没事，去拜见太后！"

萧里剌未进府前就听说今天的来访者是察合台汗国的兀鲁忽乃摄政，他很好奇摄政为什么会屈尊降临萧府？如今，能亲眼看到这位在汗国最富传奇色彩的太后，他简直难掩心中的激动之情。

他跪下来，向玉奈施礼："小人拜见太后！"他的礼节很正规，一看就是受过专门的指导。

玉奈走下座位，伸手将弟弟扶了起来。

她久久凝视着弟弟。弟弟的容貌明显融合了父亲与母亲的特点，唇红齿白，双眸明亮，五官端正。假如父亲依然活在世上，看到长大后的弟弟，看到他成为汗国摄政的女儿，他不知该有多么欣喜……

或许是相同的血缘在发挥着奇妙的作用，里剌在玉奈的端详下尽管有些腼腆，却不会厌烦。相反，他觉得面前的摄政很亲切，而且似曾相识。

"你叫萧里剌？"玉奈温和地问。

"您怎么知道小人的名字？"

"我听你母亲说的。你去学堂刚回来吗？"

"是。"

"今天学了些什么？"

"先生给我们讲解了汗国的商业法规。"

"你要好好用功。长大了，要做一个有出息的人，只有做个有出息的人，你父亲的在天之灵才会为你感到骄傲。"

"您……认识我父亲是吗？"

玉奈眼眶微红，脸上却露出笑容："是啊。在他去世之前，我就认识他了。"

"我记事前，父亲已经过世了。您知道，我父亲是个怎样的人？"

"他善良、正直、豁达，你的容貌很像你父亲，等你长大后，也要成为跟你父亲一样的人。除了……"

"除了什么？"

"不要涉身官场。你要守住萧家的产业，娶妻生子，和你母亲好好生活。"

"但我听说，我父亲作过汗国的财税官。我想，母亲督促我读书，严厉地管教我，辛苦地抚养我长大，就是希望我成为有用的人才，为国家效力。"

玉奈与阿丽纳互相对望了一眼。让儿子像丈夫一样成为汗国的财税官，这的确是阿丽纳的心愿，也是她对丈夫的承诺。

她杀了这世上最疼爱她的男人，杀了她儿子的父亲，十八年来，她苟活于世就是为了赎罪。她要让儿子继承丈夫的事业。

玉奈再次对阿丽纳温柔的母性以及坚忍不拔的意志感到不可思议。

的确，人各有志，玉奈不能也不愿勉强弟弟。如今，汗国在她的治理下持续着察合台汗统治时的繁荣，她的背后，站着更为强大的蒙古帝国大汗——蒙哥汗，但她对当年夫君哈剌旭烈被贵由汗无端罢免，以致造成汗权更迭一事记忆犹新，且心怀余悸。如今，儿子木八剌沙已然继承夫君的汗位，这点无可改变。总有一天，她会将权力移交在儿子手中。然而，此时回头再想，她之所以走到风口浪尖完全是受情势所迫，假如一切可以从头再来，她情愿永远都做萧府的大小姐。

萧里剌抬起头，注视着陷入深思中的玉奈。他的目光很大胆。说也奇怪，她虽高高在上，他对她却不存丝毫畏惧之心，相反，她倒像是他久别重逢的亲人。

她不是太后吗？她不是摄政吗？可她怎么会如此年轻……

玉奈注意到弟弟的目光，急忙收起思绪，温和地笑道："你的心意如此，我也无话可说。时间不早了，我该走了。我来探望故人，给你和你母亲带来几匹中国绸缎，以后，你万一遇到什么难处，也可以到汗宫找我。"

萧里剌重新跪倒施礼："谢太后恩典！"

阿丽纳也跪了下来，"谢谢！"她说。

谢谢！当然，不是为了摄政的探望，更不是为了摄政的赏赐。这一句"谢谢"里所包含的内容，只有玉奈和阿丽纳清楚。

汗宫侍卫簇拥着玉奈离去，萧里剌只能留在门口目送。玉奈站在院中的槐树下，留恋地环视着她曾经的家，她知道，从今往后，她很难再有机会回到这里来。

依稀看到里剌伫立的身影，除了这个弟弟，她对萧府别无牵挂。

她抬起头，透过斑驳的枝隙仰望着湛蓝的天空。父亲，您看到女儿了吗？您一定看到了吧？您用您的离去，成全了女儿的今天。即使这并非女儿的初衷，但女儿知道，此刻的您，该有多么自豪。

沉重的朱漆大门"吱呀"一声关闭了，仆人们全都跑到院子当中，兴奋地交头接耳。里剌收回目光，有点惆怅。他问母亲："等我成了汗国的财税官，就能够再次见到摄政了吧？"

阿丽纳犹如痴了一般，没作回答。

"是吗？母亲。"

阿丽纳如梦初醒，点了点头。

"那我要努力，做一名优秀的财税官。母亲，我要去书房看书了，一会儿过来陪母亲吃饭。"

阿丽纳目送着儿子离去，有点站立不稳，伸手扶住了门框。

对不起，儿子！对不起，玉奈！这是她最深刻的悔意。

原来，只要一个人良知未泯，罪恶感就会变成她的监牢。虽然今天，玉奈将她从牢房中释放出来，她却无可挽回地错过了生命中最美好的时光。

十八年，十八年啊，她因为满怀仇恨而成为仇恨的囚徒，玉奈却因为放下仇恨而成为坐在御座上俯视苍生的女摄政。

善恶到头终有报，只可惜，她明白得太晚。

第七章　多少沉浮俱成风

壹

在玉奈摄政的第九年，蒙哥汗在合川钓鱼城病逝，帝国旋即爆发了皇弟忽必烈与阿里不哥的汗位之争。

这场长达四年的内乱，造就了蒙古第四大汗国——伊儿汗国；造就了海都，海都利用拖雷家族的内战，一手重建了窝阔台汗国；同时，这场内乱也成为金帐汗国、察合台汗国脱离帝国独立发展的肇端。

内战初起时，忽必烈与阿里不哥的势力可谓旗鼓相当。阿里不哥的军事实力强于忽必烈，忽必烈的经济实力强于阿里不哥。而在以成吉思汗诸子组成的西道诸王和以其兄弟组成的东道诸王中，忽必烈、阿里不哥各有支持者。自蒙古灭亡金国，和林的大宗物资主要由内地供给，如今，占据中原富庶之地的忽必烈掐断了对本土的经济援助，阿里不哥只能向察合台汗国寻求支持。

玉奈却无意承担这样的重负。

忽必烈明知玉奈拒绝对阿里不哥提供帮助，仍旧不敢对被视为国家府库的察合台汗国掉以轻心。他以大汗身份，派遣追随自己多年的不里之子阿只吉，回国接替木八剌沙的汗位。阿只吉时运不济，他在通过本土回返汗国时遭到阿里不哥的扣留，随即，阿里不哥有样学样，将一直待在汗廷为他效力的贝达尔之子阿鲁忽派回汗国，从木八剌沙手中夺取了汗位。

蒙哥汗即位的第二年，贝达尔在封地病逝。此后，阿鲁忽带领军队扈从蒙哥汗南征，蒙哥汗去世后，他和他的军队又听从阿里不哥的调遣。

阿鲁忽对忽必烈与阿里不哥的内战不感兴趣，巴不得早点离开是非之地。既得阿里不哥的圣旨，他当即率领军队返回阿力麻里。与当年的也速蒙哥一般无二，阿鲁忽在将木八剌沙撵下汗位，将玉奈母子迁往巴拉沙衮时毫无怜恤之心，做完这件事，他宣布自己为察合台汗国的第五任汗。

玉奈怎能甘心儿子的汗位落在阿鲁忽手中？她离开阿力麻里，带着一双儿女和随从前往汗廷向阿里不哥申辩。阿里不哥充耳不闻，为确保他的计划顺利实施，他将这一行人全都软禁起来。

阿里不哥以为他确保了阿鲁忽的汗位，就等于确保了自己的后路，不料这一次，他的如意算盘只拨了几下，便拨断了珠子。

阿鲁忽是一位善于审时度势的察合台后王，他虽追随阿里不哥，内心并不看好阿里不哥的实力，也无意充当阿里不哥的"财税官"。所有的顺从和忠心都只不过是逢场作戏，随着阿里不哥一而再再而三地败给忽必烈，阿鲁忽公然遣使漠南，承认忽必烈为察合台汗国的宗主。

得到阿鲁忽的归附，对忽必烈而言当然是意外之喜，消息传到和林，却令阿里不哥急火攻心。他不知咒骂了阿鲁忽多少遍，怎奈咒骂于事无补。思前想后，他不得不接受蒙哥朝重臣阿兰答尔的献计：将玉奈母子放出，承认木八剌沙的汗位，同时派一支精锐骑兵护送玉奈母子返回察合台汗国。

按照阿兰答尔的想法，木八剌沙未必能够重新夺回汗位，只是，当察合台汗国同时出现了两位大汗，一定会令局势变得微妙复杂。汗国若因此陷入汗位之争，阿鲁忽就无暇支持忽必烈了。

玉奈带着一双儿女和阿里不哥派给她的一百名侍卫来到察合台汗国边境时，听说阿鲁忽正带着一千名骑兵等候在这里。

这个突如其来的消息多少令玉奈感到吃惊，但她很快让自己镇静下来。她暗自思忖，阿鲁忽是阿里不哥汗亲自委任的察合台汗国第五任汗，如今，阿鲁忽已背叛了阿里不哥，在这种情况下，阿里不哥将她们母子派回汗国，本身就存有坐山观虎斗的目的。至于从阿鲁忽手中重新夺回汗位，玉奈从一开始就没抱什么幻想，她之所以同意返回察合台汗国，一方面是想尽快结束被阿里不哥软禁的日子，另一方面是想带一双儿女回到丈夫的封地。

当年，没有阿鲁忽的父亲贝达尔的热心拥戴和鼎力相助，哈剌旭烈不可能坐稳汗位。出于对叔父恩德的感念，哈剌旭烈在他活着时与贝达尔一家的关系十分密切，与堂弟阿鲁忽的感情尤其亲厚。早在那个时候，玉奈对阿鲁忽的品性和为人就有所了解。哈剌旭烈的这位堂弟，不仅继承了其父杰出的军事才能与政治才能，而且继承了其父的隐忍与顽强。

唯独没有继承的，或许只有其父的淡泊与忠诚。

玉奈没有那么大度，可以不介意阿鲁忽从儿子手中夺取了汗位，尽管这件事的始作俑者是阿里不哥，然而对于此时正坐在大汗宝座上的阿鲁忽，她无法不心存芥蒂。与此同时，她又是冷静和清醒的，阿鲁忽回到汗国后的所作所为，无不证明他是一位称职的大汗。

事实上，阿鲁忽凭借父亲的余威和自身的才能正在坐稳察合台汗国的汗位。若非察合台汗生前已将汗位约定在长子南图赣一系，导致阿鲁忽的即位不具合法性，若非人们仍旧怀念着玉奈摄政时汗国的安宁富足，玉奈带着一双儿女贸然返回汗国，势必会为自身引来莫大的危险。

玉奈之所以敢赌，就是算准了阿鲁忽不会对她和她的一双儿女下手，阿鲁忽背不起残杀亲族的恶名，那样做只会让他失去民心，失去拥护。至于她，不是不可以退让，只要阿鲁忽肯将哈剌旭烈的封地还给她的儿子木八剌沙，让他们一家人有个安身之处，她倒不妨安静地等待机会。

这毕竟不是她第一次经历命运的大起大落，只不过这一次，若不是为了儿子，或者说，若不是为了守住丈夫留给儿子的汗位，她倒真想从此回归无忧无虑的田园生活，永不涉身险恶的宫廷争斗。问题是，儿子不甘心。

儿子不甘心，作为母亲，她只能再次运用智慧，先为儿子夺回封地和部民。只要拥有封地和部民，她和儿子就掌握了等待的资本。

贰

阿鲁忽在边境陈兵以待，木八剌沙不知道堂叔要做什么，他望着母亲，不无担忧地询问："堂叔摆开阵势，是要杀掉我们吗？"

玉奈摇摇头："不会。"

"那他……"

"等等再说。"

"母亲，您看，那边有人过来了。"吉雅指着对面飞驰而来的几个人说。在与哈剌旭烈十三年的婚姻生活中，玉奈只为哈剌旭烈生下一儿一女，女儿名叫吉雅，年龄比哥哥木八剌沙小十岁，她是一个容貌和性格都与母亲十分相像的女孩。

玉奈注目望去。不出她的所料，阿鲁忽派来了使者。

两名使者，一正一副，还带着几名随从。正使玉奈认识，他叫奥腾呼，曾做过两年汗宫侍卫，后来被哈剌旭烈提升为军队将领。阿鲁忽派来奥腾呼充当正使，很像是一种有意的示好。

副使是一位年轻人，看着面生，想必是阿鲁忽的心腹。

两名使者和随从单膝跪倒，"臣拜见太后，拜见大汗！"奥腾呼清晰地说道，并不有所避讳。自蒙哥汗病逝后，蒙古帝国就陷入了一种空前混乱的状态。先是帝国出现了两位大汗，两位大汗各自都有拥护者，彼此间斗得不亦乐乎，令帝国臣民无所适从。接着，汗国间出现了领土争端，战争一触即发，前景堪忧。而今，察合台汗国似乎也出现了两位大汗：一位是莫名其妙被废黜，又莫名其妙被复立的大汗，一位是正掌握着汗国权柄的大汗。这两位大汗，一个拥有合法身份，却未必拥有相应的能力；一个拥有相应的能力，却未必拥有合法身份。奥腾呼真心希望帝国的内战之火，不要燃烧到承平已久的汗国土地。

木八剌沙一眼认出奥腾呼，脱口问道："是你？"

"是臣，大汗。"奥腾呼平静地回答。

木八剌沙看了母亲一眼。他没有处理这种事情的经验，在被阿鲁忽取而代之前，他还没有亲政。就算他已亲政，目前的这种状况他也不知该如何处理。他原本还抱有希望，以为自己能重新坐上大汗宝座，但看目前的形势，他知道这种可能微乎其微。木八剌沙的个性，既虚骄恃气，又谨小慎微，既好大喜功，又缺少主见。不过，他也不是一无是处，至少他能屈能伸，珍惜生命，特别是在为人处事上，他一向奉行好汉不吃眼前亏的原则。对他而言，能不能当上大汗另当别论，更重要的是不能激怒阿鲁忽，将他自己置于不可挽回的境地。

"你们先起来吧。"玉奈语气平和地说道。

"是。"

奥腾呼与另一位副使站起,侧身而立,态度恭敬地等候玉奈问话。在奥腾呼的心目中,汗国的君主从来不是木八剌沙,而是面前这位仪态端庄、不苟言笑、喜怒不形于色的女人。

"这位怎么称呼?"玉奈问副使。

"回太后:臣姓石抹,名阿轶,臣的祖父名讳札达,曾任乣军万户。"当年,札达在成吉思汗攻打中都时率领乣军主动归降,自此,乣军成为成吉思汗牢牢掌握中原地区的一支重要力量。成吉思汗一生对契丹将臣十分信任,常常对他们委以重用。札达自降蒙古,积战功从千户迁至万户。札达去世后,因札达的儿子腿有残疾,没有从军,加上其时金国已被灭亡,宋朝袭取"三京"的企图落空,窝阔台汗准备进攻南宋,遂对军队进行改建,乣军渐渐并入蒙古军和汉军当中。

阿轶因善制长弓,少年时即被蒙哥汗收入帐下。阿轶初为蒙哥汗宿卫,三年后,蒙哥汗病逝,汗位之争旋起,阿轶又阴差阳错地成为阿鲁忽的侍卫,随他一起来到察合台汗国。

玉奈注目凝望着阿轶,"你是契丹人?"

"是。"

玉奈暗想,阿鲁忽不仅派来了奥腾呼,还派来了她的同族人,这分明是种信号。只是暂时,她还未弄清阿鲁忽的葫芦里究竟卖的什么药?

"奥腾呼。"

"臣在。"

"说吧。"

奥腾呼似乎愣怔了一下。

"阿鲁忽派你们来,不是有话要对大汗说吗?"玉奈对阿鲁忽直呼其名。在察合台汗国,只有南图赣的直系后代才有继承汗位的资格,何况阿鲁忽是从儿子木八剌沙的手中窃取了权力,玉奈的内心从未承认过这个人的大汗身份。

"是……不。"

玉奈默默地看着奥腾呼。木八剌沙却与吉雅互相对视了一眼,兄妹脸上的表情,都是有点惊讶。

"太后。"

"什么？"

"您看那里。"

玉奈顺着奥腾呼手指的方向望去。只见在一箭之地，不知何时竖起了一杆九旄白纛。玉奈母子带来的汗廷护卫，与阿鲁忽带来的骑兵，双方相距大约四百米远，而这杆九旄白纛，就处于双方的中心地带。

"怎么啦？"

"大汗说，他有一些重要事情要与您当面商谈，他把地点选在那杆九旄白纛下。就在那里，只有您与他，其他任何人都不得靠近。"

玉奈明显地踌躇了一下。

她倒不是惧怕阿鲁忽会对她不利，而是碍于她和阿鲁忽的身份。阿鲁忽是哈剌旭烈的堂弟，过去，他们是家人，现在，他是她必须防范的人。

"大汗不会伤害太后的，请太后不必担心。"

"他有什么话，何不请使者代为转告？"

"大汗说，事关家事，外人不便转告。"

"母亲，不要去。"吉雅说。

木八剌沙却一句话没说。他想，阿鲁忽执意要见母亲，说不定是为商议如何安顿他们母子兄妹。既然夺回汗位无望，若能让他回到父亲的封地主管一方事务，那也算不幸中的万幸了。

玉奈决定前往，为了儿子，她不能放弃任何机会。

"太后。"奥腾呼轻声唤道。

玉奈看了奥腾呼一眼。

"您看大汗，他已经到白纛下面了——一个人。"

玉奈注目观瞧。白纛下面，阿鲁忽正静静地等候着她。在空阔的背景衬托下，他的身影竟显得有些孤单。

也罢，事到如今，她有必要听听他会对她说些什么。

"木八剌沙。"

"母亲。"

"无论发生什么事，你都不要轻举妄动。在这里等我，照看好妹妹。"

"母亲，我要跟你一起去。"吉雅嚷道。

"听话，宝贝，在这里等着母亲。母亲不会有事的。"玉奈伸出手，轻轻抚摸了一下女儿的脸颊，这个抚爱的动作具有一种奇妙的安慰作用，吉雅乖乖地不再吵闹，也不再执意同往。

玉奈催开坐骑，向等在白纛下面的那个男人驶去。

叁

当玉奈的面容完全映入阿鲁忽的眼眸中时，他竭力用安闲的神态掩盖着内心的百感交集。

许多年前，那时父亲还活在世上，他与堂兄哈剌旭烈友爱殊深。然而，这世上很少有人在受到权力的诱惑时，还肯为亲情负累。当他手持阿里不哥的圣旨，宣布废黜木八剌沙时，他根本无视侄儿的抗议，也无视堂嫂眼中的怒火。

即位后的殚精竭虑，他让自己变成了察合台汗国真正的主人。虽然如此，他的内心里总隐藏一种缺憾，这种缺憾，是身份不合法的缺憾。哪怕在目前的状况下身份合不合法已无关大局，这件事仍让他耿耿于怀。

他不愿意自欺欺人。有一点他看得清楚明白，哪怕他已坐稳汗位，人们仍在怀念着察合台汗当政时的强盛，仍在怀念着堂兄执政和堂嫂摄政时国家的安定富足，他从那个时代走出，自然能理解和畏惧这种怀念。

在二任汗和四任汗之间，也曾发生过一场二伯也速蒙哥凭借贵由汗的支持从堂兄哈剌旭烈手中夺取汗位的政变。二伯即位伊始，便将那些可能对他的地位产生威胁的人一个个逐出朝廷。这些人中，首当其冲的就是堂兄以及对堂兄忠心耿耿的父亲。二伯手持贵由汗的圣旨，将遭到无端废黜的大汗一家迁往封地，派人严密监视。与此同时，二伯又在汗国东部划出了一小块儿驻牧地，强迫父亲回到那里养老。当时，父亲对所有这些变故都表现出一种超然的冷静，只是在离开汗廷前，父亲对伯父说了一句话，就是这句话，至今仍深深地印刻在阿鲁忽的脑海。

这句话是：违背察合台汗遗命的人，一定得不到长生天和圣祖的护佑。

正因为得不到长生天和圣祖的护佑，二伯也速蒙哥成为蒙古立国后第一个被宗主汗赐死的汗国君主。

十一年后，故事重演，这一次，故事的主角换成了他。

非常时期通过非常手段获得了非常之位，他不想成为下一个得不到长生天和圣祖护佑的人。

这是一种执念，如影随形，让他寝食难安。

玉奈停在阿鲁忽几步远的地方，跳下马背。

一时间，她不知道该如何称呼阿鲁忽，只能默默不言。

阿鲁忽努力收回思绪，这一刻突然与玉奈面对，他同样有点尴尬。

一别两年，这个女人，竟没有丝毫的改变，还是一样的丰姿绰约，还是一样的仪态万方。

记得那年，他在祖父举办的宴会上第一次见到这个女人时，她还是位妙龄少女。那天，她在给他留下的所有印象中，最让他记忆深刻的，或者说，最让他感到不可思议的地方，就是她脸上那种宠辱不惊、贞静从容的表情，他不清楚那究竟要经历怎样的人生，才能让一个少女有了那样的表情？

"堂嫂，你来了。"斟酌了一番词句，他语气温和地打着招呼。以前在家里，他一直都是这么称呼她的。

玉奈微微颔首。时光不会倒流，可她的心中，依旧感念着这个人的父亲。

"堂嫂。"阿鲁忽向玉奈走近一步。

玉奈站着没动，她来，就是为了听他说话，不过，她没有闲心陪他回忆过往。

"你还记得这个吗？"阿鲁忽将一样东西递在玉奈面前。

这是一个皮制酒壶，颜色暗黄，样式普通，制作粗糙，在汗国随处可见。要说有什么不一样的地方，一个是它比一般的皮酒壶要大许多，另一个就是在皮酒壶的一角印有一个苏鲁锭形状的压花。看到这个压花，玉奈蓦然想起，这个皮酒壶是她多年前托使者带到西征前线的。

那个时候，长年征战使叔父贝达尔患上了腰痛之症，她请一位契丹族大夫以诸多名贵药材入药，配制了一种祛风活血的药酒，并托"箭的传骑"——窝阔台汗时代，传递骑兵的建制更加完善，战争期间，这种传递骑兵常被人称作"箭的传骑"，以形容他们速度之快，如射出的箭一般——将药酒带到前线交给叔父。与药酒一道，她附了一封简单却不失亲切的家信，主要交代药酒该如何使用。

没想到，这一袋药酒竟真的为贝达尔治好了困扰他多年的病症。贝达尔把这个消息通报给哈剌旭烈和玉奈时，没对玉奈说一声"谢谢"，可他用一生珍藏着这个酒壶，并用一生的忠诚作为回报，直至生命终结。

贝达尔临终前，将这个皮酒壶交给了儿子阿鲁忽。父亲的用意很明显，希望儿子不要违背察合台汗的遗命，然而最后……

"你还记得这个吧？"阿鲁忽再次问。

"记得。"玉奈简短地回答。

阿鲁忽目光闪闪地注视着玉奈，她的沉静一如既往。第一次，这是第一次，他的心头颤动了一下，一种微妙的感情油然而生。

在此之前，他其实只想通过谈判，解决一个汗国突然出现两位大汗的问题。

玉奈的心思也在微微转动着，这个男人，他究竟想说什么？想做什么？

这样的场合她原本不该主动询问，可在阿鲁忽执着的注视下她不得不问："你让我来这里，不是有话要对我说吗？"

"对。"

"你说吧。"

"堂嫂，你和木八剌沙为什么要回来？"

这话问得直率，也问得古怪，玉奈双眉微微一挑。

"你应该明白阿里不哥汗的用意。"对于玉奈的不屑，阿鲁忽恍若未见。现在，才是他与堂嫂间的正式角力，他必须掌握主动。

玉奈没有接话。她当然明白阿里不哥的用意，要是不明白，她也不会回来。

"阿里不哥汗的意图，无非是想在你我之间造成争斗，在察合台汗国制造内乱，这一点，以堂嫂的聪明，肯定比我还要清楚。"阿鲁忽一边说着，一边将皮酒壶挂回到马鞍上。他默默地看了皮酒壶一会儿，似乎有些感慨。

玉奈注意观察着他的一举一动。此时，她倒情愿阿鲁忽把话说开。

阿鲁忽带着骑兵列阵相迎，显然是没将阿里不哥放在眼里。在阿里不哥与忽必烈之间，阿鲁忽选择了后者。换作玉奈，想必也会做出同样的选择。阿里不哥勇武有余，谋略不足，在兄弟对峙的三年里，他几乎将蒙哥汗留给他的精锐主力挥霍殆尽，而他对察合台汗国的横征暴敛，也加重了汗国百姓的负担。在这种情况下，阿鲁忽转而支持胜局已定的忽必烈汗，确实不失明智之举。

帝国内部，因兄弟争位，已不复蒙哥汗时的团结与强盛。如今的四大汗国，摆脱了中央政府的控制，开始走上各图发展之路。与此同时，各汗国之间也面临着内战的隐忧。对目前的察合台汗国而言，它所面临的最大威胁，并不是来自阿里不哥，而是来自窝阔台汗国的海都。

自忽必烈与阿里不哥爆发汗位之争，海都的势力急速膨胀，察合台汗国与窝阔台汗国的领土本来就犬牙交错，为争夺边城，海都与阿鲁忽之间有过几次小规模的冲突。为了全力对付海都，阿鲁忽想必也不愿意本国出现内乱。

如今，玉奈母子被阿里不哥放回汗国，阿鲁忽便只剩两个选择：一个是杀掉玉奈母子，这固然会让他失去民心，但能粉碎阿里不哥的企图，迅速稳定汗国局势；一个是与玉奈母子谈判，最大的可能就是将原来的封地交还给木八剌沙。

何去何从，全在阿鲁忽的一念之间。

肆

"堂嫂，换作你是我，你会怎么做？"阿鲁忽将视线重新移回在玉奈脸上。这个女人的胆气，在汗国不知会令多少男人望尘莫及。他奇怪自己居然还有这般闲情逸致，转着诸如此类的念头。让这个女人知道的话，肯定会觉得他很无聊吧。

玉奈平静地问道："你到底想说什么？"

"堂嫂这么聪明，难道不明白我的意思？"

"对不起，我不喜欢打哑谜。"

"那好，我明说吧。我的意思很简单，木八剌沙是我的侄儿，我不愿与他叔侄相残。"

"不过，是你窃取了属于木八剌沙的汗位。"玉奈直言不讳地说。

"你这么说也不算错。"

阿鲁忽坦然承认这一点倒让玉奈暗暗吃了一惊。她探究似的盯着阿鲁忽的脸，她面前这张棱角分明的脸庞很像他的父亲，英武，果决，充满智慧。

"堂嫂。"

"什么？"

"我可以将汗位还给木八剌沙。"

这怎么可能？

"我可以将汗位还给木八剌沙。"阿鲁忽又强调了一句。

玉奈冷笑。

"不是现在。"

果然。

"堂嫂，我打算让木八剌沙做我的继承人。"

玉奈吃了一惊。直到现在，她才弄明白了阿鲁忽的真实想法。

"堂嫂，你不觉得这是个两全其美的办法？"阿鲁忽向玉奈走近一步，眼睛紧紧盯着她的脸，语气里却透露一种少有的热切。

玉奈下意识地向后退去。

两全其美？

按照游牧民族自古相传的收继婚制度，阿鲁忽娶玉奈为妻，将木八剌沙立为继承人，他便在身份上拥有了合法的资格。而木八剌沙也将在若干年后重新登上汗位。对阿鲁忽和木八剌沙而言，这做法的确算得上"两全其美"，只不过，为了他们的"两全其美"，需要做出牺牲的人，就是她——玉奈。

"不可能！"玉奈几乎是本能地拒绝了这个荒唐的提议。

她与哈剌旭烈的婚姻，是由祖父察合台一手安排的，她虽不是那么情愿，但也从来不曾后悔过。哈剌旭烈是个性情温厚、懂得包容的男人，在君王的世界里，这一点极其难得。哈剌旭烈去世后，玉奈为儿子撑起了江山。她也许不是最好的妻子，这个原因在于她的心里始终缺少对男人的信任和情爱，可她绝对是一位为了儿子可以牺牲一切的母亲，在这点上，她竟与继母阿丽纳极其相似。许多年前，也许就是冥冥中的这种相似，让她对阿丽纳选择了原谅。

她从未想过再嫁。无论是否深深爱着，她这一生，做过哈剌旭烈的妻子便足够了。她一心想为儿子夺回汗位，只是因为木八剌沙是她和丈夫唯一的儿子，同时也是因为她想守住对察合台汗和丈夫的承诺。

仅此而已。

"不可能……"她自言自语。突然，她看到阿鲁忽的脸上露出笑容。她意识到自己的反应太过激烈，这与她一贯稳健的性格大相径庭。这个荒唐的建议，竟让她像小女孩一样慌了手脚，这可实在要不得。

"堂嫂。"

"是，阿鲁忽。正如你对我的称呼，我是你的堂嫂。"玉奈一语双关。

"那又如何？"

"够了，我明白你的意思了，这是汗位啊！也许我们不该回来。"

"不回来，难道你打算留在和林，继续过着被阿里不哥汗软禁的生活？你忍心让木八剌沙和吉雅失去自由？你回来，不就是想改变这种朝不保夕的处境吗？就像两年前的我一样，不打算再做任何人的傀儡。"

"听你这么说，好像你对汗位毫无觊觎之心？"

"没有机会的时候的确如此。"

玉奈苦笑了。这个人，还真是……该怎么评价他呢？

"后来有了机会，你一定求之不得。"

"对，堂嫂说得没错，这可是汗位啊！这可是许多人不惜付出生命的代价也要去争夺的汗位。"

"假如你父亲还活着，对你今天的所作所为，不知道他会做何感想？"

"想必他会非常愤怒，说不定还会亲手杀了我吧？当年在西征战场，祖父曾经给我父亲写过几封家信，那几封信，不是一个大汗写来的，而是一个父亲写来的。信中，祖父恳求我父亲，拜托他，请他一定要守护好哈剌旭烈，让汗位在长子一系传承下去。祖父真的很了解他自己的儿子，他知道我父亲是个怎样的人，知道一旦我父亲做出承诺，就算丢掉性命，也决不会改变心意。祖父这几封信，还有你托人带到前线的皮酒壶，父亲在临终前全都交给了我。"

"你又是怎么做的呢？"

"我想让祖父知道，将汗位约定在长子一系，从一开始他就错了。在这点上，他真的应该像曾祖父学习，为了国家，为了大局，将汗位传给最适合的那个人。"

"最适合的人？你在说你自己吗？"

"对。木八剌沙不用提了，我比堂兄更适合坐在这个位置上。"

"既然如此，你为什么对自己没有自信呢？"

"我？没有自信？"

"你果真信心十足，又怎会在这里向我提出那个荒唐的建议？"

阿鲁忽语塞。这个女人一语中的，谈判正朝着他无法控制的方向偏离。

玉奈不想再与阿鲁忽废话，她牵过马缰，正欲上马。

"堂嫂，巴拉沙衮曾经是堂兄的封地。"阿鲁忽突然说。

玉奈奇怪地看了他一眼："对。"

"在木八剌沙继承汗位前，我可以将巴拉沙衮交给他治理。"

"你能不能别说这样的话！我要走了。"

"木八剌沙会同意的。"

玉奈牵着马缰的手微微一顿，一颤。

"木八剌沙会同意的。把我的决定告诉他！"阿鲁忽看着玉奈扬鞭而去的背影，在她身后清晰地说道。

伍

木八剌沙和吉雅焦急地等待着母亲归来。不是很远的距离，听不到母亲与阿鲁忽说些什么，只能看得到他们的举动。整个过程中，他们似乎都在交谈而已。木八剌沙想知道的是，母亲能为他争取到多大的利益。

他早不是个天真的孩子了，他从未指望过阿鲁忽会将汗位交还给他。他现在最大的愿望就是回到父亲的封地，在那里娶妻生子，逍遥度日。

他十八岁那年，曾娶过一位妻子，这位妻子是母亲为他选择的，温良贤淑，不苟言笑，一点不和他的心意。这段婚姻只持续了三年。三年后，妻子在阿力麻里病故，没有给他留下子女。

不久，在察合台汗国发生了汗位更迭，他与母亲带着忠于他们的亲军护卫来到和林，想向阿里不哥汗讨个说法。没想到，阿里不哥根本不给他们分辩的机会，一言不合，便将他们全家软禁于离汗营不远的地方。同时，作为某种补偿，阿里不哥慷慨地将自己的内侄女安格莉亚赐给了木八剌沙。

年方十七岁的安格莉亚能歌善舞，风情万种，她才是木八剌沙真正想要的女人。在和林，木八剌沙虽说失去自由，阿里不哥汗倒也没有特别难为他。木八剌沙第一眼看到安格莉亚时就迷上了她，而安格莉亚也明显对他有意。他答应她，等他回到汗国，就为她举行一个盛大的婚礼，正式将她立为夫人。

目前的状况是，他能不能过上安稳的生活，全得看母亲与阿鲁忽谈判的结果。

吉雅飞马跑去迎接母亲，看到母亲安然无恙，她的小脸上洋溢着快乐的笑容。刚才母亲不在的时候，她简直担心得快要喘不过气来。

"母亲。"

玉奈跳下坐骑，从马背上抱下女儿。她牵着女儿的手，母女一路说笑着，向儿子站立的方向走来。

木八剌沙看着母亲和妹妹，心里十分不耐烦。这都什么时候了，母亲还是这样不慌不忙。

玉奈径直来到阿鲁忽派来的使者面前，她对奥腾呼和阿轶说道："阿鲁忽的意思我知道了，你们先回去吧。"

二人向玉奈施礼，带着随从打马离去。

"堂叔跟你说了些什么？"木八剌沙焦急地询问。

玉奈看了儿子一眼："我们先扎下营来，让大家吃些东西，休息休息。"

木八剌沙无奈，只得传下命令。

吃过晚饭，木八剌沙顾不上与安格莉亚缱绻，急匆匆地来见母亲。昏黄的油灯下，母亲正在缝制着一件宽裆收腿的马裤，这是给吉雅做的。吉雅喜欢驯马，这种宽松的裤子穿着舒适，不会拦腿，活动方便。此时，吉雅不在帐中，不知去了哪里，木八剌沙并不关心这个，劈头就问母亲："堂叔跟你说些什么？他说没说要怎样安排我们？他要求见你，应该会谈得比较具体。"

玉奈放下针线，示意儿子过来坐下。

"堂叔同意将巴拉沙衮还给我们吗？"木八剌沙在母亲对面坐下来问道。这是他目前最关心的问题。倘若堂叔不念亲情，一定要将他们全家逐出察合台汗国，他只能去波斯投奔叔祖旭烈兀了。当年，叔祖带领西征军从察合台汗国经过，母亲专门辟出汗国最丰美的草场作为他的养兵之地。叔祖感念母亲的大义，曾亲口做出允诺，万一哪天母亲有用得着他的地方，不妨去找他，或者派人告诉他一声。

木八剌沙是个务实的人，就凭他那点兵力，他决不会与堂叔兵戎相见。

玉奈沉默片刻。

"难道……"

"儿子，阿鲁忽同意将巴拉沙衮交给你治理。"

"真的？"木八剌沙心中一喜。

"真的。"

"太好了！"

"不仅如此……"

"不仅如此？您这话是什么意思？"

"他想立你为他的继承人。"

木八剌沙吃惊地张大了嘴。这个消息对他来说太意外了，他甚至以为是自己的耳朵出了毛病。

"您……刚才说什么？"过了一会儿，他平复了一下心绪，试探着问母亲。他相信，母亲刚才的话，他一定是听错了。

"阿鲁忽说，他想立你为他的继承人。"

"这怎么可能！他又不是没有儿子！"

"当然不是没有条件的。"

"哦？他提出了什么条件？"

玉奈注视着儿子，语气平淡地反问："难道，他的条件你想不出来吗？"

木八剌沙思索了一下，若有所悟："他是想让母亲……我明白了，曾祖汗当年将汗位约定在长子一系，堂叔不是长支子孙，像当年的伯祖一样，就算登上汗位，也无法彻底压制国内的反对声浪。一旦母亲改嫁与他，哈剌旭烈汗的儿子成为他的儿子，又被他立为继承人，他的身份就不存在任何问题了。"

"想必是吧。"

木八剌沙大喜过望，脸颊、额头、鼻尖上都泛起了红光，连嘴角处一个白色的脓包似乎也充盈上了血色。他激动地从座位上站了起来，来回挪动着脚步，还一个劲儿地搓着手掌，"这还真是个两全其美的好主意！"

"两全其美？"玉奈喃喃道。不知为什么，望着儿子那张刹那间变得容光焕发的面孔，她只觉得一阵心寒。

两全其美，两全其美啊，阿鲁忽也说过同样的话。

"木八剌沙会同意的。把我的决定告诉他！"后来，阿鲁忽又说。阿鲁忽还真是了解木八剌沙。也许男人之于权力，就如同老饕之于美食。

至于人世间的一切美好情感，都只不过是权力的点缀。

木八剌沙突然想起什么，站住了，俯身盯着母亲的脸。他紧张地问道："您是怎么答复堂叔的？"

"我说，不可能。"

"什么？母亲，您怎么可以这样回答？"木八剌沙以为母亲疯了。

"那你要母亲如何回答？母亲不想伤了你父亲的心。"

"母亲，您怎么会有这样荒唐的想法呢？怎么说，您也是经历过大风大浪的人。我父亲早已不在人世，您现在需要考虑的，是您的儿子。我需要这个机会，这是唯一的机会！假如我们放弃这个机会，就只能成为可悲的流浪者。您忍心让您的儿子成为无家可归的流浪者吗？"

玉奈悲哀地看着儿子。这个孩子，真的是哈剌旭烈的骨血吗？一个那么善良那么宽厚的男人，怎么会有这样一个自私任性的儿子？她从来不曾反省过，其实，这一切不正是她自己的过错吗？若非她一味地溺爱与惯宠，若非她所有的担当与保护，哈剌旭烈的儿子，或许也不会变成今天这样。

陆

木八剌沙无心察看母亲的脸色，他所关心的，唯有阿鲁忽的提议会带给他怎样的好处。阿鲁忽果然不是等闲之辈，只用一个建议，就让他本人摆脱了继承汗位不合法的困境，同时将一场汗位之争消弭于无形。而这个提议对木八剌沙未尝不是求之不得，这个结局简直好得超出了他的设想。

他只是没想到母亲会拒绝阿鲁忽，而且是为了那样一个微不足道的理由。难道母亲首先需要考虑的，不应该是她的儿子吗？不应该是尚且活在世上，想要好好活下去的她的儿子？

"母亲，现在还来得及，想必阿鲁忽还在等您答复。您告诉他，我同意让您改嫁与他，条件是，在婚礼上，他得正式将我立为汗位继承人。"

玉奈沉默着。

"母亲，您到底在顾虑什么？"

"这件事，我总得告诉你妹妹一声。"

"有这个必要吗？吉雅只是个小丫头，过几年一出嫁，就成了别人家的人。再说，这件事对她没有任何坏处，她本来就是我察合台汗国的公主，现在恢复了身份，她一定能嫁个如意郎君。"

玉奈已经没有与儿子争论下去的欲望。既然儿子一心想成为阿鲁忽的继承人，一心想要回到巴拉沙衮，她何妨用自己去为儿子做这最后一场交易。

最后一场。作为母亲，这是她对儿子最后的爱。

"母亲。"吉雅从外面走了进来。

玉奈看着女儿，心里充满了悲伤。哈剌旭烈去世的时候，吉雅只有一岁，虽然这些年，吉雅在她的庇护下过着无忧无虑的生活，然而，由于政局变故，吉雅小小年纪也跟随她饱受颠沛流离之苦。如今，她同意为儿子选择再嫁，却无力顾及女儿的感受，作为母亲，她同样于心不忍。

"母亲，您倒是同意不同意？您给个准话！"木八剌沙一味地催促母亲，语气已变得十分不耐烦。

玉奈欲言又止。

"你先出去吧。"吉雅走到母亲身边，对哥哥说。

"你说什么？"

"我说，你先出去！"面对木八剌沙的震怒，吉雅镇定自若。

"你敢这样对我说话！"

"有什么不敢！"吉雅毫不介意。

木八剌沙扬起手，突然向吉雅挥出一掌。就在他的手掌离吉雅的面颊只有一个拳头的距离，吉雅将头一侧，敏捷地抓住了他的手腕。这个每天都跟烈马较劲的少女，手上有着惊人的力量。

"你……"木八剌沙被吉雅抓着，动弹不得，脸都气得发青了，"你放开，你快给我撒开手！反了你了！"

吉雅见母亲正温柔地注视着她，心思一转，将木八剌沙的手腕向后一推。

木八剌沙本来正试图挣脱束缚，被吉雅这么顺势一推，向后接连踉跄了几步，才勉强站稳身形。他用力甩着被妹妹捏得生疼的手腕，头脑稍微冷静了一些。他很早就知道，他妹妹才是这世间最难驯服的烈马。不过，他们兄妹从小吵吵闹闹，动手打妹妹，这对他而言还是第一次。

"死丫头！母亲，您也不管管您女儿！"

玉奈有点好笑，什么也没说。

"你先出去吧。"吉雅对木八剌沙还是那句话。

木八剌沙没办法，只好走出了母亲的大帐。他心想，只要妹妹别坏他的事就好。

玉奈招招手，让女儿在她身边坐下了。

"吉雅。"对于女儿，她有些歉疚。

"母亲。"吉雅将头偎在母亲的怀中。

"有件事，母亲还没跟你商量。"

"不用了，母亲。"

"不用？"

"我在外面听到了您和我哥的对话。"

"是吗？难怪你要让你哥哥出去。"

"我讨厌看到他在母亲面前咄咄逼人的样子。"

"吉雅，这件事你若不愿意，母亲不会答应你哥的。不能留在察合台汗国，不如母亲带你去中国怎么样？"

"母亲。"

"嗯？"

"没关系。"

"你说……没关系？"

"是啊，母亲。您不用考虑我的感受，我只要能跟您生活在一起，在哪里都不会觉得委屈。说起来，留在察合台汗国也不错，这里是我们生活惯的地方，强似到他国寄人篱下。况且，以我哥的性格，这么好的机会，他不会善罢甘休的。"

玉奈仍然有些拿不定主意。作为察合台家族的女人，她真正反感的也许并不是阿鲁忽的提议和动机，只是阿鲁忽的提议和动机触动了她深埋在心底的对丈夫哈剌旭烈的负疚。在曾经那段并不漫长的婚姻里，她一次也没有主动向哈剌旭烈敞开心扉。直到那一天，哈剌旭烈躺在她的怀中安然辞世，她才真切地意识到，她失去的，其实是这世间最珍惜她的男人。

的确，她远远算不上一位好妻子，可她一直都在努力做一名好母亲。

"我看我哥是疯了，那个女人更疯得离谱。"吉雅只要想起刚才木八剌沙对母亲逼迫的一幕，就觉得怒不可遏。

玉奈一时没反应过来，"哪个女人更疯？"

"安格莉亚啊。"

玉奈笑了。她也不喜欢安格莉亚，不过，这是儿子的选择，她无权干涉。

"吉雅，为了你哥，你当真不觉得委屈吗？"

"不觉得。我又不是为了他，我是不想看着母亲为难。我哥本来就是察合台汗国的大汗，莫名其妙地失去了汗位，他怎么可能甘心？这会儿看到了机会，他无论如何都不会放弃的。这是父亲的汗位，母亲也一定想要还给我哥。要是做不到，母亲可能更觉得对不起我父亲。"

玉奈的眼睛湿润了。她没为哈剌旭烈生下一个敢于担当的好儿子，但她为丈夫生了一个善良懂事的好女儿。

柒

玉奈的让步令接下来的事情变得异常顺利。

隆重的婚礼上，阿鲁忽正式宣布将木八剌沙立为继承人。汗位旁落，阿鲁忽的儿子们当然不会情愿，然而，考虑到人们对察合台汗遗言的遵守，而身为名将之后的阿鲁忽，又是在非常时期通过阿里不哥汗的支持，强行取木八剌沙而代之。对于这一点，阿鲁忽和他的儿子们始终保持着清醒的认识。

这就是察合台汗国的现状：身披父亲耀眼的光环，加上个人拥有着杰出的治国才能，阿鲁忽坐稳汗位只此一代还有可能，至于阿鲁忽的儿子们想要继承其父的位置，只怕会引起人们强烈的抵制——不，其实也不必等那么久，现在，真正的、合法的大汗已然回到了察合台汗国，汗位之争迫在眉睫。倘若阿鲁忽还想保有汗位，或者不引发战争，只有通过明确继承人的方式，才能与察合台汗国的长支系产生关系，换句话说，才能使自己的继位合法化。

至于木八剌沙，就算他具有合法身份，却没有与之相应的实力。这个明智的年轻人，并不愿意为了十分之一的机会，去与阿鲁忽拼个两败俱伤。

于是，才有了这样一场皆大欢喜的婚礼。

这是双赢。

当然，利益双方是阿鲁忽和木八剌沙，而玉奈，只不过是他们各取所需的桥梁。

在阿鲁忽为玉奈举行的隆重婚礼结束不久，他又为木八剌沙举行了另一场婚礼——木八剌沙兑现了他在和林时对安格莉亚许下的诺言。婚后，木八剌沙即被派往巴拉沙衮驻守。

这一次，玉奈不能随儿子同行，她不得不留在阿鲁忽的身边。

婚后的日子，让阿鲁忽一天比一天理解了为什么当年堂兄哈剌旭烈对他的妻子那样迷恋。这个女人，庄重、平和、宽容、理性，与她在一起，既不会给内心带来沉重的压力，又让人对她保有探究的热情。她从来不屑于跟女人争宠，尤其是阿鲁忽的女人，她对她们退避三舍。奇怪的是，哪怕她一句话不说，最任性最强悍的女人在她面前也不敢有丝毫放肆。

或许是经历了太多的人生起伏，才能让她超然物外。她的冷漠从来不会外化于严厉或疏离，而是郁结在眼眸深处，闪动成淡淡的忧伤。她不会对人打开心扉，可她越是如此，反而越会激起男人了解她、保护她和征服她的欲望。

除此之外，她辅政和摄政二十二年的经验，她对财税制度的谙熟，她致力于富国强民的热忱，同样对阿鲁忽大有裨益。连阿鲁忽自己也承认，他一手缔造的察合台汗国盛世，其中有一半功劳在于兀鲁忽乃。

中统五年（1264），阿里不哥在众叛亲离中向兄长忽必烈投降，帝国内战结束，忽必烈改年号至元，此为至元元年。

旷日持久的内战，从表面上来看，最大的损失似乎是中央政府失去了对四大汗国的统辖权，从长远考虑却并非如此，四大汗国的独立只是时间问题。

只不过长达四年的内战缩短了汗国走向独立的时间。

金帐汗国，远离蒙古本土，从贵由汗时代，就处于半独立状态。蒙哥汗即位后，金帐汗国才又回归中央怀抱，拔都和继任者别儿哥对蒙哥汗忠心耿耿，一切皆服从中央调遣。不过，金帐汗国对中央帝国的服从到此为止，在忽必烈与阿里不哥争夺汗位的四年间，金帐汗国已在事实上独立。

察合台汗国，阿鲁忽虽在名义上仍奉忽必烈为主君，但忽必烈对汗国事务只能进行调解协商，而不能插手干涉，并且察合台汗国早已不再作为国家府库为中央提供经济上的保障。

海都凭借一己之力重建了窝阔台汗国。他对拖雷一系从窝阔台一系夺取汗位一事耿耿于怀，对他而言，他是合失的儿子，是贵由汗的嫡亲侄儿，拥有继承汗位的合法资格。因此，他从掌握了窝阔台汗国的实权起，便宣布自己是帝国汗位的合法继承人，并发誓要打败忽必烈，夺回被拖雷家族窃取的权力。

这里另外交代一句，贵由和合失是一母同胞的亲兄弟，合失酗酒成性，年仅二十四岁便死于酒后。

真正拥戴忽必烈的只剩下伊儿汗国的建立者旭烈兀。"伊儿"一词本就有"从属或藩属"之意，旭烈兀以"伊儿汗"的名义在征服地发布命令，本身表明了他愿服从中央政府的立场。即便如此，伊儿汗国远在波斯高原，国内局势尚不稳定，在阿哲尔拜展又与金帐汗国存在领土之争。伊儿汗国自身面临着重重困难，绝无可能为忽必烈建立的元帝国提供任何实质性的助益。

自阿里不哥回到封地，忽必烈便开始筹措召开新的忽里勒台。成为胜利者的他，很想在诸王的拥戴下，体面地登临汗位。四年前，作为非常时期的权宜之计，他与阿里不哥都是在未得到全体宗王的认可下匆匆登临汗位，加上此前没有蒙哥汗的明确遗嘱，这令兄弟二人都难免如海都所言，背上"窃国"之嫌。

如今，忽必烈通过战争手段，已将漠南与漠北草原重新统一起来。不仅如此，在他的统治下，至元王朝恰如旭日东升，焕发出蓬勃朝气。倘若在这种时候，他能如愿召开有四系诸王参加的忽里勒台，那么，即使四大汗国走上独立发展之路已不可避免，他仍旧能在名义上保有宗主地位。

鉴于至元朝的日益强盛，加上蓝帐汗昔班从中不懈的奔走斡旋，金帐汗别儿哥、察合台汗阿鲁忽、伊儿汗旭烈兀全都同意返回祖宗之地和林参加忽里勒台，会议的日期初步定于至元四年（1267）。

海都不出所料地拒绝参加忽必烈正在筹备中的忽里勒台，可他一个人反对无济于事。反正忽必烈身边从来不缺少来自窝阔台系的支持者，只要其他三个汗国的大汗都能来参加忽里勒台，那么，忽必烈就将成为继蒙哥汗之后又一位领有四域的君主。

人算不如天算，当分裂成为必然，统一就变成了一种奢望。

三位大汗同意参加忽里勒台不久，四个汗国间的内战大幕便全面拉开。首先在阿哲尔拜展，别儿哥与旭烈兀以武力相向，打得难解难分。接着，阿鲁忽出兵夺取了别儿哥在中亚的军事重镇讹答刺。别儿哥顾此失彼，只得向海都寻求帮助，海都正欲扩展势力，遂从窝阔台汗国出兵，又与阿鲁忽陷入战事胶着。

预计中的忽里勒台显然丢失了召开的契机，至元二年至三年（1265—

1266），旭烈兀、别儿哥、阿鲁忽相继病故，在此期间，忽必烈也将目标转向内部，准备灭亡南宋，统一中国。

阿鲁忽是在玉奈无微不至的照顾下走完了生命的最后路程。临终前，他握着玉奈的手，不无感慨地对她说道：我不做大汗，就无缘与你相伴，可是，我若能早早与你相伴，宁愿不做大汗。

阿鲁忽的葬礼结束后，木八剌沙登上汗位。这是木八剌沙第二次成为察合台汗国的大汗，也就是说，他做过察合台汗国的四任汗和六任汗，只不过，第一次登基时他年纪尚幼，汗国真正的统治者是他的母亲。

阿鲁忽的病逝，使察合台汗国的强盛时代成为过去。

捌

木八剌沙即位后，没能保住五代先汗以及他母亲摄政时的荣誉，汗国的领土被海都蚕食，接连丢掉了阿力麻里、讹答剌等数座城池。

阿鲁忽原本是忽必烈用以制衡海都的重要武器，阿鲁忽死后，海都的势力发展迅速，忽必烈担心海都终将成为他最危险的敌人。

汗国内部，人们见木八剌沙暗弱无能，无不对他感到失望。南图赣三子帖散笃哇之子八剌合其时正在元廷供职，颇得忽必烈器重。他看出忽必烈一方面在为西部边境的局势感到担忧，另一方面对海都充满惕惧之情，便趁机建议忽必烈废黜木八剌沙的大汗之位，另择南图赣的子孙为汗国新君。他说："当年，祖汗将汗位约定在长子南图赣一系，叔父阿鲁忽虽有僭越之嫌，但一来他是七王爷阿里不哥所立，二来他对大汗您忠心耿耿，三来他是一位有作为的大汗，汗国以他为君，倒也不曾辱没过曾祖的荣光。想来由于这个原因，他统治时汗国人心思定。可现在再看我的堂弟木八剌沙，他甚至不如一个女人更具智慧，更有魄力，这样的人怎么可以对大汗在西部的子民发号施令，又怎么可能为大汗守好西部疆土？"

忽必烈觉得八剌合的分析未尝没有道理，便问道："那你觉得此事该如何处理？"

"臣觉得，大汗当另择贤能之人，取木八剌沙以代之。"

"哦？"忽必烈微笑，"你认为谁是合适人选？"

八剌合走到忽必烈面前，跪了下来："臣久在大汗身边，蒙大汗教诲之恩，臣愿为大汗守边，永世做大汗臣子。"

忽必烈俯身扶起八剌合："你的能力，我当然深有所知。你既有这番抱负，我就赐你一道圣旨，由你接任汗位。"

"臣谢大汗信托之恩！"

此事已定，忽必烈雷厉风行，当即赐给八剌合一道圣旨，并派了一支军队护送八剌合返回汗国。

八剌合的背后有强大的至元王朝开国之主忽必烈为其撑腰，原本有恃无恐，可进入汗国之后，他才发现人们虽普遍对木八剌沙失望，可并没有忘记多年前太后摄政时国家的安定与富足。事实上，只要有兀鲁忽乃太后在，木八剌沙就仍牢牢掌控着汗国政权，这是一方面的原因。另一方面，八剌合很清楚，忽必烈汗虽是强国之君，但他不是蒙哥汗，汗国对于中央政权，早没有蒙哥汗统治时的绝对归属性。如果说蒙哥汗在位时，兀鲁忽乃太后凭借蒙哥汗的圣旨就可以逮捕和处死三任汗也速蒙哥，那么，他现在若拿出圣旨，无疑等于宣判了自己的死刑。

一旦意识到自己的处境不妙，八剌合立刻放低了姿态。他首先以兄弟和臣子之礼拜见木八剌沙，木八剌沙有点疑惑，问他回来的目的，他诚恳地说道："大汗平生最厌恶最忌惮的人就是海都，此人野心勃勃，不可不防。大汗得知他以阴谋手段抢夺了我国不少领土，是以派我回来，收拢我父亲留给我的部众，做您的左右手，共同抗击海都，收复被他无端侵占的城池。"

木八剌沙即位后被海都的进攻弄得焦头烂额，听到八剌合这番说辞，不疑有他，当即同意将叔父帖散笃哇的遗产和部众交还给八剌合掌管。

八剌合从元廷带回许多赏赐，他将这些赏赐的一半献给了木八剌沙。对于他的谦卑和讨好，木八剌沙十分受用，沾沾自喜。八剌合趁机提出想拜见太后兀鲁忽乃，木八剌沙说道："母后不在这里，她在喀什噶尔养病。"

阿鲁忽逝后，玉奈生了一场大病，病好后，她的左臂出现了酸软及麻痹现象，且久治不愈。少女时代，玉奈驯马时曾有一次摔下马背，伤及左臂，后来，左臂的伤表面上治愈了，这次的病是个引子，将她的痼疾引发出来。玉奈年岁渐长，气血衰弱，这也是她的左臂麻痹后再未康复的主要原因。

对于左臂可能落下终生残疾这一事实，玉奈以一种超然的态度接受了。

不仅如此，对于儿子即位后国事日非和国土不断被海都蚕食的事实，玉奈也以一种超然的态度接受了。

她经历人世间最好与最坏的事情，这些经历使她变得有几分冷漠，也使她更加坚强和豁达。她在父亲死后饱受磨难，又因遇到察合台汗和哈剌旭烈而登上权力的顶峰。她得到过两个男人的眷爱，他们中却没有一个人可以陪伴她到永远。她的人生好像总在失去时得到，又在得到时失去，回首往事，她把一切都看成天意。

而今，带着女儿住在喀什噶尔的夏宫，她的心第一次恢复了平静。

作为木八剌沙的母亲，她必须承认她没有为汗国培养出一个合格的接班人。只因她从未真正爱过哈剌旭烈，当哈剌旭烈英年早逝，她对哈剌旭烈所怀有的负疚便转化为她对儿子的怜惜。正是这份慈母之情，令她对儿子百般溺爱，无论任何时候，她都舍不得让儿子与她一起分担，更舍不得让儿子受丁点儿委屈，甚至为了儿子能够继承汗位，她不惜答应阿鲁忽再披嫁衣……

在儿子亲政前，她以为她是个称职的母亲，可她没想到，她所做的一切最终只是让儿子与她渐行渐远。一个对母亲心怀不甘与叛逆，又没有继承母亲过人智慧与魄力的大男孩，注定不能成为让臣民拥戴的君主。

自从离开纷扰的宫廷，唯一还能让玉奈感到安慰的是，弟弟萧里剌已成为儿子身边最受倚重的大臣。

玉奈始终未与里剌相认，里剌也始终不知道他在世上还有一位姐姐。不过，玉奈相信，里剌文武双全，长于管理，凭借他的支持，儿子或许还有机会逐个夺回被海都侵占的城池。她的自信也不是完全没有道理，数月前，里剌领兵与海都交战，将海都的军队撵出了首都阿力麻里。

回到夏宫后，玉奈以最快的速度克服了内心的失落和对儿子的担忧，现在的她，不问世事，心若止水。

在离夏宫不算很远的地方，是曾经的萧府。继母阿丽纳仍是那个宅院的女主人，近在咫尺的她们，却永远不会再见。

此时，玉奈尚且不知道八剌合已然回到汗国，更不知道围绕汗位之争，一场阴谋正在儿子身边悄然展开。

在遥远的夏宫，她最惬意的事情是，女儿吉雅驯马的技术越来越纯熟，比起她当年都有过之而无不及。

玖

吉雅与少女时代的母亲几乎一模一样。

这个颇有主见的女孩，天生好动不好静，尤其酷爱驯马，在这方面，她将母亲的一身本领全都继承下来。还有一点，她也与母亲一般无二：她的性格虽说叛逆又刚强，却事亲至孝。唯一与母亲不同的是，她从来不装扮成男孩子的模样，肤色也不像母亲那么白皙润洁。当她穿着一身红色猎装，在草原上打马飞奔的时候，所有看到她的男子，都禁不住会为她俏丽的容颜和刚毅的神情着迷。

新年将至，在萧里剌的请求下，木八剌沙决定将母亲和妹妹接回首都与他团圆。这是暂时的，等新年过去，木八剌沙还会将母亲和妹妹送回夏宫。

萧里剌亲往喀什噶尔接回太后和公主。

木八剌沙在汗帐见到母亲，这里马上就要举行一场宴会。母子分别多时，木八剌沙的内心对母亲也并非不怀丝毫惦念之情。他请母亲坐下，亲自奉茶，问道："母亲的手臂是否好些？"

玉奈淡然一笑："没有好转的迹象。"

"是这样啊……不如，让我致信忽必烈汗，请他从中原派个大夫过来，为母亲诊治。中原之地，多出名医，一定可以治好母亲的病。"阿鲁忽和木八剌沙都是支持忽必烈的，忽必烈对四大汗国没有实际统治权，不过，在名义上，除海都之外的其他汗国君主，都将继承了蒙哥汗位的忽必烈奉为宗主。

"你的孝顺母亲心领了，国事繁忙，你还是以国事为重。"

木八剌沙应道："是。"

木八剌沙为母亲续上新茶，有点奇怪地问道："妹妹呢？"

"她去你的马场了。"

"怎么，不先来看望哥哥，反倒先去看马么？"木八剌沙用一种听起来像是抱怨又像是好笑的口吻说道。

"你也知道她的性子。她听萧里剌说前不久金帐汗国遣使送来十匹骏马，个个都是烈马，其中有一匹，到现在无人驯服。她听到这个消息，不亲自去试试那才叫奇怪呢。你不用管她了，等她驯服了那匹马，自然会回来的。"

"哎呀母亲，那匹马可不是普通的暴烈啊，要我说，它简直就是凶悍至极。我这里已有几十个壮汉为驯它受了伤，断胳膊断腿的还算好的。有几次我都在场亲眼看见，这些人，不是被它摔在地上，就是被它踢伤或者咬伤。妹妹虽说善于驯马，可她终究是个女儿家，力气不足，万一也受了伤，那可怎么办？萧里剌真是的，平常看他做事稳稳当当的，怎么这次竟这般口敞？不瞒母亲，我正打算过了新年，就让那匹该死的马尝尝我的利箭呢。"

玉奈的心微微颤抖了一下。她想说什么，看到儿子跃跃欲试的表情，话到嘴边又咽了回去。坐上汗位的木八剌沙，早已经不是那个喜欢拉着她的衣袖，去海子边嬉戏玩耍的儿子了。

也罢！倘若汗国的运势如此，她只能听天由命了。

她对不起丈夫哈剌旭烈，对不起为了她情愿将木八剌沙立为继承人的阿鲁忽，更对不起祖父察合台汗。她不是称职的母亲，远远不是。她清楚地意识到，她的失误正在成为察合台汗国祸患的起源。

她看到了以海都的面目降临的灾难，她也能预感到接踵而至的灾难，只可惜，现在的她无能为力。

未来某一天，当她见到哈剌旭烈和阿鲁忽的时候，特别是当她见到察合台汗的时候，她会当面向他们请罪的。

离宴会开始的时间只剩半个时辰了，客人们正在陆续赶至汗帐。大家见到兀鲁忽乃太后都很高兴，一一上前见礼。

这时，八剌合在帐外求见，木八剌沙急忙让他进来了。

八剌合先见过大汗，又恭敬地见过玉奈。

没有人跟玉奈提起过八剌合已回到汗国，玉奈只在八剌合还是个孩子时见过他两次，尽管如此，她还是一眼认出了他，"原来是八剌合——长成大人了。"

"太后还记得侄儿？"

"当然记得。那时你才十来岁，后来，你便随你父亲去了中国。"玉奈一个字没问八剌合什么时候回国的。既然儿子不肯将这件事告诉她，她也不便追问——免得问多了，倒让儿子尴尬。

八剌合对这位在曾祖察合台汗之后、叔父阿鲁忽之前、握有察合台汗国权柄，又缔造了汗国大治局面的兀鲁忽乃太后一直怀有戒心。如今，亲眼见到太后，他更是暗自庆幸。他庆幸不愿受制于人的木八剌沙完全将他母亲排除在汗国政权之外，他更庆幸那位一心想对丈夫施加影响的汗妃，从心里将婆母视为敌人。

八剌合很用心地为玉奈和吉雅准备了新年礼物：一副錾金马鞍、两只纯金马蹬。他很清楚，这样的礼物她们不会拒绝接受。玉奈母女与众不同，只有与众不同的礼物，才有可能打动她们的心。

果然，玉奈谢过八剌合，欣然收下礼物。她暗暗思忖，等女儿驯服了烈马，这套马具正可与之相配。

而这，也正是八剌合的想法。

其实，八剌合刚从马场回来。在马场，吉雅几乎是在他的眼前漂亮果断地驯服了那匹凶悍无比的烈马。据说当年，伯父哈剌旭烈对吉雅的母亲迷恋不已，就是因为他目睹了这个女子驯马时的飒爽英姿。

从元帝国回到察合台汗国，八剌合阅人无数又年富力强，他不得不承认，吉雅若非自己的堂妹，他一定会重复伯父的故事。

不，也不尽然。等他夺得权力，成为察合台汗国的主人，他也未必不能想出个办法，将美丽勇敢的吉雅据为己有。

汗妃安格莉亚姗姗来迟，木八剌沙有点不满，责备道："早派人通知你了，你怎么现在才过来？"

汗妃对他根本不屑理会，她款款下拜，见过婆母。她说："今天这个发型费了我不少工夫。"这句话算是解释了她来晚的原因。

玉奈看了她的新发型一眼，微微一笑。

"不好看吗？"汗妃问。

"好看，很适合你。"玉奈温和地说。

汗妃这才感到满意了。她在木八剌沙身边坐下来，先在大帐中扫视了一眼，"母亲，吉雅呢？"

"她在马场呢。"

"嗯？在哪儿？"

"马场。"

"她去马场做什么？"

"她能做什么？还不就是驯马嘛。"

　　汗妃撇了撇嘴。她与吉雅感情不睦，这些年，吉雅从来没把她这个当嫂子的放在眼里。"母亲，你得管管吉雅了。"

　　"她有什么好管的？"木八剌沙反驳了一句，他很反感汗妃在这样的场合指责自己的妹妹。

　　"难道不该管管她吗？都到了该出嫁的年龄了，还这么疯疯癫癫地没个正形。将来，哪个男人敢娶她！"

　　"这你就别操心了。"

　　"你说让我别操心？母亲，您也是这个意思吗？"汗妃的眉毛顿时竖了起来。八剌合从一旁默默地看着这个女人和兀鲁忽乃太后，他想，这大概就是汗妃与太后之间的区别吧，汗妃也许年轻美丽，却缺少太后那种与生俱来的高贵与从容。

　　"你说得对，我是该管管吉雅了。"玉奈注视着汗妃，说道。她沉静的语态起到了某种安抚作用，汗妃瞪了丈夫一眼，不再跟他争执了。

第八章　马蹄声声故国难觅

壹

吉时已到，除了吉雅和萧里剌，客人们全都到齐了。木八剌沙正要派人去催促一下这两个人，萧里剌进来了。

萧里剌见过木八剌沙和汗妃，随后，他拜见了太后。玉奈让他平身时，发现他的神色有点慌张。尽管这慌张只是一闪而过，仍被生性敏锐的玉奈摄入眼底。

是啊，她与他是同一个父亲的孩子，即使萧里剌对此一无所知，他们的身上终究流着同一个人的血。可能因为血脉相通的关系，她看得懂他的表情。

木八剌沙问萧里剌："吉雅呢？你不是带她去马场了吗？"

"是。公主她……"

"那马，吉雅驯服了吗？"

"不到半个时辰，公主就把它驯得服服帖帖。公主让人给它配了鞍鞯，说它在马场被关久了，要带它出去跑一圈。"

"这么说，那马还真让吉雅驯服了？"

"是啊。公主之能，令人叹为观止。"

"既然将马驯服了，她不知道宴会就要开始了吗？她这么不守规矩，怎么你也不去提醒她？"

"公主说她不参加宴会了，她不饿，让大汗别等她了。"

"难道我们这些来参加宴会的人，都是因为肚子饿吗？大汗，我说吉雅这疯丫头该好好管教管教了，你还护着她，不让我说。"汗妃又开始借题发挥。

萧里剌不敢争辩，垂首退回到自己的位置上。在他将头低下的瞬间，玉奈从他的脸上依稀看到了某种不该有的表情：不屑和厌倦。

木八剌沙担心汗妃一旦打开话匣子，就会说起来没完没了，急忙示意宴飨官宣布宴会开始。

宴会的规格一如往常，宴会的气氛却显得有些诡异，好像每个人都藏着心事，又怕被别人窥测到自己的内心。玉奈冷眼旁观，发现诡异的源头在于八剌合。与木八剌沙相比，八剌合得到的尊重是发自内心的。但现在，可能对她在场有所顾忌，八剌合收敛形迹，其他人也小心翼翼地让自己的言谈举止符合规矩。

玉奈的心中充满了悲凉。外有强敌海都的察合台汗国，犹如在惊涛骇浪中行进的巨舟，儿子木八剌沙的确不是个称职的舵手。

至于八剌合，她并不了解这个人。她只知道，八剌合不会无缘无故地从中国回到汗国，他的出现绝没有那么简单。察合台汗生前曾将汗位约定在长子南图赣一系，从血统上来说，八剌合与木八剌沙一样，都是南图赣的嫡孙，在这点上，他们的资格不相上下。假如这些还不足以说明问题，宴会上一众王公贵族和功臣勋将暧昧不明的态度，就已经是个危险的信号了。

作为母亲，她有必要提醒儿子，只是，她不敢确定儿子是否肯听从她的劝告。

直到宴会即将结束，吉雅才匆匆来到大帐向大汗和汗妃问候。她连衣服也没换，仍穿着驯马时的那身短装束，一张脸冻得通红，一边行礼，一边还不断地搓着手。看她这个样子，汗妃讥讽道："呦，我们的'勇士'，这是饿了吧？"

吉雅毫不介意地回答："对呀，我真饿了。宴会是要结束了吧？你们走你们的，不用管我，我吃饱了就会回去。"

木八剌沙好久没见到胞妹了，不管怎么说，他们从小一起长大，他在心里还是想念她的。至于妹妹无羁的个性，他也无可奈何。

"这次罢了，以后，记得要准时过来。"木八剌沙已有六七分的醉意，他口齿不清地嘱咐妹妹。

"噢，我知道了。"吉雅答应着，坐在母亲身边，开始吃东西。新年，吉雅不愿跟哥嫂发生冲突，这是在来汗都的路上母亲一再叮嘱她的。

宴会准时结束，参加宴会的人，不拘男女，大多醉意毕现，被侍从接上，护送回府。木八剌沙也由汗妃和侍卫陪同，返回汗宫。临行，他倒没忘叮嘱萧里剌，要他派人送太后回府休息，玉奈却说不用，她等等女儿，母女一起回去。

终于，大帐中只剩下玉奈母女和萧里剌三人。萧里剌看着正津津有味地啃着羊棒骨的吉雅，关切地问道："肉凉了吧，公主？你这样吃，没关系吧？"

"我经常这样吃，有什么关系吗？"吉雅觉得萧里剌的问话很怪。

"今天外面实在太冷了！要不，我吩咐厨房给你做碗热汤来。"

"不用麻烦了，我快吃饱了。"

"都是凉的，万一吃后肚疼怎么办？"

"怎么可能？我吃什么都不会肚疼的——除非是毒药。"

"这孩子，大过节的，也不说点吉利话。"玉奈责备道。

吉雅吃得满嘴都是油，向母亲做了个鬼脸。她脾气倔强不假，却从不顶撞母亲。

萧里剌赞叹道："公主的肠胃一定是铁打的。"

"那是。天下第一。"

听她这样回答，萧里剌不禁笑了起来。血缘的联系真是奇妙，萧里剌将太后视作对他有知遇之恩的贵人，却把公主当成自己的孩子。

当然，是偷偷地。

玉奈本想问问八剌合的情况，考虑到今天的场合不太适宜，也就没有多问。在都城与儿子一起待了几天，玉奈要求返回喀什噶尔，木八剌沙顺水推舟地答应了。

为嘉奖妹妹吉雅驯服烈马的功劳，木八剌沙将这匹通体纯白，在蒙古人心目中象征着吉祥的马匹赐给了她。吉雅为她的新坐骑起名宝日，又为它配上八剌合献给母亲的錾金马鞍和纯金马镫，经过这一番装扮，宝日越发显得神骏无比。

木八剌沙一朝，多是玉奈摄政时提拔任用的老臣，他们对木八剌沙不以为意，对太后还是怀有敬畏之心。大家纷纷赶来为玉奈送行，木八刺沙仍命萧里刺护送母亲和妹妹返回夏宫。

萧里刺在夏宫只住了一日。临行前，玉奈托他带给儿子一封信，在这封信中，玉奈叮嘱儿子千万提防八刺合。她说八刺合善于笼络人心且八面玲珑，恐怀不臣之心，要儿子早做防备。萧里刺并没有将这封信交给木八刺沙，而是交给了八刺合。两个人看过信的内容，都不免惊出了一身冷汗。

木八刺沙万万没想到，他与母亲、妹妹以及文武大臣度过的那个新年，是他作为察合台汗国第六任汗所度过的最后一个新年。在下一个新年来临之际，他还没来得及安排萧里刺前去夏宫接回母亲和妹妹，八刺合就发动了政变，将六任汗以及忠于他的臣僚全部拘禁起来。

随后，八刺合派人包围了夏宫，将玉奈母女押回阿力麻里。

这一天，是在至元四年（1267）的腊月。在东方的元帝国，忽必烈已然做好了并域南宋，一统中国的准备。

贰

经过一年多的蛰伏与暗中活动，八刺合在汗国争取到大多数贵族与将臣的拥护，这使他的夺位计划进行得十分顺利。只可惜木八刺沙陶醉于八刺合的殷勤中，对他的阴谋懵然不知，一觉醒来，便从大汗变成了阶下囚。

八刺合接受萧里刺的建议，在宣布了木八刺沙的诸般罪状，将其废黜的同时，自己登上汗位。其后一段日子，经过一番清洗，八刺合总算坐稳了汗位。不过，对于如何处置废汗，因朝臣莫衷一是，他一时间还没拿定主意。

为了争取忽必烈的支持，八刺合将这个消息派快骑送往元都城。办完这件事，他在汗宫传来吉雅。自一年前目睹吉雅驯马，八刺合一直无法忘怀他的这位堂妹。

八刺合接见吉雅时，木八刺沙与汗妃也奉旨在座。

木八刺沙脸色灰暗，无精打采，汗妃目光闪烁，一脸惊恐，对现在的这两个人来说，活着比任何事都更重要。

吉雅在离八刺合几米远的地方站住了，她扫视着八刺合、兄嫂和萧里刺，既不行礼，也不说话。

镇殿侍卫斥道："还不跪下！"

吉雅冷冷地瞟了镇殿侍卫一眼。这个侍卫她不认识,想必是八剌合的心腹。

八剌合摆摆手,镇殿侍卫不情愿地退至一边。

"吉雅妹妹。"

吉雅望着八剌合,沉默以对。

"请坐。"

"我不坐,你有话快说。"

"那好,吉雅,我可直说了。"

吉雅觉得他好烦。

"吉雅,做我的汗妃吧。"

吉雅以为自己听错了,"你说什么？"

"做我的汗妃。"

吉雅的眉毛挑了起来,"你疯了吗？"

"没有。"

"我们可是堂兄妹。我们有同一个曾祖父、同一个祖父,我们的父亲是同胞兄弟,我怎么可能做你的汗妃？"

"这好办。我可以让萧里剌收养你,以后,你就不是我二伯的女儿了。"

吉雅连看也没看萧里剌,"他也配！"她说。她从小憎恶背叛,母亲对萧里剌恩重如山,萧里剌却辜负了母亲对他的信任。

八剌合看了萧里剌一眼,萧里剌垂头不语。

"配不配不是你说了算。反正等你进了萧府,你与孛儿只斤家族就没什么关系了。"

"有没有关系也不是你说了算,血缘说了算。你就是把我扔进沙漠,扔进山里,我还是你的堂妹。"

"我说是就是,我说不是就不是。"

"难道自欺欺人的游戏很好玩儿吗？"

"吉雅,我是认真的。只要你答应做萧里剌的女儿,我就放了你哥和你嫂子。"

"要是我不答应呢？"

"我就杀了他们。"

吉雅闻言反而笑了，"好啊，你最好立刻杀了他们！"

木八剌沙失声道："吉雅你……"

"你真的不管他们死活吗？"

"我为什么要管他们死活？"

"木八剌沙可是你的胞兄。"

"胞兄又如何！要我为了这两个人答应你任何事，你可是打错了算盘。"

"你不顾他们，难道也不顾你母亲的死活吗？"

"对。"

吉雅回答得如此简洁干脆，这个倒让八剌合没想到，一时间，他眨眨眼，什么话也说不出了。

吉雅冷冷地盯着他，根本不回避自己的目光。

萧里剌想帮八剌合劝劝吉雅，刚开口："公主……"

吉雅立刻截住了他的话头："趁着我对你还算客气,你最好给我闭上嘴！"

八剌合心想，好一匹烈马！

萧里剌的脸色阵红阵白。

八剌合压了压心头火气，似笑非笑，讥讽道："人说兀鲁忽乃太后一生刚强，没想到生下的一对儿女却是这样。"

"你说得没错。兀鲁忽乃太后若是没有生下我和我哥这样不争气的儿女，那令人厌烦的御座上，又怎么会换了主人？"

"你说，令人厌烦的御座？"

"没错，你处心积虑得到的，只不过是个令人厌烦的御座。我一心一意想要离开的，是这个令人厌烦的宫廷。"

八剌合沉默了一下，"我再问你一遍，即使你母亲因你而死，你也不后悔吗？"

"不。"

"不难过吗？"

"不。"

"为什么？"

"我和母亲都想离开这里。你别忘了，死亡也是一种离开的方式。"

"你想死？"

"母亲要我好好活下去，不过，万一母亲因为我的选择离开人世，我一定会陪她的。"

"原来如此。这才是你最真实的想法。"

"对。"

"你还这么年轻，真的就不怕死吗？"

"怕，难道就能逃脱死亡，就能不死吗？你怕吗？你一定很怕吧？可到最后，你能保证自己千秋万代吗？"

八剌合对吉雅的倔强毫无办法。他也是鬼迷心窍了，就是喜欢他堂妹这如烈马一般的性格。经过一番考虑，他决定赦免木八剌沙——他原也没打算杀死木八剌沙，在察合台家族，手足相残本是为君者大忌——至于如何安排木八剌沙，他颇费了一番心思，最后，他给了木八剌沙一个类似于御马官的职位，说白了，就是让木八剌沙为他养马。

条件是，吉雅也得待在御马场，为他驯马。

八剌合对木八剌沙充满蔑视，这本是他羞辱木八剌沙的方式。他以为木八剌沙两度沉浮，一定会愤怒，至少会不甘心。可当木八剌沙接受他的任命时，他竟意外地从木八剌沙的脸上看到了一种表情。

一种奇怪的、仿佛暗暗地松了口气的表情。

更奇怪的是，木八剌沙的表情竟让八剌合隐隐地有些所望。

叁

后来有一天，八剌合借着去御马场选马之机，向正在刷马的吉雅问起了这件事。吉雅倒不介意对此做出回答："这很简单啊。打个比方吧，在这汗国的中央，种着一棵梨树，这是当年察合台汗亲手栽下的。后来，这棵梨树被交在我父亲、我母亲还有阿鲁忽汗的手中，得到梨树的人，无论是我父母还是阿鲁忽汗，他们都懂得珍惜它，每天不辞辛苦为它修枝、培土，精心地照看它，甚至不惜用生命去保护它。因为这不是一颗普通的梨树，它的神奇之处在于，这样的梨树世上只有一株，而且上面永远只能结出一个独一无二的果实。"

吉雅说到这里，看了八剌合一眼。她在信口开河，没想到八剌合的脸上竟是一副专注的表情。

"咦，你怎么不说了？"

吉雅一笑，接着说下去："这是梨树上唯一的果实，外观美丽、汁水丰富、个头巨大，每当它成熟时，不知会令多少人为之垂涎。每年，梨树的主人都会与他的臣民分吃掉这只梨，然后，接着为梨树上肥、除虫、浇水，梨树一年比一年变得粗壮，果实也一年比一年更为丰满和美味。有一年，当果实再次成熟时，我母亲把它给了我哥，她对我哥说，这只梨的果肉，你可以多吃点，它会让你变得身体健壮，力大无穷。但是，你要记得跟别人一起分享，而且，你要比别人更加辛苦地去照管梨树。万一梨树死了，你会因此遭到报应。我哥很喜欢吃梨，对我母亲的话却完全不以为然。他既没有将这只巨梨与别人分享，也从来不会早出晚归，为梨树松土、浇水、除虫、上肥。有一天，他突然发现这棵曾经那么茂盛的梨树出现了枯萎的迹象：春天不再开花，秋天不再结果，地上铺满了落叶与断枝。直到这时，我哥才想起我母亲的忠告，却想不出任何办法来拯救这棵垂死的梨树。他站在梨树下，满脸焦急，他深知，一旦梨树完全死去，他就必须接受命运最严酷的惩罚。正当他担心得要命时，你出现了，你把他撵出了梨园，霸占了梨树。而你的做法正好成全了他远离梨树的诅咒，并将这诅咒转嫁到了你的身上。想必如此，你才会从他的脸上，看到那样一种暗暗松了口气的表情。"

八剌合被吉雅的一番话说得心下多少有些发慌，他沉思片刻，不由自主地咕哝了一句："这算什么破比方！"

吉雅笑了，这还是八剌合第一次看到吉雅如此明媚的笑颜。夕阳照在吉雅嫣红的脸上，又将彩霞恰到好处地映入她的一双明眸之中。

八剌合望着他的堂妹，仿佛呆住一般。

吉雅没有刻意躲避八剌合的注视，她继续刷马，对罩在她身上肆无忌惮的目光浑然不觉。她年轻不假，母亲却给了她随遇而安的心智。

八剌合拍了拍马头。这匹马是八剌合最钟爱的坐骑，与此同时，它也是一匹真正的烈马，一个月前，八剌合交给吉雅驯服了它。

"吉雅。"

吉雅觉得八剌合的语气不同寻常，抬头看了看他，"你还有什么事吗？"

"那个比方……"

"怎么了？"

"假如是真的，我向你保证，我不会让梨树死去，我要救活它。"

吉雅看着八剌合，八剌合的神情中少见地出现了一种吉雅曾在继父阿鲁忽脸上看到过的刚毅与果决。

这刚毅与果决的神情令吉雅对八剌合的印象有了些许改观。

"吉雅。"

"嗯？"

"你相信我吗？"八剌合问。

吉雅思索着，没有马上回答。

"你相信我吗？"八剌合又问了一遍。

"我相信你比我哥有能力，至少你有救活梨树的愿望。"

"仅此而已？"

吉雅看着八剌合，认真地回答："其实，我希望你能救活梨树。"

"为什么？"

"这是曾祖父亲手栽下的梨树，不只我父亲，不只我继父，甚至我母亲，为了让它茁壮成长，都倾注了太多的心血。"

"这么说，你不再记恨我夺走了梨树？"

"我本来也没有记恨过你，梨树是我哥自己弄丢的。"

"这话有道理。吉雅——"

"是。"

"倘若有一天，梨树在春天重新开出美丽的花朵，在秋天重新结出甜美的果实，你愿意跟我一起品尝它吗？"

"那个人不应该是我，堂哥。"

八剌合苦笑，"堂哥……"

"这是事实啊。"

"难道永远都不可以吗？"

"对，永远。"

八剌合无奈，牵过坐骑，翻身跃上马背。他举起马鞭，深深地看了吉雅一眼。"无论如何，我决不会让梨树死去。"说完，他催马离去。

无论如何，我决不会让梨树死去。这句话，八剌合不只是对吉雅，更是对自己做出的承诺。

只怕你没有机会了，梨树正在死去！救活梨树的唯一办法是重新再种一棵。你有这样的辛苦和智慧吗？

就算你有这样的辛苦和智慧，长生天还会给你这样的时间吗？

这是吉雅心里的话。

肆

八剌合想要兑现他对吉雅的承诺。

他趁着忽必烈全力南征之际，首先攻取了元朝军事重镇斡端，这是明显的背信弃义的行为，忽必烈却选择了沉默。

初步的胜利给了八剌合信心，他最终的目标是夺回被海都侵占的领土。他利用海都的轻敌，设下埋伏大败海都的军队。八剌合乘胜追击，希望一举消灭海都，这原本也不是没有可能，可他忽略了一件重要的事情：海都还有一个可靠的盟友，这个盟友就是金帐汗忙哥帖木儿。

海都向忙哥帖木儿发出求救请求，忙哥帖木儿立刻派叔祖别儿哥察儿率领五万大军前来助战。海都这边有盟友，八剌合却由于夺取元朝边城斡端的背信行为，失去了忽必烈的帮助。结果，八剌合在金帐军和窝阔台军的夹攻下一败涂地，直退到河中地区才稍稍喘了口气。

为避免富庶的河中诸城落在窝阔台汗与金帐汗手里，八剌合决定烧掉撒马尔罕、不花剌等大城，消息传到海都耳中，海都决定暂缓进攻八剌合，海都的目标是成为中亚霸主，他可不想接收焦土废墟。

使者被派往八剌合的营地，海都提议，大家都是成吉思汗的后人，应该坐下来，和平解决争端。八剌合已被逼到绝境，此时看到一线生机，自然求之不得。于是三方协定，在塔剌思之地召开忽里勒台，对阿姆河以北的土地重新划分，这就是历史上著名的"塔剌思会盟"。

至元六年（1269），一个没有拖雷系参加的忽里勒台如期召开。会上，金帐汗忙哥帖木儿的代表别儿哥察儿、窝阔台汗海都与察合台汗八剌合达成协议：阿姆河以北的河中地区三分之二划归八剌合，三分之一由海都与忙哥帖木儿平分。从表面上看，八剌合在走投无路的情况下仍分得大部分领土，事实上，八剌合所拥有的地域，只剩下阿鲁忽统治时代的一半。

吉雅说过，梨树正在死去。哪怕正在死去，这仍是一棵令人垂涎的大树。现在，梨树的一半落在了海都的手里。

塔剌思会盟标志着四大汗国中的三大汗国已与元朝决裂，但鉴于元朝的强大政治实力，三位大汗还是承认了忽必烈在东方的霸主地位。他们扩张的目标是西方，是瓜分伊儿汗国的领土。

四年前，旭烈兀在与别儿哥对峙时病逝，他的嫡长子阿八哈继承了父亲的汗位。金帐汗国与伊儿汗国一直存在领土争端，与此同时，伊儿汗国又与埃及的玛麦鲁克王朝为敌，阿八哈需要花费很大的精力去对付金帐汗国与玛麦鲁克王朝，八剌合觉得这对他而言正是天赐良机。

所谓失之东隅，收之桑榆。塔剌思会盟后，被海都夺取的察合台汗领土其实已被合法化，八剌合想要扩张领土，只能打两面受敌的阿八哈的主意。阿八哈确实存在兵力不足的问题，战争之初，节节败退，甚至提出以割让伊儿汗国部分领土作为换取八剌合退兵的条件。但八剌合的胃口更大，他要的是伊儿汗国的全部，换言之，他要将察合台汗国在海都那里失去的，都在伊儿汗国找补回来。

可是，他未免小瞧了阿八哈。

这位伊儿汗国的第二任汗，从小跟随父亲南征北战，深谙进退攻守之道。双方对阵中，他利用八剌合的轻敌，一步步将八剌合引入伊儿汗国的腹地，之后，他在这里设下埋伏，趁着八剌合的军队远道而来，地形不熟，又在人困马乏之际，打了八剌合一个措手不及。

八剌合靠着部将拼死保护，侥幸逃出重围。原以为伊儿汗国唾手可得，不料落了个铩羽而归的结局，八剌合一气之下，竟患上风瘫之症。

外患未平，内乱又起。八剌合的堂弟阿合马、察合台汗四子撒巴之子聂古伯带走了自己的军队，准备叛逃到元朝。八剌合担心若他不对阿合马和聂古伯予以惩治，察合台汗国的局势将变得愈发不可收拾，其时他已不能骑马，于是乘轿追击叛军，同时，他请海都予以支援。

海都觊觎的，绝不只是察合台汗国的一半领土，他要想与忽必烈抗衡，收回窝阔台家族丢失的汗权，就必须拥有整个察合台汗国的领地。察合台汗国发生的内乱让他看到了机会，八剌合的请求也给了他出兵的借口，他一边答应助八剌合一臂之力，一边暗中率领两万军队向察合台汗国靠近。

八剌合追上了阿合马和聂古伯。阿合马死于乱箭之下，聂古伯却在八剌合的逼迫下，慌不择路地逃到海都军前，为海都收留。

八剌合的营地很快被海都包围，直到此时，八剌合才意识到海都真正想要的是什么，可惜他已无力阻挡。惊怒之中，他的病情迅速恶化，当双脚一步步迈向那黑暗之海时，他想起了他与堂妹吉雅的一段对话。

他问吉雅，你不怕死吗？

吉雅回答，怕，就可以不死吗？

他是如此惧怕死亡，可他仍旧听到了死神的笑声。

木八剌沙和吉雅都在军中，他屏退了所有的人，命人紧急传来吉雅。

他等待着。他的身体越来越不听使唤，唯有他的眼睛还能转动，大脑还能思考，他不知道他能等多久，更不知道他会不会在等待中永远睡去。

终于，在暗淡的光线中，他看到了自己一直等待和期待的身影。吉雅来到他的病榻前，静静地俯视着他呈现灰色的面孔。

他的嘴唇翕动着，艰难地说出一句话："坐……坐吧……坐在我……身边。"

吉雅果真在他身边坐了下来。他伸出那只还能活动的手，摸索着将吉雅的手握在自己手中。他的手心里浸满了冷汗，不时发出颤抖。吉雅的手在他的手中动了动，只是动了动，并没有要挣脱的意思。

八剌合曾经那样雄心勃勃，一心想要建立超越先祖察合台汗、超过阿鲁忽汗的功业，到了此时此刻，他才明白倘若没有与之相应的才能与运气，倘若生不逢时，到头来一切都是徒劳。没想到，在这个即将遗弃他的世界里，他最后能够抓住的，竟然是这只因为常年驯马而变得坚硬粗糙的手。在这个充满了欺骗与谎言的世界里，他最后能够感受到的温暖，竟然是吉雅眼中怜悯的光芒。

"吉……雅。"

"是。"

"对不起。"

"嗯？"

"那树……"

"树？"

"那树……那梨树……"

吉雅这才明白过来，"梨树，怎么了？"

"那树……我……"八剌合的声音变得低微，吉雅只有将耳朵贴在他的嘴上才能勉强听清，"我没……能……救活……"

吉雅温柔地回答："这不是你的错。糟蹋它的人不是你，是我哥。你不要再把它放在心上了。"

"可……诅咒……我……"

"那只是个比方。你尽力了，不会受到诅咒的。其实，就算树真的死了也没有关系，树枝、树干、树根干枯了，不是还可以用来点火吗？"

八剌合苦笑了一下，他不会把吉雅的话当真，可是，吉雅的话却让他得到了莫大的宽慰。

吉雅的确是想安慰八剌合。其后的事实证明，她的话竟成了预言：若干年后，成吉思汗的二太子察合台亲手种下的梨树被其后继者引燃，这熊熊燃烧的火焰终将熄灭，但那已是很久之后的事情了。

"谢谢你，吉雅。"

吉雅摇了摇头。

"吉雅。"

"你想要什么？"

"叫……都哇……进来。"

"好。"

吉雅起身走向帐外。八剌合目送着她。他的心里一遍一遍地呼唤着她的名字，他舍不得她离开，但他知道，最终要离开的那个人是他。

他得积攒一些气力，有些话，他必须亲口对儿子都哇做出交代。他违背了自己的诺言，没能救活梨树，还被海都抢走了其中的半株，然而，他必须要留下一颗火种。他相信，只要上天还肯垂顾，他留下的火种就能在某一天引燃察合台汗国的生命之火。

都哇一直候在门外，听到父亲召唤，他急忙走了进来。他的脸上布满哀伤，八剌合凝视着儿子，嘴角竟然露出一丝微笑："儿子，现在不是伤心的时候。过来坐下，我有话对你说。"

他的声音有些喘息，却异常清晰，异常坚定。

伍

当晚，察合台汗国的第七任汗八剌合在自己的营地病逝。随着他的病逝，察合台汗国开始沦为窝阔台汗国的附庸。

这一年，是至元八年（1271）。

海都参加了八剌合的葬礼。如今，察合台汗国军队群龙无首，木八剌沙等人只得归附海都。海都一直标榜自己是成吉思汗法统的继承者，他清楚他将察合台汗国永远并入窝阔台汗国的最好方式，莫过于除掉所有具有继承汗位资格的察合台后裔，之后，将汗国领土分成数片，让自己的儿子们各守一地。只是，这样一来，他势必背负上残杀亲族的恶名，失去察合台汗国甚至本国臣民的拥护。想当年，察合台和窝阔台手足情深，彼此信任，彼此扶持，历经数十载仍为人们津津乐道。另外，他也会因为残暴成为元帝国、金帐汗国和伊儿汗国的共同敌人。

老谋深算的海都不会选择这种稳妥却愚蠢的方式。

他要为察合台汗国选择一位傀儡大汗，这个人就是本来没有资格继承汗位的撒巴之子、八剌合的堂叔聂古伯。

撒巴是察合台的四子，察合台早将汗位约定在长子南图赣系，这使撒巴一支本没有继承汗位的资格。正因为如此，海都做出的这个决定引发了八剌合诸子、阿鲁忽诸子以及被八剌合撵下汗位的木八剌沙等人的不满，他们联合起来，想从海都手中夺回察合台汗国的领土。

新的内战除了令无数生灵涂炭，让一块块农田和牧场被摧毁，让一座座美丽的城市变成了废墟外，察合台的后王们什么也没有得到。他们不是从战场上冲杀出来的海都的对手，眼看着自身用以立足的最后一点兵力都将消耗殆尽，这些为了利益出于激愤好不容易团结起来的察合台后王开始各谋出路，各奔东西。

八剌合的长子别克帖儿与阿鲁忽诸子投奔了元帝国，他们在元朝得到任用。忽必烈皇帝赐给他们王位、住所和牧场，而元帝国的富庶与皇皇气势也令他们大开眼界，此后，他们在大都和上都过上了尊荣而又消闲的生活。

木八剌沙准备逃往伊儿汗国。此时，追随木八剌沙的还剩下不到一千人的军队，这些人原本都是养父阿鲁忽留给母亲的亲军卫队，将领包括奥腾呼与石抹阿轶。遗憾的是，在前不久与海都的激战中，对他忠心耿耿的勇将奥腾呼不幸阵亡，现在这支军队由石抹阿轶统领。

在八剌合夺取汗位后，木八剌沙被贬为八剌合的御马官，同时，按照八剌合的要求，吉雅必须留在御马场为他驯马。玉奈放心不下一双儿女，遂离开夏宫，陪伴在他们身边。八剌合对木八剌沙充满蔑视，对玉奈还能以礼相待，他划出一块丰美的草场作为玉奈的采邑。木八剌沙与海都作战之时，玉奈常常随儿子出征。

木八剌沙经过一番准备，来到母亲的帐子，他跪在母亲的面前，说了一声："对不起。"说完，眼中流出了悔恨的泪水。

在他丢失了继父阿鲁忽留给他的江山时，他也没有对母亲说一声抱歉。

玉奈用力扶起儿子，让他面对自己，嘴角溢出一丝笑意。无论儿子做过什么，她都不会抱怨。她是母亲，任何时候，她都愿意与儿子一起分担。

"儿子。"

"母亲，原谅我。"

"你不需要请求原谅，一切都是天意。"

"可我……"

玉奈用手帕为儿子拭去脸上的泪水，就仿佛他还是当年的那个孩子一样，"再也不要流眼泪，再也不要对母亲说对不起。没关系，真的没关系。重要的是，我们都还活着，我们一家人还在一起。"

"是，母亲。"

"接下来，你有什么打算？"

"我打算去伊儿汗国投奔阿八哈汗。"

"伊儿汗国？"

"没错，就是伊儿汗国。当年，旭烈兀汗西征时，母亲为他的驻军提供了许多便利，旭烈兀汗离开汗国时，曾当众对母亲表示感谢。那个时候，阿八哈汗就跟随在他父亲身边，我想，这段往事他一定不会忘记。"

"即使没有这段往事，阿八哈汗也会收留我们的，这是黄金家族的传统。既然你已拿定主意，我们就要抓紧时间收拾一下，越早动身越好。"

"母亲。"

"怎么？"

"你愿意跟我一起走？"

"这还用说！我的傻儿子。"

"吉雅呢？"

"我不会离开母亲的。母亲去哪里，我就去哪里。"吉雅回答。

木八剌沙没想到母亲和妹妹都愿意陪伴他踏上未知的逃亡之路，他感动，也重新点燃了斗志："我去安排一下，我们晚上出发。"

玉奈目送着儿子离开。多少年来，她还是第一次从儿子的语气里听出了斩钉截铁的意味，不是任性，而是坚定。

陆

半个月后，帖必力思的汗宫来了一群特殊的客人，阿八哈汗慷慨地收留了他们。他让他们住在帖必力思美丽的城堡里，还在汗宫里给木八剌沙安排了官职，每当宫廷举行宴会的时候，他们总是他的座上宾。

木八剌沙对汗位早已失去兴趣，对复国更不抱任何希望。他很清楚，从他被八剌合撵下汗位的那一刻起，汗位已经从哈剌旭烈一系转移到了帖散笃哇一系，而哈剌旭烈和帖散笃哇都是南图赣的儿子，按照察合台汗的遗嘱，这兄弟二人的后代都具有继承汗位的法定资格。至于帖散笃哇的后代们能否从海都手中夺回汗位，至于汗位将来还会传在谁的手中，木八剌沙都不再关心。如今的他，平静地接受了命运的安排。更值得称道的是，他在玉奈生命中的最后几年里，变成了一位孝顺的儿子。与此同时，他还是一位对胞妹呵护备至的兄长。

吉雅按照母亲的意愿，嫁给了多年来都在忠心耿耿地保护和追随木八剌沙的契丹族将领石抹阿轶。在吉雅生下她与阿轶次子的第二年，玉奈在帖必力思病逝，阿八哈为堂嫂选择了一处景致优美的墓园。

既说到玉奈与忧患和尊荣相伴的一生，不妨对萧里剌的命运也做个交代。

对八剌合忠心耿耿的萧里剌，跟随都哇投奔了海都。至都哇被海都立为察合台汗国的第十任汗，萧里剌重新出任了汗国的财税官。他以他的智慧，协助都哇整合了汗国四分五裂的力量，并逐渐形成除都哇家族外无人可问鼎汗位的局面。他去世后，都哇命他的长子接替了他的位置。

直到离开人世，萧里剌始终不知道自己与兀鲁忽乃太后的关系，但冥冥中仿佛自有力量，让他保住了萧家的富贵权势。

总而言之，无论木八剌沙、吉雅还是萧里剌的后人中，仍有许多人担任过伊儿汗国、察合台汗国、西察合台汗国、东察合台汗国、帖木儿帝国、莫卧儿帝国、叶尔羌汗国的财税官以及行政管理官员。

财税官的故事还在继续，只有一个故事成了永远的传说和记忆。

当玉奈和吉雅先后离开人世，这世上便再未出现过这样的女人：她们能驯服男人也无法驯服的烈马。

与长兄的选择不同，都哇与他的弟弟们投奔了海都。

海都一开始并没有将都哇放在眼里，都哇还太年轻，不足以让他放在心上。至于战败而降，这在亲族对阵中是常有的事情，像在海都的汗廷里和军队中，就有金帐汗国人、伊儿汗国人以及元朝人。

见面之后，海都见这位年轻人气宇轩昂，一表人才，对都哇倒有几分相中。他在军帐单独召见了都哇，开门见山地问道："你为什么不跟你大哥一起去投奔忽必烈？这应该是个比较明智的选择。难道你不知道，你父亲八剌合可是在忽必烈的扶持下才成为察合台汗国的大汗？"

都哇回答："我固然憎恨海都汗占据了察合台汗国的领土，但我欣赏他的所作所为。与忽必烈汗相比，他是一个真正的蒙古人。"

这个诚恳的回答赢得了海都的赞许，他决定将都哇留在身边。

海都为聂古伯清除了障碍，聂古伯得以初步坐稳汗位。最初的一年，聂古伯尚能对海都表现出恭顺的态度，也努力履行附庸的义务。随着时间的推移，他越来越不能忍受海都的颐指气使。

这也难怪，没有人愿意永远充当别人的傀儡。海都一旦察觉到聂古伯的不满与异动，便指使觊觎汗位的察合台之孙不花帖木儿袭杀了聂古伯。此后，在海都的扶持下，不花帖木儿成为察合台汗国的第九任汗。

可能对任何人都不能例外，一旦坐上大汗宝座，还要继续充当别人的傀儡，这种生活就会成为一种让心窒息的负累。不花帖木儿比聂古伯还要桀骜不驯，他试图夺回被海都侵占的领土，结果可想而知，在海都的势力如日中天时，这不过是种以卵击石的尝试。不花帖木儿即位不到一年，便被海都处死。

随后，都哇被海都立为察合台汗国第十任汗（1274—1307年在位）。

短短不到三年的时间，察合台汗国的第八任汗和第九任汗便从历史的舞台上永远地消失了，至于汗国的第十任汗都哇是要选择顺昌还是要选择逆亡，海都时刻保持着警惕，拭目以待。

显然，都哇选择了前者。

海都成为窝阔台汗国和察合台汗国真正的主人，他停止破坏，开始致力于对中亚地区的治理。他采用了察合台时期制定的严刑峻法，也借鉴了哈剌旭烈和阿鲁忽统治时期的经济管理模式，他在各地任用了贤能的官吏，既制定了合理的税收政策，又能对往来商旅予以保护。他的励精图治在短时间内让人看到了人心安定、经济恢复的局面，与此同时，河中地区肥沃的绿洲重又焕发出勃勃生机。

海都或许可以成为一位和平的中亚霸主，问题在于，这不是他的最终愿望。他一心想要重建的，绝非只是窝阔台汗国，他梦寐以求想要重建的，是蒙古帝国的传统与秩序，他梦寐以求想要夺回的，是原本属于窝阔台家族的汗位和权力，为了实现他的宏伟目标，他决不会就此勒住战马。

在他为此奋斗的过程中，他唯一的对手和敌人，正是大元皇帝忽必烈。

而在根本看不到未来的军事冒险中，都哇充当了海都的战马与利箭。

一次次的并肩作战，一次次的出生入死，使都哇成为最值得海都信赖的人。在全力协助海都的同时，都哇也利用海都赋予他的权力，整合了察合台家族的力量，使之重新成为一个整体。

至元三十一年（1295）正月，近八十岁高龄的忽必烈病逝，真金三子皇孙铁穆耳即位，史称成宗（1295—1307年在位），次年改元元贞。

元贞元年，元朝右丞相伯颜与勇将玉昔帖木儿、土土哈先后辞世，海都感到机会来了，加紧了对元朝的进攻。

海都和都哇一日不死，便一日都是元朝的心腹大患。铁穆耳的心情，同样是将海都和都哇除之而后快。

元成宗大德五年（1301），时年已六十六岁，越发感到时不我待的海都率领窝阔台汗国和察合台汗国的二十万大军向元朝发起了猛烈的进攻。铁穆耳派皇兄甘麻剌、侄儿海山为统帅，双方在蒙古本土附近展开了酷烈的厮杀。

身体的衰弱让海都意识到，这将是他对元朝的最后一战，成败在此一举。

双方激战的结果依旧是胜负难分。海都和都哇都在战斗中受了伤，当晚，海都的身体出现不适，下令撤军。

元朝军队也不堪再战，退出战场。

这是最后一次，这是最后一次，这个念头一直纠缠着海都，让他心绪难平。身体的伤痛加上心情的抑郁，海都病倒了，病情急剧恶化。

都哇则经过一番医治，伤情已无大碍。

海都深知长生天留给他的时间越来越少。儿子们都不在身边，陪伴他的，仍是二十多年来对他忠心耿耿的都哇。为了交代后事，他命人传来都哇。

都哇跪在海都面前，他看得出来，他面前的这个人将近油尽灯枯。

侍卫们让海都坐在椅子上。他尽量坐直了身体，这样一来，他仍能俯视跪在地上的都哇。

"大汗。"即使海都正在走向生命的终点，都哇的声音依然充满恭敬，与他平时没有任何不同。

"都哇。"

"是。"

"我把汗国和儿子们都交给你了，你虽是晚辈，但你要好好辅佐他们。"

"大汗，我……"

"都哇。"

"在。"

"你是我唯一可以托付后事的人，只有你答应下来，我才可以放心离去。"

"是，大汗。"

海都用尽最后的气力注视着都哇，对最重要的事情做了交代，他没有力气再说什么或者再做什么了。都哇抬头迎住了海都的目光，他知道，海都的生命正在流逝。在时间仿佛停止的刹那，都哇的心里蓦然产生了一种极其复杂的感觉。

他早在等待这天，早在等待。从他继承察合台汗国的汗位算起，为了这一天，他整整等待了二十七年。

二十七年，人生能有多少个二十七年？他在一点一点耗空海都的同时，难道不也在一点一点耗空着自己？

　　他不是没想过放弃。不，其实他无数次想过放弃。可想到他付出的一切，想到父亲对失去江山的自责，他不甘心就这样放弃。最痛苦的时候，他总会想起父亲对他说过的那句话：孩子，你还年轻，还有忍耐和等待的资本。

　　忍耐和等待，那究竟需要怎样的毅力，父亲大概并不清楚。

　　对他而言，海都是他的杀父仇人，他从来不曾忘记过这个仇恨。可是对于海都，他的心中真的就只有仇恨吗？

　　不！不是这样的……

　　在他与这个人同进共退的二十七年，他对他的感情并非只有仇恨。并非只有这一种！在仇恨之外，事实上还有钦佩，还有欣赏，还有谅解，还有习惯，还有其他连他自己也不能完全说清的种种。

　　在静默中，都哇与海都就这样对视着，对视着。不同的是，都哇眼中的光芒越来越炽烈，海都眼中的光芒却越来越暗淡。在海都的世界即将滑入黑暗的瞬间，他似乎明白了一件事：察合台汗国与窝阔台汗国终将成为一体。

　　在都哇手上。

　　只是，必须离去的他管不了那么多了。

　　海都慢慢地闭上眼睛，头，向一侧滑去。在世界永远沉寂的瞬间，一颗大大的泪珠从他紧闭的眼角渗出，滚落。

　　是年，窝阔台汗国伟大的创建者在撤军途中病逝。

　　都哇不知道自己是怎么从海都的军帐离开的，他的脚步跌跌撞撞。他来到外面的草地上，深深地呼吸了一口清新的空气。随后，他面向父亲长眠的方向跪倒，将身体伏在地上，放声痛哭。

　　父亲，您看到了吧？您在天上都看到了吧？

　　您看到了儿子的忍耐与等待，您肯定在看着儿子的忍耐与等待。

　　这只是第一步，第一步，您的儿子成功了。您还要继续看着。我会让您看到，二十七年的忍辱负重，二十七年的卧薪尝胆，我出生入死协助海都汗保住和扩大的领土，不久都会变成我的领地。您一定要看着，是您的儿子用一种几乎不可能的方式，续写了察合台汗国的传奇。

都哇的心里，不断重复着这几句话，当他从地上站起，拭掉脸上的泪水，在他红肿的双目中，再次闪动出灼人的光芒。

这光芒，海都临终的时候看到过，也只有海都一个人看得懂。这光芒，足以折射出都哇破釜沉舟的决心。

这的确是个奇迹。察合台汗国枯死的梨树屹立不倒，不久的将来，都哇用它的枝干和窝阔台汗国的火种，引燃了冲天大火。这是察合台汗国的生命之火，从它被引燃的那一刻，竟燃烧了三百余年之久。

柒

都哇开始着手重振察合台汗国的准备。海都去世时只有他在海都身边，海都的遗嘱是让都哇将他最有能力的三儿子扶上汗位，都哇却将海都的长子，体弱多病又暗弱无能的察八儿推上了汗位。

这是第二步。

随后，他备办厚礼，主动遣使向元朝请和。对铁穆耳皇帝来说，窝阔台汗海都才是他真正的心腹之患，海都已死，来自西北边境的威胁基本消除，铁穆耳倒是巴不得与都哇休战，各图发展。

至此，窝阔台、察合台两个汗国与元朝之间，四大汗国之间的战争全面停止。在持续了近四十年的内战后，蒙古帝国终于迎来了全面和平。

利用这难得的和平时光，都哇着手恢复和振兴汗国经济。

今天的都哇绝对是昨天的海都，而今天的察八儿并不是昨天的都哇。都哇有计划地蚕食着窝阔台汗国的领土，若干年前，那些领土曾经属于察合台汗国。察八儿清楚都哇的野心，可他无力阻止。

尽管如此，至少暂时，窝阔台汗国在名义上还不隶属于察合台汗国。都哇也像海都一样，始终没有做出消灭亲族之事。

在海都去世后的第五年，元朝出兵征讨窝阔台汗国，察八儿得不到都哇的帮助，反而在他与元军鏖战之际，被都哇夺占了河中诸城。

察八儿不是元军的对手，不得不率残兵败将归附了都哇。从这天起，察合台汗国与窝阔台汗国的关系发生逆转：察合台汗国由附庸国变成宗主国。

都哇进一步运用了他对窝阔台汗国的宗主权，他在察八儿兵败后，废黜了这位倒霉的大汗，改立察八儿的二弟阳吉察儿为汗。

窝阔台汗国的处境越来越举步维艰，连都哇在废黜察八儿后不久病逝，都哇三子宽阇即位后这种局面也没有丝毫改变。

都哇膝下子孙众多，长子数年前病故，次子也先不花被派往在西部镇守，三子宽阇留镇东部。俟都哇病故，宽阇在众口一词中被推上汗位。这位有福又无福的大汗坐享了父亲为他创造的和平局面以及察合台汗国的复苏及强大，可惜，他只当了不到两年的大汗，便由于一场意外英年早逝。

宽阇的意外亡故让塔里忽和窝阔台汗阳吉察儿看到了机会。

塔里忽是不里之孙，属于南图赣长子一系，都哇则属于南图赣三子一系。按照察合台的遗嘱，塔里忽也有继承汗位的资格。论理本该如此，问题是如今的察合台汗国，人心所向已然发生变化。都哇是重建汗国的人，他的地位在臣民心中与开国君主察合台类似，人们只愿拥戴都哇的后人为汗。况且，都哇尚有不少儿子在世，鉴于这种情况，从塔里忽自立为汗开始，针对他的叛乱便层出不穷。

塔里忽将这些叛乱者一一镇压，将反对者一一送上断头台。

在初步稳定了汗国局势后，塔里忽将剑指向了都哇的儿子们，他要将这些真正的心腹之患斩尽杀绝。

也许长生天还属意都哇的儿子们，塔里忽的恶毒计划被泄露出去，消息传到还是少年的怯伯耳中，这个孩子被惊得面无人色，哭泣起来。

塞尚正在怯伯的身边，他劝住了怯伯。他说："现在不是担心哭泣的时候，我们得想办法自救。"

塞尚自幼就是怯伯最好的玩伴，他的父亲是在察合台汗国素有"第一巴特尔"之称的勇将乌赞。多年来，乌赞追随都哇南征北战，立下汗马功劳，这使他在汗国拥有崇高的威望。另外，他没有公开反对塔里忽登基，因此，塔里忽在巩固权力的过程中并没有剥夺他的军权，相反对他还算礼遇有加。

塞尚带着怯伯，在夜色的掩护下悄悄来到父亲的营帐。塞尚跪在父亲的面前，请求他帮助怯伯夺回被塔里忽窃取的汗权。

乌赞默默地看着怯伯。怯伯在他面前坐下来，少年明亮的眼睛中虽然闪动着恳求的光芒，却绝没有丝毫卑怯之色。

"难道你不知道塔里忽的眼线遍布在各个角落吗？"乌赞用责备的语气

问儿子。

"我已经很小心了。我仔细观察了许多天，才会选择这个时间带王子来见您。"塞尚镇定地回答。

"你知道我们要做的事有多危险吗？"

"知道。"

"那你还带王子来见我？"

"因为我相信父亲对都哇汗的忠诚，我更相信我父亲不会为了贪图荣华富贵而背弃自己当年对都哇汗许下的诺言。"

"你果然这么想？"

"对。"

"你呢？"乌赞转问怯伯。

"如果这世上连乌赞将军都不值得信任，那就是天意要亡都哇汗的后人。"怯伯平静地回答。

"若天意果真如此，你当如何？"

"我会站着迎接死亡。"

怯伯的回答令乌赞对这个原本不起眼的少年刮目相看。他走下座位，跪在怯伯的面前。怯伯吓了一跳，急忙伸手相搀。

乌赞没有起来，他说："都哇汗尚留这样高贵的骨血在世间，我乌赞堂堂男儿，岂可向篡位者屈膝？我当助王子一臂之力！"

怯伯感动不已，他请乌赞和塞尚坐下来，大家一起商量剪除塔里忽的办法。

塞尚年龄虽小，却非常有头脑，他说："诸王起兵反对塔里忽，都是因为没有经过周密的部署，彼此间又缺少联络支援，才导致被塔里忽各个击破。我们若不想重蹈覆辙，就必须好好谋划。"

怯伯也说："塔里忽新胜，亦对察合台诸王防范甚严。以他目前的势力，我们公开起兵，势必招致败亡。为今之计，我们只有一个最有利的条件可以发挥作用，这就是乌赞将军。乌赞将军虽是我父亲在世时最宠信的将领，但他没有参加在汗国发生的一系列反对塔里忽的变乱，所以，到目前为止，塔里忽对将军未起疑心。我听向我报信的贵族说，塔里忽为庆祝胜利，三天后要在汗帐举行忽里勒台和庆功酒宴，我想，这个宴会应该是我们的机会。"

乌赞想不到两个孩子竟有这般头脑和胆识，心中不由暗暗慨叹：果然英雄出少年。他更欣慰，都哇汗后继有人。

至于他，同样如此。他有塞尚这样的儿子，这是做父亲的骄傲。

"你们说得都有道理。既要出其不意，我们还需商议一下细节。"乌赞说。

捌

三天后，乌赞只带了一百名侍卫前往汗营参加塔里忽举行的宴会，塔里忽并未对乌赞起疑，他热情地邀请乌赞入席饮酒。

酒至半酣，忽然侍卫入报，称营地四处起火，恐有人故意纵火。塔里忽想到可能又是那些拥护都哇的亲王或将领所为，于是一面派人救火，一面派亲率卫队加强汗营警戒。在做出上述安排的同时，他对于外面的骚乱并未完全放在心上。

人们往来穿梭救火，帐外的情景变得十分混乱。这时，怯伯和塞尚率领的二百人已悄悄潜入汗营，他们与乌赞带来的武艺精湛的一百名侍卫神不知鬼不觉地解除了塔里忽亲率卫队的武装，接着，怯伯带着一队人马闯入了塔里忽的汗帐。

塔里忽看到怯伯时大吃一惊，他已有七分醉意，这一惊酒倒醒了几分。他从座位上霍然站起，指着怯伯说道："你这个……"

怯伯不容他说下去。只见少年举弓搭箭，说了句："去死吧！"随后，手一松，箭带着啸声直奔塔里忽的面门。

塔里忽额头中箭，大叫一声，倒在虎皮汗座上。他抽搐了几下，便不再动弹。恐怕直到死亡，塔里忽也无法相信，结束他生命的，竟是在都哇的诸多儿子中最不起眼，他也最不放在心上的怯伯。

这一切发生得太过突然，汗帐中登时大乱。乌赞父子不失时机地控制了局面，他们解决了塔里忽父子以及亲信与近侍。剩下的人，本来是出于保住性命或利益考虑才选择认可塔里忽的汗位，而今塔里忽被怯伯射杀，汗国合法的继承人就在面前，他们很明智地选择了跪在怯伯脚下，宣誓效忠。

剿杀了塔里忽及其余党，怯伯还没来得及为自己的胜利庆祝，便听说被父亲废黜的海都汗长子察八儿纠集十数位窝阔台系诸王，率领一支数万人的军队正杀奔察合台汗国而来，对察八儿来说，能否重振窝阔台汗国，成败在此一举。

怯伯的军队以乌赞军为主，人数上明显逊于察八儿的军队。纵然乌赞英勇善战，指挥有方，面对多出自己差不多两倍的强敌，君臣二人也只是在苦苦支撑而已。关键时刻，多亏那些听说怯伯已射杀了塔里忽的察合台系诸王从各地赶来增援，察八儿军一下子陷入重围之中，只剩下被动挨打的份儿了。

察八儿拼死杀出一条生路，带着残兵败将回到首都，他决定投奔元朝皇帝。他担心自己势力不足，不能引起元帝重视，遂极力劝说二弟阳吉察儿与他一起投奔元朝。阳吉察儿开始时有点犹豫，但想到窝阔台汗国一蹶不振，早晚难免为强大的近邻吞并，再三考虑后，决定与长兄同行。

阳吉察儿没想到，最终正是他的这个决定害死了自己。

如今元朝皇帝是成宗之侄海山（1308—1311 年在位，庙号武宗。海山系真金次子答剌麻八剌之子）。自海都复国，窝阔台汗国与元帝国交战多年，双方皆付出了沉重的代价，海山本人亲历过这些战争，这使他不能完全相信海都的儿子们。察八儿倒也罢了，反正他已被废黜，而且，他在新近与察合台汗国的作战中一败涂地。阳吉察儿却不同，就算目前窝阔台汗国的国统无以为继，作为曾经的中亚霸主之后，阳吉察儿仍具有潜在的影响力和号召力。将这样的人放在身边，如同身边饲养着一只睡虎，当睡虎不知何时醒来，很可能会伤了饲养它的主人。基于无法放下的成见和担忧，海山让使臣在边境毒死了阳吉察儿。随后，使臣将察八儿礼迎入朝，海山亲自接见了他，并以宗王身份对他赐予封地。

这一年，是元武宗至大二年（1309），窝阔台汗国宣告灭亡。原窝阔台汗国的领土，除东部部分领土为元帝国夺取外，余者皆并入察合台汗国。

察合台的后人都哇，用自己二十七年的隐忍，换来了两个汗国合二为一，也使窝阔台汗国成为一个短命的汗国。

窝阔台汗国的国统，若从窝阔台登基算起，历五任大汗：窝阔台、贵由、海都、察八儿、阳吉察儿，存在了八十年（1229—1309）。若从海都在塔剌思会盟后正式称汗，标志着汗国重建算起，则历三任大汗：海都、察八儿、阳吉察儿，国统存续了短短的四十年（1269—1309）。

事实上，从阳吉察儿走下汗位的那一刻，蒙古四大汗国中便只剩下了金帐汗国、察合台汗国和伊儿汗国了。若干年后，海都的后人也有过再度称汗的经历，不过，那也只是察合台汗国之汗，而与窝阔台汗国毫无关联了。

察八儿从此留在元帝国安享太平。海山的弟弟爱育黎拔力八达（1312—1320 年在位，庙号仁宗）即位后，又赐察八儿"汝宁王"封号。在元朝灭亡前，这个王位一直由察八儿的后人世袭。

怯伯在稳定了汗国的局势后，第一件事就是上书元朝。在奉表中，他说自己是借长生天的助力以及上君海山汗的福荫才得以剪除阴谋叛乱者，他承认察合台汗国是元帝国的藩属，并希望汗国与强大的元帝国和平共处。

而今，坐在高高的御座上展读怯伯的来信，海山只觉心潮澎湃，欢欣鼓舞。

想当年，元朝创立者，他的曾祖父忽必烈汗，是那样希望自己如兄长蒙哥一般，成为天下所有蒙古人的共主。可当时海都在西部崛起，四大汗国间、汗国与元朝间战乱频起，这个奋斗目标直到忽必烈去世，都只是个无法实现的愿望。

只有叔汗铁穆耳享有过成为天下共主的荣耀，即便如此，窝阔台汗国的存在仍令一切存在诸多变数。

果然，元朝与窝阔台汗国之间终有一战。值得庆幸的是，元军赢得了胜利。

事实上，伊儿汗国的历代君主始终如一地将元朝皇帝奉为宗主，金帐汗国在脱脱汗统治时代也走上对外休兵和励精图治的道路，为了与元朝互通有无，脱脱奉表甘为元帝之臣。如今再加上怯伯的正式承认，这使各种矛盾正在孕育，却尚能保持强盛繁荣的元帝国在海山执政时，终于形成了真正大一统的局面。

哪怕这时的四大汗国只剩下三大汗国。

或者不如说，就因为这时的四大汗国只剩下三大汗国，海山才没有了叔汗那样的后顾之忧。

海山当即回信，对怯伯的所作所为大加赞扬。

少年怯伯的明智与胆略，使他赢得了如父亲都哇一般的威望。

乌赞认为，是时候召开忽里勒台，将怯伯推上汗位。在乌赞做出筹备忽里勒台的决定时，怯伯正在自己的营帐里写信。他的身边，总能看到塞尚的身影。塞尚为怯伯研墨，偶尔，两个孩子会为遣词造句讨论一番。

终于，这封至关重要的信件写完了，怯伯亲手封好，交给塞尚："你即刻选一支精锐骑兵，这封信还是由你亲自送去。"

塞尚点了点头，将信揣进怀中。

"见了我哥哥，就说让他尽快启程，我在汗营等他。本来这次，应该由我亲自前去迎接他，可国家局势刚刚平稳，我担心还有塔里忽的余党未除。有我坐镇汗营，可以确保万无一失。"

"知道，王子。"

塞尚说着，摸了摸怀中的信，神情有点犹豫。

"王子。"

"怎么？"

"我……我想……"

"你是不是有话想对我说？"

塞尚点了点头。

"塞尚，我们是最好的玩伴、最好的朋友，你在我面前，要永远做那个想说什么就说什么，想做什么就做什么的塞尚。"

"既然如此，我不妨直问了。我真的想知道，王子为什么要这么做？你明知道大家拥护的那个人是你。"

"那又如何呢？"

"王子！"

怯伯微笑："我明白你的心意，也感谢大家的心意。"

"那么……"

"塞尚，我真的不想看到兄弟相残的悲剧又一次在我眼前上演。从祖父八剌合汗开始，为了这汗位，究竟有多少人死于非命？也先不花是我的哥哥，是我父亲留在世上的最年长的儿子，哥哥还在人世，哪有由弟弟来继承汗位的道理？我这样做，无非是希望我父亲留下的国家不要再有内乱，不要再发生那么多的人伦惨变。至于我，杀掉塔里忽，既是为了自保和夺回汗位，也是为了阻止他对都哇家族斩草除根的疯狂行径，更是为了避免他与我哥哥之间爆发战争。"

"原来是这样，我懂了。不过，父亲他……"

"乌赞将军是个忠诚的人，你出发后，我会向他说明一切的。"

"好，我略做准备，很快出发。王子，有句话虽说难以启齿，我还是想亲口告诉你：未来的你，或许是大汗之臣，可在我心中，你是我唯一要效忠的君主。"塞尚说完，向后退了一步，深施一礼，转身离去。

怯伯目送着塞尚离去，渐渐敛去了脸上的笑容，唯目光变得更加深邃，更加坚定。

他的目光，正在超越他的年龄。

玖

平定塔里忽叛乱时，也先不花在西部坐镇，没有直接参与这件事情。他知道人们都拥护他的弟弟怯伯，原也没想过自己与位汗有份。

这种事不是没有发生过。

两年前，因长兄病逝，他奉命出镇汗国西部，那时，人们就是拥戴他的弟弟宽阇登上了汗位。如今，塞尚带来怯伯的家信，却是要他速速回转汗都，主持家事，并继承汗位。这从天而降的"大礼"让他有些手足无措，他愣怔了许久，仍旧无法相信怯伯会做出这样的决定。

塞尚向也先不花献上了金印和察合台汗的弯刀，金印是国家权力的象征，弯刀则是一种资格上的认证。怯伯在射杀塔里忽后，夺回了这两样大汗信物，如今，他将它们献给也先不花，足以表明他拥戴哥哥为君的决心。

塞尚恭敬地催促也先不花从速起程，回国即位，不要错过吉时。也先不花总算相信了弟弟的诚意，他不再耽搁，召来最信任的将领，将西部防务交付于他，接着，他与塞尚兼程急驰，很快回到阿力麻里。

怯伯在阿力麻里城门外亲自迎接哥哥，他向哥哥施以跪礼。也先不花与怯伯年龄相差不少，以前也没有多么亲近。唯有此时此刻，看着弟弟聪慧中还带着几分稚气的脸庞，他不禁百感交集。

他扶起弟弟，随后，兄弟俩紧紧拥抱在了一起。

乌赞与儿子塞尚默默对视，乌赞的眼角有些湿润。

在察合台家族，这或许算是难得的手足之爱了。

也先不花返回国都前，怯伯已然说服了所有不愿拥立也先不花的王公贵族。由于准备充分，在接下来举行的忽里勒台上，也先不花几乎是在众口一词中被推举为察合台汗国的第十三任汗（1309—1320年在位）。

作为对弟弟的回报，也先不花将汗国西部赐予弟弟管理。

多年战乱之后，察合台汗国总算迎来了和平发展的大好时机。

像自己的弟弟宽阇一样，也先不花做了太平盛世的君主。在南面，察合台汗国早与元朝讲和，并奉元朝为宗主国，双方加强了贡使与贸易往来。在北面和西部，察合台汗国与金帐汗国、伊儿汗国再没有发生边界冲突，百姓安于生产生活，汗国处处呈现出一派繁荣兴盛的景象。

这样安逸的生活持续了几年。某天，也先不花听到一个可怕的传言：元朝欲与伊儿汗国联手，消灭察合台汗国。

也先不花不去费心求证传言的真假，而是宁可信其有，不可信其无。何况这些年，元朝与汗国间偶尔也会因为边界纠纷发生冲突，没起疑心时倒没觉得什么，大家还能坐下来协商解决，一旦起了疑心，所有的迹象都成为元朝将对察合台汗国动手的信号。也先不花决定先下手为强。

元朝方面，对也先不花听到的传言以及他为战争所做的准备，最初一无所知。元武宗海山去世后，将皇位传给了弟弟爱育黎拔力八达，这位庙号仁宗的元朝第四位皇帝，是位典型的仁弱之君，不喜战争，重视教育，元帝国在他的治理下，也进入强盛的顶峰。爱育黎拔力八达继续向察合台汗国派出使臣，这原本是宗主国与藩属国之间正常的往来，无非就是通岁问礼，也先不花却认为这是元帝在麻痹自己，于是他一面将使团扣留，一面集结军队，突然袭击了驻守边境的元朝军队。

元朝军队失备大溃，但经过整军，很快打败了察合台汗国的军队。也先不花这才发现自己的军队根本不是元军对手，急忙遣使向元帝求和。爱育黎拔力八达被这突如其来的冲突弄得莫名其妙，考虑到此前，元朝与察合台汗国驻守边境的军队也有几次因为移牧及争夺草场等诸如此类的问题发生过小规模的军事摩擦，爱育黎拔力八达只当这次又是双方误会所致，并未把它当成国与国之间的战争。他安抚了汗国使者，同时接受大臣建议，调派军队，加强边境守备。

这本是两国重新修好的最佳时机，也先不花却不这么想。他将元帝的安抚当成示弱，再次扣押了元朝使团。仁宗延祐元年（1314），也先不花调兵遣将，第二次向元朝边军发起大规模的进攻。本来，也先不花志在必得，不料，汗国军队遭到了元军的迎头痛击，几乎全军覆灭。也先不花亲率主力部队想要挽回损失，也只能与元军战个平手，被迫退回本土。

此番战端一起，也先不花无疑将自己置于进退两难的境地。即便如此，倘若也先不花肯主动向元帝认错，并释放使团，显示诚意，爱育黎拔力八达很可能再次选择原谅他。没想到，也先不花以为退兵就够了，从始至终未对元朝廷做出只言片语的解释。更加失去理智的行为是，他命弟弟怯伯攻打伊儿汗国的呼罗珊地区。

怯伯完全不相信元朝会与伊儿汗国密谋进攻察合台汗国，他再三劝说哥哥不要轻启战端。而鬼迷心窍的也先不花，无论如何都要"先下手为强，打破元帝与伊儿汗的联盟"，怯伯作为弟弟和臣子，只能无奈地服从也先不花的调遣。

也先不花从汗国抽调主力，交给弟弟指挥。怯伯不愿两面作战，对攻打呼罗珊并不积极。也许是种预感，怯伯担心元帝不会原谅哥哥的行为。果不其然，爱育黎拔力八达被也先不花的背信弃义和不识好歹彻底激怒，调派二十万大军主动出击，攻入察合台汗国的国境。

也先不花兵力空虚，一败再败，连闻讯回援的怯伯也败于元军之手。兄弟二人别无选择，只得一味向汗国西部退去。所幸爱育黎拔力八达只是想给也先不花一个教训，无意夺取察合台汗国的领土，因此，大获全胜的元军并未对也先不花兄弟赶尽杀绝，而是在汗国东部驻扎下来。

也先不花的轻率行为在为国家招来祸患的同时，也将刚刚过了几年安定生活的百姓重新拖入战争的深渊，对于这样一位君主，人们除了失望便只有怨恨。多亏怯伯忠心耿耿地扶保兄长，否则，也先不花很可能在更早的时候就无法支持下去。

第九章　灵魂与火种

壹

内忧外患中，也先不花又勉强做了几年大汗，于元仁宗延祐七年黯然离世。

也先不花逝后，人们拥立他的弟弟怯伯登上汗位，这是察合台汗国的第十四位君主（1320—1327 年在位）。

察合台汗国几经血雨腥风，注定要迎来一个大治与强盛的时代。也许历史从一开始，就确定要将这个时代交给怯伯来完成。

从小经历了太多的内忧外患，人生沉浮给了怯伯悲天悯人的胸怀，这在察合台汗国的君主中绝不多见。如今，怯伯登上汗位，为了实现富国强民的理想，他做出的第一个决定就是对外休兵。

真正意义上的全面休兵。

他带着塞尚来到关押元使的地方，亲自释放了元朝使者。

怯伯请求使者原谅，说自己希望他能秉持公义之心，不计旧恶，为两国的和平斡旋奔走。元使知道察合台汗国已经改朝换代，他不愿将也先不花的过失算在怯伯头上，况且，怯伯素有贤名，又对他礼遇有加，他很愿意充当这个和平使者。

使者回到帝都时，仁宗已经去世，他的儿子硕德八剌（1321—1323 年在位，庙号英宗）继承了皇位。使者向新皇帝传达了察合台汗国已然另立新君以及怯伯汗与元朝修好的愿望，年方十八岁的硕德八剌像他父亲一样，不喜欢将大把的精力和财力用于战争，尤其察合台汗国还是手足之邦。怯伯既然主动求和，年轻的元帝乐得顺水推舟。不过，由于也先不花的前车之鉴，小皇帝对怯伯的诚意还在观察之中，双方只在口头上达成了休兵协定。

为取得元帝的信任，怯伯严格约束王公贵族不得在边境上滋生事端，同时不断遣使元廷，贡献宝器方物，并再三陈明自己愿为帝国藩属的决心。怯伯的坚持换来了硕德八剌的认可，元英宗至治三年（1323），双方终于达成正式的和平协议，不久，双方的贡使及贸易往来都再度兴盛起来。

在努力改善与元朝关系的同时，怯伯也向伊儿汗国不赛因汗表明了两国和平共处的愿望，为显示诚意，怯伯着手解决也先不花在位时留下的祸端。

这个祸端就是不里的后人牙撒忽儿。

当年，牙撒忽儿的封地在阿姆河以北，也先不花即位后，将这个地区赐给弟弟怯伯管理，他的这个决定引起了牙撒忽儿的不满，从那时起，牙撒忽儿就在密谋反叛。后来，牙撒忽儿在也先不花与元军打得不可开交，怯伯离开封地回援汗都时，乘机将阿姆河以北之地区据为己有。

随之，牙撒忽儿打败了也先不花派来讨伐他的军队。但人们普遍怀念怯伯的仁慈与公正，对牙撒忽儿的叛乱行为十分憎恨，牙撒忽儿得不到人心，知道难以长久立足，不得不逃往伊儿汗国。

当时伊儿汗国还是完者都汗在位之时，他很高兴地收留了这位也先不花的敌人，毕竟敌人的敌人就是朋友，何况大家还是同族人。完者都汗命牙撒忽儿镇守呼罗珊，他在世时，对牙撒忽儿算得上恩遇有加。

元仁宗延祐三年（1316），完者都病逝，其子不赛因于次年即位。这一年，不赛因十三岁，尚不能亲政，一切方针大计皆决于权臣出班。反复无常的牙撒忽儿见有机可乘，遂又在呼罗珊割据自立。

为了夺回呼罗珊，不赛因多次派遣军队征剿牙撒忽儿，皆无功而返。如今的牙撒忽儿对怯伯来说，已是察合台汗国与伊儿汗国修好的祸患，他很愿意协助不赛因汗将这个祸乱的源头彻底清除。他派弟弟燕只吉台率领四万大军向呼罗珊开进，与伊儿汗国的军队南北夹击，终于将牙撒忽儿击溃。牙撒忽儿出逃，又被骁勇善战的燕只吉台率领军队追上，斩于马下。

怯伯的鼎力相助令伊儿汗看到了这位察合台汗的诚意，不赛因痛快地接受了怯伯的和平请求，两国的政治及商贸往来迅速得到恢复，其兴盛与热闹程度比之也先不花挑起两国间的战争前还要有过之而无不及。

在对外全面休兵的基础上，怯伯做出的第二个决定是振兴国家经济，改善百姓生活。当然，这第二件事是与第一件事同时进行的。

察合台汗国的居民大致可以分成农业居民和游牧部族。居住在天山南部和中亚河中地区的，是汗国的农业居民；居住在天山北部和中亚草原的，是汗国的游牧臣民。

汗国农业区的历史悠久漫长，千百年来，许多立国于此的政权，都是凭借坚固的设防城池，来施行和加强其统治。

察合台汗国统御着亚洲三大草原中的两个：准噶尔盆地和中亚草原，许多年前，丰美的草场是匈奴人、丁零人、大月氏人、铁勒人、柔然人、突厥人、回鹘人活动的主要历史舞台。

在察合台汗国，游牧居民仍由各部首领统领，保持着既是生产单位，又是行政单位的特点。而在农业地区，大汗的命令则需要通过各地总督，再经各地行政官吏，才能布施于汗国的农业居民。

怯伯决定改变汗国对辖地的松散统治。怯伯从小就羡慕忽必烈统治下的元帝国和合赞汗统治下伊儿汗国的强盛与稳定，他决定借鉴这两位治理国家的经验，在察合台汗国实行彻底的政治和经济改革。

作为强化中央集权的第一步，怯伯在汗国境内发行了可做通用的金属货币，并开始采用在波斯和金帐汗国早已形成体系的货币制度。他铸造了狄尔哈木和狄纳尔，有一点区别，怯伯铸造的狄纳尔已不是金币，而是大的银币，狄尔哈木则是一种小的银币，这些金属货币中被铸入怯伯的名字，后来，人们将其称作怯伯钱。

随即，怯伯开始推行地域税制。他按照自然地区，规定纳税单位，称其为"土绵"。土绵系万之意，其实是蒙古万户制度的一种习惯性继承，尽管实质可能并非如此。地域税制也推行于天山南部，在这里，纳税单位被称作"鄂尔琴"，意思为周围，也即以固定的地域为纳税单位。

怯伯专注于内政外交，在他统治下，诸境大治、民心安定、国库充盈，这时汗国的强盛程度，即使与察合台汗到阿鲁忽汗的前五位大汗相比也毫不逊色。

有和平安定、富足有序的社会环境做基础，怯伯开始为实现他的第三个目标而努力：强化律法的威慑力。

在察合台汗国，第一任汗察合台以执法严明著称，当时，只要是在汗国境内，"一个头顶黄金碗的妇女独自行走，也能安然无恙地到达目的地"。

怯伯非常崇敬自己的先祖察合台，他要建立的国家，是一个人人都因畏惧法律而能自觉约束和规范行为的理想国家。为此，他任命挚友塞尚为法律大臣，并派遣干练的官员明察暗访，凡有违法行为，一经查实，不分亲疏贵贱，决不姑息。

一切都开展得很顺利。怯伯怎么也没想到，有一天，他要面临一个新的考验：该如何处理发生在塞尚家的人命案。

贰

人是自杀的，自杀的人是塞尚的小妾。塞尚纳一妻三妾，这个小妾是新娶的，性情比较刚烈，也不太遵守礼数。塞尚的正夫人出身黄金家族，在府中管理内务，极有威严。一天，小妾与正夫人因家事发生争执，小妾出言顶撞，正夫人一怒之下，施以家法，让仆人狠狠扇了小妾两个耳光。仆人这两掌下手极重，小妾当时就被打得双颊红肿，耳朵嗡嗡作响。她哭着跑出正堂，回到自己的卧房，给父母和哥哥写了封信，托自己最信任的丫鬟送回家中，接着，她又在墙壁上留下一行遗字：君生我死，君死我生。写完，小妾便在自己的卧房悬梁自尽了。

这桩意外的事情发生后，塞尚没有责备夫人，而是急于善后。他并不知道小妾写信回家之事，为了不使夫人的名誉受损，他亲自动手将遗字铲去，命人重新粉刷了小妾的房间。之后，他又要阖府上下统一口径，按暴病身亡将小妾入殓。处理完这件事，为安抚小妾家人，他亲自登门与岳父母商谈，答应将自己的一处房产和一处最好的田产作为他给小妾家人的抚恤。

塞尚以为事情就这样解决了。

过了一段时间，小妾的哥哥由于主将换防，从西部回到家中。此时的他，因错开了家信，并未得知妹妹去世的噩耗。当他听说妹妹年纪轻轻便命丧黄泉，这个消息对他不啻晴天霹雳。父母犹豫了许久，还是将女儿的遗书交给了儿子。看了妹妹的信，他知道了妹妹真正的死因。他很愤怒，但父母都劝说他息事宁人，一来妹妹毕竟死于自杀，二来塞尚也做出了积极的补偿。

哥哥的内心充满矛盾，兄妹情深，妹妹的枉死让他十分痛苦。一天酒后，他将这件事情告诉了他追随多年的主将。主将素与塞尚不睦，这件事让他看到了扳倒塞尚的希望。他当即从哥哥手中要下那封信，经过一番筹划，他选择大朝的时候将塞尚知法犯法的罪状公之于众。

人证物证俱在，主将坚持要求大汗派遣御医开棺验尸，塞尚无奈之下，只得承认了这个事实。也许，直到这一刻，塞尚才隐隐明白了小妾那行遗字的含义：罪行若被掩盖，她将死不瞑目，但她相信，真相一定会水落石出。事实的确如此，塞尚可以铲除墙上的遗字，却无法铲除小妾的怨恨，塞尚可以粉刷墙壁，却无法粉刷自责，所以，当他承认了一切，他竟有些释然。

塞尚讲完事情的经过，但见汗宫中一片静默，大臣们面面相觑，君臣则是无言相对。当时的场景若说尴尬，倒不如说让人啼笑皆非：塞尚心怀内疚，怯伯一脸错愕；塞尚无话可说，怯伯却是一肚子话不知从何说起。

人们都在看着怯伯要如何处理自己最宠信的大臣，这件事如果处理不当，会为律法的尊严蒙上阴影，怯伯思前想后，只得忍痛做出如下处置：

塞尚多备钱帛，好好安抚死者家人，取得他们的谅解（这件事塞尚已经做了）。

罢免塞尚法律大臣的职务。

第三，是个双选项，要么塞尚将引起祸患的夫人休弃回家，要么塞尚为自己做伪证的行为当着群臣的面接受鞭刑。

塞尚选择了后者。

怯伯慢慢地问："你确定？"

塞尚回答："是。"

怯伯示意汗宫侍卫，不多时，四名行刑官凶神恶煞般地出现在众人面前。

怯伯看着塞尚，熟悉他的人，都能从他的眼神里看出不忍。然而，他最终还是向行刑官挥了挥手。

行刑官得令，立刻上前抓住塞尚的肩头，剥去他的衣服，只露出后背。接下来，他们麻利地将他绑在刑具上，又将他的眼睛蒙起。四名行刑官，一人一鞭，虽然只有四鞭，那痛苦的滋味，足以令人终生难忘。

行刑的鞭子是特制的，每一鞭子挥起或落下，都会发出尖锐的啸声。鞭子刚刚落在塞尚的后背上，塞尚纵然刚强，仍忍不住发出了一声惨叫，而他的后背也立刻冒出了一道又粗又长的血印。四鞭下去，尽管从始至终都不见一滴血从鞭痕流出，可汗宫里却仿佛充斥着令人作呕的血腥味。出首的主将最初只是想扳倒塞尚而已，如今见塞尚当众接受鞭刑，他的内心可谓既喜且惧。喜则喜塞尚颜面扫地让他出了胸中恶气，惧则惧怯伯的无情让他看到了这位察合台汗国第十四任汗在执法上的公正严明。其实何止是他，所有在场的大臣无不为之肃然。

最后一鞭下去，塞尚饶是武将，到底挺不住昏了过去。怯伯命人将他送回府上，并传御医为他诊治。塞尚罪不至死，这点众人倒无异议。

塞尚苏醒时已是晚上，他疼得难以入睡。天快亮时，他迷迷糊糊地打了个盹，梦到有什么东西抚过他的伤口，这东西很清凉，令他的疼痛感减轻了许多。他睁开眼，发现这不是梦，有个人正在他的后背上涂抹着药膏。

这个人是——怯伯。

他动了动，"大汗？"他试着唤了一声。

怯伯上完药，在他身边坐下来。

"大汗，是您吗？"他又问。他的声音嘶哑，事实上他根本不敢相信自己的眼睛。

怯伯点了点头。

"您……怎么来了？"

"还疼吗？"怯伯避而不答。

"没事……不疼。"

塞尚挣扎着坐了起来，疼痛使他脸色苍白，全身都浸出了冷汗。

"你不要乱动。"

"我想坐一会儿。大汗，您怎么会来这里？"

怯伯握住塞尚的手："对不起。"此言一发，他的眼眶已经红了。

"不，是我的错！是我！"塞尚的自责发自肺腑。

"塞尚，你是我最好的朋友，我却对朋友做了无情的事，我……"

"别这么说，大汗。您千万不能这么说。我是法律大臣，却知法犯法，辜负了您的信任，应该说'对不起'的那个人是我。"

"塞尚……"

"大汗，您来看我，我感激不尽。但是，请您现在就离开吧，您要维护的法律是不讲人情的，只讲对错。我做了不该做的事，这是我该接受的惩罚，对此我毫无怨言。可您，不应该出现地我的面前，不应该为自己没有做错的事情向我道歉。您要将自己变成一个无情的人，您必须将自己变成无情的人，从我开始，从今天开始。"

"这……"

"大汗，不要让我经历的痛苦变得毫无意义。"

怯伯如何不明白塞尚的心意。塞尚不愿意让别人知道他过府探望一事，塞尚担心，此事一旦传开，会让臣民觉得他们的君主出尔反尔。

"走吧，大汗。"

"好。你多保重！"

"放心。"

叁

不久，塞尚的身体康复，他离开阿力麻里，带着家人回到家乡。他已被免过法律大臣的职务，但他有自己的封地，还有牧场，他养了许多马，其中有十匹是万里挑一的宝马良骥。从此，他变成了一个真正的牧民，每日早出晚归，这样的日子虽说辛苦些，却也自由自在。

怯伯本想等到一个合适的时机重新擢用塞尚，遗憾的是他没能做到。在塞尚回到封地的一年后，正值壮年的察合台汗国第十四任汗积劳成疾，与世长辞。

这位在位仅仅七年，却以智慧将察合台汗国的巨船引入正确航道，并亲手缔造了汗国盛世的蒙古大汗，得到了臣民的真心爱戴与拥护，甚至许多年后，汗国百姓仍在怀念着他的公正与贤明。

　　塞尚在牧场听闻噩耗时，正在交代家人将他精心饲养的十匹骏马献给怯伯汗。这个消息对他而言如同晴空霹雳。他骑上马，兼夜而行，来到汗宫之外。即将继承汗位的大汗之弟燕只吉台知道哥哥在病逝前还在惦念着儿时的朋友，因此，他特许尚未恢复官职的塞尚入宫祭拜兄长。

　　塞尚被允许看了一眼怯伯的遗容。仅仅一年未见，怯伯的脸颊明显消瘦了许多，也显得有些严肃，有些疲惫。在看到怯伯遗容的一刻，塞尚的心仿佛被一条巨大的鞭子狠狠地抽着，一下一下，抽得鲜血淋漓。鞭子抽在他的心上，依然是四下：第一下，是震惊；第二下，是悔恨；第三下，是悲从中来；第四下，是万念俱灰。

　　直到今天，他的背上还留着四道小指宽的白色鞭痕，偶尔在梦中，那鞭伤还会隐隐作痛。留下疤痕的伤口毕竟还能愈合，心上的伤口不会留下伤痕，却只会流血，只会溃烂，直至死亡。

　　隆重的葬礼过后，燕只吉台登上汗位。他希望塞尚留在汗宫担任官职，塞尚婉言谢绝了。他回到牧场，继续放牧。六年后的一天，他在睡梦中辞世。他在去世的前一天对夫人说，他心口的部位没有以前那么疼痛了。

　　燕只吉台继承的是一个繁荣昌盛的国家，他对哥哥制定的政策没有做出任何改变。燕只吉台只做了三年大汗，他去世后人们拥立怯伯的另一个弟弟都来帖木儿登上汗位。这也是一位短命大汗。几个月后，怯伯的又一位弟弟登上汗位，这位大汗名叫答儿麻失里（1330—1334 年在位），他是察合台汗国的第十七任汗。

　　无疑，答儿麻失里是一位很有作为的大汗，他利用河中地区自古以来就是东西方交通枢纽的便利条件，制定了一系列鼓励农商的政策，使汗国的经济发展达到了一个新的高度。与此同时，答儿麻失里在政治以及宗教政策上的失误却成为察合台汗国发生分裂的起因。

　　说来也巧，元帝国和金帐汗国、察合台汗国、伊儿汗国，这些由成吉思汗的子孙建立的国家还真是一体同命：它们在差不多相同的时间段内经历了各自的兴盛之后，又在差不多相同的时间段内不约而同、不同程度地走上了混乱与衰落之路。

　　元帝国在英宗硕德八刺之后，短短的十年间（1323—1333），走马灯似的换了几个皇帝：泰定帝也孙铁木儿、没有庙号的阿剌吉八、文宗图帖睦尔、明宗和世瓎、宁宗懿璘质班，而最后一个皇帝，就是亡国之君妥懽帖睦尔。

金帐汗国其时尚处于月即别汗统治之下。至答儿麻失里遭到杀害，察合台汗国陷入混乱，金帐汗国却又经过了二十三年的强盛，之后，汗国便四分五裂了。与之相反，曾作为金帐汗臣民的俄罗斯人却走上了团结和强大之路。

伊儿汗国从完者都汗即位，由于与金帐汗国的领土之争，汗权已出现被削弱的倾向。至不赛因汗（1317—1335年在位）去世，汗权旁落在军事贵族之手，他们不是从旭烈兀的直系后裔中选择大汗，而是从成吉思汗的子孙中选择那些旁系诸王，以便能够操控政权。他们的争权夺利使得伊儿汗国名存实亡，先后分裂成四个主要王朝：札剌亦儿王朝、穆筛飞王朝、克儿特王朝、撒儿别答儿王朝。这些王朝中的诸多地方政权以及领土之广狭不断变更。可以这么说，不赛因汗是伊儿汗国最后一个强主，至他病逝，真正意义上的伊儿汗国已寿终正寝。只有一个名义上的伊儿汗国还顶着或这样或那样的外壳苟延残喘，等待帖木儿帝国的出现给予它致命一击。

回头再说察合台汗国。

答儿麻失里继承汗位后，一直住在河中地区，而且，他将全部热情都用于经略西部，却忽略了对东部的关注。而察合台汗国的首都在东部，察合台王公贵族的份地多数也在东部，答儿麻失里的怠慢使他在不知不觉失去了许多贵族的拥护。

随着时间的推移，东西部的分裂已初显端倪。

更可悲的是，宗教信仰的不同，也成为察合台汗国发生分裂的催化剂。

察合台汗国从立国之初，就坚持对宗教一视同仁的国策，但在西部，许多人早早皈依了伊斯兰教。答儿麻失里想在全国范围内推行伊斯兰教，遭到了东部贵族的反对，他们联合起来，推举都来帖木儿的儿子不赞为汗。元顺帝元统二年（1334），答儿麻失里被其侄儿不赞杀害，不赞即位，察合台汗国从此由治而乱。

不赞登上汗位伊始，便开始大肆杀戮亲族及贵族，他的凶残引起了贵族们的再次反抗，他仅仅做了两年大汗，便被都哇的另一个孙子取而代之。又过两年，第十九任汗的弟弟杀死哥哥，成为第二十任汗，他比他的兄长还要残暴，他继续杀戮亲族，这一轮又一轮的杀戮使异姓军事贵族逐渐掌握了权力。

这些异姓军事贵族的代表主要是当年察合台受封的四千户，它们分别是巴鲁剌思部、弘吉剌部、朵豁剌惕部、乃蛮部，其中巴鲁剌思部、弘吉剌部主要驻守汗国西部，朵豁剌惕部、乃蛮部主要驻守汗国东部。

第二十任汗在一次出猎时被窝阔台汗的后人阿里所杀。窝阔台汗国灭亡后，窝阔台的后人们成为察合台汗国贵族的组成部分。阿里依靠异姓贵族的拥护而取得汗位，又因为试图削弱异姓贵族的势力而遭到杀害。不里之后，宽阔之子短暂为汗，接着这位大汗又被牙撒忽儿之子合赞（与伊儿汗国最伟大的君主合赞汗同名，此汗于1343—1346年在位）取代。

在察合台汗国的历史上，第二十三任汗合赞的残暴可谓登峰造极。他杀人如麻，视生命如草芥。这样的人，只怕天也难容。在合赞施行统治的第三年，他被巴鲁剌思贵族哈兹罕杀害，哈兹罕另立傀偏大汗。

以合赞之死为标界，察合台汗国分裂为东察合台汗国和西察合台汗国。

由于信仰不同，和历经几代后情感的疏离，察合台汗国终于被肢解，一分为二。而仅靠兄弟情谊所维系的表面上的统一，又是如此脆弱。随着也先不花与怯伯兄弟相继病逝，分裂的导火索已被埋下。

让人不可思议的是，长生天给了察合台汗国顽强的生命力。当汗国第一次被肢解时，天意给了西察合台汗国察合台的灵魂，给了东察合台汗国察合台的火种，因此有一天，当西察合台汗国灭亡，在其基础上建立的帖木儿帝国却继承了察合台的灵魂。而东察合台汗国，在汗国的疆域一缩再缩，直到最终灭亡之前，却总有一粒火种被遗落下来，继而燃烧成熊熊的汗国之火。

灵魂与火种，无疑是生命力的象征。即使当火种熄灭，当灵魂不存，其实还有日月山川，还有人群建筑，仍留存着那一片不灭的记忆。

这恐怕才是察合台汗国最终的命运。

肆

当汗国第一次发生分裂时，如同一个父亲的两个儿子分家，一个在西，一个在东。此时，虽说兄弟二人分开生活，但他们的身上流着相同的血，信守同样的祖训，因此彼此间尚存些许骨肉亲情。然而，当时光流逝，兄弟二人的后代各自掌管了家业，他们开始觊觎着对方的财富，在利益的驱动下，两家矛盾频起，争斗不断，都想将对方的财富据为己有，却都不能如愿。

就在两家为这旷日持久的内耗各自元气大伤时，一个与他们有着亲缘关系的蒙古贵族变得强大起来。

这位蒙古贵族，就是建立了帖木儿帝国的"拐子帖木儿"。

当年，成吉思汗立国之后，驰骋欧亚，经二十二年建立起一个庞大帝国。临终之时，他将汗国分封给自己的四个儿子，并将麾下的军队也分封给他们。其中，次子察合台得到四千户，在这四千户里，第一千户长是巴鲁剌思部的亦连吉，他的父亲是成吉思汗的堂弟。

而亦连吉是帖木儿的曾祖父。

窝阔台继位后，察合台设汗帐于阿力麻里境内的忽牙思。察合台本人是察合台汗国中最有威严的一任大汗，他活着时，汗国人心思定，富足昌盛。当他去世后，汗国几经盛衰，越到后来，局势越乱。他那些野心勃勃的儿孙们开始争权夺利，这种内讧最终造成了汗国的分裂，使汗国内部逐渐形成两大旗鼓相当的割据阵营。其中，统治河中地区的察合台汗国在习惯上被人称作西察合台汗国，如今的大汗名叫色拉兹，他是察合台汗的直系后裔，同时也是权臣哈兹罕的傀儡。与之相对的，统治伊犁地区的察合台汗国被称作东察合台汗国，如今在位的图格鲁汗正当壮年，很有权谋。

察合台汗国的政权基础是成吉思汗赐给次子的四千户，这些人被统称为察合台人，他们在汗国享有一定的特权，比如，他们可以在任何平展开阔的地域迁徙、放牧，可以不向朝廷纳税。另外，只有察合台人才有资格充当汗宫的亲军侍卫。这种特权在汗国发生分裂后也没有改变。

帖木儿少年时期就与众不同，他拉起一帮绿林兄弟，专门劫夺往来于东西察合台汗国的商旅。后来，他被朝廷招安，并因胆识过人成为权臣哈兹罕的孙女婿。从血统上来讲，哈兹罕也算是黄金家族后裔，但他不是察合台嫡传，这使他没有资格称汗。他在废黜了海山汗立忽里汗后掌握了汗廷实权，而今，新立的国君色拉兹汗胆怯昏聩，大权更加旁落在他的手中。

本来，对任何人而言，得到哈兹罕的赏识，都是一件值得炫耀的事情，帖木儿却不这么想。一旦他在军队的年轻人里树立起威望，便开始策划一场以推翻哈兹罕、由自己取而代之的政变，尽管政变的结果是他重新过上了逃亡生活，但哈兹罕本人的生命也在动荡的局势中画上了句号。

哈兹罕死后，帖木儿重新回到了西察合台汗国的权力中枢。

就在西察合台汗国内部政权频繁更迭，军事贵族拥兵自立，各自为政，而汗统也难以为继时，东察合台汗国的图格鲁汗兵临铁门关。

生于元文宗至顺元年（1330）的图格鲁从小就立志成为先祖察合台汗那样的人。

也算上天对察合台的垂赐，长大成人后的图格鲁身材高大魁梧，面容周正，不怒自威，颇有先祖遗风。

事实上，图格鲁汗既是察合台汗国中后期最有作为的大汗，又是拥有纯正血统的察合台后裔。

图格鲁是都哇之孙，他十六岁继承汗位。在位期间，他厉兵秣马，一心想要收回西察合台的领地，使其重新成为一个统一的、强大的汗国。当图格鲁汗获知撒马尔罕数易其主的消息时，他立刻从伊犁驻地起兵。

在西察合台汗国拥兵自立的军事贵族望风而降，帖木儿的叔父哈吉受到攻击后被迫逃往呼罗珊地区，帖木儿却明智地投降了图格鲁汗。作为对他这一选择的奖赏，图格鲁汗将碣石城交给他管理。

时年二十四岁的帖木儿在图格鲁汗的新政权中很快崭露头角。他果断地捕杀了碣石城中企图叛乱的将领，使碣石城混乱的局势迅速趋于稳定。图格鲁汗看到他的忠心，继续挥师西进，兵锋直指未被征服的城市。

在不到三年的时间里，图格鲁汗指挥着他从祖先那里继承下来的东察合台汗国军队，对河中地区发动了二十余次大小战争，终于征服河中诸城，接着，又将势力范围伸向阿姆河以南地区。

趁着图格鲁汗忙于西征，哈吉率领忠于他的军队回到碣石城，从帖木儿手中夺回了自己的地盘。但好景不长，图格鲁汗完成了对阿富汗等地的征服，转而向东，继续平灭河中地区复叛诸城，这时，哈吉再次被迫踏上逃亡之路，只是他没有了先前的好运，在逃亡中凄凉地死去。

哈吉死后，帖木儿在图格鲁汗的扶持下，成为碣石和卡尔西城唯一的领主以及巴鲁剌思部族无可争议的首领。

图格鲁汗让帖木儿做太子伊利亚斯的顾问，他在各地委任了行政官员后回到阿力麻里，太子则奉命坐镇撒马尔罕。

从元至正二十年（1360）到二十二年，在短短不到三年的时间里，图格鲁汗便实现了将东西察合台汗国重新归于一统的梦想。不过，这绝不是一个稳固的政权。太子伊利亚斯缺少其父的雄才伟略，另外，最重要的是，若将伊利亚斯比作狼的话，在这匹狼的背后，人们能看到一头雄狮和一条毒蛇的身影若隐若现。

毫无疑问，这雄狮是帖木儿。尽管暂时，帖木儿还未对太子形成威胁。

毒蛇则是哈马鲁丁。用不了多久，当图格鲁汗病逝后，他的儿子们就要被这只凶狠狡诈的毒蛇一个接一个地咬死了。

当年，哈马鲁丁的兄长布拉吉因拥立图格鲁汗立下赫赫功劳，其家族拥有空前的特权。布拉吉死后，图格鲁汗没有赋予哈马鲁丁相同的权力，这让哈马鲁丁耿耿于怀。只是，图格鲁汗活着时，政权十分稳固，连哈马鲁丁自己的侄子们也忠于图格鲁汗，因此，哈马鲁丁只能小心地收敛锋芒，等待时机。

图格鲁汗了解帖木儿的才能，行前，他再三叮嘱帖木儿一定要好好辅佐太子，帖木儿表面上恭顺地答应下来，心里却完全不以为然。说起来，这是一件艰难的事情，帖木儿的性格本就桀骜不驯，太子则又刚愎自用，这两个人相处，那是针尖遇上了麦芒，谁也不知道能相安无事多久。

伍

伊利亚斯面对的现实是，西察合台汗国的百姓并不欢迎东察合台汗国的君主。原因固然多种多样，其中最关键的恐怕还在于宗教信仰不同。

察合台汗国分裂成东、西察合台汗国之后，统治着畏吾儿诸地的东察合台汗国君主，受成吉思汗的立国政策和后来的元朝影响，在其辖境内仍奉行对一切宗教一视同仁的政策，而统治着西察合台汗国的诸汗却日益与当地统治者合流，改信了伊斯兰教。不同的宗教不能达成包容，冲突在所难免。

点燃导火索的是为察合台汗国效力的乌兹别克人。所谓乌兹别克，是月即别的另一个译法。月即别做过金帐汗国的第九任汗，同时也是缔造了金帐汗国辉煌盛世的一代明君。处于动乱中的金帐汗国人从来不曾忘记那段强盛的历史，因此，他们都愿自称乌兹别克人，包括百余年后入主中亚建立乌兹别克汗国的昔班尼汗以及他所率领的金帐汗国将士们，也自称乌兹别克人。

这些乌兹别克人抢掠了居住在锡尔河和阿姆河之间的百姓，还捉拿了敢于反抗的穆罕默德后裔七十人，用铁链拴住，投入牢中。帖木儿听说这件事，直接来到狱中，当众宣判这七十人无罪，然后将他们全都释放。乌兹别克人听说帖木儿如此胆大妄为，对他十分憎恶，他们选了一个能言善辩、深得伊利亚斯太子信任的将领到伊利亚斯面前，给帖木儿列举了许多罪状，其中之一就是帖木儿有谋夺汗位野心。

太子本就忌惮帖木儿的才能，听说这件事，急忙密报其父图格鲁汗，图格鲁汗不证真伪，下令对帖木儿进行诛杀。

太子身边有忠于帖木儿的人，他们提前报信给帖木儿，帖木儿急忙逃走了。

逃亡的过程中，帖木儿沿途煽动起百姓和军队反对入侵者的情绪。这个胆略与口才兼具的年轻人尽管遭到伊利亚斯的追杀，他的影响却与日俱增。

这时，统治着巴里黑的忽辛也赶来与帖木儿会合，忽辛是帖木儿的妻兄，在最初艰苦创业的日子里，他们也曾患难与共。他们退到花剌子模境内，准备从这里召集兵马，与伊利亚斯抗衡。

花剌子模强盛时，曾一度据有西越里海，北至伏尔加河，南抵印度河、波斯湾，东到帕米尔高原的广阔土地。随着成吉思汗大举西征，花剌子模松散的政治联盟被打破，许多国家成为汗国的领土，包括花剌子模的故地在内。

花剌子模领主帖吉儿探知帖木儿等人的藏身之地，急忙派人报告给太子伊利亚斯，太子命帖吉儿不惜一切代价消灭帖木儿。帖吉儿亲率一千骑兵征讨帖木儿，忽辛与帖木儿的军队才二百六十多人。可是，帖吉儿中了帖木儿的埋伏，经过一天一夜的战斗，帖吉儿身边的将士只剩下五十余人，不得不撤出战斗。

帖木儿和忽辛一方尽管取得胜利，追随他们的二百多将士或死或散，也只剩下骑兵十人、步兵三人。不得已，帖木儿和忽辛又逃到西斯坦境内，可是，他们在西斯坦很快遭到驱逐。幸运的是，经过帖木儿的动员，许多士兵和将领纷纷前来投奔他们，队伍很快又增至二百多人。

此时，伊利亚斯太子在河中地区的统治遭到臣民反对，帖木儿和忽辛趁机夺取了撒马尔罕。

好景不长，很快，撒马尔罕又被图格鲁汗派军队夺回。至元二十五年（1288），一心想要恢复察合台汗国旧有版图的图格鲁汗病逝，帖木儿和忽辛趁东汗国军心不稳，将太子伊利亚斯逐出撒马尔罕。

伊利亚斯与哈马鲁丁躲在一个边城里，准备寻机逃回伊犁。帖木儿引兵攻打边城，伊利亚斯和哈马鲁丁弃城而逃，途中，哈马鲁丁暴露了毒蛇本性，发动叛乱，杀死伊利亚斯，带着残余力量一路败回阿力麻里。他回到阿力麻里的第一件事就是对图格鲁汗的儿子们大开杀戒，他一口气杀了图格鲁汗的十八个儿子，只有图格鲁汗的幼子黑的儿火者被布拉吉的长子、哈马鲁丁的侄子忽帖藏匿起来，辗转流落到帕米尔高原、昆仑山区和塔里木盆地，过着隐姓埋名的生活。

在东察合台汗国，人们只愿奉察合台的后人为君主，哈马鲁丁的统治不得人心。哈马鲁丁只有依仗残忍和高压手段让人们心生畏惧，这位弑主自立的人进一步攫取了权力，在许多年间成为东察合台汗国的主人。

西察合台汗国，忽辛与帖木儿为争夺权力亦反目成仇。帖木儿棋高一着，迫使忽辛屈服，后来，忽辛又在麦加死去。

忽辛的退出使西察合台汗国变成了帖木儿一个人纵横驰骋的舞台。以此为起点，这个突厥化的蒙古人很快就要将兵锋指向东察合台汗国、金帐汗国和伊儿汗国。

最先衰落的旭烈兀后人首当其冲。

旭烈兀是成吉思汗第四子拖雷膝下嫡三子，同时也是蒙古第四代大汗蒙哥汗以及建立了大元帝国的忽必烈汗的亲胞弟。当时还是蒙哥汗时代，旭烈兀奉旨西征，通过一系列征战，建立了伊儿汗国（其版图包括今伊朗、阿富汗、土库曼、伊拉克、阿塞拜疆、亚美尼亚、格鲁吉亚等附庸王国），并设帐于南阿哲尔拜展。

在伊儿汗国的属地中，根据成吉思汗的遗嘱，阿哲尔拜展（阿塞拜疆）原是金帐汗国的领地，旭烈兀在蒙哥和忽必烈的默许下将其据为己有，而术赤的后裔们不甘心将自己的势力范围拱手相让，于是，金帐汗国与伊儿汗国之间纷争不断。无独有偶，察合台汗国、窝阔台国也由于同样的理由卷入无休止的战争之中，蒙古四大汗国于是就在这种内斗中日益衰落，汗统无以为继。

帖木儿出生及成长期间，四大汗国的各自为政和政局混乱几乎达到了无以复加的地步。它给了帖木儿显示其军事、政治才能以及从容收拾残局的机会。若干年后，帖木儿将原四大汗国在中亚、西亚及小亚细亚的属国各个击破，同时逼迫欧洲，窥视中国，建立了一度令世界为之震惊的帖木儿帝国。

纵观帖木儿一生的业绩，似乎可以说，正是四大汗国的衰落或名存实亡，才在日后成就了这位乱世英雄。

在一系列的征服活动之前，帖木儿首先要登临王位。

帖木儿不是成吉思汗的直系后裔，这使他没有称汗的资格。为了遮人耳目，他必须扶立一位察合台系的傀儡汗，这种做法与东西察合台汗国的军事贵族，与伊儿汗国的军事贵族如出一辙。不同的是，帖木儿不打算做一位地方领主，他要建立的，是一个与蒙古帝国有继承关系的大帝国。

至正三十年（1370），三十四岁的帖木儿戴上王冠，佩戴上帝王的腰带，在王公贵族和大臣将士的簇拥下走上王位。

其时，由妻兄和政敌忽辛所拥立的西察合台汗国傀儡汗已被帖木儿诛杀，此后的三十余年间（1370—1402），帖木儿先后拥立过两位傀儡汗。对汗国历史而言，这些都已经没有任何意义了。真正的事实是，西察合台汗国从帖木儿正式建立帖木儿帝国那一天起，就已不复存在。

陆

在彻底走向灭亡前，察合台汗国所表现出的顽强的生命力，并不在于汗国东部还有东察合台汗国的存在，也不在于某一天当东察合台汗国遭到毁灭性的打击后，其遗落的火种重新点燃为叶尔羌汗国。察合台汗国所表现出的顽强的生命力，不在于存在的形式，而在于存在的实质。当西察合台汗国的躯体被帖木儿消灭时，在帖木儿帝国新鲜血液里游走的，恰恰是察合台汗国的灵魂。

的确，察合台汗国的躯体被肢解过无数次，灵魂却以一种隐忍而又坚定的姿态存在了四百余年。

最直接的例子就是帖木儿。帖木儿不是成吉思汗的直系，他是成吉思汗家族的女婿，他的王后是图格鲁汗的女儿。然而从始至终，他都将自己视为成吉思汗和察合台汗的后人。这不是为了巩固政权的需要，而是一种荣誉感，或者莫如说，是一种说不清道不明的本能。在帖木儿帝国，除了宗教信仰不同，帖木儿几乎是完全仿照蒙古帝国建立了自己的政权体系。

帖木儿首先恢复了军政合一制度以及忽里勒台制度。成吉思汗建立的千户制度和军种也被他借鉴过来,他的军队编制以十人、百人、千人为基本单位,各级推选一名智勇双全的人为十人长、百人长、千人长,兵种分为步兵、骑兵、架桥兵、运输兵、技术兵、急递兵、水兵、炮兵、宪兵等,诸兵种中以骑兵为主,步兵次之。在此基础上,他还别出心裁地建立了流动宪兵,协助各级长官维护军纪。

此外,帖木儿借鉴了察合台汗国早期由察合台汗制定的严刑峻法,通过他的治理,河中地区的秩序与经济很快得到恢复。

帖木儿定都撒马尔罕。他坐在至尊的王座上,踌躇满志。

以西察合台汗国为雏形的帖木儿帝国所拥有的领土不是帖木儿奋斗的终极目标,他真正要建立的帖木儿帝国,是十三世纪的蒙古帝国。

怀抱远大的理想,他要做一件图格鲁汗做过的事:重新统一察合台汗国。他自视为察合台汗国的主人,而在东察合台汗实行统治的哈马鲁丁不过是个弑君篡位者,为了将东察合台汗国纳入领土范围,他早晚要与哈马鲁丁刀兵相向。

在此之前,他必须得收复花剌子模属于察合台汗国领土的两座城市。

拥有西至里海,北至咸海,东至土耳其斯坦,南至呼罗珊之地的花剌子模原是金帐汗国的领地,后来被察合台后人从术赤后人的手中夺取,此后,花剌子模成为察合台汗国的组成部分。不久,花剌子模又被瓜分,在激烈的争夺中,金帐汗国重新据有锡尔河三角洲和玉龙杰赤,察合台汗国则牢牢占据了南方的柯提和乞瓦二城。

金帐汗国和察合台汗国中期,国内局势均陷入动荡,一位出身于弘吉剌部的首领趁机在花剌子模建立了独立王国,接着又夺取了柯提和乞瓦二城。帖木儿御极后向弘吉剌部首领索取二城,他的要求遭到拒绝,只能诉诸武力。

他率军围攻玉龙杰赤,终于迫使弘吉剌部首领献出柯提和乞瓦二城。

正当帖木儿为夺回柯提和乞瓦二城与弘吉剌部首领鏖战之机,哈马鲁丁出兵撒马尔罕,想要与帖木儿争夺对河中地区的控制权。此后,哈马鲁丁凭借东察合台汗国强大的军事力量不断袭扰边境,令帖木儿一度疲于应付。

为了消灭哈马鲁丁,再度将察合台汗国统一起来,帖木儿打着为故主和岳父图格鲁汗报仇的旗号,率军东征汗国。毋庸讳言,他对东察合台汗国的征伐是在一种极其困难的地理环境中进行的，不仅如此，帖木儿王面对的是狡猾的哈马鲁丁。对于兵锋正盛的帖木儿王，哈马鲁丁采用了一种纯游牧民族的战法，来去匆匆。万一失败了，他会先躲藏起来，等帖木儿因各种因素退兵后，他便立刻从躲藏的地方现身，迅速补充马匹和兵员，再度挑起战火。甚至帖木儿王一生中最大的一场败仗也拜哈马鲁丁所"赐"，那是帖木儿王第三次出征东察合台汗国时，他被哈马鲁丁引进天山山脉的谷地里，遭到埋伏，险些全军覆没。

帖木儿在天山附近与哈马鲁丁交手了八次。他成了最后的胜利者，尽管如此，他从来不曾真正征服过哈马鲁丁。哈马鲁丁最终是因内部一些贵族反对——这些人都是忠于察合台家族的人，其中包括哈马鲁丁的侄子忽帖——而势力削弱，在帖木儿王第九次出征伊犁流域时，他才永远消失在阿尔泰山貂与雪貂出没的地方。

哈马鲁丁下落不明，忽帖按照他的设想将黑的儿火者扶上汗位。作为图格鲁汗的幼子，黑的儿火者的即位有着明显的合法性，这使他迅速得到人们的拥戴。黑的儿火者执政时期，正是帖木儿忙于对金帐汗国和伊儿汗国用兵之时。兵力空虚，让黑的儿火者有机会战胜帖木儿在中亚的留守军队。

接二连三的胜利鼓舞了黑的儿火者的斗志，他决意效法他父亲，恢复察合台汗国昔日版图。为此，他由阿力麻里迁都阿拉木图。

在帖木儿大军返回前，黑的儿火者在中亚取得了较大进展，汗国军队数次围攻撒马尔罕、不花剌、花剌子模等城池。黑的儿火者的好运结束于帖木儿远征归来后。帖木儿不想原谅黑的儿火者的"背叛"行为，帖木儿认为，东察合台汗国已是他的势力范围，黑的儿火者继立汗位不俯首称臣已是大错特错，现在，居然敢于攻打"主君"，这个行为尤其不可原谅。

双方在伊塞克湖附近爆发了第一次大战，黑的儿火者遭到惨重失败。帖木儿乘胜追击，分兵两路奔袭阿力麻里城和喀什噶尔城，在阿力麻里城下，黑的儿火者遭受了更大的失败，帖木儿军队一举攻占该城，并焚毁了它。数世纪以来，一直是天山南北和中亚重要政治中心的阿力麻里城，从此变成一片废墟。与此同时，美丽的夏都喀什噶尔城也遭到了毁灭性的破坏。

黑的儿火者惨遭失败后，取道天山路，逃往库车，再迁往别失八里。缘于此，黑的儿火者的察合台汗国又被称作别失八里政权。此时的黑的儿火者已无力与帖木儿相抗，而且，相同的宗教信仰也令他对帖木儿产生了某种程度的认同感，他在明洪武三十年（1397）慷慨地将自己美丽的女儿嫁给了这位可怕的征服者。

这是帖木儿第二次与血统纯正的成吉思汗嫡传后裔联姻。

黑的儿火者用和亲换来了他在残存的东察合台汗国拥有一席之地的权力。之后，他攻下高昌和吐鲁番，又遣使与明朝修好。

察合台汗及几代后汗在位时，秉承成吉思汗的宗教政策，对汗国境内的主要宗教伊斯兰教推行开明与宽容的政策，但察合台本人，以及他后代中的绝大多数都信奉最古老的宗教——萨满教。

到图格鲁汗继承汗位，已在汗国推行伊斯兰教。黑的儿火者做得更彻底，他强迫在他统治下的所有民众都改信伊斯兰教。

这算是残存的东察合台汗国中兴期。黑的儿火者逝后（1404），他的两个儿子和两个孙子先后继位，而在中亚、西亚、小亚细亚创建了强盛帝国的帖木儿也在黑的儿火者去世后的第二年病逝，帖木儿帝国内部旋即陷入王位争夺战中，再也无暇东顾。或者，就算双方偶起冲突，也是互有胜负，帝国不可能像帖木儿在世时那样，对于东察合台汗国拥有绝对宗主权。

柒

威思是黑的儿火者的曾孙，也是别失八里政权的第六位君主，他即位后，残存的东察合台汗国由五代君主苦心维持的和平局面被打破。为了扩张，他对帖木儿帝国和被明朝称作瓦剌的西蒙古联盟用兵，试图恢复察合台汗国时期的旧有版图。

遗憾的是，他的种种努力都没有结果，而他的穷兵黩武也造成了东察合台汗国国力空虚以及民力疲弱。

当年，帖木儿曾凭借图格鲁汗的力量攫取了权力，后来在图格鲁汗逝后又依靠攫取的权力将东察合台汗国的势力赶出西察合台汗国。在此后百余年的时间里，帖木儿帝国与东察合台汗国之间的战争从来没有真正停止过。

在这种不间断的内耗下，东察合台汗国的势力范围被不断蚕食，最后只剩下中国新疆的部分以及周围之地。

帖木儿之子沙哈鲁在世时，多次对东察合台汗国用兵，威思汗不敌，不得不将自己的小儿子羽奴思作为人质送到帖木儿帝国。

羽奴思在沙哈鲁和兀鲁伯的身边长大，在此期间受业于《帖木儿武功记》一书的作者、著名学者歇里甫爱丁长达十二年。歇里甫爱丁欣赏羽奴思的聪明，对他倾囊相授，这一切都为羽奴思未来拥有丰富的学识和多种技艺打下坚实的基础。

成年后，羽奴思性情和顺，举止端方，言谈动听，机智勇敢，且长于书法、绘画，善于骑射，被人尊称为羽奴思大师。

威思汗逝后，因羽奴思作过人质的原因，在东察合台汗国只有一部分人支持他，大部分人都支持他的哥哥也先不花。这位也先不花，与怯伯的兄长、察合台汗国第十三任汗同名。也先不花像他父亲一样，是个怀有野心的人，他出兵攻打过西察合台汗的领土，一度攻下费尔干纳。

米兰沙的孙子卜撒因从叔祖沙哈鲁一系夺取帖木儿帝国的王位后，出兵将也先不花击败，接着，他娶了羽奴思的胞姐，与羽奴思结为亲家。在得到羽奴思效忠的保证后，他派人将羽奴思护送回东察合台汗国，让羽奴思继承了汗位。

或许是个性使然，羽奴思并不那么好勇斗狠，即便如此，为从也先不花手中夺取汗权，他也得领兵与也先不花作战。兄弟俩的这次汗位之争以羽奴思的失败告终，此后，羽奴思退回费尔干纳，准备从这里东山再起。

羽奴思的运气还算不错，当时的中亚及汗国周围局势一片混乱，蒙古人在这些地方打成了一锅粥，也先不花需要应对来自乌兹别克汗国和哈萨克汗国的威胁——这两个汗国都由术赤的后人创建——已没有力量对羽奴思进行讨伐。而且不久，也先不花去世，他那昏聩残忍的儿子继承了他的汗位，新君即位后的种种倒行逆施让他的地位岌岌可危，七年后，这个昏君离开人世，汗国局势再次陷入动荡，羽奴思趁机杀回，坐上了汗国的至尊宝座。

总的来说，羽奴思是个比较喜欢安逸生活的君主，他一生都没有建立过什么值得夸耀的业绩，当然也没有因恶行而得到骂名，他之所以在残破的东察合台汗国、残破的帖木儿帝国以及残破的金帐汗国被人们津津乐道，是因为他的两位妻子为他生下了五个如花似玉的女儿。

羽奴思的正妻伊散夫人为他生下三个女儿，别妻沙夫人为他生下二子二女。儿子自然是王位继承人，然而他的女儿们却是帖木儿的后人以及握有实权的军事贵族争相求聘的对象。

当年，羽奴思是因卜撒因的相助得到汗位，他的胞姐又是卜撒因的妻子，为了亲上加亲，羽奴思将三个女儿嫁给卜撒因的儿子们，其中，次女嫁给了卜撒因的四子乌马尔，正是这个女儿让羽奴思汗成了巴布尔的外祖父。

在中亚与南亚的历史上，巴布尔是一个绝对不能被人忽略的名字。这位身上兼有帖木儿血统和察合台血统的莫卧儿帝国创立者，在经历了无数挫折之后，成功地将察合台的灵魂引入了南亚次大陆。

羽奴思生前最偏爱次女，爱屋及乌的他经常到女婿乌马尔的领地费尔干纳做客，巴布尔小的时候，曾得到外祖父的亲自教导。长大后的巴布尔十分崇敬外祖父，也对中国充满向往之情。

表面上，黑的儿火者的东察合台汗国还保持着相对的完整，事实上，羽奴思统治后期，东察合台汗国再次被肢解。汗国一分为三，分为蒙兀儿斯坦（一种地理概念，是突厥人及波斯人对东察合台汗国的称呼，其领土北到塔尔巴哈台，南至畏兀儿的绿洲，西至伊塞克湖、巴尔喀什湖，东至阿尔泰山的广大地区。基本上包括天山以北的整个新疆北部，楚河与塔拉斯以及费尔干纳谷地也算蒙兀儿斯坦）政权和塔什干（位于今乌兹别克斯坦东北，是乌兹别克斯坦政治、经济、文化、交通中心）政权，同时权臣自立，割据了塔里木河上游的一片地区。

羽奴思去世后，他的儿子马哈木继承了他在塔什干的汗位，另一个儿子阿黑麻仍旧占据蒙兀儿斯坦。兄弟二人保持着和平关系，未起争端。

此时，在费尔干纳，因乌马尔王猝死，他年仅十一岁的儿子巴布尔登上王位。马哈木想趁姐夫的小王国局势不稳时将费尔干纳据为己有，不料他攻打阿黑昔城时受挫，只好撤回沙鹿海牙休整。为了消弭兵祸，从容整顿内政，尚且还是个孩子的巴布尔决定亲往沙鹿海牙拜会舅父。马哈木没想到在这样敌对的时刻巴布尔敢来，在好奇心的驱使下，他同意接见外甥。

小小年纪，已有几分成熟稳重的君主风度，巴布尔聪慧俊秀的外表、彬彬有礼的谈吐赢得了马哈木的好感。巴布尔表示，舅父是自己的亲人与长辈，身为晚辈的他愿意为舅父守住费尔干纳。马哈木领教过费尔干纳军民守护家园的决心，也不想付出太大的代价得到这个弹丸之地，外甥的这番承诺对他而言正中下怀。甥舅二人友好地相处了几日，马哈木便收兵转回塔什干了。

东察合台汗国与帖木儿帝国面对的最大敌人的确不是彼此，而是挟裹着金帐汗国余威大举南下的昔班尼汗。

昔班尼是术赤第五子、蓝帐汗昔班的后人。

许多年前，蒙古帝国进行了举世震惊的第二次西征，统帅拔都所向披靡，陆续征服了东起额尔齐斯河，西至多瑙河下游，南自高加索，北列保加尔的广大地区，并在征服结束后定都萨莱城，建立了金帐汗国。

面对他所占有的土地，拔都汗思索着该如何治理包括第聂伯河以东的东南欧地区、伏尔加河中下游、南乌拉尔、北高加索（直到打耳班）、北花剌子模、锡尔河下游流域以及从锡尔河、咸海以北直到伊什姆河、萨雷苏河的草原地区在内的这一广阔领土，他决定仿效祖父成吉思汗，将领土分封给他的兄弟子侄。这次分封中，昔班汗得到咸海以北的广大土地。昔班本人像拔都汗一样功勋卓著，人们在将拔都汗称作"金帐汗"的同时，对昔班也以"蓝帐汗"名之。

金帐汗国一度成为蒙古四大汗国中最强盛的汗国。可惜好景不长，随着拔都、别儿哥、昔班等人先后辞世，汗国很快陷入重重危机。开国者的后代觊觎汗位，内乱迅速消耗了汗国的实力。

直到月即别成为汗国的主人。他在位三十年（1312—1342），是金帐汗国第九位大汗，也是一位文武兼备、励精图治的中兴之主。由于强盛，这段时间的金帐汗国也被称作月即别汗国，或者乌兹别克汗国。在月即别统治期间，一个头上顶着金碗的女人，可以穿越月即别汗国的每一寸领土，而不必担心遭到抢劫；一个驮满金银财宝的商队，从花剌子模出发，乘坐大车，不需携带向导，不需携带食物，也不需为马匹携带草料，一路毫无惊险，三个月可达可里木。

月即别汗去世后，汗国继续强盛了十余年。此后，金帐汗国因内乱而衰落了。一百余年后，术赤家族又一位让人瞠目结舌的后代出生了。他自名昔班尼，意即能继承祖先昔班遗风的人。他长大后，率领他麾下英勇无畏的乌兹别克战士，一心想将帖木儿帝国的领土据为己有。他的野心，使他成为帖木儿的重孙卜撒因本人以及他的儿子们、孙子们最可怕的敌人。

在东察合台汗国和以西察合台为基础建立的帖木儿帝国，最坚决抵抗昔班尼进犯的人，不是巴布尔的大舅汗马哈木和被巴布尔称作满舅汗的阿黑麻，而是只据有费尔干纳小小领土的巴布尔。

可悲的是，面对强敌，东察合台汗国与帖木儿帝国间的冲突仍是时息时起。

在费尔干纳，听说乌兹别克军队势如破竹，已攻克撒马尔罕周边诸城，巴布尔决定出兵支援已继承伯父王位、在名义是帖木儿帝国君主的堂兄阿利。

途中，巴布尔得知昔班尼汗攻下不花剌，便立刻赶往碣石城。甫到碣石，他便听说昔班尼汗已兵不血刃拿下撒马尔罕。原来，阿利的生母别赫拉夫人不愿与昔班尼汗为敌，擅作主张与昔班尼汗达成秘密协议：昔班尼汗娶她为妻，将她的儿子阿利作为亲子赐予相应的领地，她则说服儿子献出撒马尔罕城。

另一个消息是，昔班尼汗准备一鼓作气攻取碣石城。巴布尔兵微将寡，又得不到任何外援，经过一番思虑，他决定取道喜萨尔与大舅汗马哈木会合。途中，他听说昔班尼汗杀害了王位继承人阿利，同时取消了与别赫拉夫人的婚约。昔班尼汗觉得，年老的别赫拉夫人岂止不配做自己的妻子，连做妾与情人都不配。

阿利死于明孝宗弘治十三年（1500），这一年通常被认为是帖木儿帝国灭亡的时间。

自此，寄居在帖木儿帝国躯体内长达百年的西察合台汗国的灵魂游离出来，在天空中飘荡着，迷茫地俯视着中亚大地上蒙古人之间的战争。

在长途跋涉之后，巴布尔在塔什干与大舅汗相会了。马哈木答应巴布尔，将乌拉提尤别赐给他。巴布尔尚未动身前往该城，就听说该城已被他人占据。马哈木想夺回乌拉提尤别，亦未能如愿，他的无功而返令巴布尔对东察合台汗国或者说对大舅汗手下军队的战斗力产生了怀疑。

巴布尔手下的一些将士逐渐对马哈木汗感到失望，纷纷离开塔什干。为了联合抗击最危险的敌人昔班尼，巴布尔决定前去投奔驻扎在中国吐鲁番的满舅汗阿黑麻。在母亲的讲述里，满舅汗是个令人景仰的英雄，他曾经无数次挥舞宝剑驰骋疆场，骁勇善战，克敌无数。抛开这个大目标不提，巴布尔对中国也充满向往之情，六世祖帖木儿活着时从未真正地完全地征服过东察合台汗国，巴布尔更不会想着征服它，他只是渴望有朝一日自己的双脚能够踏上这片富饶美丽的土地。

做出这个决定时，巴布尔还不知道，马哈木自知无法抵抗昔班尼，已向满汗阿黑麻发出邀请，请他发兵前来相助。马哈木、阿黑麻虽说分治东察合台汗国，兄弟二人倒是关系和睦，阿黑麻接到马哈木的书信，立刻率领军队前来塔什干与兄长相会。如此一来，巴布尔的中国之行就变成了永远的梦想。

巴布尔第一次见到满舅汗。他发现，本是亲兄弟，以吐鲁番为政权中心的满舅汗与以塔什干为政权中心的大舅汗之间还是存在许多不同。至少，满舅汗身边的将士都是纯粹的蒙古人装束，头戴蒙古帽，身穿中国锦缎制成的绣花长袍，箭袋、用绿革制成的马鞍全都是蒙古式样，坐骑也是蒙古马。

至于大舅汗马哈木，则更偏于中亚蒙古人的衣着打扮和生活习惯。

马哈木是羽奴思汗的指定继位人，阿黑麻在蒙古贵族的拥戴下成为东察合台汗国东部大汗，名义上，阿黑麻仍是马哈木的臣子。他谨守蒙古宫廷礼节，向大汗的营帐跪拜九次。

马哈木亲自出营迎接，兄弟二人紧紧拥抱。这是令巴布尔十分羡慕的兄弟关系，巴布尔自己有两个异母弟，在他事业处于最艰难的时期，他们当中不光没有一个人站出来与他一道分担，甚至，其中一个兄弟还是他的敌人。

捌

阿黑麻带来两千多人马，追随巴布尔的只有数百人，加上马哈木的军队，有三万余人。马哈木交给巴布尔一支人马，让他夺回安集延、奥什和马尔格兰等城池，代价是巴布尔胜利后要将安集延交给满舅汗阿黑麻治理。巴布尔宁愿如此。他的想法是，无论察合台的子孙，还是帖木儿的子孙，他们面对的最危险的敌人是昔班尼。昔班尼在攻占撒马尔罕、碣石等城池后，下个目标必定是富饶的费尔干纳，接下来则是东察合台汗国的领土。如今，有阿黑麻坐镇安集延，马哈木在塔什干机动策应，就可以为巴布尔赢得时间，去费尔干纳之外寻找更合适的根据地。

巴布尔以为，两位舅汗马哈木、阿黑麻与昔班尼的力量旗鼓相当，只要运筹得当，昔班尼就不得不在费尔干纳和塔什干勒住战马。

过不了多久，他将明白，这只是他一厢情愿的想法。

不出所料，昔班尼汗果然亲率大军包围了塔什干。

马哈木不是个勇武的君主，即使有阿黑麻和巴布尔出兵相助，仍然难于抵挡昔班尼的进攻。夏天到来，这两支原本属于金帐汗国与察合台汗国的主力依忽毡河展开决战，遗憾的是，天意不佑察合台后人，二汗战败，巴布尔逃亡。

昔班尼汗一鼓作气，包围并攻克了忽毡城，转攻安集延，费尔干纳完全落入到乌兹别克人手中。

巴布尔在逃亡途中，得知坐镇喀布尔的叔父病逝，遂转向喀布尔。这是一个让巴布尔在数年后得以为莫卧儿帝国开基的决定。

在空中徘徊多时的西察合台汗国的灵魂，无声地落在了巴布尔身后。只要一个新的躯体被构建，它将以它作为自己的寄存之所。

昔班尼四处作战，尚不及建立起稳固的政权，至少暂时，他顾不上对付巴布尔，而这也给了阿黑麻的儿子东山再起的机会。

阿黑麻死后，他的长子满速继承了他的汗位。另一个儿子一度成为俘虏，可当此子顺利逃脱后，因机缘巧合，在他手上重新点燃了东察合台汗国遗留的火种。阿黑麻的这个儿子，就是叶尔羌汗国的开国君主——赛德。

谁也无法阻止昔班尼的战马，就如同谁也无法阻止东察合台汗国的内讧。在残破的东察合台汗国领土，伯侄之间、兄弟之间仍旧你攻我伐，互不相让。赛德在一次战斗中被自己的兄长满速打败，不得不踏上逃亡之路。

赛德先是逃到了马合谋幼子外斯的领地坎大哈。马合谋是巴布尔的三伯父，膝下有子五人，一子早夭，剩余四子，三个都算得上命运多舛：长子被权臣戳瞎双眼，逐出封地，成为废人；次子被权臣残忍杀害；三子在昔班尼汗进攻撒马尔罕时亦被杀害，皆死于非命。只有四子外斯的命运稍好些，暂时还有容身之处。

赛德初来乍到，外斯收留了他。羽奴思汗有五个女儿，其中三个分别嫁给了卜撒因的长子阿合马、三子马合谋、四子乌马尔，从血缘上来讲，外斯和巴布尔都算是赛德的表兄。

外斯的个性颇像他的父亲，耳软心活，缺少主见。初时，他对表弟赛德的处境还算体恤，对赛德的照顾也称得上得体，不久，戒心产生了。赛德血统高贵，在外斯手下效力的蒙古将士有许多是东察合台汗国人，眼见故主之子来到此地，很希望拥戴他取外斯以代之。赛德倒没这么想，他觉得，他是逃难来此，外斯好意收留了他，他若趁火打劫或拆了外斯的台，那就是他不仁不义。他担心自己继续留下会给外斯带来麻烦，便离开外斯，辗转投奔了已在喀布尔站稳脚跟的表兄巴布尔。

血缘的联系、相似的磨难使两个年轻人一见如故，如赛德所愿，他在历经磨难后，得到了巴布尔给他提供的安逸生活。

巴布尔是个有远见的年轻人，尽管时年二十一岁的表弟赛德卓尔不群，他却丝毫不存将表弟除去以绝后患的念头。在巴布尔的心目中，他真正的敌人只有一个，那就是昔班尼。至于表弟赛德，这个年轻人既然是满舅汗阿黑麻的儿子，便拥有继承其父遗产的资格。巴布尔虚心结纳他，也是希望未来能将他扶上汗位，作为自己在东察合台汗国的代理。假如这个愿望不能实现，至少有一个可靠的盟友能帮他部分地抵消来自昔班尼的压力，不至于让他孤立地去面对昔班尼的威胁。

曾几何时，帖木儿帝国的君主握有拥立察合台汗国或其他汗国大汗的权力。

第一个行使这权力的人是帖木儿王，他曾帮助脱克夺得金帐汗国的汗位。

脱克汗出生在金帐汗国，是成吉思汗的大太子术赤的嫡系后人。明洪武九年（1376），脱克在父亲被杀后只身逃到撒马尔罕，投奔了帖木儿王。帖木儿王原本正希望有这样一个人物，可以成为他遥控金帐汗国的傀儡，怀抱各取所需的目的，帖木儿王相当热情地接待了落魄的脱克，视他如子侄，甚至借给他军队让他去消灭仇敌。脱克年轻刚毅，却没有太多实战经验，他不止一次挥霍了帖木儿王的军队，一事无成。虽然如此，帖木儿王仍然没有放弃脱克，五年后，命运开始垂青脱克，帮助他战胜了他最重要的敌人马麦，成为金帐汗国的主人。

脱克登临汗位。他对帖木儿王的忠诚只持续了一年，一年后，他凭借巩固的汗位同帖木儿王分庭抗礼。

这是脱克的情况。

羽奴思也是凭借帖木儿重孙卜撒因的支持才成为东察合台汗国的君主，不过比脱克要好的是，羽奴思活着时，基本上能与卜撒因的儿子们和平相处。

巴布尔不敢保证赛德日后不会成为自己的敌人，就算未来不可预料，巴布尔仍要接纳和帮助他。对巴布尔而言，不，对任何人而言，人生本来就是一场赌，赌输赌赢，有时候得看运气。

前来投奔喀布尔的还有一个十一岁的孩子，这孩子名叫海达尔，他的母亲是巴布尔母亲的胞妹，也就是说，巴布尔与海达尔是两姨表兄弟。同样客居他处，赛德与海达尔相处得十分融洽，这时，他们还不知道未来他们之间将产生更亲密的关系。

年幼的海达尔相貌俊秀，举止庄重，深得巴布尔器重，赛德也很喜欢这个孩子，闲着无聊，两个人经常会聊些绘画和写作的体会。海达尔天资聪慧，尤其喜欢研究和制作实用性很强的弓箭、箭镞和开弓器，每当这个时候，赛德会经常给海达尔打打下手，丝毫不觉得这样做有损他的身份。正是这两年的朝夕相处，使赛德对海达尔的才能与人品留下了深刻的印象，后来，当他建立叶尔羌汗国，他派人来到喀布尔，从巴布尔身边接走了这位少年才子。

玖

巴布尔以喀布尔为中心向周边扩张时，河中地区的局势发生了变化，这变化对赛德来讲是个福音：昔班尼汗在谋夫附近被波斯王伊斯迈耳打败，在这场战役中，昔班尼汗战死，将近两万名因战败被迫投降的原东察合台汗国蒙古士兵摆脱了乌兹别克人的统治，来到昆都士，准备日后返回喀什噶尔。

外斯希望和巴布尔联手收编这支群龙无首的蒙古军队，对此，巴布尔保持着清醒的认识。巴布尔深知，他和外斯的军队只有五千人，当年，察合台汗国分裂后，东西两汗国冲突不断，彼此之间嫌隙很深，以五千人统驭两万人，几乎完全没有可能。

抛开顾虑，这倒的确是个机会，值得冒险一试。巴布尔让赛德随行，来到昆都士后，不出他所料，东察合台将士看到赛德，不禁蠢蠢欲动。他们密谋杀害巴布尔与外斯，拥立赛德为汗，渐次夺回河中之地。

赛德再次拒绝了他们的建议。在与巴布尔相处的两年中，赛德深知他的这位表兄胸怀韬略，因此，他不愿与之为敌。思虑再三，他提出前往据守安集延。他说，他要用这种方式继续为巴布尔效力。

巴布尔大度地答应了赛德的请求。赛德行前，他为表弟举行了一个仪式，拥立表弟为汗。表兄弟依依惜别，巴布尔同意赛德带走了所有忠于并愿奉赛德为君的人，这样，巴布尔也借此机会为自己清除了来自同族人的威胁。

明武宗正德九年，成吉思汗次子察合台后裔赛德汗（1514—1533 年在位）在原察合台汗国的旧领土上建立了喀什噶尔汗国，后定都叶尔羌，故亦称叶尔羌汗国。汗国疆域包括吐鲁番、哈密、塔里本盆地，东方是嘉峪关，南方是西藏，西南是克什米尔，西方与布哈拉汗国以费尔干纳为界，北方以天山与哈萨克汗国为界。国家制度与成吉思汗时代无异，只是信奉伊斯兰教。

从察合台汗国到西察合台汗国到帖木儿帝国再到莫卧儿帝国，这是当躯体灭亡后察合台的灵魂寄存的方式。

从察合台汗国到东察合台汗国到别失八里政权到叶尔羌汗国，这是当察合台的生命之火即将燃尽时遗落的火种被重新点燃的方式。

叶尔羌汗国在第二代拉失德汗（1533—1559 年在位）和第三代阿不都·哈林汗（1559—1591 年在位）执政时达到鼎盛。

拉失德汗十分重视文化活动，他统治时，汗国进入文化繁荣期，"察合台文学"的创作十分活跃，重要的历史文献有海达尔的《中亚蒙古史：拉秀德史》和楚拉斯的《编年史》。海达尔与巴布尔是两姨表兄弟，他们二人都是东察合台汗国羽奴思汗的外孙。音乐上，深受拉失德汗宠爱又才华横溢的汗妃阿曼尼沙罕开始组编《十二木卡姆》，这是叶尔羌汗国为后人留下的宝贵的音乐遗产。

阿不都哈林汗后，其子马黑麻即位。马黑麻在位十九年，汗国盛极而衰。清圣祖康熙十九年（1680），汗国为准噶尔汗国所灭。享国一百六十六年。

至此，蒙古人终于打败了自己。

在蒙古人建立的四大汗国中，窝阔台汗国（1229—1309）、伊儿汗国（1256—1401、金帐汗国（1242—1502）均先于察合台汗国（1229—1680）灭亡，现在轮到了命运多舛的察合台汗国。

说来着实有些不可思议，尽管察合台汗国的内部不断发生分裂，尽管汗国的领土一再缩减，甚至有的时候，感觉汗国已濒于灭亡，最后却总能奇迹般的再生，延续着自己四百多年的国家命脉。

随着在东察合台汗国基础上建立的叶尔羌汗国灭亡，察合台汗国便成为了蒙古历史上的一段记忆。

然而，蒙古人并没有完全退出历史舞台。还有两个由蒙古人建立的与察合台汗国有着千丝万缕关系的国家，仍在扮演着历史所赋予的角色。

一个是莫卧儿帝国，帝国建立者和统治者的血脉里流淌着察合台的血液。

明世宗嘉靖五年（1526），世界征服者成吉思汗与帖木儿王的后裔巴布尔自中亚南下侵入印度，建立莫卧儿帝国。帝国全盛时期，领土几乎囊括整个印度次大陆，以及中亚的阿富汗等地。

巴布尔去世后，其子胡马雍为苏尔王朝的舍尔沙战败，被迫逃出印度。流亡期间，他致力于与波斯结盟，重整兵力，并成功于嘉靖三十四年（1555）卷土重来，从舍尔沙家族夺回了权力。

帝国在第三任皇帝阿克巴到第六任皇帝奥朗则布统治时达到全盛，此间，帝国的疆域经过逐步扩张而至顶峰，国土面积达三百八十万平方公里。

巴布尔是莫卧儿帝国的奠基人，阿克巴却是莫卧儿帝国真正的建立者和最伟大的帝王。他在漫长的统治期间征服了印度北部全境，并把帝国的版图第一次扩展到南方，阿克巴时代的印度是世界上最强大的帝国之一。

奥朗则布去世后的莫卧儿帝国称为"后莫卧儿"。清文宗咸丰七年（1857），莫卧儿帝国为英国所灭。享国三百三十一年。

另一个是准噶尔汗国。

如果说帖木儿帝国的兴起是西察合台汗国和伊儿汗国的劫数，那么，准噶尔汗国的兴起就是哈萨克汗国与叶尔羌汗国的劫数。哈萨克汗国与叶尔羌汗国，分别由术赤的后人和察合台的后人建立。四百余年的时光里一再重生的察合台汗国，最终为准噶尔汗国所灭。

明崇祯七年（1634），准噶尔部首领哈剌忽剌去世，其子巴图尔即位。之后，巴图尔汗不断对外扩张领土，并于明崇祯十一年在博克塞里（今博克塞尔蒙古自治县）建成了自己的都城，崇祯十三年，制定《卫拉特法典》，正式建立准噶尔汗国。

从十七世纪到十八世纪，准噶尔汗国控制了天山南北，在西起巴尔喀什湖，北越阿尔泰山，东到吐鲁番，西南至楚河、塔拉斯河的广大地区建立了史上最后的游牧帝国。宗教上他们信奉藏传佛教，对西藏也拥有相当的影响力。

巴图尔汗在世时，曾两次击退俄罗斯的侵略。清康熙十年（1671），噶尔丹继立汗位，通过多年战争，使汗国内部形成了以他为首的绰罗斯家族的一统天下。七年后，噶尔丹率兵攻灭叶尔羌汗国，同时用兵哈萨克汗国。

从康熙二十九年至三十四年，噶尔丹两次用兵喀尔喀，在乌兰布统草原以三万铁骑对康熙帝的二十万大军，结果兵败大亏，噶尔丹逃亡。两年后，噶尔丹服毒自杀。噶尔丹死后，其同母兄长僧格的长子策妄阿拉布坦即大汗位，康熙三十七年（1698）至乾隆十年（1745），是策妄阿拉布坦和其子噶尔丹策零统治时期，汗国达到鼎盛，领土包括今乌兹别克斯坦、新疆、青海、蒙古高原西部、哈萨克斯坦、阿富汗等广大地区，人口达五百多万。

乾隆十年，噶尔丹策零去世，自此汗位内争频起，迅速衰落，于乾隆二十二年为清朝所灭。享国一百一十八年。

从成吉思汗立国算起，到莫卧儿帝国灭亡，活跃了六个多世纪的蒙古人退出了世界历史的舞台。

这一次，是真正的退出。